JOHANNA LINDSEY es una de las autoras de ficción romántica más populares del mundo, con más de sesenta millones de ejemplares vendidos. Lindsey es autora de cuarenta y seis best-séllers, muchos de los cuales han sido número uno en las lista de los libros más vendidos del *New York Times*. Vive en Maine con su familia.

Título original: *Gentle Rogue*
Traducción: Edith Zilli
Ante la imposibilidad de contactar con el autor de la traducción, la editorial pone a
su disposición todos los derechos que le son legítimos e inalienables
1.ª edición: julio 2011

© 1988 by Johanna Lindsey
© Ediciones B, S. A., 2011
  para el sello Zeta Bolsillo
  Consell de Cent, 425-427 - 08009 Barcelona (España)
  www.edicionesb.com

Printed in Spain
ISBN: 978-84-9872-530-8
Depósito legal: B. 18.865-2011

Impreso por LIBERDÚPLEX, S.L.U.
Ctra. BV 2249 Km 7,4 Polígono Torrentfondo
08791 - Sant Llorenç d'Hortons (Barcelona)

Amable y tirano

JOHANNA LINDSEY

Para mi cuñada, Lawree,
y su nueva alegría
Natasha Kealanoheaakealoha Howard

1

Georgina Anderson levantó la cuchara colocando el mango hacia delante. Puso en ésta uno de los trozos de rábano que tenía en el plato, y golpeando secamente hacia abajo el extremo del mango disparó la hortaliza a través de la habitación. No llegó a dar a la enorme cucaracha como había sido su intención, pero se aproximó bastante. El rábano se estrelló contra la pared a pocos centímetros de su blanco, logrando que el desagradable insecto se precipitara por el interior de la grieta más próxima. Misión cumplida. Mientras esos bichos no estuvieran a la vista, podía fingir que no compartía el alojamiento con ellos.

Se volvió hacia su cena y, después de contemplar por un momento la comida hervida, apartó el plato con una mueca de disgusto. ¡Lo que daría por uno de esos magníficos menús de siete platos que solía preparar Hannah! Hannah, cocinera de los Anderson desde hacía doce años, sabía exactamente cómo complacer a cada miembro de la familia. Georgina llevaba semanas enteras soñando con sus deliciosos platos, cosa nada sorprendente tras soportar un mes la insulsa comida del barco.

Sólo había disfrutado de una buena comida desde que llegara a Inglaterra hacía cinco días. La noche misma en que desembarcaron, Mac la llevó a un buen restaurante después de que ambos se inscribieran en el hotel Albany. Sin embargo, al día siguiente tuvieron que abandonarlo y buscar un alojamiento mucho más barato. No les quedaba otro remedio, pues al regresar al hotel habían descubierto que había desaparecido todo el dinero de los baúles.

Georgie, como la llamaban afectuosamente amigos y parientes, no podía siquiera culpar al personal del hotel, pues a ella y a Mac les habían robado en diferentes cuartos y hasta en diferentes pisos. Lo más probable era que el dinero hubiera desaparecido mientras los baúles viajaban juntos desde los muelles del East End a Piccadilly, en el West End, donde se alzaba el prestigioso Albany; iban atados con correas al techo del carruaje alquilado y sirvieron de asiento al cochero y su ayudante, mientras ella y Mac devoraban entusiasmados el paisaje de Londres por primera vez.

¡Condenada suerte! Y la mala racha no había empezado allí, no: se había iniciado una semana antes, cuando, al llegar a Inglaterra, resultó que el barco no podía atracar; pasarían quizá unos tres meses antes de que hubiera en los muelles espacio para descargar. Los pasajeros tuvieron más suerte, pues los conducirían a tierra en botes de remo; pero aun así tuvieron que esperar varios días.

De cualquier modo, no cabía sorprenderse. Ella ya había oído hablar del problema de los atascos en el Támesis: un problema muy serio, pues los barcos llegaban por temporadas, al estar todos sujetos a los mismos e imprevisibles vientos y cambios de clima. El buque en el que habían viajado era uno de los doce que llegaban al mismo tiempo de Norteamérica. Había cien más, provenientes de todo el mundo. Ese tremendo problema de aglomeración era uno de los motivos por los que la compañía naviera de su familia había eliminado Londres de sus rutas comerciales, ya antes de la guerra. En realidad, ningún barco de la compañía Skylark había llegado a Londres desde 1807, año en que Inglaterra inició el bloqueo a media Europa al estallar la guerra con Francia. El comercio con las Indias Orientales y Occidentales era igualmente provechoso y mucho menos complicado para la Skylark.

Aun después de que Norteamérica zanjara sus diferencias con Inglaterra, al fumarse el tratado de 1814, la compañía se mantuvo apartada del comercio inglés, pues la disponibilidad de depósitos seguía constituyendo un grave problema. Con mucha frecuencia era preciso dejar cargamentos de fácil deterioro en el muelle, a la intemperie y a merced de los ladrones, que robaban medio millón de libras en mercancías al año. Y si la carga no se estropeaba a causa del mal tiempo, se perdía por el polvo de carbón que envolvía todo el puerto.

Simplemente, no valía la pena hacerse mala sangre y perder beneficios, cuando había otras rutas comerciales igualmente lucrativas. Por eso Georgina no había viajado a Londres en un barco de la Skylark, y por eso tampoco obtendría gratis el pasaje de vuelta; y esto iba a ser un problema tarde o temprano, pues entre Mac y ella sólo tenían un total de veinticinco dólares americanos, justo la cantidad que llevaban encima en el momento del robo, y no sabían cuánto les podría durar. Por ese motivo Georgina se hallaba instalada en ese instante en un cuarto de alquiler en el barrio de Southwark, encima de una taberna.

¡Una taberna! Si sus hermanos llegaban a enterarse... De todos modos la matarían cuando volviera a casa por haberse embarcado sin que ellos lo supieran, mientras cada uno se encontraba a bordo de su propio barco en un rincón del mundo diferente. Lo peor era haberse ido sin su permiso.

Por lo menos, le suspenderían la asignación durante una década, la encerrarían en su cuarto bajo llave varios años, uno tras otro le propinarían una buena azotaina...

En realidad, probablemente se limitarían a echarle una buena reprimenda. Pero la perspectiva de que cinco hermanos furiosos, todos varones, mayores y mucho más corpulentos que ella, levantaran la voz al unísono y descargaran toda su indignación contra ella, cosa que ciertamente sabía que se merecía, no le resultaba muy agradable; en verdad, se le antojaba pavorosamente predecible. Por desgracia, esto no le había impedido a Georgina embarcarse rumbo a Inglaterra, con Ian Mac-Donell como única compañía y protección, un hombre que ni siquiera era pariente suyo. A veces se preguntaba si el sentido común que se le suponía a su familia no se habría acabado antes de su nacimiento.

Llamaron a la puerta en el momento en que Georgina apartaba la pequeña mesa instalada en el cuarto para sus comidas solitarias. Tuvo que contenerse para no decir simplemente «pase». La costumbre provenía de haber vivido sabiendo que, si alguien llamaba a la puerta, era por fuerza un criado o alguien de la familia, a quien debía hacer pasar. Claro que en sus veintidós años de vida nunca había dormido sino en su propia cama, en su propio cuarto, en su casa de Bridgeport, Connecticut, o en un coy colgado de algún barco de la Skylark. Al menos hasta el mes anterior. De cualquier modo, nadie habría podido entrar, pues la puerta estaba cerrada con llave. Y Mac no dejaba de repetirle que debía hacer cosas tales como tener la puerta cerrada en todo momento, incluso si ese cuarto desconocido y en malas condiciones no bastara para recordarle que estaba lejos de casa y que no debía confiar en nadie en esa ciudad inhóspita, infestada de delincuentes.

Pero el visitante era alguien conocido: el acento escocés con que la llamaba desde el otro lado de la puerta era fácilmente reconocible como el de Ian MacDonell. Le abrió y se hizo a un lado cuando él cruzó la puerta, llenando el cuartito con su alto corpachón.

—¿Ha habido suerte?

Él resopló, dejándose caer en la silla que la muchacha acababa de desocupar.

—Depende de cómo lo mires, niña.

—Oh, ¿otro rodeo?

12

—Sí, pero parece algo mejor que un callejón sin salida.

—Supongo que sí —replicó ella, sin mucho entusiasmo.

En realidad era imposible pedir más, teniendo tan poco en qué basarse. El señor Kimball, uno de los marineros del *Portunus*, el barco de su hermano Thomas, sólo había podido decirle que estaba completamente seguro de haber visto a Malcolm Cameron, el novio de la joven desaparecido hacía años, subido al cordaje del *Pogrom*, un mercante británico, cuando los barcos se cruzaron al regresar el primero a Connecticut. Thomas no podía siquiera confirmarlo, puesto que el señor Kimball no se había molestado en mencionarle el asunto hasta que el *Pogrom* estuvo bien fuera de la vista. Pero ese barco iba hacia Europa; con toda probabilidad hacia Inglaterra, su país de origen, aunque no se encaminara directamente hacia allí.

A pesar de todo, era la primera noticia que había tenido de Malcolm en los seis años transcurridos desde que lo habían hecho prisionero junto con otros dos hombres en el *Nereus*, el barco de su hermano Warren. Había ocurrido un mes antes de que se declarara la guerra en junio de 1812.

La requisición de marineros norteamericanos por parte de la Marina inglesa había sido una de las causas de la guerra. Fue muy mala suerte que Malcolm fuera apresado en su primer viaje, y sólo porque aún tenía un ligero acento de Cornualles, Inglaterra, donde había pasado la primera mitad de su vida. Pero para entonces ya era norteamericano; sus padres, ya fallecidos, se habían instalado en Bridgeport en 1806, sin intenciones de volver jamás a Inglaterra. Sin embargo, el oficial del *HMS Devastation* no quiso creer nada de todo aquello, y Warren tenía una pequeña cicatriz en la mejilla que probaba lo decididos que estaban los británicos a hacerse con cuantos hombres pudieran.

Más adelante, Georgina supo que al *HMS Devastation* lo habían retirado del servicio hacia la mitad de la contienda, y a su tripulación la habían repartido entre otros cinco o seis barcos de guerra. Desde entonces no había recibido noticias. Qué estaría haciendo Malcolm en un mercante inglés ya terminada la guerra era algo que carecía de importancia. Por fin Georgina tenía un medio de dar con él. Y no abandonaría Inglaterra hasta que no lo hubiera conseguido.

—Bien, ¿con quién te han dicho que hables ahora? —preguntó, con un suspiro—. ¿Otra vez alguien que conoce a alguien que a su vez conoce a otro alguien que podría saber dónde está Malcolm?

Mac rió entre dientes.

—Dicho así, se diría que vamos a pasarnos la vida andando en círculos, pequeña. Hace sólo cuatro días que lo buscamos. Me parece que no nos vendría mal tener una pizca de la paciencia de Thomas.

—No me nombres a Thomas, Mac. Todavía me enfurece que no haya venido personalmente a buscar a Malcolm por mí.

—Lo habría hecho…

—¡Dentro de seis meses! Quería que yo esperara otros seis meses, hasta que él volviera de su viaje a las Indias Occidentales. Y después, quién sabe cuántos meses más transcurrirían hasta que llegara aquí, encontrara a Malcolm y volviera a casa con él. Bueno, habría sido demasiado tiempo después de haber esperado ya seis años.

—Cuatro —corrigió él—. No habrían permitido que te casaras hasta los dieciocho, aunque el muchacho pidiera tu mano dos años antes.

—Eso no viene al caso. Si alguno de mis otros hermanos hubiera estado en casa, bien sabes que habría venido aquí directamente. Pero no: tenía que ser el optimista de Thomas, el único de ellos que tiene la paciencia de un santo, y su *Portunus*, el único buque de la Skylark en puerto. Ésa es la suerte que tengo. ¿Sabes que se echó a reír cuando le dije que si yo seguía haciéndome mayor lo más probable era que Malcolm me rechazara?

Mac apenas pudo evitar sonreír ante esa sincera confesión. No era de extrañar que el hermano de la muchacha se hubiera reído. Claro que ella nunca había confiado mucho en su atractivo personal, pues no fue hasta los diecinueve años cuando se empezó a vislumbrar la belleza en la que se había transformado. Para conseguir marido confiaba en el barco que pasó a su propiedad al cumplir los dieciocho y en los intereses que tenía en la compañía Skylark. Mac opinaba que era precisamente eso lo que había llevado al joven Cameron a pedir su mano antes de partir con Warren hacia el Lejano Oriente, en un viaje que iba a durar varios años.

Pues bien, habían pasado unos cuantos más, gracias a la arrogancia británica en alta mar. Pero la muchacha no prestaba atención a sus hermanos, quienes le aconsejaban olvidarse de Malcolm Cameron. Incluso una vez terminada la guerra, cuando el joven no volvió a su patria como se esperaba que hiciera, ella se mantuvo decidida a esperarlo. Habría bastado eso para advertir a Thomas de que su hermana no estaba dispuesta a aceptar retrasos mientras él realizaba su viaje a las Indias Occidentales y entregaba su carga en cinco o seis puertos diferentes. ¿Acaso no era tan aventurera como el resto de la familia? Lo llevaban en la sangre. ¿Y acaso no carecía de la paciencia de Thomas, como todos sabían?

Desde luego, se podía perdonar a Thomas por pensar que el problema no caería sobre sus espaldas, ya que el barco de Drew, el cuarto de los varones, tenía que arribar a finales del verano. Y Drew, que siempre se quedaba en casa varios meses entre un viaje y otro, nunca había sabido negar nada a la única mujer de la familia. Pero la muchacha tampoco quiso esperarlo. Se hizo con un pasaje para un buque que zarpaba sólo tres días después que el de Thomas y de alguna forma logró convencer a Mac para que la acompañara, y éste aún no comprendía cómo había acabado creyéndose que la idea había sido suya y no de la muchacha.

—Bueno, Georgie, no nos va tan mal con nuestra cacería, considerando que aquí, en Londres, hay más

15

gente que en todo el estado de Connecticut. Podría haber sido mucho peor si el *Pogrom* estuviera ahora en puerto, con toda su tripulación desperdigada por ahí. Ahora bien, el hombre con quien voy a encontrarme mañana por la noche, según dicen, conoce muy bien a ese muchacho. El tipo con quien he hablado hoy dice que Malcolm abandonó el barco con un tal señor Willcocks. ¿Quién mejor que él para saber dónde buscarlo?

—Suena prometedor, sí —reconoció Georgina—. Ese tal señor Willcocks podría llevarte directamente a donde está Malcolm, de modo que… me parece que te acompañaré.

—¡Nada de eso! —le espetó Mac, incorporándose y frunciendo el ceño—. Vamos a encontrarnos en una taberna.

—¿Y qué?

—¿Para qué estoy aquí, sino para evitar que hagas locuras peores que la de venir a este lugar?

—Oye, Mac…

—¡Nada de «Oye, Mac», jovencita! —le reconvino con severidad.

Pero ella le dirigió esa mirada que anunciaba su determinación a salirse con la suya. Mac gruñó para sus adentros. Sabía perfectamente que no había modo de hacerle cambiar de idea cuando algo se le metía en la cabeza. La prueba era que estaba allí y no en su casa, como sus hermanos creían.

2

Al otro lado del río, en el selecto West End, el carruaje que llevaba a sir Anthony Malory se detuvo ante una de las elegantes casas de Piccadilly. Había sido su residencia de soltero, aunque en la actualidad había dejado de serlo, pues ahora volvía a ella con su flamante esposa, lady Roslynn.

Su hermano James Malory, que se hospedaba con él mientras se encontraba en Londres, salió al vestíbulo al oírlo llegar tan tarde, justo a tiempo para verle cruzar el umbral con la recién casada en brazos. Puesto que aún no sabía que ella era ya su esposa, la amabilidad de sus palabras tenían su justificación.

—Tengo la impresión de que no debería estar aquí presenciando esto.

—Tenía la esperanza de que no lo hicieras —admitió Anthony, cruzándose con él camino de la escalera con la femenina carga aún en brazos—. Pero lo has hecho, debes saber que me he casado con ella

—¡Qué diablos dices!

—Es cierto. —La recién casada rió de un modo delicioso—. ¿O crees que cruzo los umbrales en brazos de cualquiera?

Anthony se detuvo por un momento al reparar en la expresión incrédula de su hermano.

—Por Dios, James, toda la vida he esperado la ocasión de verte enmudecido y boquiabierto. Pero comprenderás perfectamente que no espere a que te recuperes, ¿verdad?

Y desapareció de inmediato por la escalera.

Por fin James logró cerrar la boca. Luego la abrió otra vez para apurar de un trago el coñac que aún tenía en la mano. ¡Increíble! ¡Anthony, atrapado! ¡El mujeriego más famoso de Londres! Bueno, el más famoso sólo porque James había renunciado a tal distinción al abandonar Inglaterra hacía diez años. Pero Anthony... ¿qué lo habría inducido a algo tan horrendo?

Claro que la dama era inefablemente hermosa, pero era impensable que Anthony no pudiera poseerla de otra manera. En realidad, James sabía que su hermano ya la había seducido, justamente la noche anterior. Por tanto, ¿qué motivo podía tener para casarse con ella? La muchacha no tenía familia que lo obligara a hacerlo. Desde luego, nadie podía obligarlo a nada, con la posible excepción de su hermano mayor, Jason, marqués de Haverston y el cabeza de familia. Pero ni el mismo Jason habría conseguido que Anthony se casara. ¿Acaso no le insistía sin éxito desde hacía años?

Así que nadie le había puesto una pistola en la sien ni lo había forzado en modo alguno a cometer semejante ridiculez. Además, Anthony no era como Nicholas Éden, el vizconde de Montieth, que sucumbía a la presión de los mayores. Éste se había visto obligado a casarse con la sobrina de los Malory, Regan o Reggie, como la llamaban el resto de la familia. El mismo Anthony lo había presionado, ayudado en parte por su hermano Edward y por la familia del propio Nicholas. ¡Por Dios, James aún lamentaba no haber estado presente para añadir algunas amenazas por cuenta propia!; pero en aquel momento la familia ignoraba que había regresado a Inglaterra, y que había intentado tender una emboscada a ese mismo vizconde con la intención de propinarle la soberana paliza que en su opinión merecía por muy diferentes motivos. En realidad lo había hecho, haciendo que el joven granuja estuviera a punto de faltar a su boda con Regan, la preferida de sus sobrinas.

Meneando la cabeza, volvió a la sala y a la botella de coñac; quizá un par de copas más le dieran la respuesta. El amor quedaba descartado; si Anthony no había sucumbido a esa emoción en los diecisiete años que llevaba dedicado a seducir al bello sexo, ya tenía que ser tan inmune a éste como el mismo James. También se podía descartar la necesidad de tener un heredero, puesto que los títulos de su familia ya estaban asegurados. Jason, el hermano mayor, tenía un hijo único: Derek, ya adulto y emulando a sus tíos más jóvenes. Y Edward, el segundo de los Malory, tenía cinco hijos, todos casaderos excepto Amy, la menor. Incluso él tenía un hijo, Jeremy; aunque era ilegítimo y James había descubierto su existencia hacía sólo seis años. Hasta entonces no había sabido que era padre de un muchacho, nacido y criado por su madre en una taberna, donde había seguido trabajando al morir ella. Jeremy tenía ya diecisiete años; hacía todo lo posible por ser tan calavera como su padre, cosa que conseguía de forma admirable. Así pues, Anthony, el cuarto hermano varón, no tenía ninguna necesidad de perpetuar el linaje. Los tres Malory mayores se habían encargado de ello.

James se tumbó en un sofá, con la botella de coñac. Como medía casi un metro ochenta, apenas había espacio para su corpachón. Pensó en los recién casados y en lo que estarían haciendo en el piso de arriba. Sus labios sensuales y bien formados se curvaron en una sonrisa. No acertaba a comprender por qué había hecho su hermano algo tan espantoso como casarse, error que él no cometería jamás. Pero era preciso admitir que si Anthony había dado un paso como éste lo había hecho con una mujer de primera como Roslynn Chadwick. No, no, ahora ya se llamaba Roslynn Malory… Pero seguía siendo una pieza de primera.

El mismo James había pensado en cortejarla, pese a que Anthony la reclamaba para sí. Lo cierto era que en la pícara juventud de ambos, allí en la ciudad, los dos solían perseguir a la misma mujer simplemente por divertirse. En general, el ganador era el primero en el que la dama en cuestión posara los ojos, ya que Anthony era un apuesto demonio ante quien las mujeres apenas podían resistirse, y lo mismo podía decirse de James.

Sin embargo, no había dos hermanos de aspecto más diferente. Anthony era más alto y más delgado. Había heredado el tipo moreno de su abuela: pelo negro y ojos azules cobalto, como Regan, Amy y, extrañamente, como Jeremy, el hijo del propio James, que se parecía más a su tío que a su padre. James, en cambio, tenía los rasgos más comunes entre los Malory: pelo rubio, ojos de un tono verdoso y cuerpo robusto. Fuerte, rubio y apuesto, como solía decir Regan.

James rió entre dientes al pensar en la querida muchacha. Melissa, la única mujer entre los hermanos, murió cuando su hija tenía sólo dos años, por lo que él y sus hermanos habían tomado parte en la educación de Regan. Para todos ellos era como una hija. Pero ahora estaba casada con ese simple de Eden, y por propia voluntad. ¿Qué podía hacer él, salvo tolerar a ese fulano? A fin de cuentas, Nicholas Eden estaba demostrando ser un marido ejemplar.

Marido, marido. A Anthony le faltaba un tornillo, obviamente. Al menos Eden tenía una excusa, porque adoraba a Regan. Pero Anthony adoraba a todas las mujeres. En eso ambos hermanos se parecían. Y aunque James hubiera cumplido ya los treinta y seis, no había mujer en la tierra que pudiera inducirlo al matrimonio. Amarlas y abandonarlas: era el único modo de entenderse con ellas. Ese credo le había sido útil durante todos esos años y estaba decidido a ceñirse a él en los venideros.

3

Ian MacDonell era norteamericano de segunda generación, pero proclamaba a viva voz su ascendencia escocesa, de la que podía alardear gracias a su pelo color zanahoria y al suave zumbido de sus erres. Lo que no poseía era el fuerte temperamento típico de los escoceses. El suyo podía considerarse bastante apacible y así había sido durante sus cuarenta y siete años. Sin embargo, el escaso mal carácter que pudiera tener, se había visto sometido a prueba hasta el límite durante la noche anterior y la mitad del día siguiente por parte de la menor de los hermanos Anderson.

Mac, al ser vecino de la familia, los conocía desde siempre. Durante treinta y cinco años había navegado en sus barcos, comenzando como grumete del viejo Anderson hasta terminar como primer oficial en el *Neptune* de Clinton. Se negó diez o doce veces a asumir la capitanía. Al igual que Boyd, el hermano menor de Georgina, no quería que recayera sobre él tanta autoridad, aunque el joven Boyd acabaría por aceptarla con el paso del tiempo. Pero aun cinco años después de haber abandonado el mar, Mac no había sido capaz de alejarse del mundo de la navegación. Ahora se ocupaba de verificar el buen estado de conservación de los buques de la Skylark cuando regresaban a puerto.

Tras la muerte del viejo, hacía quince años, seguida poco después por la de su esposa, Mac en cierto modo había adoptado a los hijos, aunque era sólo siete años mayor que Clinton. Al fin y al cabo siempre había sido muy amigo de la familia. Los había visto crecer, había estado a su lado para darles un consejo cuando el viejo no estaba y había enseñado a los muchachos —y también a Georgina— casi todo lo que sabían sobre barcos. A diferencia del padre, que sólo pasaba en casa uno o dos meses entre un viaje y otro, Mac podía dejar transcurrir entre seis meses y un año antes de que el mar volviera a reclamarlo.

Como suele ocurrir cuando un hombre es más devoto del mar que de su familia, podía calcularse la duración de los viajes paternos por el nacimiento de los niños. Clinton era el primogénito y tenía ya cuarenta años, pero una ausencia de cuatro años en el Lejano Oriente separaba su nacimiento del de Warren, cinco años menor. Thomas nació otros cuatro años después, y transcurrieron otros cuatro antes de que llegara Drew. El nacimiento de éste era el único que el viejo había presenciado, pues una tormenta y los graves daños sufridos por su barco le obligaron a permanecer en puerto durante todo aquel año. Después, un contratiempo tras otro lo mantuvieron en casa un año más, lo suficiente para llegar a ver el nacimiento de Drew e incluso para encargar a Boyd, que nacería once meses después.

Luego venía la menor de la familia, la única niña, con otros cuatro años de intervalo entre ella y Boyd. A diferencia de los varones, que se entregaron a la mar en cuanto tuvieron la edad suficiente, Georgina estaba siempre en casa para recibir a todos los barcos. Por eso no era raro que Mac le tuviera cariño, después de haber pasado más tiempo con ella que con ninguno de sus hermanos. La había visto crecer y la conocía bien. Se sabía todas sus triquiñuelas para salirse con la suya, por lo que debería de haber procurado mantenerse firme ante su última extravagancia. Sin embargo, allí estaba, a su lado ante la barra de una de las tabernas de peor reputación del puerto. Eso habría sido suficiente para hacer que un hombre volviese al mar.

Si algo cabía agradecer, era que la muchacha hubiera comprendido en seguida que, en aquella ocasión, sus locas ideas la habían llevado demasiado lejos. Estaba nerviosa como un cachorrito *spaniel*, pese al puñal que llevaba en la manga y el otro que había escondido en la bota. De cualquier forma, su condenada tozudez no le permitía salir de allí hasta que el señor Willcocks hiciera su aparición. Al menos se las habían ingeniado bastante bien para ocultar su feminidad.

Mac había supuesto que aquel obstáculo le impediría acompañarlo a la cita, pero la muchacha, a sus espaldas, había salido ya entrada la madrugada a robar la ropa que colgaba de un tendedero. Le mostró las prendas por la mañana, cuando él se decidió a mencionarle la necesidad de comprar un disfraz para el que no tenían dinero.

Ocultaba sus delicadas manos en los guantes más mugrientos que Mac había visto en su vida, tan grandes que apenas lograba levantar la jarra de cerveza que él le había traído. Los remendados pantalones, en cambio, tendrían que haber sido bastante más anchos a la altura del trasero; pero al menos el suéter cubría la tirantez del busto, siempre que la muchacha no levantara los brazos, porque entonces el suéter se erguía. Las botas que calzaba eran de ella, pero las había estropeado de tal manera que sería imposible repararlas; así pasaban por un calzado de hombre que habría debido tirarse hacía años. Los rizos castaños se escondían bajo una gorra de lana, encasquetada de modo que le cubría el cuello, las orejas y también los ojos pardos, siempre que se las compusiera para mantener la cabeza gacha, cosa que conseguía hacer.

En verdad daba lástima, pero lograba confundirse entre aquel montón de andrajosos que rondaban por el muelle mejor que el mismo Mac con su ropa: no era lujosa, pero sí de mejor calidad que la que llevaban aquellos rudos marineros... Al menos, así fue hasta que aparecieron por la puerta dos caballeros de la aristocracia.

Resulta sorprendente el modo en que enmudece una habitación ruidosa cuando aparece un elemento que está fuera de lugar. En este caso, sólo se oyó alguna respiración pesada y, quizá unos pocos, el susurro de Georgina:

—¿Qué pasa?

Mac, en vez de responder, le propinó un codazo para hacerle guardar silencio, al menos hasta que pasaran esos tensos segundos en que todo el mundo contemplaba el atuendo de los recién llegados y decidía que lo mejor era ignorarlos. A partir de ahí, el ruido fue aumentando de forma gradual. Al mirar a su acompañante, Mac advirtió que aún se esforzaba por no llamar la atención, no haciendo otra cosa que mirar fijamente su jarra de cerveza.

—No son nuestros hombres. Sólo un par de aristócratas, a juzgar por su aspecto elegante. Me parece un poco raro que hayan venido aquí.

Mac percibió algo que parecía un resoplido y que se transformó luego en un susurro:

—¿No he dicho siempre que no saben qué hacer con tanta arrogancia?

—¿Siempre? —Mac sonrió—. Según recuerdo, sólo empezaste a decirlo hace seis años.

—Sólo porque hasta entonces no me había dado cuenta —protestó Georgina.

Aquel tono, por no mencionar lo falso de la afirmación, estuvo a punto de arrancar una carcajada a su compañero. El rencor que la muchacha sentía hacia los ingleses, que le habían robado a su Malcolm, no había cedido con el final de la guerra; probablemente no desaparecería mientras no recuperara al joven. Pero sobrellevaba esa aversión de manera controlada. Al menos, eso era lo que Mac había pensado siempre. Los hermanos rabiaban y lanzaban pintorescas invectivas contra las injusticias que los británicos infligían a los norteamericanos, perpetradas por la nobleza gobernante. Y esto ya les ocurría desde mucho antes de la guerra, antes de que el bloqueo británico de los puertos europeos afectara a la marcha de sus negocios. Si alguien tenía mala voluntad hacia los ingleses, ésos eran los hermanos Anderson.

Por lo tanto, durante más de diez años la muchacha había oído la expresión «cerdos arrogantes» referida a los ingleses, pero entonces se limitaba a escuchar con leves gestos de asentimiento, solidarizándose con la situación de sus hermanos sin sentirse implicada realmente en ella. Sin embargo, cuando los abusos británicos la afectaron personalmente con la desaparición de su prometido, la historia cambió. Ella no se acaloraba tanto como sus hermanos, pero nadie podía poner en duda el desprecio y la total antipatía que le inspiraba todo lo inglés. Simplemente lo expresaba con más delicadeza.

Georgina percibió la diversión de Mac sin ver siquiera su gran sonrisa. Se sintió tentada de darle un puntapié en la espinilla. Cuando ella estaba temblando en su asiento, temerosa hasta de levantar la cabeza en aquel atestado infierno, lamentándose de la tozudez que la había llevado hasta aquel lugar, ¿cómo podía él encontrar algo divertido en tal situación? Por un momento, se sintió impulsada a volverse para echar un vistazo a aquellos elegantes señores. Seguramente estarían emperifollados de pies a cabeza, según era la costumbre entre los de su clase. No le cabía en la cabeza que a Mac pudiera haberle divertido lo que ella acababa de decir.

—Willcocks, Mac. ¿Te acuerdas? El motivo por el que hemos venido. Si no es demasiada molestia…

—Anda, no te enfades— le regañó con suavidad.

Ella suspiró.

—Disculpa. Pero me gustaría que ese fulano apareciera de una vez, si es que piensa venir. ¿Estás seguro de que no está aquí?

—Hay unas cuantas verrugas en las mejillas y las narices de esta gente por lo que veo, pero ninguna de un centímetro de longitud en el labio inferior de un rubio bajo y regordete, de unos veinticinco años. Con esa descripción sería muy difícil que no lo reconociéramos.

—Si es que la descripción es acertada —apuntó Georgina.

Mac se encogió de hombros.

—Es todo lo que sabemos. Mejor que nada, creo yo. No me gustaría ir de mesa en mesa a preguntar... ¡Dios nos proteja, se te están saliendo los rizos, ni...!

—¡Chist! —lo acalló Georgina, antes de que completara la mortífera palabra *niña*. Pero levantó inmediatamente el brazo para esconder los rizos caídos.

Por desgracia, al hacerlo levantó el suéter, descubriendo así el ceñido trasero que ni por casualidad podía confundirse con el de un chico. Con la misma celeridad volvió a cubrirlo poniendo los brazos en la barra, pero no antes de que lo viera uno de aquellos dos caballeros bien vestidos, los mismos que tanta curiosidad habían despertado con su llegada y que ahora estaban sentados a una mesa, a dos metros de distancia.

James Malory se quedó intrigado, aunque no dio muestras de ello. Aquélla era la novena taberna que visitaba con Anthony en busca de Geordie Cameron, el primo escocés de Roslynn. Esa mañana se había enterado de que Cameron, en su intento de lograr que Roslynn lo aceptara por marido, había llegado a raptarla, aunque ella se las había arreglado para escapar. Ése era justamente el motivo por el que Anthony acababa de casarse con la muchacha: para protegerla de ese primo procaz. Al menos, ésa era la explicación que daba. Y a pesar de ello Anthony estaba decidido a buscar al individuo para impresionarlo con una buena paliza, ponerlo al corriente de la boda de su prima y enviarlo de regreso a Escocia, no sin advertirle que no volviera a molestarla. Todo para proteger a la recién casada... ¿o acaso en la participación de su hermano había algo más personal?

Cualesquiera que fuesen sus verdaderos motivos, Anthony estaba seguro de haber hallado a su hombre en el pelirrojo que estaba sentado ante el mostrador. Por eso se habían instalado tan cerca, con la esperanza de oír algo, pues sólo sabían que Geordie Cameron era alto, pelirrojo, de ojos azules y acento inconfundiblemente escocés. Esto último se reveló un momento más tarde, cuando el pelirrojo elevó un poco la voz en una frase que James hubiera jurado era simplemente un reproche contra su achaparrado compañero. Pero Anthony sólo reparó en el fuerte acento escocés.

—Ya he oído bastante —dijo secamente, levantándose con celeridad.

James, mucho más familiarizado que su hermano con las tabernas del puerto, sabía a la perfección lo que ocurría en cuanto alguien iniciaba una pelea. En cuestión de segundos, a los contrincantes se les agregaba la taberna entera. Y aunque Anthony, al igual que él, fuera un boxeador de primera, en lugares como aquél no se aplicaban las reglas de la caballerosidad. Mientras uno estaba ocupado en esquivar los golpes de un hombre, lo más probable era que otro le clavase una puñalada por la espalda.

Le bastó imaginar eso para sujetar a su hermano por el brazo, susurrando:

—No has oído nada. Actúa con sensatez, Tony. Nadie sabe cuántos matones suyos hay aquí. Podemos esperar perfectamente un poco más, hasta que salga.

—Tú podrás esperar cuanto quieras, pero yo tengo a una flamante esposa en casa a la que ya he hecho esperar demasiado.

Sin embargo, antes de que diera un paso más, a James se le ocurrió la buena idea de pronunciar en voz alta «¿Cameron?», con la esperanza de que la falta de respuesta hiciera razonar a su hermano. Por desgracia, obtuvo respuesta en abundancia.

Georgina y Mac giraron al mismo tiempo al oír ese apellido. Ella lo hizo con la esperanza de ver a Malcolm, pese a que le daba miedo quedar a la vista de toda la concurrencia. Tal vez era a él a quien llamaban. Mac, en cambio, adoptó una postura agresiva en cuanto vio que aquel aristócrata alto y moreno se liberaba de la mano de su rubio compañero clavando una mirada claramente hostil en él. En cuestión de segundos el hombre estaba junto a ellos.

Georgina no pudo evitarlo. Miró boquiabierta al hombre alto y moreno que se acercaba a Mac; era el tipo más apuesto y con los ojos más azules que había visto nunca. Lo reconoció. Era uno de los caballeros que tanto habían llamado la atención al entrar. Pero su aspecto no respondía en absoluto a la imagen que tenía de la gente de su clase. Aquel caballero no tenía nada de petimetre. Su ropa era de la mejor calidad, pero sobria, sin vistosos satenes ni llamativo terciopelo. De no ser por la corbata, excesivamente moderna, lucía el atuendo que cualquiera de sus hermanos hubiera escogido para vestir elegantemente.

Todo eso quedó registrado en su mente, pero no impidió que su nerviosismo se acentuara, pues en la actitud del hombre no había nada de cordial. Por el contrario, delataba una furia dominada a duras penas y dirigida exclusivamente hacia Mac.

—¿Cameron? —inquirió el hombre a Mac, en voz, baja.

—Me llamo MacDonell, amigo. Ian MacDonell.

—¡Mientes!

Georgina se quedó atónita al oír esa acusación. Luego ahogó un grito al ver que el hombre aferraba a Mac por las solapas levantándolo bruscamente. Los dos se fulminaron con la mirada, con apenas unos centímetros de separación entre sus rostros, los ojos grises de Mac ardiendo de indignación. ¡Dios, ella no podía permitir que empezaran a pelearse! Aunque Mac disfrutase con las reyertas como cualquier buen marinero, no estaban allí para eso, qué diablos. Y no podían permitirse llamar la atención de aquella forma. Al menos, ella no.

Sin detenerse a pensar que no sabía cómo usar un puñal, Georgina sacó el que llevaba en la manga. En realidad no pretendía utilizarlo, sino sólo amenazar silenciosamente al elegante caballero para que se echara atrás. Pero antes de que pudiera sujetar bien el arma con sus enormes guantes, alguien se lo hizo soltar de la mano.

Demasiado tarde, ya presa del pánico, recordó que

el atacante de Mac no estaba solo. No sabía por qué la habían tomado con ella y con Mac estando la taberna llena de rudos marineros, si lo que buscaban era un poco de diversión. Pero había oído contar cosas de ésas. Al parecer, a los arrogantes caballeros les gustaba manifestar su importancia por ahí, intimidando a las clases bajas con su rango y su poder. Bien, ella no pensaba permitir semejante abuso cruzada de brazos. Oh, no. Ante la injusticia de ese ataque sin motivo, una injusticia como la que había ocasionado la pérdida de su Malcolm, olvidó por completo la necesidad de permanecer sin llamar la atención.

Se volvió para atacar, ciega, furiosa, con todo el rencor y el resentimiento acumulados en los últimos cinco años hacia los ingleses y hacia sus aristócratas en especial. No cesó de dar patadas y puñetazos, pero por desgracia eso sólo sirvió para que le dolieran los puños y la punta de los pies. Aquel condenado hombre era como un muro de ladrillos, lo que la enfureció más aún, privándola de utilizar su sentido común y apartarse de ellos.

Aquellos forcejeos habrían podido continuar indefinidamente, si no hubiera sido porque el «muro de ladrillos» decidió que ya bastaba. De súbito, Georgina se vio alzada en vilo sin el menor esfuerzo. Horrorizada, advirtió que la mano que la sujetaba estaba plantada sobre su pecho.

—Ciertamente, prefiero no hacerlo.

—Ya lo suponía

—Tú no te metas en esto, amigo —advirtió el marinero al hermano—. Este hombre no tiene derecho a venir aquí y robarnos, no a una, sino a dos de nuestras mujeres.

—¿Dos? ¿Esta pequeña granuja es tuya? —El hermano echó una mirada a Georgina, que parecía tener deseos de asesinar a alguien. Tal vez por eso vaciló antes de preguntarle a ella—: ¿Le perteneces, tesoro?

Oh, cuánto le habría gustado responder que sí. Y lo habría hecho, de haber tenido la menor posibilidad de escapar mientras aquellos dos arrogantes petimetres eran reducidos a polvo. Pero no podía correr el riesgo por muy furiosa que estuviera con aquellos dos entrometidos aristócratas, sobre todo con el llamado James, que la manoseaba de aquel modo. Las circunstancias la obligaron a dominar su ira y a responder negativamente con la cabeza.

—Creo que eso lo aclara todo, ¿no? —Evidentemente, no era una pregunta—. Ahora pórtate bien y deja el paso libre.

El marinero, asombrosamente, se mantuvo en sus trece.

—Éste no va a llevársela.

—¡Oh, demonios! —protestó cansado el caballero, un momento antes de que su puño se estrellara contra la mandíbula del fulano.

El marinero aterrizó a un par de metros totalmente fuera de combate.

Su compañero de mesa se levantó rugiendo, pero no con la suficiente rapidez. Un breve derechazo lo envió de regreso a su silla, obligándole a llevarse una mano a la nariz para detener la sangre que le brotaba de ella.

El caballero giró en redondo con lentitud, arqueando una de sus negras cejas a modo de interrogación:

—¿Algún otro interesado?

Mac sonreía tras él. Ahora caía en la cuenta de la suerte que había tenido al no enzarzarse con aquel inglés. Esta vez nadie hizo ademán de aceptar el desafío. Todo había sido demasiado rápido, y todos los presentes sabían reconocer a primera vista a un luchador experto.

—¡Muy bien hecho, muchacho! —exclamó James, felicitando a su hermano—. Y ahora, ¿podemos salir de aquí?

Anthony le hizo una profunda reverencia y se enderezó con una sonrisa.

—Después de ti, compañero.

Una vez en la calle, James dejó a la muchacha de pie frente a sí. Entonces ella pudo mirarlo bien por primera vez, a la luz del farol instalado encima de la puerta de la taberna. La impresión le bastó para vacilar apenas un segundo antes de propinarle un puntapié en la espinilla y echar a correr calle abajo. Él soltó una palabrota con violencia y salió tras ella, pero se detuvo algunos metros más allá, comprendiendo que era inútil: la mujer ya se había perdido de vista en la calle oscura.

Giró en redondo y volvió a blasfemar. MacDonell también había desaparecido.

—Y ahora, ¿dónde diablos se ha metido ese escocés?

Anthony estaba tan absorto riéndose que no lo oyó.

—¿Qué dices?

James esbozó una sonrisa forzada.

—Ese escocés, se ha ido.

Su hermano, ya calmado, se giró para contemplar el desierto callejón.

—¡Vaya, qué desagradecido! Yo quería preguntarle por qué ambos se volvieron al oír el nombre de Cameron.

—¡Al diablo con eso! —le espetó James—. ¿Cómo haré para buscar a esa mujer si no sé quién es?

—¿Buscarla? —Anthony reía otra vez—. Eres terriblemente insaciable, hermano. ¿Para qué quieres a una muchacha que insiste en hacerte daño, si tienes a otra contando los minutos que faltan para que regreses?

La camarera con la que James se había citado para más tarde ya no le interesaba tanto.

—Despertó mi curiosidad —replicó simplemente. Luego se encogió de hombros—. Pero supongo que tienes razón. Esa camarerita me ha de servir igual, aunque haya pasado casi tanto tiempo contigo como conmigo.

Sin embargo, echó otra mirada a la calle desierta antes de encaminarse con su hermano hacia el carruaje que les esperaba.

4

Georgina tiritaba sentada al pie de una escalera que conducía a un sótano. No había luz que atravesara la intensa penumbra de esos últimos escalones. El edificio, fuera lo que fuese, permanecía silencioso y oscuro. También la calle había quedado en silencio a esa distancia de la taberna.

Si temblaba no era exactamente de frío. Después de todo era verano y el clima en aquel lugar se parecía mucho al de su Nueva Inglaterra. Probablemente se trataba de una reacción tardía de conmoción, resultado de una gran ira repentina, demasiado miedo y demasiadas sorpresas. Pero ¿quién habría pensado que el muro de ladrillos era así?

Aún veía sus ojos, mirándola desde aquella cara patricia: ojos severos, ávidos, claros como el cristal. Y eran de color verde, no de un verde espectacular, pero aun así brillantes y tan… tan… intimidadores fue la palabra que se le ocurrió, sin que pudiera determinar por qué. Eran de la clase de ojos que podían atemorizar a un hombre, y mucho más a una mujer. Ojos directos, temerarios, implacables. Se estremeció de nuevo.

Se estaba dejando llevar por su imaginación. Aquellos ojos sólo habían expresado curiosidad al mirarla…

No, no sólo eso. Había en ellos algo más, algo con lo que no estaba familiarizada, algo que era incapaz de nombrar por falta de experiencia, algo innegablemente perturbador. ¿Qué era?

¡Bah! ¿Qué importaba? ¿Y a qué venían esos intentos de analizar a aquel hombre? Gracias a Dios, jamás volvería a verlo. Y en cuanto dejaran de molestarle los dedos del pie, doloridos por la última patada que había logrado asestarle, también dejaría de pensar en él.

¿James era su nombre o el apellido? No importaba. Y esos hombros, Dios mío, qué anchos. Un muro de ladrillos, sí, un gran muro de ladrillos, pero de ladrillos encantadores. ¿Encantadores? Rió como una niña pequeña. Bueno, ladrillos atractivos, muy atractivos. No, no, ¿en qué estaba pensando? Aquel hombre era un gorila de facciones interesantes y nada más. Por otra parte, era inglés, demasiado viejo para ella y, peor todavía, uno de esos odiados aristócratas, probablemente rico, con posibilidades de comprar lo que deseara y la temeridad de hacer lo que se le antojara. A un hombre así, las normas nada le importaban. ¿Acaso no había abusado de ella de manera infame? Ese sinvergüenza, ese asqueroso…

—¿Georgie?

El susurro voló hasta ella, no muy cercano. Respondió sin molestarse en bajar la voz:

—¡Aquí abajo, Mac!

Durante algunos instantes sólo se oyeron los pasos de Mac; luego apareció su sombra en lo alto de la escalera.

—Ya puedes subir, niña. La calle está desierta.

—Ya me había dado cuenta de que estaba desierta —gruñó Georgina, mientras subía—. ¿Por qué has tardado tanto? ¿Te han entretenido más?

—No. He estado esperando junto a la taberna para asegurarme de que no te seguían. Creo que el rubio tenía intenciones de hacerlo, pero su hermano se rió tanto de él que le obligó a pensarlo mejor.

—¡Como si hubiera podido alcanzarme, grandote y torpe como era! —bufó ella.

—Alégrate de que no haya probado a hacerlo —repuso Mac, mientras la conducía calle abajo—. Puede que la próxima vez me escuches cuando te diga que...

—Por favor, Mac; si te atreves a decirme «ya te lo había advertido», te prometo que no te dirigiré la palabra en toda una semana.

—Bueno, pensándolo bien, podría ser una bendición.

—Bien, de acuerdo, lo admito: me he equivocado. No volveré a acercarme a ninguna taberna, salvo a esa en la que estamos obligados a alojarnos, y allí utilizaré sólo la escalera de atrás como acordamos. ¿Me perdonas por ser la responsable de que casi te pulverizaran?

—No tienes que disculparte por lo que no es culpa tuya, niña. Aquellos dos señores me confundieron con otra persona; no tiene nada que ver contigo.

—Pero estaban buscando a un Cameron. ¿No sería a Malcolm?

—No, imposible. Me confundieron con Cameron por mi aspecto. Pero dime, ¿me parezco en algo a ese muchacho?

Georgina sonrió, aliviada al menos en ese punto. El día que aceptó con tanta emoción la propuesta matrimonial, Malcolm era un muchacho flacucho de dieciocho años. Ahora debía de ser ya un hombre, probablemente más corpulento y hasta quizá algo más alto. Pero seguiría siendo el mismo, con su pelo negro y sus ojos azules, tan parecidos a los de aquel arrogante inglés. Además, tenía veinte años menos que Mac.

—Bueno, quienquiera que sea su Cameron, no me inspira otra cosa que lástima, pobre hombre —comentó.

Mac rió entre dientes.

—Te ha asustado, ¿eh?

—¡Cuál? Creo recordar que eran dos.

—Sí, pero sólo has tenido que vértelas con uno.

Ella no pensaba discutir al respecto.

—¿Por qué era ese hombre tan... diferente, Mac? Los dos eran del mismo tipo, pero no del todo. Al parecer eran hermanos, aunque mirándolos no te habrías dado cuenta. Sin embargo, el que se llamaba James tenía algo más, distinto… Oh, no estoy segura de saber qué es lo que quiero decir.

—Me sorprende que lo notaras, tesoro.

—¿El qué?

—Que él era el más peligroso de los dos. Bastaba mirarlo para darse cuenta, bastaba con ver el modo en que nos miró a todos al entrar, directamente a los ojos. Se habría peleado con todos aquellos sujetos carcajeándose al mismo tiempo. Ese hombre, pese a toda su elegancia, se sentía muy a sus anchas entre aquella gentuza.

—¿Todo eso lo supiste con sólo mirarlo? —la muchacha sonreía.

—Sí, bueno… Digamos que es instinto, pequeña, y experiencia con gente como él. Tú también lo sentiste, así que no te burles… y alégrate de ser rápida corriendo.

—¿Qué quieres decir con eso? ¿Crees que no nos habría dejado ir?

—A mí, sí. A ti, no sé. Ese hombre te sujetaba como si no quisiera perderte, niña.

Sus costillas podían atestiguarlo, pero Georgina se limitó a chasquear la lengua.

—Pues si no me hubiera sujetado así, le habría roto la nariz.

—Creo recordar que lo intentaste sin mucha suerte.

—Podrías halagarme un poco —suspiró la muchacha—. He pasado por un mal momento.

Mac resopló:

—Te he visto pasarlo peor con tus propios hermanos.

—Ésos eran juegos de niños, y te recuerdo que fue hace años.

—Pues el invierno pasado te vi perseguir a Boyd por toda la casa, con ojos de asesina.

—Ése todavía es una criatura. Y horriblemente travieso.

—Es mayor que tu Malcolm.

—¡Basta! —Georgina se adelantó a grandes pasos y

protestó, por encima del hombro—. Eres tan malo como todos ellos, Ian MacDonell.

—Bueno, niña, si quieres que te compadezcan, ¿por qué no lo dices? —le gritó, antes de dejar escapar la carcajada que estaba conteniendo.

5

Hendon era una aldea situada a diez kilómetros al noroeste de Londres. El viaje hasta allí, montados en dos viejos rocines que Mac había alquilado para la ocasión, resultó muy agradable, como gran concesión a Georgina, que aún despreciaba todo lo inglés. La campiña boscosa que atravesaban era encantadora: valles y ondulantes colinas ofrecían estupendos panoramas; había muchos senderos sombreados, llenos de setos espinosos con capullos blancos y rosados a punto de florecer, madreselvas, rosas silvestres y campanillas junto al camino.

La aldea en sí era pintoresca, con un grupo de arracimadas casitas rústicas, una casa solariega relativamente nueva y hasta un gran asilo de pobres de ladrillo rojo. Había una pequeña posada, pero se oía tanto bullicio en el jardín que Mac prefirió continuar hacia la vieja iglesia cubierta de hiedra, con su alta torre de piedra, que se alzaba en el extremo norte de Hendon. Allí esperaba dar con la cabaña de Malcolm.

Había sido una sorpresa descubrir que, en realidad, el joven no vivía en Londres. Les había costado tres largas semanas averiguarlo después de localizar por fin al señor Willcocks, el supuesto amigo de Malcolm, quien después de todo resultó no serlo. Pero les llevó por otros caminos hasta que al fin tuvieron un poco de suerte; mejor dicho, la tuvo Mac, al hallar a alguien que conocía el paradero de Malcolm.

Mac dedicaba la mitad del día a trabajar para obtener dinero con que pagar los pasajes de regreso, y la otra mitad, a la búsqueda de Malcolm; mientras tanto Georgina, por recomendación suya, había pasado aquellas tres semanas encerrada en su cuarto, leyendo una y otra vez el único libro que había llevado consigo en el viaje. Acabó tan asqueada de él que lo arrojó por la ventana, y como el libro golpeó a uno de los clientes de la taberna en el momento en que salía de ella, estuvo a punto de perder su cuarto debido al enojo del propietario. Fue lo único excitante que le ocurrió durante todo aquel tiempo de espera. La noche anterior, cuando ya estaba a punto de volverse loca o de arrojar algo más por la ventana para ver qué ocurría, Mac había llegado con la noticia de que Malcolm vivía en Hendon.

Hoy mismo, ella iba a reunirse con él, en cuestión de minutos. Su entusiasmo era tal que apenas podía soportarlo. Casi permaneció más tiempo acicalándose que todo lo que habían tardado en llegar a la aldea. Era la primera vez que dedicaba tanto tiempo a su aspecto personal, cosa que habitualmente no le parecía cuestión de mucha importancia. Llevaba un vestido amarillo con una chaqueta corta haciendo juego, el mejor de los conjuntos que había llevado consigo, y que sólo se había arrugado un poco en el viaje hasta la aldea. Sus espesos rizos castaños estaban bien guardados bajo la cofia de seda también amarilla, dejando caer sobre la frente los mechones cortos, que el viento agitaba contra sus mejillas, haciéndola muy atractiva. Sus mejillas resplandecían de color y se había mordido los labios hasta darles un tono más rosado.

Quedaba tan graciosa cabalgando en su viejo rocín que durante toda la mañana las cabezas se volvieron para verla pasar, intrigando a los caballeros de los carruajes con los que se cruzaban, y a los aldeanos de Hampstead, pero sólo Mac se daba cuenta. Georgina estaba demasiado concentrada en sus ensueños y recuerdos de Malcolm. Eran tristemente escasos, pero tanto más preciosos por ello.

Había conocido a Malcolm Cameron al ser arrojada por la borda del barco de Warren, harto éste de que su hermana lo fastidiara. Seis marineros saltaron al agua para rescatarla, aunque nadaba mejor que casi todos ellos. Malcolm, que estaba en el muelle con su padre, también quiso hacerse el héroe. Lo que sucedió fue que Georgina salió del agua por sus propios medios, siendo finalmente Malcolm quien hubo de ser rescatado. Pero ella se dejó impresionar por su buena intención y quedó completamente deslumbrada. El muchacho tenía ya catorce años y ella doce. Fue entonces cuando decidió que era el chico más apuesto y maravilloso del mundo.

Esos sentimientos no cambiaron mucho en los años siguientes, a pesar de que cuando se encontraron por segunda vez Malcolm necesitó que alguien le recordara quién era ella, volviendo a ocurrir lo mismo en su siguiente encuentro. Después tuvo lugar la fiesta de Mary Ann, donde Georgina lo invitó a bailar recibiendo por lo menos seis pisotones. Él tenía dieciséis años, y su aspecto era ya más varonil. Aunque en esa ocasión la reconoció, parecía más interesado en Mary Ann, una chica de su misma edad.

Naturalmente, por entonces Georgina aún no había decidido que tenía que ser para ella, ni tampoco le dejaba entrever que su deslumbramiento se había convertido en amor. Pasó un año más antes de que ella decidiera hacer algo al respecto, y lo hizo de una manera muy lógica. Malcolm era aún el muchacho más apuesto de la ciudad, pero sus perspectivas de futuro no eran muy halagüeñas, teniendo en cuenta qué ambicionaba. Ya entonces, Georgina sabía que él aspiraba a ser capitán de su propio barco, pero sólo podía alcanzar su objetivo si tomaba el camino más duro: empezando desde abajo. También era realista en cuanto a sí misma; sabía que no se destacaba por su belleza; antes bien, pasaba inadvertida entre la multitud. Tenía cinco apuestos hermanos, pero algo había salido mal al llegar la única mujer de la familia. Lo que sí poseía era una suculenta dote: su propio barco de la Skylark, que pasaría a su propiedad cuando cumpliera los dieciocho años, tal como había sucedido con cada uno de sus hermanos. Ella no podría capitanear su navío, a diferencia de los varones. Pero sí su esposo, y procuró por tanto, hábilmente, que Malcolm se diera cuenta de ello.

Fue un plan calculado, sin duda, pero no le produjo ni un mínimo de vergüenza que diera resultado. Malcolm empezó a cortejarla pocos meses antes de que cumpliera los dieciséis y se le declaró el día de su cumpleaños. ¡Tenía dieciséis años, estaba enamorada y deliraba de felicidad! No había duda de que había conseguido acallar los remordimientos que sentía por prácticamente haberse comprado un esposo. Después de todo, nadie había obligado a Malcolm. Él obtenía lo que deseaba, al igual que ella. También estaba segura de que le inspiraba algún sentimiento, que con el tiempo crecería hasta equipararse al de ella. Así que todo habría salido bien si no hubieran intervenido los malditos ingleses.

Pero intervinieron. Sus hermanos también intentaron frustrar sus ilusiones, pues Georgina descubrió que no habían hecho sino seguirle la corriente al permitir que se comprometiera a los dieciséis años. Ellos suponían que, naturalmente, cambiaría de idea cinco o seis veces antes de llegar a los dieciocho, edad en que podría casarse. No fue así, y desde el final de la guerra todos ellos se esforzaron en convencerla de que era mejor olvidarse de Malcolm y buscar otro marido. Había otros candidatos. Después de todo, su dote seguía ejerciendo una poderosa atracción. Y ella no era tan necia como para no darse cuenta de la belleza y el encanto que había ido adquiriendo en los últimos años. Sin embargo, se mantuvo leal a su único amor, aunque cada vez se le hacía más difícil hallar excusas para justificar que Malcolm no hubiera regresado para casarse con ella en los cuatro años transcurridos desde el término del conflicto. Sin duda tenía que haber un motivo y, por fin, iba a descubrirlo. Antes de partir de Inglaterra ya estaría casada.

—Es aquí, niña.

Georgina miró fijamente la encantadora casa rústica, con sus paredes encaladas y sus rosales bien cuidados. Se frotó las manos con nerviosismo y aceptó con docilidad la ayuda que Mac le ofrecía para desmontar. Ni siquiera recordaba haber esperado junto a la iglesia mientras Mac hacía indagaciones.

—Quizá no esté en casa.

Mac, sin decir nada, le tendió paciente los brazos. Ambos habían visto el humo que brotaba de la única chimenea. Era obvio que la casa estaba ocupada. Georgina se mordió el labio un momento más y, por fin, irguió los hombros. ¿Qué motivos había para ponerse nerviosa, al fin y al cabo? Tenía mejor aspecto que nunca. Estaba mucho más bonita de lo que Malcolm seguramente recordaba. Él tenía que alegrarse de que lo hubiera encontrado.

Dejó que Mac la bajara del rocín y lo siguió por el sendero de ladrillos rojos hasta la puerta. Hubiera preferido esperar unos segundos más, hasta que su corazón se apaciguara. Pero Mac no tenía en cuenta esas cosas y golpeó la puerta enérgicamente.

La puerta se abrió. Y allí estaba Malcolm Cameron. Su rostro se había desdibujado en su memoria con los años, pero ahora lo recordaba bien, pues no había cambiado en absoluto. Tenía algunas arrugas alrededor de los ojos, marca distintiva de todo marino; por lo demás, no se le veía envejecido. Al contrario, no aparentaba sus veinticuatro años. Pero había crecido, sí. Estaba realmente mucho más alto: un metro ochenta por lo menos, tanto como ese tal James… Por amor de Dios, ¿por qué pensaba ahora en aquel individuo? Sin embargo Malcolm no había desarrollado una corpulencia que compensara el aumento de estatura. Estaba delgado, casi escuálido; pero no importaba. Un pecho ancho y unos brazos musculosos figuraban en la lista de características que Georgina detestaba.

Malcolm estaba muy bien, estupendo. Seguía siendo tan atractivo que ella no prestó atención a la criatura que llevaba en brazos: una bonita niña de unos dos años, con ojos grises y una dorada melenita. Pero Georgina sólo tenía ojos para Malcolm, que a su vez la miraba como si... como si no la reconociera. Pero seguro que la había reconocido. Al fin y al cabo no había cambiado tanto. Sin duda lo suyo era sólo sorpresa, y justificada. Nada podía ser más inesperado en ese momento que verla aparecer ante el umbral de su puerta.

Era preciso decir algo, pero la mente de Georgina no parecía funcionar como era debido. En ese momento Malcolm apartó la vista de ella hacia Mac. Su expresión cambió poco a poco, iluminándose en una sonrisa de bienvenida. No pareció captar el efecto que producía en la muchacha esa indiferencia que mostraba hacia ella, ella que tanto había viajado para buscarlo.

—¿Ian MacDonell? ¿Es realmente usted?

—Sí, muchacho, en carne y hueso.

—¿Usted en Inglaterra? —Malcolm sacudió la cabeza, incrédulo, pero riendo entre dientes—. Pues me deja atónito. Pase, hombre, pase. Este encuentro va a ser largo. ¡Demonios, vaya sorpresa!

—Sí, para los tres, me parece —replicó Mac bruscamente, pero estaba mirando a Georgina—. ¿No tienes nada que decir, muchacha?

—Sí. —Georgina entró en la pequeña sala y le echó una mirada somera. Luego posó los ojos en su prometido y preguntó astutamente—: ¿De quién es esa niña, Malcolm?

Mac tosió, levantando la vista hacia el techo como si le hubiese despertado un súbito interés. Malcolm miró al visitante con el ceño fruncido mientras dejaba a la pequeña en el suelo.

—¿Nos conocemos, señorita?

—¿De veras no me reconoces? —acabó por preguntarle, algo más aliviada.

La frente de Malcolm se arrugaba cada vez más, intentando forzar su memoria

—No recuerdo...

Mac tosió otra vez, o tal vez estaba sofocándose. Georgina le dirigió una mirada reprobadora antes de dedicar una de sus sonrisas más luminosas al amor de su vida.

—Ya lo veo, pero te perdono. Después de todo ha pasado mucho tiempo, y la gente dice que he cambiado más de lo que creo. Por lo visto, es cierto. —Soltó una risa nerviosa—. Es muy incómodo tener que presentarme justamente a ti. Soy Georgina Anderson, Malcolm. Tu prometida.

—¿La pequeña Georgie? —La risa que iba a liberar no llegó a producirse; sonó más bien como un ahogo—. No puede ser. ¿Georgie?

—Pues sí, soy yo.

—¡Pero no es posible! —exclamó Malcolm, más estupefacto que dubitativo—. ¡Eres hermosa! Y ella no era... Es decir, no parecía... Nadie puede cambiar tanto.

—Como es natural, permíteme decirte que disiento de eso —replicó Georgina, con cierta rigidez—. Esto no ocurrió de la noche a la mañana, ¿sabes? Si hubieras estado allá para ver cómo se producían los cambios, gradualmente... Pero no estabas. Clinton, que estuvo ausente de casa tres años, se sorprendió al verme, pero al menos me reconoció.

—¡Es tu hermano! —protestó Malcolm.

—¡Y tú eres mi prometido! —le reprochó ella.

—Oh, Dios mío, no irás a pensar todavía que... ¿Cuánto tiempo ha pasado? ¿Cinco años, seis? Nunca creí que con lo de la guerra me esperarías. Eso lo cambió todo, ¿no te das cuenta?

—No, no me doy cuenta. Cuando empezó la guerra te encontrabas en un barco inglés, pero no fue por culpa tuya. Seguías siendo norteamericano.

—Es que de eso se trata, mujer. Nunca me sentí a gusto como norteamericano. Fueron mis padres los que quisieron instalarse allá, no yo.

—¿Qué quieres decir, Malcolm?

—Soy inglés. Siempre lo he sido. Lo reconocí cuando me requirieron. Como era tan joven, me creyeron cuando les dije que no era desertor y permitieron que me enrolase, con lo cual me alegré mucho. A mí no me importaba bajo qué bandera navegara siempre y cuando pudiese navegar. Y me va muy bien, de veras. Ahora soy segundo oficial del...

—Ya sabemos de qué barco —interrumpió Georgina ásperamente—. Así fue como te descubrimos, aunque nos ha llevado meses llegar aquí. Un barco mercante norteamericano nunca llevaría registros tan deficientes, no lo dudes. Mis hermanos saben dónde encontrar a cada uno de sus tripulantes cuando están en puerto. Pero eso no viene al caso. ¡Te pasaste a los ingleses! Cuatro de mis hermanos se ofrecieron con sus barcos como corsarios durante esa guerra. ¡Podrías haberte enfrentado con cualquiera de ellos!

—Tranquila, niña —intervino Mac—. Desde un principio sabías que tendría que combatir contra nosotros.

—Sí, pero no voluntariamente. ¡Prácticamente acaba de reconocer que es un traidor!

—No. Sólo ha admitido que ama el país en que nació. No puedes criticarlo por eso.

No, Georgina no podía, por mucho que lo deseara. Malditos ingleses. Dios mío, cómo los odiaba. No sólo le habían robado a Malcolm, sino que también le habían ganado para su propia causa. Ahora era un inglés y, obviamente, estaba orgulloso de serlo. Pero aún era su prometido. Y después de todo, la guerra había terminado.

Malcolm estaba rojo de indignación y vergüenza por las acusaciones de la joven. Ella también tenía las mejillas acaloradas. Ese reencuentro no se parecía a lo que había imaginado.

—Mac tiene razón, Malcolm. Disculpa si me he alterado por algo que... bueno, ya no importa. En realidad, nada ha cambiado. Mis sentimientos son los mismos, y la prueba es que estoy aquí.

—¿Y por qué has venido, exactamente?

Georgina lo miró por un momento sin comprender. Luego entornó apenas los ojos.

—¿Por qué? La respuesta es obvia. Lo que me pregunto es por qué ha tenido que ser necesario que yo viniera hasta aquí, y eso es algo que sólo tú puedes responder. ¿Por qué no volviste a Bridgeport al terminar la guerra, Malcolm?

—No tenía motivos para volver.

—¿Que no tenías motivos? —Georgina ahogó una exclamación—. Permíteme que te contradiga. Pero creo recordar que tenías intención de casarte conmigo. ¿O preferiste olvidarte de eso?

Él no pudo mirarla a los ojos al contestar.

—No, no lo olvidé, pero pensaba que, al ser inglés, ya no me aceptarías.

—O tú ya no me querías por ser norteamericana —le acusó ella.

—No, no fue así —protestó Malcolm—. Francamente, no se me ocurrió pensar que me esperarías. Mi barco se hundió. Supuse que me darías por muerto.

—Mi familia se dedica a la navegación, Malcolm, y nuestra información suele ser exacta. Tu barco se hundió, sí, pero no se perdió ninguna vida. Lo sabíamos. Lo que no sabíamos era qué había sido de ti después de eso... hasta que hace poco te vieron a bordo del *Pogrom*. Reconozco que pudo haberte parecido inútil regresar en busca de una prometida que posiblemente ya no estuviera esperándote. Pero lo correcto era que te hubieras asegurado. Si no querías hacer el viaje, al menos podrías haber escrito. La comunicación entre nuestros países se había reanudado. Hasta se vieron uno o dos barcos ingleses en nuestro puerto.

No podía evitar el tono sarcástico. Pensar en los años que habría podido seguir esperando a ese hombre, un hombre que nunca había tenido la intención de volver con ella... Si no se le hubiera ocurrido buscarlo, jamás habría vuelto a saber de él. Estaba dolida, y no comprendía el razonamiento de Malcolm. Ni siquiera se dignaba a mirarla.

—Sí que te escribí...

Georgina comprendió que era una mentira. Lo decía para no herirla tanto, pero eso era una salida de cobarde. Malcolm no sabía que ella ya había sacrificado su orgullo mucho antes al comprarlo a él. Por tanto, no iba a quedarse satisfecha ante excusas tan absurdas. ¡Por amor de Dios, ella misma había inventado excusas más aceptables sólo por él!

No era enojo lo que sentía, aunque sí una gran desilusión. Así pues, Malcolm no era perfecto, no tenía consideración hacia ella y carecía de honestidad. Se veía acorralado y trataba de no ofenderla con la dura verdad. De alguna manera era algo a su favor.

—Es evidente que tu carta no me llegó, Malcolm. —Al oír el resoplido de Mac, tuvo deseos de asestarle un puntapié—. Supongo que en ella me informabas de que habías sobrevivido a la guerra.

—Sí.

—Y probablemente mencionabas tu flamante patriotismo por un país que no era el mío.

—Cierto.

—Y teniendo en cuenta eso, te liberabas del compromiso matrimonial.

—Bueno, yo…

Ella interrumpió sus vacilaciones.

—¿O tal vez expresabas la esperanza de que aún quisiera casarme contigo?

—Bueno, claro…

—Y como no recibiste respuesta, diste por sentado que no era así.

—Exacto.

Georgina suspiró.

—Es una pena que la carta no me llegara. ¡Cuánto tiempo perdido!

—¿Cómo dices?

—No pongas cara de sorpresa, Malcolm. Aún quiero casarme contigo. Al fin y al cabo para eso he venido. Pero no puedo vivir en Inglaterra. Eso no lo haría ni si quiera por ti. De todas maneras, puedes venir con tanta frecuencia como gustes. Como capitán de mi barco, el *Amphitrite*, puedes solicitar exclusivamente el comercio con Inglaterra, si es ésta tu voluntad.

—Yo… eh… Por Dios, Georgie… Es que…

—¿Malcolm? —Una joven apareció de súbito, interrumpiendo sus palabras—. ¿Por qué no me has avisado de que teníamos visitas? —Y se dirigió a Georgina, con una franca sonrisa—: Soy Meg Cameron, señora. ¿Vienen ustedes de la mansión? Van a dar otra fiesta, ¿no? Georgina miró fijamente a la mujer. Luego, al niño que se escondía con timidez detrás de sus faldas. Tenía unos cinco años, el pelo oscuro de Malcolm, sus mismos ojos azules, e incluso había heredado sus hermosas facciones. Dirigió aún otra mirada al padre del niño, que parecía decididamente descompuesto.

—¿Tu hermana, Malcolm? —preguntó Georgina, con su tono más agradable.

—No.

—Ya me parecía…

6

Ni despedidas, ni buenos deseos, ni siquiera un «¡vete al diablo!». Georgina se limitó a girar en redondo para salir de la casita blanca de Hendon, dejando atrás sus esperanzas y sus sueños juveniles. Oyó que Mac decía algo; probablemente estaba disculpándola ante Meg Cameron por su falta de cortesía. Un momento después se encontraba detrás de ella ayudándola a montar en el rocín alquilado.

Mac no dijo una palabra, al menos hasta que dejaron atrás la aldea. Georgina intentó cabalgar con más rapidez, carcomida por la necesidad de alejarse cuanto antes; pero el viejo animal no la pudo complacer. Durante el trayecto Mac tuvo tiempo de sobra para estudiarla y adivinar los sentimientos que, a pesar de su sosegado aspecto exterior, pugnaban en el interior de la joven. Y algo era innegable: Mac tenía el fastidioso hábito de ser franco cuando uno menos lo deseaba.

—¿Por qué no lloras, niña?

Ella decidió no prestarle atención, sabiendo que entonces no la presionaría. Pero lo que bullía en lo más profundo de su ser tenía que explotar.

—En este momento estoy demasiado furiosa. Ese condenado sinvergüenza debió de casarse con esa mujer la primera vez que llegó a puerto, mucho antes de que acabara la guerra. No me extraña que se pasara a los británicos. ¡Le convirtieron por medio del matrimonio!

—Sí, es posible. También puede que se divirtiera un poco y no se dejara atrapar hasta la segunda llegada a puerto.

—¿Qué importa el cuándo ni el porqué? Lo cierto es que, mientras yo me quedaba en casa añorándole, él se había casado, y estaba haciendo niños y pasándoselo de maravilla.

Mac suspiró con paciencia.

—Es cierto que has perdido el tiempo, pero nunca te he visto llorando por él.

Georgina lloriqueó ante esa falta de comprensión.

—Lo amaba, Mac.

—Amabas la idea de tenerlo para ti porque era un chico muy guapo. Fue un capricho de niña que deberías haber superado al crecer. Si no hubieras sido tan fiel y tan terca, habrías renunciado a ese sueño tonto hace mucho.

—Eso no es...

—Déjame terminar sin interrumpirme. Si lo amaras de verdad, ahora estarías llorando y el enfado te vendría después, no a la inversa

—Estoy llorando por dentro —protestó ella, tiesa—, lo que pasa es que no lo ves.

—Bueno, te agradezco que me ahorres la escena, ¿sabes? Nunca he podido soportar las lágrimas de las mujeres.

Ella le clavó una mirada fulminante.

—Los hombres sois todos iguales, tan sensibles como... ¡como un muro de ladrillos!

—Si es compasión lo que buscas, no seré yo quien te la ofrezca, niña. Recuerda que te aconsejé olvidarte de ese hombre hace más de cuatro años. También te dije que lamentarías este viaje, y no precisamente por la reacción de tus hermanos contra ti cuando lo sepan. Dime, ¿qué has conseguido esta vez con tu terquedad?

—Desilusión, humillaciones, dolor…

—Invenciones tuyas…

—¿Por qué te empeñas en enfurecerme más de lo que estoy? —le espetó ella, acalorada.

—Por defensa propia, tesoro. Como te he dicho, no soporto las lágrimas. Mientras sigas gritándome, no llorarás sobre mi hombro. Oh, vamos, no hagas eso, Georgie… —agregó, al ver que la cara de la muchacha empezaba a contraerse.

Pero las lágrimas estallaron de verdad, y Mac no pudo hacer otra cosa que detener las monturas y tenderle los brazos.

Georgina, en un brinco, llegó hasta Mac y se acurrucó en su regazo. Pero no le bastó llorar en abundancia sobre un hombro amigo. Aún le quedaba dentro un gran disgusto, que surgió transformado en una gran cantidad de gimoteos:

—Esos hermosos niños deberían haber sido míos, Mac.

—Ya tendrás tus propios críos, a montones.

—No, no es cierto. Estoy haciéndome demasiado vieja.

—Oh, sí. Veintidós años, nada menos. —Mac asintió con tono de sensatez, esforzándose por no lanzar un bufido de impaciencia—. Eres viejísima, realmente.

Ella se interrumpió para lanzarle una mirada cargada de reproche.

—Buen momento eliges para estar de acuerdo conmigo.

Las cejas rojas de Mac se irguieron en fingida sorpresa

—¿De veras?

Georgina sollozó y volvió a gimotear:

—¡Oh, si al menos esa mujer hubiera entrado un minutito antes! Así yo no me habría puesto tan en ridículo diciendo a ese perro que aún estaba dispuesta a casarme con él.

—Conque ahora es un perro, ¿eh?

—El más despreciable y vil…

—Comprendo, tesoro, pero deberías alegrarte de haber dicho eso. Creo que ha sido una buena venganza, si es venganza lo que deseabas.

—¿Se trata de algún tipo de lógica masculina demasiado compleja para la mente de las mujeres? ¡No ha sido una venganza, sino una humillación!

—No. Lo que has hecho ha sido mostrar a ese hombre lo que perdió al abandonarte: una muchacha a la que no ha reconocido por lo bonita que se ha vuelto, y con un barco propio que él habría podido capitanear como siempre había querido. Probablemente ahora esté dándose de patadas, y puedes estar bien segura de que pasará años lamentándose por lo que ha perdido.

—Por el barco, puede ser. Pero por mí, no. Tiene un empleo del que está orgulloso, hijos hermosos, una esposa encantadora…

—Encantadora, sí; pero no es Georgina Anderson, propietaria del *Amphitrite*, socia de la compañía Skylark, de cuyos beneficios recibe la misma parte que sus hermanos, aunque no tenga voz ni voto en la administración. Y también dicen que es la muchacha más bonita de la Costa Este.

—¿Eso es todo?

—No pareces muy impresionada.

—No lo estoy. Tal vez esa muchacha sea bonita ahora, pero no lo ha sido siempre. ¿Y de qué le sirve la belleza si ha perdido los mejores años de su vida? Y aunque tenga dinero propio, en suficiente cantidad como para vivir sin privaciones, en estos momentos no tiene bastante para pagarse el pasaje de regreso. Puede ser bonita y rica, pero eso no evita que sea tonta, estúpida, crédula, inepta para juzgar el carácter de los demás, no muy inteligente y…

—Te estás repitiendo. Estúpida y no muy inteligente…

—No me interrumpas.

—Te interrumpo porque estás parloteando sin sentido. Ahora ya has dejado de llorar. Busca lo positivo.

—No hay nada positivo.

51

—Sí que lo hay. No habrías sido feliz con ese hombre despreciable y vil, con ese... ¿perro, has dicho?

Los labios de Georgina se estremecieron al intentar esbozar una sonrisa, pero ésta no llegó a materializarse.

—Te agradezco lo que haces, Mac, pero no me ayuda a superar lo que siento ahora. Sólo quiero volver a casa. Y quiera Dios que jamás conozca a otro inglés, con ese lenguaje tan decoroso, esa maldita compostura y esos hijos infieles.

—Detesto ser quien te lo revele, pequeña, pero todos los países tienen hijos infieles.

—Todos los países tienen también sus muros de ladrillo. Pero no pienso casarme con ninguno.

—¿Casarte con un...? Estás diciendo tonterías otra vez. ¿Qué fijación tienes con los muros de ladrillo, si puede saberse?

—Llévame a casa, Mac. Busca un barco, cualquier barco. No hace falta que sea norteamericano, siempre que zarpe rumbo a nuestras tierras y lo haga pronto, preferiblemente hoy. Puedes usar mi anillo de jade para pagar los pasajes.

—¿Te has vuelto loca, niña? Ese anillo es un regalo de tu padre, que te lo trajo desde...

—No me importa, Mac —insistió con aquella expresión empecinada que él solía temer de verdad—. Es la única manera de que podamos pagar el viaje de vuelta, a no ser que estés dispuesto a robar, cosa que no harías. No puedo esperar a que te lo ganes, de verdad. Además, cuando lleguemos a casa podremos volver a comprar ese anillo.

—Con esa misma rapidez decidiste venir aquí, muchacha. Se supone que debes aprender de tus errores en vez de volver a cometerlos.

—Si me estás recomendando que sea paciente, olvídate del asunto. He tenido paciencia durante seis años y ése ha sido el peor de mis errores. De ahora en adelante voy a practicar la impaciencia.

—Georgie... —empezó él, en tono de advertencia.

—¿Por qué discutes conmigo? Hasta que no me vea

en un barco rumbo a Norteamérica tendrás que cargar con una mujer llorosa. ¿No dices que no soportas las lágrimas femeninas?

Mac decidió que la obstinación femenina era mucho peor, así que cedió con un suspiro de resignación.

—Si te pones así…

7

El hecho de que el horizonte estuviera cubierto de
mástiles desnudos no garantizaba que, entre tantos barcos, se pudiera conseguir alguno que zarpara hacia Amé-
rica en breve. Cualquiera habría apostado que sí, y podría
decirse que lo haría sobre seguro. Pero si Georgina hubiera aceptado la apuesta, sin duda la habría perdido.

Casi todos los barcos que arribaron con el suyo el
mes anterior, habían zarpado hacía ya tiempo con rumbo a otros puertos. Descontando los que se negaban a
aceptar pasajeros, quedaban varios navíos norteamericanos, pero ninguno de ellos pensaba regresar a su lugar
de origen antes del próximo año. Demasiado tiempo
para Georgina, sobre todo después de haber decidido
que debía ser una persona impaciente. Y el único barco que zarpaba directamente hacia Nueva York, puerto bastante próximo a Bridgeport y que parecía idóneo
para sus propósitos, iba a retrasarse en su partida, según
su primer oficial. Al parecer, el capitán estaba cortejan-
do a una señorita inglesa y había jurado no hacerse a la
mar mientras no se casara con ella. Era justamente lo
que Georgina necesitaba saber para rasgar dos de sus
vestidos y arrojar el orinal de la habitación por la ventana.

Tenía tantos deseos de abandonar Inglaterra que ya empezaba a pensar en un viaje de ocho o diez meses en uno de los barcos norteamericanos que partían esa semana, y eso que sólo hacía unos días que intentaban conseguir los pasajes. Así se lo dijo a Mac a la tercera mañana. Pocas horas después él apareció con los nombres de tres navíos ingleses que zarpaban la semana siguiente. No los había mencionado antes, imaginando que ella no querría viajar en un barco inglés y con una tripulación totalmente del mismo origen; rechazar todo lo referente a ese infecto país era, por cuestión de principios, mucho más importante que volver a su casa. En efecto, la muchacha los descartó con bastante brusquedad. Fue entonces cuando Mac, vacilante, mencionó una alternativa que ella no habría tenido en cuenta.

—Hay un barco que zarpa con la marea matutina. No lleva pasajeros, pero necesita un contramaestre... y un grumete.

Los ojos de Georgina se dilataron con interés.

—¿Sugieres que regresemos trabajando?

—Es una ocurrencia. Sería mejor que pasar varios meses en el mar con una mujer que ha optado por ser impaciente.

Georgina rió entre dientes ante el énfasis dado a la última parte de la frase, a la vez que dejaba entrever una mirada de excitación. Era lo primero que le divertía desde que había descubierto la traición de Malcolm.

—Tal vez practique un poco menos la impaciencia una vez que estemos de viaje. Oh, Mac, me parece una idea estupenda —opinó, con súbito entusiasmo—. ¿Es un barco norteamericano? ¿Es grande? ¿Cuál es su destino?

—Despacio, niña. No es lo que piensas. Es el *Maiden Anne* procedente de las Indias Occidentales; tiene tres mástiles y un aspecto impecable. Una verdadera belleza. Pero creo que es un buque de guerra reformado y todavía fuertemente armado aunque propiedad de un particular.

—Cualquier navío mercante de las Indias Occidentales necesita estar bien armado si frecuenta esas aguas infestadas de piratas. Nosotros armamos bien a todos los barcos de la Skylark que navegan por el Caribe, e incluso así los atacan de vez en cuando.

—Es cierto —reconoció él—. Pero el *Maiden Anne* no es un mercante. Al menos en este viaje no va a llevar cargamento; sólo lastre.

—¿Qué capitán viajaría sin la finalidad de transportar mercancías? —bromeó Georgina, sabiendo que eso bastaba para molestar a Mac, que había pasado treinta y cinco años a bordo de barcos mercantes—. Ha de ser un pirata.

Mac hizo notar que había captado su impertinencia.

—Este hombre navega por capricho y va a donde lo lleva su antojo, según dice su tripulación.

—Entonces el capitán es su propietario, y al parecer lo suficientemente rico como para navegar sólo por placer.

—Eso parece —dijo Mac, ya bastante molesto.

Georgina mostró una amplia sonrisa.

—Comprendo que eso te duela, pero no es en absoluto un caso único. ¿Y qué importa que transporte carga o no, siempre que nos lleve a casa?

—Sí, pero… No va a Norteamérica, sino a Jamaica.

—¿A Jamaica? —El rostro de Georgina se ensombreció unos instantes, pero se rehízo en seguida—. Oh, la Skylark tiene oficinas en Jamaica. Y es el tercer puerto al que mi hermano Thomas tiene que llegar, ¿no? Tal vez lleguemos antes de que él vuelva a irse. Y si no, la Skylark tiene otros buques que hacen escala en Jamaica con frecuencia, entre ellos los de Boyd y Drew, por no mencionar el mío —ahora sonreía otra vez—. A lo sumo, tardaremos algunas semanas más en llegar a casa. Es mejor que seis meses. Y mucho mejor aún que permanecer aquí un día más.

—No sé, pequeña. Cuanto más lo pienso, más me arrepiento de haberlo mencionado.

—Pues a mí, cada vez me gusta más la idea. Anda, Mac, es la solución perfecta.

—Pero vas a tener que trabajar mucho —le recordó—. Tendrás que llevar los mensajes del capitán, servirle la comida, limpiar su camarote y hacer todo lo que te pida

—¿Y qué? —lo desafió—. ¿No me crees capaz de tareas tan simples, cuando me has visto fregar cubiertas, limpiar cañones, raspar cascos, trepar a los cordajes...?

—Eso fue hace años, niña, antes de que empezaras a parecer una verdadera señorita. Tu padre y tus hermanos te complacían permitiéndote corretear por sus barcos cuando estaban en puerto, y aprender cosas que no te hacían ninguna falta. Pero aquí se trata de trabajar y de vivir con hombres que no te conocen ni deben conocerte. No es trabajo para una señorita. Por tanto, no te lo darán.

—Ya me he dado cuenta, Mac. Tendré que disfrazarme de nuevo. Cuando te pones pantalones, ciertas cosas se dan por sentadas de forma instantánea, tal como hemos descubierto. Un chico con faldas es una chica fea. Una chica con pantalones es un chico agraciado. Y aquella noche no me fue nada mal, después de todo...

—Mientras no abriste la boca ni miraste a nadie a los ojos —la interrumpió con severidad—. Tu disfraz sólo fue útil hasta ese preciso momento.

—Porque estaba intentando hacerme pasar por un hombre maduro. No fue muy inteligente, ahora que lo pienso. Con esta cara, no. Ya sé —continuó, sin dejarle que la interrumpiera otra vez—, me lo habías advertido y yo no te presté atención. No sigas con ese tema. Esto es muy diferente, y tú lo sabes. Un chico puede tener facciones delicadas; eso se ve con frecuencia. Y yo, con mi estatura, esta delgadez, mi timbre de voz y... —se miró el pecho— algunos vendajes apretados, puedo pasar fácilmente por un niño de nueve o diez años.

Esa suposición le valió una mirada de disgusto.

—Tu inteligencia te delataría.

—Bueno, un niño de doce, inteligente y poco crecido. —Y agregó con firmeza—: Puedo hacerlo, Mac. Si no me creyeras capaz, no me lo habrías propuesto.

—Debo de estar loco, sí. Pero los dos sabemos quién es la culpable de mi locura.

—Bueno, bueno —lo regañó ella, sonriente—. Soy sólo una chica que pronto será un chico. ¿Tantos problemas puede haber?

Mac emitió un sonido extremadamente grosero.

—Bueno, míralo de este modo: cuando antes lleguemos a casa, antes podrás deshacerte de mí.

En esta ocasión, la respuesta de Mac se redujo a un mero gruñido:

—Hay otra cosa. Tendrás que fingir durante un mes o más. ¿No resultará extraño que, durante todo ese tiempo, tengas que hacer tus necesidades donde nadie te vea, teniendo en cuenta que los hombres se limitan a plantarse de espaldas al viento y...

—¡Mac! —Georgina llegó a ruborizarse a pesar de que, con cinco hermanos que solían olvidarse de su presencia, ya había visto y oído casi todo lo que estaba vedado a las niñas—. No he dicho que no existan dificultades, pero soy una persona con recursos para superarlas, sean cuales sean. A diferencia de casi todas las mujeres, yo conozco los barcos de arriba abajo, incluyendo la zona que los marineros tienden a evitar. Me las arreglaré, aunque tenga que recurrir a una bodega infestada de ratas. Además, aun en el caso de que me descubrieran, ¿qué podría pasar? ¿Acaso me echarían a patadas del barco en medio del océano? Por supuesto que no. Lo más probable es que me encerrasen en alguna parte hasta que arribaran a puerto. Allí sí que me echarían. Y lo tendría bien merecido por no haber ido con cuidado.

Hubo más discusiones, pero al fin Mac suspiró:

—Está bien, pero antes probaré a embarcarte sin que tengas que trabajar. Tal vez acepten si me ofrezco a trabajar sin sueldo y te presento como a mi hermano pequeño.

Una ceja aterciopelada se arqueó, al tiempo que la sonrisa iluminaba los ojos de Georgina.

—¿Tu hermano? ¿Sin acento escocés?

—Bueno, mi hermanastro —corrigió—, criado en

otra parte. Teniendo en cuenta la diferencia de edad, no llamará la atención.

—Pero ¿no necesitaban un grumete? En ese caso, lo más probable es que insistan. Sé que mis hermanos no zarparían sin grumete.

—He dicho que lo intentaría. Les queda el resto del día para buscar otro chico.

—Bueno, espero que no lo encuentren —replicó Georgina, con seriedad—. Prefiero cien veces trabajar durante el viaje que estarme sin hacer nada, sobre todo si tengo que disfrazarme. Y no se te ocurra decir que soy tu hermana, porque si no nos aceptan a los dos habremos perdido la oportunidad por completo. Así que nos presentaremos antes de que los puestos queden ocupados.

—Necesitas ropa de hombre.

—La compraremos en el trayecto.

—Tienes que hacer algo con tus cosas.

—Que se las quede el posadero.

—¿Y tu pelo?

—Me lo cortaré.

—¡Nada de eso! ¡Tus hermanos me matarían si lo hicieras!

Ella desenterró de su arcón la gorra de lana que había usado anteriormente y la agitó bajo la nariz de Mac.

—¡Listo! Y ahora, ¿quieres dejar de discutir? Vamos de una vez.

—Habías dicho que ibas a dejar de practicar la impaciencia —gruñó él.

Georgina rió, empujándolo hacia fuera.

—Todavía no nos hemos embarcado, Mac. Dejaré de practicarla mañana, te lo prometo.

59

8

Sir Anthony Malory indicó por señas al camarero que trajera otra botella de oporto; luego se reclinó en la silla para conversar con su hermano mayor.

—¿Sabes, James? Creo que voy a echarte de menos. Deberías haber arreglado tus asuntos en el Caribe antes de venir, así no tendrías que marcharte ahora, justo cuando ya me había vuelto a acostumbrar a que estuvieras por aquí.

—¿Cómo iba yo a saber que se iba a arreglar tan rápidamente lo del fallecimiento de ese infame de Hawke? —replicó James—. Olvidas que, si he vuelto a Londres, sólo ha sido para ajustar cuentas con ese Eden. No tenía idea de que estaba a punto de casarse con alguien de la familia. Tampoco me imaginaba que la familia decidiría aceptarme otra vez, ahora que mis días de pirata han quedado atrás.

—A mi modo de ver lo que ha facilitado las cosas ha sido que presentaras a los mayores a un nuevo sobrino como Jeremy. Los condenados son muy sentimentales cuando se trata de la familia.

—¿Y tú no?

Anthony rió entre dientes.

—Yo también. Pero te apresurarás a volver, ¿no?

Esto de tenerte aquí ha sido como volver a los viejos tiempos.

—Sí que lo pasamos bien en aquellos años locos, ¿verdad?

—¡Siempre persiguiendo a las mismas mujeres! —sonrió Anthony.

—Y oyendo los mismos sermones de nuestros hermanos.

—Lo hacían por nuestro bien. Lo que ocurre es que Jason y Eddie asumieron responsabilidades cuando aún eran demasiado jóvenes. No tuvieron la oportunidad de hacer locuras; estaban demasiado ocupados manteniéndonos a raya a los más pequeños.

—No hace falta que los defiendas, muchacho —respondió James—. ¿O crees que les guardo rencor? A decir verdad, en vuestro lugar también habría renegado de mí con la misma rapidez con que lo hicisteis vosotros tres.

—Yo no renegué de ti —protestó Anthony.

—Bebe, querido muchacho —replicó James con sequedad—. Tal vez te refresque la memoria.

—Mi memoria funciona perfectamente, te lo aseguro. Tal vez me pusiera furioso contra ti ese verano en que huiste con Reggie. ¡Tres meses en un condenado barco pirata, cuando la pequeña sólo tenía doce años! Pero descargué mi furia con la paliza que te propinamos cuando la devolviste. Bien que la merecías. Y la aceptaste. Jamás comprendí por qué. ¿Te molestaría explicármelo?

James arqueó una ceja.

—¿Y cómo iba a impedirlo, si erais tres contra uno? Me crees más fuerte de lo que soy, querido muchacho.

—Anda, hermano. Ese día no te resististe. Ni siquiera lo intentaste. Puede que Jason y Edward no se percataran, pero yo sí. ¿Acaso crees que no te conozco, después de haber boxeado tantas veces contra ti?

James se encogió de hombros.

—Consideré que me la merecía. Primero me pareció que era una travesura muy divertida llevármela ante las narices de nuestro hermano mayor. Estaba enfadado con Jason por haberme prohibido ver a Regan después de...

—Reggie —corrigió Anthony de inmediato.

—¡Regan! —repitió James, con más energía.

Se reanudaba la vieja discusión que había sostenido siempre con todos sus hermanos con respecto al apodo de su sobrina Regina. Esa discusión venía del antiguo empecinamiento de James, que pretendía ser diferente, seguir su propio rumbo y comportarse según sus propias reglas. Pero al darse cuenta de que estaban empezando a pelearse como siempre, sonrieron. Anthony, contribuyendo a la distensión, concedió:

—Bueno, que sea Regan, por esta noche.

James sacudió la cabeza con incredulidad.

—Debo de estar oyendo mal.

—¡Oh, demonios! —protestó Anthony, entre gruñendo y riendo a la vez—. Acaba con tu relato antes de que termine por quedarme dormido. Ah, espera; ahí llega nuestra segunda botella.

—No estarás tratando de emborracharme otra vez, ¿no?

—Ni pensarlo —repuso Anthony, mientras llenaba las dos copas hasta el borde.

—Según creo, es lo mismo que dijiste la última vez que vinimos aquí a White's, y si no me equivoco, tu amigo Amherst tuvo que llevarnos a casa a los dos... en plena tarde. Nunca me has contado qué dijo tu querida mujercita de eso.

—Unas cuantas cosas, gracias, pero ninguna digna de ser repetida —repuso Anthony con acritud.

La franca risa de James atrajo las miradas de alrededor.

—La verdad es que no sé qué ha sido de tu tacto, querido muchacho. Tu mujer deja de hablarte el segundo día de casados, sólo porque no supiste convencerla de que aquella camarera, si bien estuvo en tu regazo algunos minutos, no pasó la noche contigo. ¡Qué mala pata que la muchacha te dejara algunos cabellos rubios en la solapa! Pero ¿no le has explicado a Roslynn que fuiste a esa taberna sólo por ella, buscando a su primo Cameron?

—Claro.

—¿Y no le has dicho todavía que la chica era mía y no tuya?

Anthony sacudió tercamente la cabeza.

—Ni se lo pienso decir. Debía haberse dado por satisfecha cuando le dije que no había ocurrido nada, que me hicieron una invitación y la rechacé. No tolero su falta de confianza… Pero creo que ya hemos mantenido esta conversación anteriormente. Deja de preocuparte por mi vida amorosa, hermano. Mi mujercita escocesa acabará por ceder. Estoy resolviéndolo a mi modo. Volvamos a tu gran confesión, ¿quieres?

James alargó la mano hacia su copa al mismo tiempo que Anthony.

—Como te decía, estaba enojado con Jason porque ni siquiera me dejaba ver a nuestra sobrina.

—¿Cómo iba a permitírtelo, si ya llevabas dos años pirateando?

—Puede que hubiera convertido los mares en un verdadero infierno, Tony, pero en lo personal no había cambiado. Él sabía perfectamente que por ver a mi sobrina, habría dejado atrás todo lo relacionado con Hanke. Pero me desheredó por hacerme a la mar y deshonrar a la familia. Aunque nadie en Inglaterra sabía que el capitán Hanke y James Malory, vizconde de Ryding, eran una misma persona. Jason había tomado una decisión y no quería echarse atrás. ¿Qué podía hacer yo? ¿No volver a verla jamás? Para mí, Regan es como una hija. La criamos entre todos.

—Podrías haber renunciado a la vida de pirata —señaló Anthony, intentando mostrarse razonable.

James sonrió con lentitud.

—¿Seguir los dictados de Jason? ¿Cuándo he hecho semejante cosa? Además, lo pasaba de maravilla como pirata. Me gustaba el desafío, el peligro; y más importante aún, este tipo de vida me exigía cierta disciplina. Eso sí que me resultó saludable. En Londres me había vuelto muy abúlico y estaba henchido de hastío. Nos divertíamos, sí, pero ya no tenía más incentivo que meterme bajo las faldas de alguna señora. Y hasta eso perdía su gracia una vez logrado. ¡Qué demonios, si al final todo el mundo me rehuía por culpa de mi deleznable reputación! Ya no me quedaba con qué aliviar la monotonía.

Anthony rompió a reír.

—¡Me partes el corazón, compañero!

En esa ocasión fue James quien llenó las copas.

—Bebe, asno, bebe. Eres más comprensivo cuando estás borracho.

—Nunca me emborracho. Eso traté de explicarle a mi mujer, pero no quiso creerme —dijo Anthony. Luego continuó—: Así que te hiciste a la mar para llevar la vida pura y saludable de los piratas, ¿eh?

—De un *caballero* pirata —corrigió James.

Anthony asintió.

—Correcto. Hay que marcar las diferencias. A propósito, ¿cuál es la diferencia?

—Nunca he hundido un barco. No he apresado ningún buque sin darle antes una buena oportunidad. Por eso he perdido unos cuantos botines, dejándoles que burlaran mi acoso. Pero nunca he pretendido ser un pirata triunfador, sólo un pirata persistente.

—¡Maldito seas, James! Para ti era sólo un juego, ¿no? Mientras tanto, dejabas que Jason te imaginase dedicado al pillaje, a la violación, y a lanzar hombres a los tiburones.

—¿Por qué no? De todas formas, siempre tiene que estar censurando a alguno de nosotros para poder sentirse plenamente feliz. Era preferible que fuese yo la víctima de sus acusaciones porque a mí me importa un comino, mientras que a ti te preocupa.

—Vaya, qué noble actitud —observó Anthony, sarcástico.

—¿Tú crees? —James, sonriendo, vació su copa.

Anthony se apresuró a llenarla otra vez—. Al fin y al cabo, siempre he actuado así.

—Supongo que sí —reconoció Anthony, con desgana—. Desde que tengo memoria has desafiado y provocado deliberadamente a Jason.

James se encogió de hombros.

—¿Y qué es la vida sin esos pequeños estímulos, querido hermano?

—Me parece que disfrutas cuando ves a Jason echando chispas. Admítelo.

—Bueno, es que lo hace muy bien, ¿verdad?

En el rostro de Anthony se dibujó una amplia sonrisa. Luego replicó, riendo entre dientes:

—Bien, los porqués y las consecuencias ya no importan. Se te ha vuelto a aceptar en la familia y todo está perdonado. Pero aún no me has explicado por qué aceptaste la paliza.

La dorada ceja volvió a arquearse.

—¿No? Pues debe de ser porque me interrumpes a cada instante.

—De acuerdo, cierro el pico.

—¿Tú? Imposible.

—¡James!

—Oh, vamos, Tony. Ponte en mi lugar y tendrás la respuesta. No es tan complicada, después de todo. Yo quería pasar el tiempo que me correspondía con Regan, nuestra adorada sobrina. Pensé que ella disfrutaría viendo un poco de mundo, y ciertamente no me equivoqué. Pero por mucho que me encantara tenerla conmigo, antes de traerla de regreso comprendí la estupidez que había cometido. Evidentemente, mientras la tuve a mi lado no actué como pirata. Pero el mar no es un lugar seguro. Tormentas, otros piratas, enemigos que me había creado… Podía pasar cualquier cosa. Y aunque el riesgo que ella corría era mínimo, no dejaba de ser un riesgo. Y si a Regan le hubiera ocurrido algo malo…

—Por Dios, ¿el inconsciente de James Malory asediado por los remordimientos? ¡Con razón nunca he logrado explicarme el asunto!

—Tengo mis momentos, al parecer —replicó James con sequedad, clavando en los ojos de su hermano una mirada de disgusto por sus carcajadas.

—¿Qué he dicho? —preguntó Anthony, con aire inocente—. Bueno, no importa. Anda, toma otra copa. —La botella se inclinó otra vez—. Mira —agregó con una sonrisa pensativa—, entre que yo sometía a la pequeña a la presencia de mis disolutos amigos, que a decir verdad siempre se comportaron correctísimamente, y que tú la expusiste a una tripulación de rebanapescuezos...

—Que la adoraban y, mientras ella estuvo a bordo, demostraron ser unos rebanapescuezos muy corteses.

—Pues sí, gracias a nuestra ayuda la niña tuvo una educación muy completa.

—¿Verdad que sí? Lo que no me explico es que haya acabado casándose con un fulano como Eden.

—La pequeña lo ama, por desgracia.

—Eso ya lo suponía.

—Anda, James, lo detestas porque se nos parece demasiado. Y alguien como nosotros no merece casarse con nuestra Reggie.

—En eso no estoy de acuerdo, muchacho. Eres tú quien lo detesta por eso. A mí no me gustaron los insultos que me lanzó mientras se alejaba, después de habernos enfrentado en el mar hace años. ¡Y me insultaba después de haberme destrozado el barco!

—Pero tú lo atacaste —señaló Anthony, que ya conocía casi todos los detalles de ese combate naval, incluido el hecho de que en esa ocasión habían herido al hijo de James. Y ése fue el motivo determinante para abandonar definitivamente la vida de pirata.

—Eso no viene al caso —insistió James—. De cualquier modo, el año pasado empeoró las cosas cuando, por su culpa, acabé en la cárcel.

—Después de dejarlo medio desmayado por la brutal paliza que le diste. ¿Y acaso no admitiste que, después de todo, Nicholas pagó tu fuga, antes de irse a las Indias Occidentales? Debía de tener sus remordimientos, ¿no?

—A juzgar por lo que dijo, fue porque se habría perdido ver cómo me ahorcaban.

Anthony soltó una risotada.

—Eso es muy característico de él. ¡Qué cachorro tan arrogante! Pero reconócele el mérito, hermano. Si no te hubieran detenido, por cortesía de nuestro sobrino político, no habrías podido facilitar las pesquisas sobre el paradero de Hawke y simular después tan hábilmente su muerte. Con todo ello te has beneficiado, y ya puedes caminar otra vez por las calles de Londres con toda tranquilidad.

Eso merecía que se vaciara otra copa.

—¿Desde cuándo defiendes a ese truhán?

—Por Dios, ¿eso he hecho? —Anthony parecía totalmente horrorizado—. Perdona, muchacho. Te aseguro que no volverá a ocurrir. Ese tipo es un incordio de pies a cabeza.

—Pero Regan se lo hace pagar —dijo James, refocilándose.

—¿Ah, sí?

—Cada vez que discute con uno de nosotros y ella se entera, el mozo acaba durmiendo en el sofá.

—¡No me digas!

—Sí, es cierto. Él mismo me lo dijo. Tendrás que visitarlo con más frecuencia cuando yo no esté.

—¡Brindo por eso! —rió Anthony—. ¡Eden en el sofá! ¡Eso es genial!

—No mejor que el enredo que tú tienes con tu esposa.

—No empecemos otra vez con eso.

—Ni se me ocurriría. Pero confío en que hayas arreglado las cosas cuando yo vuelva, dentro de algunos meses. Porque entonces os quitaré a Jeremy de encima. Y entonces, querido muchacho, os quedaréis solos, tú y tu pequeña escocesa.

En la sonrisa de Anthony se podía adivinar su total seguridad y una tenue malicia.

—Date prisa en volver, ¿me harás el favor?

9

Toda la familia había salido para despedir a James: Jason y Derek, Edward con toda su prole, Anthony y su pequeña escocesa. Anthony estaba bastante pálido, pero era comprensible: acababa de enterarse de que iba a ser padre. El pícaro de Jeremy estaba muy animado, pese a que iba a separarse de James por primera vez desde que se encontraron, y de esto hacía seis años. Probablemente creía que ahora podría hacer lo que se le antojara, puesto que sólo estaba su tío Tony para mantenerlo a raya. Pronto descubriría que Jason y Eddie también iban a vigilarlo. Estaría muy controlado, tanto o más que con James y Conrad, el primer oficial de su padre.

La marea puso fin a las despedidas. De cualquier modo, la resaca de James, atribuible a Anthony, no soportaba más palmadas en la espalda. Casi estuvo a punto de olvidarse de la nota que tenía preparada para la pequeña escocesa; en ella le explicaba el asunto de la camarera que la muchacha creía amante de su esposo. Llamó a Jeremy a la pasarela y se la entregó.

—Encárgate de que tu tía Roslynn reciba esto, pero cuando Tony no esté presente.

Jeremy guardó la nota en el bolsillo.

—No me digas que es una carta de amor.

—¿Una carta de amor? —resopló James—. Sal de aquí, bribón. Y cuidado con...

—Ya sé, ya sé. —Jeremy alzó las manos, riendo—. No haría nada que tú no hubieras hecho.

Y descendió a la carrera por la pasarela, antes de que James pudiera ajustarle las cuentas por ese atrevimiento. Pero su padre sonreía cuando, al volverle la espalda, se encontró cara a cara con Conrad Sharpe, su primer oficial y mejor amigo.

—¿Qué era ese papel?

James se encogió de hombros.

—He decidido echar una mano, después de todo. A este paso, Tony se pasará la vida metiendo la pata.

—Habías dicho que no te ibas a entrometer —le recordó Connie.

—Mira..., al fin y al cabo es mi hermano. Aunque no sé por qué me tomo molestias, después de la que me jugó anoche. —Consiguió esbozar una sonrisa ante la ceja enarcada de Connie, pese al terrible dolor de cabeza—. Procuró que hoy me sintiera fatal a la hora de zarpar, el condenado.

—Y tú le seguiste la corriente, claro.

—Desde luego. No iba a permitir que bebiera más que yo, ¿no? Pero tendrás que ser tú quien nos ponga en alta mar, Connie. Me temo que estoy destrozado. Cuando hayamos zarpado, preséntate en mi camarote.

Una hora después, Connie se servía una medida del whisky guardado en el bien provisto armario del capitán y se reunía con él ante el escritorio.

—No irás a preocuparte por el muchacho, ¿verdad?

—¿Por ese tunante? —James sacudió la cabeza, pero la jaqueca le continuaba, viéndose obligado a tomar otro sorbo del tónico que su primer oficial había hecho traer de la cocina—. Tony se encargará de que Jeremy no se meta en líos. Eres tú el que se preocupará, Connie. Deberías haber tenido hijos.

—Quizá ya los tenga. Falta que los encuentre como te ocurrió a ti con el tuyo. Seguro que aún tienes algunos más que desconoces.

—¡Por Dios, hasta con uno! —replicó James, fingiéndose horrorizado y provocando una risa sofocada en su amigo—. Bueno, ¿qué sabes de la antigua tripulación? ¿Cuántos de aquellos hombres has podido reunir?

—Dieciocho. Y no he tenido dificultades para completar los puestos, con excepción del de contramaestre, como ya te conté.

—Conque zarpamos sin él. Será mucha carga para ti, Connie.

—Quizá, pero ayer conseguí un contramaestre; mejor dicho, él se ofreció. Quería embarcarse como pasajero, con su hermano. Como le dije que el *Maiden Anne* no lleva pasajeros, se ofreció a pagar el viaje trabajando. No he visto escocés más testarudo.

—¿Otro escocés? ¡Cualquiera diría que no me las he visto lo suficiente con ellos últimamente! Me alegro mucho de que tus antepasados escoceses sean tan remotos que ya no los recuerdes, Connie. Entre lo de perseguir al primo de lady Roslynn y el tropiezo con aquella zorrilla y su acompañante…

—Ya podrías haberte olvidado de eso.

James replicó con gesto ceñudo:

—¿Cómo sabes que este escocés conoce algo de cordajes?

—Lo puse a prueba. Creo que ya ha hecho este trabajo. Y asegura que ha trabajado en otros barcos como oficial de intendencia, carpintero y contramaestre.

—Si es cierto, la verdad es que nos será muy útil. Muy bien. ¿Algo más?

—Johnny se ha casado.

—¿Johnny? ¿Johnny, mi grumete? —Los ojos de James se dilataron—. ¡Por amor de Dios, si sólo tiene quince años! ¿Cómo demonios se ha metido en eso?

Connie se encogió de hombros.

—Dice que está enamorado y que no soportaría abandonar a su mujer.

—¿A su mujer? —se burló James—. ¡Pero si ese crío necesita una madre en vez de una esposa!

De nuevo le atacó el dolor de cabeza. Tragó el resto del tónico.

—Te he conseguido otro grumete. El hermano de MacDonell...

James escupió el tónico rociando todo el escritorio.

—¿Quién? —preguntó, atragantado.

—¿Qué bicho te ha picado, James?

—¿Has dicho MacDonell? ¿No será Ian su nombre de pila, por casualidad?

—Sí. —Esta vez fueron los ojos del primer oficial los que se dilataron—. Por Dios, no me digas que es el escocés de la taberna.

—¿Te has fijado bien en el hermano? —inquirió James, con cierta excitación.

—Ahora que lo dices, no. Era un muchachito menudo, silencioso, que se ocultaba detrás de los faldones de su hermano. No he tenido más remedio que contratarlo, pues Johnny me informó de que se quedaba en Inglaterra cuando sólo faltaban dos días para zarpar. ¿No estarás pensando que es...?

—¡Claro que sí! —Y de pronto James estalló en una carcajada—. ¡Oh, Connie, esto sí que no tiene precio! Aquel día salí corriendo detrás de ella, ¿sabes?, pero ella y su escocés desaparecieron en seguida. Y ahora resulta que, por una impensable casualidad, voy a tenerla conmigo.

Connie gruñó.

—Bueno, ya veo que piensas pasarlo muy bien durante el viaje.

—No lo dudes —la sonrisa de James era decididamente juguetona—. Pero no vamos a desenmascararla, por el momento. He decidido que, primero, le tomaré un poco el pelo. Será divertido.

—Tal vez te equivoques. Bien podría ser un niño, después de todo.

—No creo —replicó James—. Pero lo descubriré en cuanto comience con sus tareas.

Cuando Connie hubo salido, él se arrellanó en la silla, cómodamente acolchada. Aún sonreía, maravillado ante la increíble casualidad de que aquella pequeña y su escocés hubiesen elegido su barco entre todos los disponibles, cosa que no tenía el menor sentido.

Según Connie, primero habían querido pagar pasaje, así que no les faltaba dinero. ¿Por qué no buscar otro barco? James sabía de al menos dos navíos ingleses que debían partir rumbo a las Indias Occidentales, y uno de ellos tenía amplio espacio para pasajeros. ¿Por qué tomarse el trabajo de disfrazar a la muchacha, corriendo el peligro de que la descubrieran? ¿Y si no era un disfraz? Al fin y al cabo, él la había conocido vestida de ese modo. Tal vez fuera su atuendo habitual… No, puesto que se enfureció cuando Tony descubrió que era una mujer. Eso significaba que ocultaba su condición… o lo intentaba.

Grumete. ¡Qué coraje el de aquella chica! James meneó la cabeza, riendo para sus adentros.

Sería realmente interesante observarla y ver cómo se las apañaba. Una cosa era ir disfrazada en una taberna mal iluminada, pero en un barco, a plena luz del día… Sin embargo, era evidente que había conseguido engañar a Connie. Tal vez hubiera logrado hacer lo mismo con él de no ser por su anterior encuentro. Pero no la había olvidado. Por el contrario, la recordaba muy bien. Le intrigaba aquel bonito trasero, aquel pecho tierno que tan agradablemente se ajustaba a su mano. Y sus facciones eran exquisitas: pómulos bien moldeados, naricita respingona, labios anchos y sensuales… No pudo verle las cejas, ni tan sólo uno de sus cabellos, pero en esos pocos instantes en que ella lo miró de frente, junto a la taberna, el capitán se perdió en la profundidad de sus aterciopelados ojos pardos.

En el último mes había regresado a la taberna docenas de veces, tratando de hallarla. Ahora comprendía su falta de éxito. Nadie sabía nada de aquellos dos, porque no eran de la zona; lo más probable era que estuvieran en Londres por primera vez. Sin duda provenían de las Indias Occidentales y allí volvían ahora. MacDonell podía ser escocés, pero la muchacha no. No había logrado identificar su acento, pero sin duda no era inglés.

La joven era un misterio, y él estaba decidido a resolverlo. Pero antes se divertiría con la comedia, instalándola en su camarote, como si su grumete durmiera siempre allí. Tendría que fingir que no la reconocía o dejarle suponer que había olvidado su encuentro anterior. Naturalmente, existía la posibilidad de que ella misma no lo recordara, pero eso no importaba.

Antes de que terminara el viaje compartiría algo más que su camarote: compartiría su cama.

10

La cocina no era precisamente el mejor lugar para ocultarse, aún en verano y con las brisas oceánicas todavía muy lejos. Una vez que estuvieran en el mar sería más agradable, pero, por el momento con los enormes hornos de ladrillo que irradiaban calor desde el alba, y con el vapor que brotaba de las ollas, resultaba más agobiante que un infierno.

El cocinero y sus dos ayudantes ya se habían quitado la mayor parte de la ropa cuando la tripulación empezó a entrar para desayunar rápidamente. Se presentaban de uno en uno o de dos en dos como máximo para ahorrar tiempo, pues las horas previas a la partida eran las de mayor trabajo. Georgina contempló durante un rato la actividad de la cubierta, mientras se terminaban de cargar las provisiones y el equipamiento para el barco, y se los trasladaba a la bodega o a la cocina. Pero el espectáculo le resultaba familiar y no le interesó demasiado. Por otra parte, ya había visto lo suficiente de su odiada Inglaterra.

Por eso permanecía en la cocina, fuera de los lugares de paso y sin llamar la atención, encaramada en un banquillo; en el rincón opuesto estaban colocando barriles, toneles y sacos de harina y cereales, en tal cantidad que finalmente ya no hubo sitio y fue preciso llevar el resto a la bodega.

A pesar del calor, Georgina se sentía a gusto allí. Era realmente la cocina más limpia que había visto en un barco. En realidad, todo el buque tenía un aspecto radiante. Por cierto, le habían dicho que acababan de repararlo de punta a punta.

Entre los hornos y la cocina había una carbonera honda, llena hasta los bordes. En el centro de la habitación había una mesa larga, pulida, y con una tabla de carnicero en el extremo esperando el momento de cubrirse con la sangre de los animales vivos alojados en la bodega. Éstos eran en verdad muchos, los suficientes para asegurar la provisión de carne fresca durante todo el viaje. El cuarto estaba tan atestado como cualquier cocina, lleno de especias y ollas, arcones y utensilios. Y todo estaba cuidadosamente clavado en el suelo, en las paredes o en el techo.

Mandaba allí un irlandés moreno bajo el dudoso nombre de Shawn O'Shawn, el cual no albergaba la menor sospecha sobre la identidad de Georgie MacDonell. Shawn era un tipo cordial de unos veinticinco años, que vigilaba constantemente sus dominios con alegres ojos verdes. Había autorizado a Georgina a quedarse allí, aunque con la advertencia de que la podía poner a trabajar. A ella no le molestó; de vez en cuando le encargaban alguna tarea, si los dos ayudantes estaban ocupados. El cocinero, hombre conversador, no se oponía a las preguntas, pero él también era nuevo en la tripulación y no pudo decirle gran cosa sobre el barco ni sobre el capitán. Georgina no conocía aún más que a unos pocos tripulantes, aunque la noche anterior ella y Mac habían dormido a bordo. Pero en realidad, apenas durmieron. Teniendo en cuenta que los hombres entraban en el castillo de proa a todas horas y trataban de hallar sus hamacas medio borrachos y en la oscuridad, dormir no formaba parte del programa, a menos que uno estuviera lleno de alcohol hasta las orejas. A juzgar por lo que había visto hasta el momento, los tripulantes

constituían un abigarrado grupo de diferentes naciona-
lidades, cosa habitual en un barco que viajaba mucho,
pues se perdían y se conseguían marineros en todos los
puertos del mundo. Desde luego, eso significaba que
entre ellos siempre habría unos cuantos ingleses.

Uno de ellos era Conrad Sharpe, el primer oficial,
a quien conocían afectuosamente por el nombre de
Connie, aunque hasta el momento ella sólo había visto
a un hombre que se atreviese a llamarlo así. Hacía gala
de una dicción impecable, casi como uno de esos condenados aristócratas, y no parecía hombre de andarse
con rodeos. Era alto y de complexión delgada, con un
pelo rojo bastante más oscuro que el de Mac, y montones de pecas en los brazos y en las manos. Podría pen-
sarse que era pecoso de pies a cabeza, pero la cara, intensamente bronceada, no mostraba una sola mancha.
Sus ojos color avellana eran tan directos que, en varias
ocasiones, Georgina había tenido la escalofriante sensación de que su disfraz no lo engañaba. Sin embargo, la
contrató sin ningún tipo de pegas. En realidad, Mac
había descubierto que era imposible negociar con ese
hombre. Si no trabajaban a bordo, no podían embarcarse en el *Maiden Anne*. Georgina lo prefería así, pero Mac
había cedido de muy mala gana.

El señor Sharpe no tenía nada de malo, al menos
por el momento. Si a Georgina le caía antipático era
sólo por principio, lo cual no era justo. Pero ella no tenía interés alguno en ser justa con los ingleses; en su
opinión, pertenecían a la misma especie que las ratas, las
víboras y otras alimañas detestables. No obstante, tendría que reprimir esos sentimientos cargados de aversión. No era cuestión de enemistarse con él, pues a los
enemigos se los suele vigilar demasiado estrechamente.
Tendría que evitarlo en lo posible, a él y a cualquier otro
inglés de a bordo.

Aún no conocía al capitán Malory, pues cuando bajó
a la cocina, él no había embarcado todavía. Sabía que era
preciso ir a buscarlo, presentarse y averiguar si le correspondía alguna otra obligación, aparte de lo de costum-

bre. Después de todo, cada capitán tenía sus particularidades. Drew exigía que le prepararan un baño en su camarote todos los días, aunque fuera de agua salada. Clinton acostumbraba a beber leche caliente antes de acostarse, y al grumete le correspondía, además de llevársela, cuidar de la vaca que la producía. El grumete de Warren no tenía nada que hacer, aparte de mantener limpio el camarote del capitán, pues a él le gustaba servirse solo y comía con su tripulación. El señor Sharpe ya le había asignado todas sus obligaciones, pero sólo el capitán podía exigirle otras funciones.

Por ahora estaba ocupado en las maniobras de partida, cosa que, de momento, era una ventaja para ella, pues retrasaba el tener que presentarse ante el capitán con su disfraz. Sin embargo, continuaba vacilando. Después de todo, sería el más difícil de engañar, puesto que pasaría más tiempo con él que con cualquiera de los otros. Y las primeras impresiones son las más importantes, pues tienden a prolongarse y afectan al juicio posterior. Si lograba pasar ese primer encuentro sin que él descubriera nada raro, podría quedarse más o menos tranquila.

Pero no se levantó para salir en su busca, debido a ese enorme «si» que la retenía en la calurosa cocina aun mucho después de que la ropa empezara a pegársele al cuerpo y el pelo se le convirtiera en una masa húmeda bajo la ceñida media y la gorra de lana que lo ocultaba. Si el capitán no veía nada raro en ella, todo iría bien. Pero ¿y si los suyos eran los únicos ojos de a bordo que no se dejaban engañar? Y en el caso de que la desenmascarara antes de llegar al canal, podía perfectamente dejarla en tierra en vez de encerrarla hasta que acabara el viaje. Lo peor sería que sólo la desembarcara a ella. Después de todo, Mac era mucho más necesario que un grumete. Y si el capitán se negaba a dejar que Mac se fuera con ella, si lo retenía hasta que no pudiera seguirla, entonces sí que los dos se verían en apuros.

Así que Georgina permaneció en la cocina, donde ya la habían aceptado bajo el nombre de Georgie Mac-

Donell. Hasta que se dio cuenta de que había tardado demasiado en preocuparse por su capitán. Lo comprendió cuando Shawn le puso una pesada bandeja en sus manos. Al ver las fuentes de plata y los finos cubiertos, comprendió que aquella comida no era para ella.

—Entonces... ¿el capitán está ya en su camarote?

—Dios te ampare, chico. ¿Dónde has estado, para no enterarte de que el hombre tiene un dolor de cabeza peor que el de cualquiera de nosotros? No ha salido de su camarote desde que subió a bordo. Ha sido el señor Sharpe quien nos ha puesto en marcha.

—Ah...

¡Maldita suerte!, ¿por qué nadie le había dicho nada? ¿Y si él la había requerido? ¿Y si estaba furioso por no haber tenido quien lo atendiera? Sería un mal principio, desde luego.

—Creo que será mejor... Sí, será mejor que...

—Sí, y pronto. ¡Cielos, cuidado con la bandeja! Es demasiado pesada para ti, ¿verdad? ¿No? Bueno, pues adelante, muchacho. Pero procura esquivarlo si se enoja.

Los platos volvieron a repiquetear, pues Georgina se había detenido antes de llegar a la puerta.

—¿Por qué tengo que esquivarlo? Por el amor de Dios, ¿sería capaz de tirarme algo a la cabeza?

Shawn se encogió de hombros con una ancha sonrisa.

—¿Cómo quieres que lo sepa? Todavía no conozco a este capitán. Pero cuando alguien tiene una tremenda jaqueca nunca se sabe cómo puede reaccionar. Hay que ser precavido, chico. Ése es el consejo que te doy, y créeme, es bueno.

Estupendo; el mejor consejo para ponerla aún más nerviosa de lo que estaba. Georgina empezaba a descubrir un fino sentido del humor en el maldito señor Shawn O'Shawn.

Había una larga distancia hasta el castillo de popa, donde estaban los camarotes del capitán y de los oficiales, una distancia que se hacía aún más penosa por cuanto Inglaterra seguía rodeando ambos lados del navío.

Georgina buscó con la vista a Mac; necesitaba que la reconfortara con unas cuantas palabras. Pero su amigo no estaba a la vista; y como la pesada bandeja empezaba a fatigarle los brazos, no pudo entretenerse buscándolo. De todos modos, cualquier retraso por su parte habría sido imprudente. No era con comida fría como se apaciguaba a un hombre amargado y molesto por el dolor.

Sin embargo, cuando se detuvo ante la puerta del capitán, sosteniendo precariamente la bandeja con una mano para poder llamar con la otra, fue incapaz de hacerlo: le resultaba imposible dar ese golpecito que le permitiría entrar. Excepto por el temblor de las manos y las rodillas quedó paralizada. La bandeja se movía lentamente de un lado a otro, mientras todas sus pesimistas incógnitas la aturdían.

No tenía por qué ponerse tan nerviosa. En el peor de los casos, aquello no sería el fin del mundo. Era una mujer de recursos, capaz de llegar a su casa por otros medios, aunque tuviera que apañárselas ella sola.

Por todos los demonios, ¿por qué no había averiguado algo sobre ese capitán, aparte de su nombre? No sabía si era joven o viejo, perverso o bondadoso, si lo apreciaban, si simplemente lo respetaban... o era realmente detestado por la tripulación. Sabía de algunos capitanes que se portaban como verdaderos tiranos, pues la autoridad divina que tenían sobre la tripulación se les subía a la cabeza. Había hecho mal en no preguntar a otra persona, dado que el señor O'Shawn no podía informarla. Quizá aún estaba a tiempo. Si se demoraba unos minutos más para intercambiar unas palabras con alguien que se encontrara por ahí cerca, tal vez descubriría que el capitán Malory era el anciano más amable con quien se podía navegar. Entonces las manos dejarían de sudarle y se olvidaría de todas esas horribles posibilidades... Pero en el momento en que giraba sobre sus talones, se abrió la puerta

11

A Georgina se le cayó el corazón a los pies. La comida que llevaba estuvo a punto de seguir el mismo camino cuando giró en redondo otra vez, para encontrarse cara a cara con el capitán del *Maiden Anne*; pero fue el primer oficial quien apareció al otro lado de la puerta. En un principio pareció recorrerla de arriba abajo con unos ojos escrutadores. Aunque en realidad, esa mirada no fue más allá de un mero reconocimiento.

—¡Vaya, si eres un mequetrefe...! Me extraña no haberlo notado cuando te contraté.

—Tal vez fuera porque estaba usted senta...

La palabra se le ahogó en la boca, porque él le sujetó el mentón entre el pulgar y el índice para moverle la cara de un lado a otro. Georgina se puso pálida, pero él pareció no percatarse.

—Ni un pelo de barba —comentó en tono claramente despectivo.

Ella volvió a respirar y a duras penas logró dominar la indignación que sentía en su papel de Georgie.

—Sólo tengo doce años, señor —señaló Georgina con tono razonable.

—Pequeño, para doce años. ¡Pero si esa bandeja es más grande que tú! —Con los dedos le palpó el antebrazo—. ¿Dónde tienes los músculos?

80

—Todavía estoy creciendo —le espetó Georgina, que estaba poniéndose furiosa ante semejante examen; su anterior nerviosismo se fue transformando en una rabia contenida—. Dentro de seis meses no podrá usted reconocerme.

Cosa absolutamente cierta, pues por entonces ya habría abandonado su disfraz.

—Es cosa de familia, ¿no?

La expresión de la joven se tornó precavida.

—¿El qué?

—La estatura, chico. ¿De qué otra cosa voy a hablar? No será de las facciones, ciertamente, porque tú y tu hermano no os parecéis en nada.

Y se echó a reír con una carcajada resonante.

—No sé por qué lo divierte eso, señor. Es que somos hijos de diferentes madres.

—Ah, ya me parecía que había algo diferente, sí. Conque las madres... ¿Por eso tú no tienes acento escocés?

—No sabía que para este trabajo tuviera que contar la historia de mi vida.

—¿Por qué te pones tan a la defensiva, pequeño?

—Basta, Connie —interrumpió otra voz grave, que encerraba una clara advertencia—. No es cuestión de ahuyentar al muchacho, ¿verdad?

—¿Y adónde podría huir? —rió el primer oficial.

Georgina entornó los ojos. ¿Era sólo por sus principios por lo que ese inglés le inspiraba antipatía?

—Está enfriándose la comida, señor Sharpe —advirtió cambiando de tema, sin ocultar su indignación.

—Llévala adentro, pues; aunque dudo mucho que sea comida lo que le apetece al capitán en estos instantes.

En ese momento volvió el nerviosismo, y con fuerza. La voz que había interrumpido la conversación era la del capitán. ¿Cómo había podido olvidar, siquiera un minuto, que estaba esperando dentro? Peor aún; probablemente lo había oído todo, incluidas sus impertinencias hacia el primer oficial, impertinencias imperdonables, aunque hubieran sido provocadas. Ella no era más que un miserable grumete, pero había contestado a Conrad Sharpe de igual a igual como si fuera Georgina Anderson y no Georgie MacDonell. Otro error como ése equivaldría a quitarse la gorra y la venda del pecho.

Después de ese enigmático comentario final, Sharpe le indicó que entrara y abandonó el camarote. Hizo falta un gran esfuerzo para que los pies de Georgina se movieran, pero por fin llegó casi volando hasta la mesa que ocupaba el centro de la habitación; era un pesado mueble de roble, de estilo Tudor, alrededor del cual podrían sentarse cómodamente seis oficiales.

Georgina permaneció de pie, con los ojos fijos en la bandeja. Al otro lado de la mesa se erguía una gran silueta frente a las ventanas que iluminaban el ambiente. Sólo podía percibir vagamente su figura, pues era de tal tamaño que bloqueaba la luz que emanaba de los cristales. Pero al menos, pudo distinguir al desconocido capitán.

El día anterior había admirado esas mismas ventanas, cuando le permitieron familiarizarse con el camarote y le ordenaron prepararlo para recibir a su ocupante. Lo estaba, sin duda, y era digno de un rey. Nunca había visto nada parecido en los barcos de la Skylark.

Todos los muebles eran lujosos. Junto a la larga mesa había un único sillón estilo Imperio francés, con engastes de bronce sobre caoba y ramilletes de coloridas flores bordadas sobre fondo marfil, perfectamente tapizado. El camarote disponía de otros cinco sillones iguales, dos al pie de las ventanas, dos ante el escritorio y el último detrás de éste. El escritorio, de gran finura y elegancia, se sostenía sobre bellas patas ovaladas, pintadas con viñetas clásicas. Pero la cama sí que era una verdadera obra de arte, una antigüedad del Renacimiento italiano, de altos postes tallados que producían el efecto de columnas arqueadas, toda ella cubierta por un edredón de seda blanca.

En vez de arcón marinero, había un armario chino de teca, similar al que su padre había regalado a su madre al volver del Lejano Oriente después de su casamiento; tenía decoraciones de jade, madreperla y lapislázuli. También había un aparador estilo reina Ana, de sólido nogal. Entre ambos, elevándose casi a la misma altura, se veía un reloj de ébano y bronce, de estilo moderno.

En vez de estantes empotrados había una auténtica librería de caoba, con tallas doradas y puertas de vidrio, a través de las cuales se veían ocho estantes completamente llenos. Georgina reconoció en la cómoda el estilo Riesener, con decoraciones florales y molduras sobredoradas. Y detrás del biombo que separaba un rincón del cuarto, con su paisaje inglés pintado sobre cuero flexible, había una bañera de porcelana que, por su enorme tamaño, debió de haber sido hecha a medida; por suerte no era demasiado profunda, ya que probablemente le tocaría a ella acarrear el agua para llenarla.

El resto consistía principalmente en instrumentos náuticos, instalados en las proximidades del escritorio, un desnudo de bronce que se alzaba medio metro del suelo y un hervidor de cobre colocado cerca del lavabo, tras el biombo. Las lámparas, todas diferentes, estaban fijas a los muebles o pendían de ganchos clavados en las paredes y el techo.

Algunos cuadros de diversos tamaños y una gruesa y amplia alfombra completaban un cuarto comparable al palacio de un gobernador. Pero ni siquiera todo ello revelaba nada sobre el capitán Malory, excepto que quizá fuera un excéntrico o que le gustaba rodearse de cosas refinadas, aunque fuera mezclándolas sin orden.

Georgina no sabía si el capitán estaba de frente a ella o mirando por las ventanas. Aún no quería levantar la vista, pero el silencio se prolongaba, crispándole los nervios hasta casi estallar. Hubiera querido salir sin llamar su atención… ya que no parecía estar por ella. ¿Por qué permanecería tan callado? Sabía perfectamente que se encontraba ante él, esperando para servirlo en lo que deseara.

—Su comida, capitán… señor.

—¿Por qué susurras? —la voz le llegó en otro susurro tan suave como el de ella.

—Me dijeron que usted… es decir, alguien mencionó que usted sufría los efectos de un exce… —carraspeó, elevando la voz para rectificar rápidamente—. Un dolor de cabeza, señor. Mi hermano Drew siempre se queja de los ruidos cuando se ha… cuando le duele la cabeza.

—¿No me dijeron que tu hermano se llamaba Ian?

—Tengo varios hermanos.

—Cosa que nos pasa a todos, por desgracia —comentó él, con sequedad—. Uno de los míos se encargó anoche de emborracharme. Le pareció divertido dejarme incapacitado para zarpar.

Georgina estuvo a punto de sonreír. Muchas veces había visto a sus hermanos hacerse lo mismo mutuamente. Incluso a ella le hacían participar en sus travesuras: le ponían ron en el chocolate caliente, le ataban nudos en las cintas del sombrero y hacían ondear sus bragas en la veleta o, peor aún, del palo mayor del barco de otro hermano, para evadir las culpas. Los pícaros hermanos eran algo universal, desde luego; no existían sólo en Connecticut.

—Lo comprendo perfectamente, capitán —se le ocurrió decir—. Suelen ser bastante fastidiosos.

—Bastante, sí.

Ella percibió cierta ironía en aquella voz, como si el comentario le hubiera parecido pretencioso. Y en verdad lo era, para un muchacho de doce años. En adelante tendría que sopesar cada palabra con más cuidado antes de pronunciarla. No podía olvidar ni por un instante que estaba haciéndose pasar por un muchacho, un niño todavía. Pero en ese momento le costaba mucho tenerlo en cuenta, sobre todo porque al fin había notado el acento del capitán, decididamente británico. Sería demasiada mala suerte que, además, resultara ser inglés. Podría evitar a los otros ingleses de a bordo, pero no al capitán.

En el momento en que estudiaba la posibilidad de nadar por sus propios medios hasta la orilla del río, oyó una orden enérgica.

—Preséntate, muchacho, y deja que te eche una mirada.

De acuerdo. El acento podía ser ligeramente afectado. Después de todo, acababa de pasar algún tiempo en Inglaterra. Conque Georgina puso los pies en movimiento y se acercó a la silueta oscura, hasta que pudo distinguir un par de botas relucientes. Encima de ellas había unas calzas grises, ajustadas a un par de piernas musculosas. Sin levantar la cabeza, echó un vistazo hacia arriba, hasta ver una camisa de hilo blanco, de mangas anchas y puños ceñidos a las muñecas, que descansaban con arrogancia sobre unas estrechas caderas. Pero los ojos de Georgina no pasaron más allá de la piel visible en medio del pecho, por la honda abertura de la camisa. Era todo lo que podía apreciar sin abandonar su mansa postura, porque él era muy alto… y fornido.

—No te pongas a la sombra —indicó él—. A la izquierda, donde te dé la luz. Así está mejor. —Luego reparó en lo más obvio—: Estás nervioso, ¿no?

—Éste es mi primer empleo.

—Y no quieres estropearlo. Es comprensible. Tranquilízate, muchachito. No acostumbro arrancar la cabeza a los pequeños. Sólo a los hombres crecidos.

¿Era ése un comentario gracioso?

—Me alegro de saberlo. —Oh, buen Dios, la respuesta sonaba demasiado atrevida. «¡Cuida esa maldita boca, Georgina!»

—¿Tanto te fascina mi alfombra?

—¿Cómo dice, señor?

—Al parecer, no puedes quitarle los ojos de encima. ¿Acaso te han dicho que te convertirás en sopa con sólo mirarme, de tan feo que soy?

Ella comenzó a sonreír ante aquella broma, obviamente destinada a tranquilizarla, pero no llegó a hacerlo. La verdad era que se sentía más aliviada. El capitán estaba mirándola a plena luz y aún no la había descubierto. Pero la entrevista no había terminado. Y mientras durase, era preferible que la creyera nerviosa; de ese modo, atribuiría cualquier otro error al nerviosismo.

Georgina meneó la cabeza como respuesta y levantó el mentón poco a poco, tal como lo habría hecho un niño de su supuesta edad.

Pensaba echarle un vistazo rápido a la cara antes de bajar otra vez la cabeza, en un gesto infantil con el que podría divertirlo y dejar establecida su inmadurez.

No resultó así. Le echó el vistazo y bajó otra vez la cabeza, pero no pudo permanecer así mucho tiempo. Involuntariamente volvió a levantar el mentón y clavó la mirada en aquellos ojos verdes. Los recordaba con tanta claridad como si la hubiesen estado persiguiendo en sueños. Y algunas noches había sido así.

No era posible. ¿El muro de ladrillos… allí? ¿El arrogante villano con el que no debía cruzarse jamás… allí? No podía ser ése el hombre a quien se había comprometido a servir. ¡Vaya suerte más desastrosa!

Fascinada de horror, contempló una ceja rubia rojiza que se enarcaba con curiosidad.

—¿Algo va mal, muchacho?

—No —graznó Georgina casi enmudecida. Bajó la mirada al suelo tan rápidamente que una punzada de dolor le atravesó las sienes.

—No vas a disolverte en sopa, después de todo, ¿verdad?

Ella logró emitir un sonido negativo.

—¡Estupendo! Dudo que mi estómago pudiera soportar semejante espectáculo en estos momentos.

¿Qué significaba todo aquel parloteo? ¿Por qué no la apuntaba con un dedo condenatorio y horrorizado? ¿Acaso no la había reconocido? Y de pronto se dio cuenta de la realidad. Aun después de verle la cara con claridad, seguía llamándola «chico». Entonces levantó la cabeza para examinarlo con más detalle. Ni los ojos ni la expresión del capitán revelaban sospechas ni dudas. Su mirada seguía siendo intimidatoria, pero expresaba sólo diversión ante la conducta nerviosa de Georgina. No la recordaba en absoluto. Ni siquiera el nombre de Mac le había refrescado la memoria.

Increíble. Desde luego, el aspecto actual de Georgina era muy distinto del que tenía en la taberna aquella noche, vestida con prendas totalmente desajustadas. Ahora la ropa le sentaba a la perfección y era toda nueva, hasta los zapatos. Sólo la gorra era la misma. Con los apretados vendajes que le ceñían el pecho y la holgada camiseta con que disimulaba su estrecha cintura, había conseguido las líneas rectas de un muchacho. Y aquella noche se habían visto con poca luz; tal vez él no había podido observarla muy bien. Por otra parte, ¿qué motivos tenía para recordar el incidente? A juzgar por la rudeza con que la había tratado en la taberna, era posible que estuviera borracho como una cuba.

James Malory tuvo conciencia del momento exacto en que ella se relajó al creer que no la había reconocido. Existía la posibilidad de que fuera ella quien sacara a relucir aquel primer encuentro; había contenido el aliento al notar que ella ya se había dado cuenta de quién era, temeroso de que la muchacha abandonara el juego en ese mismo instante, con otra muestra de aquel vivo genio que desató contra él aquella noche en la taberna. Pero Georgina no sospechaba que ya la había descubierto, y había decidido obviamente morderse la lengua y continuar con su disfraz, exactamente lo que James Malory deseaba por el momento.

También él podría haberse relajado, a no ser por la tensión sexual que se había apoderado de él al verla entrar; era algo que no sentía con tanta intensidad ante una mujer desde... ¡ni se acordaba! Las mujeres le resultaban demasiado fácilmente asequibles. Hasta la competencia con Anthony por las más bellas había perdido ya su aliciente mucho antes de abandonar Inglaterra, diez años atrás. La diversión estaba en la competencia, no en la victoria. Conquistar a una mujer en especial no resultaba en absoluto emocionante, cuando había tantas para escoger.

Pero ahora se encontraba ante algo muy diferente, ante un verdadero desafío, un reto importante. El hecho de que le importara era algo desconcertante para él, dada su hastiada experiencia. Esta vez no daba lo mismo cualquier muchacha: quería conseguir a ésa. Tal vez porque en una ocasión la había perdido, con cierta frustración de su parte. La frustración en sí era algo desacostumbrado para él. Quizá el interés radicaba en que ella constituía un misterio. O, simplemente, en aquel bonito trasero que tan bien recordaba. Cualquiera que fuese el motivo, poseerla era de suprema importancia, pero no lo tenía tan fácil. Y el luchar por alcanzar esa meta suponía un aliciente que rompía con su habitual aburrimiento. Realmente le provocaba una gran tensión tenerla tan cerca. En realidad, estaba al borde de la excitación sexual, cosa que le resultaba totalmente ridícula, considerando que ni siquiera la había tocado ni podría hacerlo, al menos como lo deseaba, si pretendía llevar el juego hasta el final. Y el juego presentaba demasiadas posibilidades deliciosas como para abandonarlo desde un principio.

Por lo tanto, puso alguna distancia entre sí mismo y la tentación, acercándose a la mesa para examinar el contenido de las fuentes de plata. Antes de que terminara, se oyó el esperado golpecito a la puerta.

—Georgie, ¿no es así?

—¿Dice usted, capitán?

Él la miró por encima del hombro.

—Tu nombre.

—Oh… Me llamo Georgie, sí.

Malory hizo un gesto de asentimiento.

—Ése debe de ser Artie, que trae mis baúles. Puedes sacar las cosas mientras pico algo de esta comida fría.

—¿Quiere que se la recaliente, capitán?

Percibió en su voz el tono anhelante que delataba sus deseos de abandonar el camarote, pero no pensaba perderla de vista mientras el *Maiden Anne* no hubiera dejado atrás las costas de Inglaterra. Si la muchacha tenía una pizca de inteligencia, debía de saber que el encuentro anterior aumentaba el riesgo de ser descubierta y que él podía recordarla en cualquier momento. Por ello no descartaba la posibilidad de que ya estuviera pensando en abandonar el barco antes de que fuera demasiado tarde, incluso a nado, si es que sabía nadar. Y él no estaba dispuesto a permitirle esa alternativa.

—Está bien así. De todos modos, aún no tengo mucho apetito. —Como ella continuaba de pie en el mismo sitio, agregó—: La puerta, chico. No va a abrirse sola.

Reparó en que la muchacha caminaba hacia la puerta con los labios apretados. No le gustaba que la azuzaran. ¿O era lo seco de su tono lo que la había disgustado? También notó que, al indicar al malhumorado Artie dónde colocar los baúles, lo hizo con una actitud autoritaria, que le supuso una mirada dura por parte del marinero, ante la cual ella volvió a adoptar los modales tímidos de un jovencito.

James estuvo a punto de lanzar una carcajada, pero comprendió que la muchacha iba a tener problemas con su genio si olvidaba su papel cada vez que se alteraba. La tripulación no soportaría aires tan altaneros en un supuesto muchacho. Sin embargo, aparte de anunciar que el mocito estaba bajo su protección personal —con lo cual los miembros nuevos de su tripulación empezarían a burlarse a sus espaldas, los antiguos a mirar con más atención al chico, y Connie a revolcarse de risa en cubierta—, la única opción era vigilar de cerca a Georgie MacDonell. Claro que eso no sería nada desagradable: resultaba encantadora con esa ropa de muchachito.

La gorra de lana que él recordaba seguía ocultando toda la cabellera, aunque las cejas indicaban que tenía pelo oscuro, tal vez del mismo castaño intenso de los ojos. Pero no abultaba mucho su gorrita de marinero, así que no debía de llevar el pelo muy largo o se lo había cortado para disfrazarse. Imaginársela apenas sin cabello era lo último que Malory deseaba.

La chaquetilla blanca era de mangas largas y cuello alto; como le llegaba casi a medio muslo, ocultaba bien su trasero respingón. El capitán trató de descubrir qué había hecho con sus pechos y con la diminuta cintura que recordaba haber abrazado. La prenda se ajustaba perfectamente al cuerpo, y la rectitud de sus líneas quedaba acentuada por el ancho cinturón. Si había alguna protuberancia por ahí se mantenía escondida bajo el chaleco que llevaba sobre la chaquetilla.

El chaleco sí que era una prenda ingeniosa, ideal para sus fines. Le protegía el cuerpo como una coraza de acero, tan rígida que ni el viento más potente podría abrirla de un golpe. Cuando lo llevaba desatado, sólo se veían unos siete u ocho centímetros de chaquetilla por la parte delantera, descubriendo muy poco de ese pecho ingeniosamente aplanado.

La chaquetilla ocultaba el resto, dejando a la vista parte de los pantalones de color ante, que terminaban justo debajo de la rodilla, donde las gruesas medias de lana disimulaban la esbeltez de las pantorrillas. Como no eran demasiado holgadas ni tampoco muy ceñidas, daban a sus torneados miembros el aspecto de unas piernas de chico perfectamente normales.

James la observó en silencio. La joven revisó meticulosamente todas las prendas de los baúles y les buscó espacio; si no cabían en el armario, se preocupaba de colocarlas en el ropero. Johnny, el grumete anterior, habría tomado la ropa a brazadas para meterla en el cajón más cercano; James se había cansado de chillarle por hacer eso. Pero este pequeño Georgie se delataba por su pulcritud femenina. Probablemente no se daba cuenta, pues probablemente era su manera natural de actuar. ¿Cuánto tiempo podría mantener su disfraz con pequeñas torpezas como ésa?

Trató de observarla como lo haría alguien que ignorara su secreto. No era fácil, sabiendo lo que se adivinaba bajo esa ropa. Si no lo hubiera sabido de antemano… ¡caramba, no habría sido nada fácil descubrirla! En realidad, la ventaja estaba en su estatura. Connie tenía razón; no aparentaba más edad que un niño de diez años, aunque decía tener doce. ¡Diablos!, ¿y si era demasiado joven para él? No, no podía serlo después de lo que le hizo sentir aquella noche, en la taberna, con aquella boca sensual y aquellos ojos que inundaban el alma. Quizá fuese joven, sí, pero no demasiado.

Ella cerró el segundo arcón vacío y le echó un vistazo.

—¿Los llevo afuera, capitán?

Malory sonrió contra su voluntad.

—Dudo que puedas, pequeño. No te molestes en forzar esos flacos músculos. Artie vendrá por ellos más tarde.

—Soy más fuerte de lo que parezco —insistió ella, con obstinación.

—¿De veras? Mejor así, porque cada día tendrás que mover uno de estos sillones tan pesados. Suelo cenar con mi primer oficial.

—¿Sólo con él? —Echó un vistazo a los cinco sillones restantes—. ¿Y con los otros oficiales no?

—Éste no es un barco militar —apuntó él—. Además, me gusta la intimidad.

La expresión de la muchacha se iluminó de inmediato.

—En ese caso, me voy…

—No tan pronto, jovencito —la detuvo—. ¿Adónde vas, si todas tus obligaciones están en este camarote?

—Yo… bueno, supuse… es decir… Usted ha hablado de intimidad.

—¿Ha sido por mi tono de voz? ¿Demasiado áspero para ti, chico?

—¿Co… cómo, señor?

—Estás tartamudeando.

Ella inclinó la cabeza.

—Disculpe usted, capitán.

—No me vengas con ésas. Cuando te quieras disculpar, mírame a los ojos. Pero no tienes por qué pedir disculpas… todavía. No soy tu padre para darte un coscorrón o un azote. Soy tu capitán. No hace falta que te encojas cada vez que levanto la voz, o si estoy de un humor horrible y te miro contrariado. Haz lo que se te indique, sin discutir, y nos llevaremos estupendamente. ¿Entendido?

—Entendido, señor.

—Muy bien. En ese caso, ven aquí y acaba esta comida. No quiero que el señor O'Shawn piense que no aprecio sus esfuerzos. De lo contrario, vete a saber qué encontraré en mi plato la próxima vez.

Ella empezó a protestar, pero el capitán la interrumpió:

—Pareces medio muerto de hambre, qué diablos. Pero pondremos algo de carne en esos huesos antes de llegar a Jamaica. Puedes creerme.

Georgina tuvo que hacer un esfuerzo para no fruncir el entrecejo, sobre todo al ver que él apenas había tocado la comida; pero arrastró un sillón hasta la mesa. En realidad tenía hambre, pero ¿cómo comer con aquel hombre allí sentado, mirándola continuamente? Además tenía que buscar a Mac, en vez de perder un tiempo precioso sin hacer otra cosa que comer. Tenía que darle la asombrosa noticia, revelarle quién era el capitán antes de que fuera demasiado tarde para encontrar una solución.

—A propósito, jovencito, cuando hablo de intimidad no me refiero a ti —continuó el capitán, mientras le acercaba la bandeja repleta de comida fría—. Después de todo, tu tarea es atenderme constantemente. Además, dentro de pocos días ni siquiera repararé en tu presencia.

Eso resultaba alentador, pero no cambiaba el hecho de que en esos momentos el hombre tuviera fija en ella toda su atención esperando verla comer. Georgina se sorprendió al ver que no había grasa endurecida en el pescado; acompañaban a éste hortalizas cocidas al vapor y fruta fresca. Aun fría, la comida parecía deliciosa.

Cuando antes terminara, antes podría irse. Comenzó a engullir la comida a una velocidad asombrosa, aunque al cabo de pocos minutos comprendió que había sido un error: estaba sintiendo náuseas y ganas de vomitar. Con los ojos dilatados de horror, voló a la cómoda en busca del orinal. Su máxima preocupación en esos instantes era que ese orinal estuviese vacío y limpio. Si no, no podría evitar un desastre mayor. Por suerte, lo estaba. Llegó a sacarlo justo a tiempo, mientras oía vagamente la protesta del capitán:

—¡Jesús, no me digas que vas a…! Bueno, ya veo que sí.

Poco le importaba lo que él pensara en esos momentos; su estómago estaba arrojando hasta el último bocado ingerido a la fuerza. Antes de que todo terminara, sintió en la frente un paño mojado, y en el hombro, una mano pesada y solidaria.

—Lo siento, pequeño. Tenía que haber comprendido que estabas demasiado nervioso para llenarte el estómago. Anda, deja que te ayude a llegar hasta la cama.

—No, yo…

—No discutas. Probablemente no volveré a ofrecértela, y es una cama muy cómoda. Aprovecha mis remordimientos y échate.

—Es que no quie…

—¿No te he dicho que debías cumplir mis órdenes sin discutir? Te ordeno que te acuestes en esa cama y descanses un rato. ¿Necesitas ayuda o puedes llegar por tus propios medios?

De la dulzura a la autoridad, y luego a la impaciencia. Sin responder, Georgina corrió a la enorme cama y se tumbó en ella. Obviamente, ese hombre se portaría como un autócrata, uno de esos convencidos de que el capitán de un barco era un dios omnipotente. La verdad era que se sentía terriblemente mal y necesitaba acostarse. Pero no en esa maldita cama.

Un momento después lo vio de pie a su lado, inclinado hacia ella. Ahogó una exclamación y rezó de inmediato para que no la hubiera oído, porque el capitán no había hecho otra cosa que ponerle el paño frío en la frente.

—Tendrías que quitarte la gorra y el chaleco; los zapatos también. Así te sentirás más cómodo.

Georgina empalideció de súbito ¿Iba a tener que desobedecerle desde el principio? Tratando de no mostrarse sarcástica, lo dijo con toda claridad:

—Aunque usted piense lo contrario, capitán, sé cuidarme solo. Así estoy bien.

—Como gustes —replicó él, encogiéndose de hombros.

Para alivio de la joven, le dio la espalda. Pero un momento después se oyó su voz desde el otro extremo de la habitación:

—A propósito, Georgie, no te olvides de trasladar tu hamaca y tus pertenencias del castillo de proa aquí. Hazlo en cuanto te sientas mejor. Mi grumete duerme siempre donde se le necesita

12

—¿Donde se le necesita? —exclamó Georgina, incorporándose en la enorme cama. Luego entornó los ojos con suspicacia para mirar al capitán, que descansaba lánguidamente en la silla que ella había desocupado. Por lo tanto, estaba completamente frente a ella y observándola—. ¿Para qué puede necesitarme en medio de la noche?

—Tengo el sueño ligero, ¿sabes? Los ruidos del barco suelen despertarme.

—¿Y qué tiene eso que ver conmigo?

—Bueno, Georgie —adujo él, con el tono que se usa para hablar pacientemente con un niño—, podría necesitar algo. —La joven ya iba a replicar que podía cuidarse sólo perfectamente, pero el capitán agregó—: Después de todo, es tu deber.

Puesto que nadie le había detallado claramente sus obligaciones, Georgina no tenía ningún derecho a negarse. Pero ¿era obligatorio quedarse sin dormir cuando él se desvelaba? Ahora sí que se arrepentía de haber conseguido aquel empleo. Equivalía a servir a un autocrático muro de ladrillos. Decidió no discutir el tema por el momento, pero necesitaba algunas aclaraciones.

—¿Se refiere usted a traerle algo de comer de la cocina?

—Sí, eso mismo. Pero a veces sólo necesito que una voz apaciguadora me ayude a dormir. Sabes leer, ¿no?

—Por supuesto —replicó ella, indignada.

Advirtió demasiado tarde que habría podido librarse al menos de una tarea si hubiera respondido negativamente. Eso, en el supuesto caso de que continuara a bordo; en esos momentos deseaba con fervor abandonar el barco. Se imaginó leyéndole en medio de la noche: él, acostado en la cama; ella, sentada en una silla, quizá hasta en el borde del colchón si él se quejaba de que no la oía bien. Habría sólo una lámpara encendida; pero al menos, él estaría soñoliento, con las facciones suavizadas por la penumbra, escondiéndole ese aspecto intimidante... Pero ¡diablos!: tenía que buscar a Mac cuanto antes.

Sacó las piernas por el costado de la cama, e inmediatamente oyó una áspera orden:

—¡Acuéstate, Georgie!

El capitán se había incorporado en la silla y la miraba con el ceño fruncido; a juzgar por su expresión, si ella se levantaba él haría lo mismo y además le cerraría el paso hacia la puerta. Y Georgina no tenía suficiente coraje para poner a prueba voluntad tan formidable.

«Por amor de Dios, esto es ridículo», se dijo. Pero permaneció tendida mirándolo, casi echando chispas por los ojos. Por un momento apretó los dientes, llena de frustración. Luego insistió:

—Esto no es necesario, capitán. Ya me encuentro mucho mejor.

—Seré yo quien decida cuándo estás mejor, muchacho —repuso con arbitrariedad, volviendo a reclinarse en el sillón—. Todavía estás tan pálido como ese edredón. Te vas a quedar ahí hasta que yo te autorice a levantarte.

La furia iba enrojeciendo las mejillas de Georgina, aunque ella no se daba cuenta. No podía soportar verlo allí sentado, como un aristócrata de vida regalada. Seguro que era un aristócrata, y lo más probable era que no hubiera movido un dedo en toda su vida. Si ella se encontraba prisionera en ese barco durante varias semanas, aguantando sus innecesarias atenciones, acabaría con los nervios destrozados y detestando cada momento de servicio. La sola idea le resultaba insoportable. Pero no había modo de salir de ese camarote, como no fuera desafiando abiertamente su autoridad. Y estaba tan imposibilitada para enfrentarse a él como un muchacho de doce años.

Aceptada esa conclusión, Georgina, inquieta por su incógnita sobre dónde debería pasar la noche, sacó el tema a colación.

—Yo creía, capitán, que todos los camarotes disponibles estaban ocupados.

—Y así es. ¿Qué quieres decir, chico?

—Que no sé dónde quiere usted que ponga mi hamaca, si debo estar cerca por si me llama durante la noche.

Sus palabras motivaron una carcajada.

—¿Dónde diantres crees que debes ponerla?

El que se divirtiera a su costa la enfureció tanto como los cuidados que no le pedía.

—En ese corredor lleno de corrientes de aire —contestó—. Pero debo decirle, capitán, que eso no me conviene en...

—Basta, muchacho, que me vas a hacer llorar de risa. ¡Qué tonterías! Dormirás aquí mismo, desde luego, como lo han hecho todos mis grumetes.

Era lo que se temía. Por suerte, sabía que no era algo desacostumbrado; eso la salvó de estallar en una indignación virginal que habría resultado totalmente inadecuada, dada la situación. Muchos capitanes alojaban en sus camarotes a los miembros más jóvenes de la tripulación, por simple protección hacia éstos. Así lo hacía su hermano Clinton, por ejemplo, desde que a un grumete suyo lo atacaron e hirieron gravemente tres marineros. Ella no conocía los detalles del caso, pero Clinton, furioso, había hecho azotar a los tres atacantes.

Sin embargo, este capitán sabía que su grumete tenía un hermano mayor a bordo que podía encargarse de protegerlo. Por lo tanto, si quería tenerlo en su camarote era por conveniencia propia. Pero no podía discutir, no le prestaría atención; además, le había advertido que no quería discusiones. Si ésa era la política acostumbrada del capitán, protestar no tenía sentido. Por lo tanto, sólo quedaba una pregunta por hacer:

—¿Aquí mismo?, pero ¿dónde?

Él señaló con la cabeza el único rincón desocupado de la habitación, a la derecha de la puerta.

—Supongo que eso bastará. Hay lugar de sobra para tu baúl y todo lo que hayas traído. Ya hay soportes para la hamaca en las paredes.

Ella vio los ganchos que mencionaba, separados entre sí por una distancia que permitiría tender una hamaca en el rincón. Le extrañó no haberlos visto el día anterior, al inspeccionar el camarote. Al menos, ese lugar estaba lejos de la cama. Pero aun así, no había entre esas dos zonas un solo mueble lo bastante alto como para ofrecerle un mínimo de intimidad: sólo la bañera situada tras el biombo, en el otro rincón cerca de las ventanas, y la cómoda entre ella y la puerta. La mesa ocupaba el centro. Todo lo demás estaba a la izquierda de la puerta; la mesa, tras ella; el armario y el aparador, contra la pared de la izquierda; la librería contra la misma pared, pero junto a las ventanas, en el rincón que también ocupaba el escritorio, para aprovechar la luz.

—¿Te basta, pequeño?

¡Como si estuviera dispuesto a instalarla en otro lado, si decía que no!

—Supongo que sí, pero ¿puedo usar el biombo?

—¿Para qué?

«¡Para tener intimidad, pedazo de bobo!» Pero él parecía tan divertido por la pregunta, que Georgina se limitó a responder:

—Era una ocurrencia, nada más.

—Una mala ocurrencia, pequeño. Usa el sentido común. El biombo está atornillado al suelo, como todo lo demás excepto las sillas. Y justamente una de tus funciones es atornillarlas al suelo a la menor señal de mal tiempo.

En esta ocasión, Georgina percibió de inmediato el rubor que le subía a las mejillas. Eso era algo que ella sabía desde siempre: en un barco todo debía estar atornillado, atado o fijo de algún modo, para que no acabara ocupando el sitio que no le correspondía, generalmente después de causar muchos daños en el forzado trayecto. ¿Cómo había podido olvidar algo tan sabido?

—Es que nunca había navegado hasta ahora —replicó, en defensa de su estupidez.

—Entonces, ¿eres inglés?

—¡No! —La negativa fue demasiado áspera y apresurada—. Es decir, he viajado en barco hasta aquí, claro, pero como pasajero. —Al comprender que cada vez parecía más ignorante, agregó con timidez—: La verdad es que no me había fijado en esas cosas.

—No importa. Ya aprenderás todo lo necesario, ahora que eres de la tripulación. No vaciles en preguntar lo que necesites saber, chico.

—Pues ya que ahora tiene tiempo, capitán, ¿tendría la bondad de explicarme cuáles son mis obligaciones, aparte de las que ya ha men…?

Se interrumpió, pues una de aquellas cejas doradas se había enarcado, en un gesto de divertida complacencia. ¿Pero qué había dicho esta vez para que ese hombre sonriera como un tonto?

Él no prolongó el suspenso.

—¿Que tenga la bondad? —Ahora reía a carcajadas—. ¡Por Dios, chico, no sé de bondades desde que tenía tu edad!

—Es sólo un modo de hablar —adujo ella, exasperada.

—Eso es una muestra de buena educación, pequeño. Demasiado buena para un grumete.

—¿Así que hay que ser maleducado para ocupar ese puesto? Nadie me lo había dicho.

—No te vuelvas respondón, pequeño, si no quieres

que te dé un buen tirón de orejas… aunque te las escondas bajo esa condenada gorra.

—Oh, ahí están, capitán, bien puntiagudas y enormes. Por eso las mantengo ocultas.

—¡Qué desilusión, muchacho! Creía que era a causa de una calvicie prematura. ¿Así que se trata tan sólo de un par de orejas grandes?

Ella sonrió a su pesar. Ese tonto le estaba resultando divertido. ¿Y quién habría pensado que un autocrático muro de ladrillos podía ser divertido? Como si no bastara eso para sorprenderla, ¿de dónde sacaba ella misma el coraje para bromear con él? Y lo más asombroso era que no la hubiera asustado la amenaza de tirarle de las orejas, pese a la seriedad con que la había pronunciado.

—¡Caramba! —exclamó él, respondiendo a la sonrisa de Georgina—, conque tienes dientes, después de todo. Ya empezaba a dudarlo. Y blancos como perlas, además. Claro, eres joven. Ya se te pudrirán.

—A usted no se le han podrido.

—¿Acaso insinúas que, siendo tan viejo, ya debería haberlos perdido?

—Yo no he dicho… —Georgina se interrumpió, confundida—. Con respecto a mis tareas, capitán…

—¿No te las especificó Connie al contratarte?

—Sólo me dijo que debía servirlo a usted, no a los otros oficiales, y cumplir sus órdenes. Pero no me dio detalles.

—Es que a eso se reduce todo, ¿no te das cuenta?

Ella apretó los dientes hasta dominar su enojo. Por fin las palabras volvieron a su boca:

—Capitán Malory, sé que hay algunos grumetes que tienen que ordeñar vacas…

—¡Por Dios, compadezco a esas pobres criaturas! —exclamó él, con fingido horror. Pero un momento después apareció otra vez su sonrisa—. Por mi parte, puedes quedarte tranquilo. No me gusta la leche. Ésa no será una de tus tareas.

—¿Cuáles serán, entonces? —insistió ella.

—Unas cuantas cosas, podría decirse. Actuarás como criado a la hora de servir la comida, como mayordomo dentro de mi camarote y como sirviente en general. Y como en este viaje no he traído a mi ayuda de cámara, también tendrás que cumplir esas funciones. Nada demasiado agotador, ya ves.

No: sólo servirlo de rodillas, exactamente como ella suponía. Estuvo a punto de preguntar si tenía que frotarle la espalda y limpiarle también el trasero, pero se calló. Ya que él había prometido no darle un tirón de orejas, era mejor no tentarlo. De ninguna manera debía descubrir qué había bajo su gorra. Realmente, su situación era casi cómica. ¡Pero si el grumete de Drew se limitaba a servirle la comida! De todos los capitanes que zarpaban de Londres, justo había tenido que caer en las manos de un condenado inglés. Y no sólo era inglés, sino también un aristócrata inútil. No había dado golpe en su vida.

De todo esto no le dijo una palabra, naturalmente. Estaba irritada, pero no loca.

James tuvo que sofocar la risa. La muchacha estaba haciendo un esfuerzo colosal para no quejarse por la carga que él acababa de acumular sobre sus hombros. La mayor parte era puro invento, sobre todo lo del ayuda de cámara; hacía más de diez años que no lo tenía. Pero cuanto más tuviera que hacer ella en el camarote, menos trataría con la tripulación. No era cuestión de que otros descubrieran el secreto antes que él. Además, cuanto más tiempo pasara en su camarote, más podría disfrutarla, y su relación se limitaría a ellos dos.

Por el momento, sin embargo, necesitaba poner distancia entre ambos. Al verla así, acurrucada en su cama, su imaginación ya volaba a ciertas cosas que aún debía esperar.

«Disciplina, muchacho —se amonestó a sí mismo—. Si no la tienes tú, ¿quién la va a tener?»

En ese momento, aquello sonaba a chiste. Hacía demasiado tiempo que no se enfrentaba con una verdadera tentación. El autodominio era fácil cuando el aburrimiento apagaba las emociones, pero todo cambiaba cuando éstas emergían con tanta intensidad.

Georgina decidió que no valía la pena continuar con esa irritante conversación. Además, el hecho de mantenerse en silencio podía inducirlo a buscar alguna otra diversión, como, por ejemplo, dirigir el barco. Quizá de ese modo saliera del camarote. Y en cuanto lo hiciera, sería su oportunidad para escaparse de allí. Lo que no se le ocurrió era que él iba a acercarse a la cama para ver cómo estaba. Últimamente no tenía mucha suerte con los planes improvisados.

Al abrir los ojos lo vio allí, inclinado sobre ella.

—Veo que sigues pálido —comentó el capitán—. ¡Yo que estaba convencido de que había logrado tranquilizarte y que te encontrabas mejor!

—Oh, así ha sido, capitán —le aseguró ella.

—¿Ya no estás nervioso?

—En absoluto.

—Estupendo. Así no tendrás que pasar mucho tiempo en la cama. Pero no hay prisa, ¿verdad? Ahora que lo pienso, no tienes nada que hacer hasta la próxima comida. Te vendría bien una siesta para devolverte el color a las mejillas.

—¡Pero si no me encuentro...!

—¡No irás a discutir cada vez que te haga una sugerencia!, ¿verdad, Georgie?

¿Era necesario ese rostro agresivo, como si fuera a darle un soplamocos? Con su afable cháchara le había hecho olvidar que, después de todo, era un hombre peligroso.

—Ahora que usted lo dice, anoche no dormí gran cosa

Al parecer, fue la respuesta adecuada, pues la expresión del capitán volvió a cambiar. No era demasiado afable, aunque en realidad nunca lo había sido, pero sí menos severo. Y una vez más mostraba diversión.

—Eres demasiado joven para haber estado haciendo lo que hacían anoche mis otros tripulantes. ¿Qué ha sido lo que te ha mantenido despierto?

—Su tripulación —respondió ella—. Fuese lo que fuese lo que estaban haciendo, sus carcajadas eran demasiado estruendosas.

Él se echó a reír.

—Dentro de algunos años, muchachito, serás más tolerante.

—No soy tan ignorante, capitán. Ya sé lo que suelen hacer los marineros durante la última noche en tierra.

—¿Ah, sí? ¿Así que estás familiarizado con ese aspecto de la vida?

«Recuerda que eres un niño. ¡Recuerda que eres un niño y, por amor de Dios, no vuelvas a ruborizarte!»

—Por supuesto —respondió Georgina.

Lo veía venir: ese endemoniado gesto de la ceja, y la risa brillando en esos ojos tan verdes. Pero la previsión no le sirvió de nada al oír la siguiente pregunta:

—¿Lo sabes de oídas... o por propia experiencia?

Georgina se ahogó con su propia exclamación y pasó diez segundos tosiendo, tiempo que el capitán dedicó a golpearle solidariamente la espalda. Cuando por fin logró respirar otra vez, supuso que debía de tener varias vértebras rotas, gracias a los ladrillos que ese muro tenía por manos.

—No me parece, capitán Malory, que mi experiencia o mi falta de ella tengan nada que ver con este trabajo.

Y aún tenía mucho más que decir sobre esas preguntas poco ortodoxas, pero él la acalló con un simple:

—Muy cierto.

Lo cual fue una suerte, pues ella no estaba pensando en esos momentos como un chico de doce años. De cualquier modo, él no había terminado:

—Tendrás que perdonarme, Georgie. Tengo la costumbre de ser despectivo, ¿sabes?, y la indignación ajena sólo sirve para inspirarme nuevos ataques. Trata de no tomártelo a pecho, porque, si he de serte completamente franco, tus demostraciones de mortificación no hacen sino divertirme.

Ella nunca había oído nada tan… tan ridículo. Y ese hombre lo decía sin pizca de contrición. Todo era deliberado: las provocaciones, los insultos, las bromas. ¡Que el diablo se llevara a ese canalla! Era mucho peor de lo que había pensado en un principio.

—¿Y no podría usted evitar esas provocaciones… señor? —sugirió, apretando los dientes.

El capitán emitió una carcajada que parecía un ladrido.

—¡Me perdería otras joyas de sabiduría como ésa! No, pequeño; yo no renuncio a mis diversiones por ningún hombre, mujer o niño viviente. Después de todo, tengo tan pocas…

—Conque no hay misericordia para nadie. ¿Ni siquiera para los niños enfermos? ¿O por fin me juzga lo bastante recuperado como para levantarme, capitán?

—Has acertado con tu primera suposición… a menos que estés suplicando. Eso podría tenerlo en cuenta. ¿Es así?

—¿El qué?

—Si estás suplicando compasión.

Maldito hombre, que la provocaba poniendo en juego su orgullo. Los niños, a la incómoda edad de doce años, tienen muchísimo orgullo, y sin duda él contaba con eso. Una chica de esa edad no se limitaría a pedir compasión; lo haría llorando a mares. Pero un varón preferiría morir a reconocer que no soportaba unas cuantas burlas, por inmisericordes que fueran. ¿Y cómo tenía que reaccionar ella, por todos los diablos? ¿Una mujer que sólo deseaba abofetear esa cara arrogante, pero que debía reprimirse porque no resultaría adecuado para el papel de Georgie que había asumido?

Y allí estaba él, con las facciones inexpresivas y cierta tensión en los hombros y el pecho. ¡Como si la respuesta tuviera de verdad alguna importancia para él! Sin duda estaba preparando otro brillante sarcasmo por si ella respondía afirmativamente.

—Tengo hermanos varones, capitán, todos mayores que yo —le explicó fríamente—. Para mí no es nuevo ser objeto de bromas pesadas, provocaciones y burlas. A mis hermanos les encanta… aunque sin duda no tanto como a usted.

—¡Bien dicho, jovencito!

Para fastidio de ella, el capitán parecía muy complacido. ¡Oh, si al menos fuera posible darle siquiera una bofetada antes de abandonar el *Maiden Anne*!

Pero en ese momento se sintió repentinamente sofocada por toda una serie de emociones inesperadas, pues el hombre se inclinó para cogerla por el mentón, tal como lo había hecho el señor Sharpe al examinarle la cara de lado a lado. Pero a diferencia del señor Sharpe, lo hizo con mucha suavidad, con dos dedos extendidos sobre la mejilla izquierda.

—Mucho coraje en alguien que, como dijo Connie, no tiene un pelo de barba a la vista. —Los dedos descendieron lentamente por la tersa mejilla hasta la mandíbula. Al menos, ésta fue la impresión de la confusa Georgina, cuyos sentidos estaban desbocados—. Servirás, pequeño.

Estaba a punto de vomitar otra vez, a juzgar por la sensación extraña que le agitaba la parte inferior del vientre. Pero sus nervios se aquietaron en cuanto el capitán retiró la mano. Y no pudo hacer otra cosa que contemplar fijamente su espalda mientras él salía del camarote.

13

Las náuseas de Georgina iban aplacándose, pero pasaron al menos cinco minutos más antes de ser capaz de aquietar sus tumultuosos pensamientos lo suficiente para ver que por fin estaba sola en el camarote. Cuando cayó en la cuenta, su bufido de disgusto fue tan potente que cualquiera que estuviera al otro lado de la puerta lo habría oído. Pero no había nadie, según comprobó abriéndola bruscamente un momento después.

Refunfuñando para sus adentros contra los muros de ladrillo y la arrogancia de los aristócratas ingleses, marchó hacia la escalera. Ya había subido la mitad cuando recordó que se le había ordenado dormir una siesta. Se detuvo, mordisqueándose el labio inferior con sus «blancos como perlas». ¿Qué hacer, entonces? No pensaba volver a la cama de ninguna manera, pese a esa tonta orden. Sus prioridades eran sencillas: buscar a Mac y abandonar como fuera el *Maiden Anne* antes de que resultara demasiado tarde.

Sin embargo, desobedecer la orden de un capitán era un imperdonable atrevimiento. Por lo tanto... debía asegurarse de que el capitán no se enterara. Era sencillo.

Pero ¿y si estaba cerca? Dada la suerte que tenía en los últimos tiempos... No, había que ser optimista si él estaba en las cercanías, esperaría uno o dos minutos a que se alejara o se distrajera, pero no mucho más. Estaba decidida a salir a cubierta, tanto si estaba como si no. En todo caso, aduciría que deseaba echar un último vistazo a Inglaterra, aunque la mentira se le atascara en la garganta.

Pero sus temores se desvanecieron en seguida, pues al asomar cautelosamente la cabeza por la escotilla abierta, no halló rastros del capitán. Por desgracia, tampoco había señales de Mac, ni siquiera arriba, donde podría haber estado revisando el cordaje.

Subió el resto de la escalera y se dirigió aprisa hacia la proa, sin atreverse a mirar hacia el alcázar, pues desde allí arriba podría ser vista con toda claridad. Poco le faltaba para correr, con la esperanza de no tener que buscar a Mac de un extremo a otro. Pero se detuvo en seco en medio del barco. A estribor no se veía otra cosa que el océano. Giró bruscamente la cabeza hacia la popa; allá estaba la tierra que ella esperaba ver. Pero las riberas, que tan desesperadamente necesitaba tener a su alcance, ya apenas se divisaban; la gran mole de Inglaterra se empequeñecía cada vez más tras la estela del barco.

Georgina se quedó mirando con frustración su única posibilidad de abandonar el barco, contemplando ese país que retrocedía con rapidez, perdiéndose en la distancia. ¿Cómo era posible? Levantó la vista a un cielo demasiado cubierto como para calcular la hora. ¿Tan tarde había llevado la comida al capitán?

Le bastó una ojeada a las velas henchidas para comprender que el barco navegaba a una velocidad extraordinaria, empujado hacia el mar por vientos de tormenta. Pero ¿era posible que Inglaterra ya hubiera quedado atrás, si aún navegaban por el río en el momento en que ella bajó al camarote del capitán?

De nuevo montó en cólera. De no haberse entretenido ese maldito hombre en fastidiarla con sus provocaciones y sus innecesarios cuidados, ella habría podido liberarse de él para siempre. Ahora... ¡diantre!, estaba atrapada en su barco, sujeta a sus detestables caprichos, y cabía esperar un trato mucho peor que el sufrido esa tarde. ¿Acaso no reconocía él mismo que *disfrutaba* irritando a la gente hasta sacarla de quicio? Por muy paciente que fuera, y Georgina estaba segura de serlo, ni siquiera ella sería capaz de resistir mucho tiempo impertinencias tan deliberadas. Tarde o temprano acabaría dándole una bofetada o utilizando cualquier otro tipo de defensa femenina que evidentemente la delataría. ¿Y entonces, qué? Dado el cruel sentido del humor del capitán, no podía adivinar su reacción si la descubría.

Ciertamente, la fortuna la había abandonado ese día por completo. Incluso había olvidado que debía andar por cubierta con precaución. Sus oscuros pensamientos se interrumpieron ante un rudo golpe en el hombro. Giró en redondo, exclamando con voz cargada de altiva exasperación:

—¿Qué pasa?

Esa respuesta imprudente le costó un puñetazo instantáneo. El golpe la envió contra la borda; sus pies se deslizaron poco a poco hacia delante, hasta que quedó tendida en el suelo.

Fue más la sorpresa que el aturdimiento, aunque le dolía la oreja del golpe. No hacía falta que nadie le indicara su error, pero de todos modos el belicoso marinero erguido a su lado se apresuró a decírselo:

—Vuelve a contestarme de ese modo, piojo descarado, y te arrojaré por la borda como a un escupitajo. ¡Y que no vuelva a verte estorbando el paso!

Había espacio suficiente como para que el hombre pudiera pasar. No era corpulento, más bien flaco y menudo. Pero Georgina no dijo nada. Estaba demasiado ocupada en quitar de en medio las piernas, ya que él estaba a punto de apartárselas a puntapiés.

Mientras tanto, en el alcázar, Conrad Sharpe se veía en serias dificultades para impedir que el capitán saltara por encima de la barandilla a la cubierta, como había intentado hacer al ver que golpeaban a la muchacha. Tampoco era fácil contenerlo sin que se notara.

—¡Basta, Hawke! Ya ha pasado lo peor. Si intervienes ahora...

—¿Quién habla de intervenir? ¡Lo que quiero hacer es romperle todos los huesos a ese hombre!

—Bien, brillante idea —contraatacó Connie, sarcástico—. No se me ocurre un modo mejor de demostrar a la tripulación que el pequeño Georgie no debe ser tratado en absoluto como un grumete, sino como propiedad personal del capitán. Lo mismo daría que le arrancaras esa estúpida gorra y le pusieras faldas. Sea como fuere, sólo conseguirías que todos los hombres fijaran su interés en ese amiguito, hasta descubrir qué tiene de especial para que tú estés dispuesto a cometer un asesinato por él. Y no me mires con la ceja levantada, condenado idiota. Tus puños serían un arma letal para alguien de ese tamaño. Lo sabes perfectamente.

—Está bien. Me conformaré con hacerlo pasar por la quilla.

Al percibir ese tono seco, indicativo de que James había recobrado el buen tino, Connie se apartó de él con una gran sonrisa.

—No, no lo harás. ¿Qué motivo aducirías? La muchacha ha contestado con descaro. La hemos oído desde aquí. No hay a bordo un solo hombre que no hubiera actuado como Tiddles ante semejante provocación de un simple grumete. Además, parece que el hermano va a ocuparse del asunto. A nadie le extrañará que él acuda en defensa del crío.

Los dos observaron cómo Ian MacDonell se lanzaba sobre Tiddles y lo levantaba en vilo en el momento en que iba a asestar un puntapié a la muchacha. El marinero quedó colgado de los puños del escocés por la pechera de su camisa a cuadros. Y aunque MacDonell no levantó la voz, su advertencia resonó por toda la cubierta.

—Si vuelves a ponerle la mano encima, amigo, tendré que matarte.

—Se expresa bastante bien, ¿no? —comentó James.

—Al menos a nadie le llamará la atención... él, claro.

—Te has hecho entender, Connie. No hace falta que insistas. ¿Qué diantre estará diciendo la chica al escocés?

La joven se había levantado y hablaba con su «hermano» en voz baja, pero severa. Tiddles seguía suspendido en el aire.

—Parece que está tratando de calmar los ánimos. Inteligente, la niña. Sabe de quién es la culpa. Si ella no hubiera estado por ahí, mirando como una tonta…

—En parte, la culpa es mía —interrumpió James.

—¿Ah, sí? Tal vez no me he fijado bien. No he visto cómo la dejabas clavada a la cubierta, por ejemplo.

—Conque estamos graciosos… Pues mira, amigo, a mí no me hace gracia.

—¡Que lástima! A mí sí. —Connie sonreía sin arrepentimiento—. Pero como veo que te mueres por demostrar tu nobleza, anda, confiesa por qué te crees responsable de la imprudencia de la niña.

—No es que lo crea; estoy seguro —contraatacó James, fulminando a su amigo con la mirada—. En cuanto me reconoció decidió abandonar el barco.

—¿Eso te dijo?

—No hacía falta. Se le veía claramente en la cara.

—Detesto detenerme en detalles, viejo amigo, pero el caso es que aún está aquí.

—Por supuesto —le espetó James—, pero sólo porque yo la he estado reteniendo en mi camarote hasta que ya era demasiado tarde para poderse largar a nado. Si se ha quedado en la cubierta como pasmada, es porque ha visto cómo se perdía en la distancia su única posible escapatoria… y probablemente estaba maldiciéndome al mismo tiempo.

—Bueno, creo que no volverá a cometer el mismo error… El de estorbar el paso, quiero decir. Generalmente un buen puñetazo en la oreja es una buena lección.

—Pero se ha ganado la enemistad de Tiddles. Artie también habría querido darle un puntapié en el trasero. Si no lo hizo fue porque yo estaba presente. ¡Deberías haber oído la autoridad con que ella le daba órdenes!

—No supondrás que el crío es una verdadera dama, ¿o sí?

James se encogió de hombros.

—No lo sé, pero tiene experiencia en mandar a subordinados. Además, ha recibido una buena educación... o sabe imitar a la gente educada.

Connie acabó por perder el sentido del humor.

—Maldita sea, eso cambia las cosas, Hawke.

—¡Ni pensarlo! No he sido yo quien la ha vestido con esos pantalones. Y tú, ¿por quién diantres la habías tomado? ¿Por una ramera del puerto?

El silencio del primer piloto fue respuesta suficiente, y acabó por arrancar una breve carcajada a James.

—Bueno, ya puedes dejar la caballerosidad, Connie. No te sienta mejor que a mí. Sigo pensando que esa astuta mocosa quizá sea una princesa. Pero por el momento, y mientras yo no diga lo contrario, es mi grumete. Ella misma eligió el papel y voy a dejar que siga representándolo.

—¿Por cuánto tiempo?

—Por tanto como yo pueda resistir. —Al ver que el escocés dejaba en libertad a su víctima, el capitán exclamó—: ¡Caramba, no le ha dado siquiera un buen golpe! Yo le habría...

—... roto todos los huesos, ya lo sé. —Connie suspiró—. Me parece que te estás tomando el asunto demasiado a pecho.

—En absoluto. Estando yo presente, nadie golpeará a una mujer sin recibir su castigo.

—¿Qué son esos nuevos sentimientos? ¿Han surgido después de zarpar? Vamos, Jamie, amigo —agregó con gesto apaciguador, viendo que James se volvía fulminante contra él—. Guarda esas miradas asesinas para los tripulantes, en quienes quizá también surtan... Está bien —se corrigió de mala gana, viendo que James dada un paso hacia él—. Retiro lo dicho. Eres el caballero andante defensor del honor de todas las mujeres.

—Yo no diría tanto...

Connie recobró al instante el buen humor ante la expresión horrorizada de su amigo.

—Tampoco yo, si hoy no estuvieras tan susceptible, hombre.

—¿Susceptible yo? ¿Sólo porque quiero castigar a ese fulano por meterse con una mujer?

—Veo que es preciso volver a los detalles. Recuerda que Tiddles ignora que se ha metido con una mujer.

—Eso es irrelevante, pero lo acepto. Por meterse con una criatura, entonces. No soporto ni una cosa ni la otra. Y antes de que abras el pico para defender otra vez a esa sabandija, dime: ¿crees que se habría apresurado tanto a apartar del paso a coscorrones a un hombre como MacDonell?

El primer oficial se vio obligado a reconocer:

—Creo que habría dado un rodeo.

—En efecto. Ahora bien, ya que has descartado todos los castigos que he sugerido para esa tendencia a fanfarronear, y puesto que el escocés me ha desilusionado al limitarse a hacerle una mera advertencia...

—Creo que ha sido la muchacha quien se lo ha aconsejado.

—Eso también es irrelevante. Sus deseos no vienen al caso.

Por lo tanto, la próxima vez que vea al señor Tiddles, quiero que sea con el «misal» en las manos...

James se refería a la piedra blanda que se usaba para restregar los rincones difíciles de la cubierta, tarea que debía efectuarse de rodillas. Una vez mojada la madera, preferiblemente por la lluvia, a fin de no tener que acarrear agua, se esparcía arena sobre toda la cubierta. Luego se utilizaba una piedra arenisca grande, arrastrándola de proa a popa por medio de largas sogas sujetas a los extremos. El mismo procedimiento se repetía en los rincones con un asperón más pequeño puesto en manos y rodillas. Era realmente una de las tareas más desagradables de a bordo.

—¿Quieres hacerle limpiar una cubierta que está impecable? —preguntó Connie.

—Durante cuatro guardias consecutivas, al menos.

—¡Por Dios, Hawke! Si lo tienes dieciséis horas de rodillas se quedará sin pellejo. Manchará de sangre toda la cubierta.

Su observación no alteró la decisión de James.

—En efecto. Por lo menos salvará los huesos.

—Supongo que ya sabes que con eso sólo conseguirás aumentar el odio de Tiddles contra tu «chico».

—En absoluto. Seguro que, obviando este incidente, podemos encontrar en Tiddles algún otro motivo que justifique ese leve castigo. Aunque sólo sea su ropa inadecuada o su aspecto personal. ¿No crees que ha de tener la camisa bastante arrugada, después de haber pasado por los puños de MacDonell? Sea cual sea la falta que le descubras, el buen hombre se resentirá contigo y no con Georgie.

—¡Muchísimas gracias! —repuso el primer oficial, sardónico—. Bien podrías olvidar el asunto, ¿no te parece? Si ellos lo han hecho...

James observó a los dos MacDonell, que se encaminaban hacia el castillo de proa. Georgie se apretaba con una mano la oreja magullada.

—Lo dudo. Por mi parte, no pienso olvidarlo. Así que deja de poner objeciones a mis castigos, Connie. O el misal, o el gato de nueve colas. Y si te preocupa que la cubierta se manche de sangre...

14

—¿Otra vez parloteando sobre muros de ladrillo? ¿Tan fuerte fue el golpe de ese hombre? Debiste permitir que le diera una buena…

—Me refiero al capitán —susurró Georgina, mientras llevaba a empujones a Mac en busca de un sitio resguardado donde pudieran conversar—. Es el mismo buey gigantesco que me sacó de la taberna aquella noche horrible.

Mac se detuvo en seco.

—¡No me digas que te refieres al caballero rubio! ¿Él es tu muro de ladrillos?

—Es nuestro capitán.

—Oh, caramba, ésa sí que es mala noticia.

Ella parpadeó ante esa respuesta tan impasible.

—¿No me has oído? El capitán Malory es el mismo hombre que…

—Te he oído perfectamente. Pero no estás encerrada en la bodega. ¿O es que todavía no te ha visto?

—No me ha reconocido.

Mac enarcó las cejas, no porque la respuesta la sorprendiera, sino porque Georgina parecía fastidiada al decir eso.

—¿Estás segura de que te ha mirado bien?

—De pies a cabeza —aseguró ella—. No me recuerda en absoluto.

—Bueno, no te lo tomes tan a pecho, Georgina. Aquella noche ellos tenían otras cosas en la cabeza. Además, habían estado bebiendo. Hay quienes se olvidan hasta de su propio nombre después de una noche dándole a la botella.

—Ya se me había ocurrido. Y no me lo tomo a pecho —resopló de indignación ante esa sola idea—. Para mí, ha sido un alivio… a pesar de lo que me costó recuperarme del susto que me dio encontrarlo aquí. Pero podría ocurrir que algo le refrescara la memoria. Verte a ti, por ejemplo.

—En eso tienes razón —reflexionó Mac.

El escocés echó una mirada por detrás del hombro. Inglaterra era sólo una mota en el horizonte.

—Para eso ya es demasiado tarde —subrayó ella, leyéndole el pensamiento.

—En efecto —asintió pensativamente. Luego agregó—: Ven. Aquí hay demasiados oídos.

No la llevó al castillo de proa, sino a los dominios del contramaestre, que ahora le pertenecían: un cuarto bajo cubierta, donde se guardaba el aparejo de repuesto. Georgina se dejó caer en un grueso rollo de soga, mientras Mac se ponía en movimiento para pensar: paseos de un lado a otro, algún suspiro de contrariedad, a la vez que chasqueaba la lengua.

Georgina esperó con una paciencia sorprendente en ella: cinco minutos enteros. Luego inquirió:

—¿Y bien? ¿Qué vamos a hacer?

—Intentaré evitar a ese hombre tanto como pueda.

—¿Y cuando ya no puedas hacerlo?

—Espero que por entonces me haya crecido un poco la barba —respondió él, dedicándole una gran sonrisa—. Creo que con una buena mata roja para cubrir este cuero curtido estaré tan bien disfrazado como tú.

—Sí, ¿verdad? —exclamó ella, más animada. Pero la animación se desmoronó en un segundo—. Así resolvemos sólo un problema.

—¿No era el único que teníamos?

Ella negó con la cabeza. Luego se reclinó otra vez contra el mamparo.

—También debemos idear algo para que yo misma pueda evitarlo.

—Ya sabes que eso no es posible, niña... a no ser que te pongas enferma. —Los ojos de Mac brillaron intensamente al ver que había dado con la solución—. ¡Exacto! Podrías simular que te encuentras mal, ¿no?

—No daría resultado, Mac.

—Claro que sí.

Ella volvió a menear la cabeza.

—Daría resultado si yo durmiera en el castillo de proa, como habíamos supuesto. Pero ya me han informado de que no va a ser así. —Y agregó, desdeñosa—: El magnánimo capitán se ha ofrecido a compartir conmigo su propio camarote.

—¿Qué? —exclamó Mac.

—¡Pues sí, lo que acabas de oír! Pero el condenado ha insistido en ello. Quiere tenerme a mano por si necesita algo durante la noche, el muy perezoso. ¿Qué puede esperarse de un aristócrata inglés tan consentido?

—En ese caso, habrá que decírselo.

Esta vez fue ella quien se levantó de un brinco, exclamando:

—¿Cómo? ¡Estás bromeando!

—Te aseguro que no, niña —afirmó Mac, resuelto—. No vas a compartir el camarote con un hombre que no es de tu familia, ni siquiera amigo tuyo.

—¡Pero si me cree varón!

—Eso no importa. Tus hermanos...

—No van a enterarse —interrumpió ella, furiosa—. Por Dios, si se lo dices a Malory, quizá acabe compartiendo su camarote, pero de una manera que me gustaría aún menos. ¿No se te ha ocurrido?

—¡No se atrevería! —gruñó Mac.

—¿Que no? ¿Ya te has olvidado de quién es aquí el capitán? Puede hacer lo que se le antoje, y si protestas, sólo conseguirás que te cargue de cadenas.

—Tendría que ser el peor de los canallas para aprovecharse de ese modo.

—Cierto. ¿Y qué te hace pensar que no lo es? ¿Prefieres que arriesgue mi honor por culpa de un hombre que aparentemente no tiene una pizca de sentido del mismo? Yo no.

—Pero… niña…

—Lo digo en serio, Mac —insistió obstinada—. Ni una palabra al capitán. Si me descubre, será el momento de averiguar si ese inglés es decente. Pero a decir verdad, lo dudo. Y dormir en su camarote es lo que menos me preocupa. Mi verdadera prueba de fortaleza será soportar su presencia. No te puedes imaginar lo despreciable que es. Se complace en ser detestable. Hasta llegó a admitir ante mí que ésa es una de sus escasas diversiones.

—¿Cuál?

—Fastidiar a los demás hasta que se retuerzan de incomodidad. Trata a las personas como si fueran mariposas: las clava con sus pullas afiladas.

—¿No estás exagerando un poquito, pequeña, de tanto que te disgusta ese hombre?

En efecto, así era, pero Georgina no estaba dispuesta a admitirlo. Si ella hubiera sido de verdad un muchacho, no se habría ofendido por las burlas del capitán. Lo hubiera considerado como una actitud normal en un hombre mayor hacia un niño falto de experiencia. Y el tema del sexo era natural entre los hombres cuando no había mujeres presentes. ¿Acaso ella misma no había oído muchas conversaciones semejantes entre sus hermanos sin que éstos se dieran cuenta?

Por suerte, la puerta se abrió en ese momento, ahorrándole la respuesta. Un joven marinero entró corriendo y pareció aliviado al ver allí al contramaestre.

—La driza de la gavia se está desgastando con tanto viento, señor. Y al no encontrarle a usted, el señor Sharpe me mandó buscar una.

—Ya me encargo yo de eso —repuso Mac con sequedad, poniéndose a buscar la cuerda adecuada.

El inexperto tripulante se alejó de buena gana. Georgina suspiró, comprendiendo que Mac ya no tenía tiempo para ella. Pero no quería terminar la conversación de un modo tan desagradable, ni dejarlo preocupado por ella. Así que no le quedó otro remedio que ceder, admitiendo:

—Tienes razón, Mac. Me he dejado llevar por el desagrado que me inspira ese hombre y me lo estoy imaginando peor de lo que es. El mismo dijo que, probablemente, dentro de algunos días no repararía siquiera en mi presencia. Eso quiere decir que, tras haber puesto a prueba mi carácter, ya no volverá a prestarme atención.

—¿Harás lo posible por pasar inadvertida?

—Ni siquiera le escupiré en la sopa antes de servírsela.

Georgina sonrió para indicar que estaba bromeando. Mac, con una mueca de horror, dio a entender que lo sabía. Mientras se reían, él se encaminó hacia la puerta.

—¿Vienes?

—No —dijo ella, frotándose la oreja por debajo de la gorra—. He averiguado que la cubierta es más peligrosa de lo que pensaba.

—Sí. Esto de trabajar para poder viajar hasta casa no ha resultado una buena idea, niña —se lamentó él. La idea había sido suya, aunque después intentara disuadirla. Si algo ocurría…

Ella sonrió. No lo culpaba en absoluto de que la idea no hubiera funcionado como ellos esperaban. Tan sólo la mala suerte había querido que el propietario y capitán de ese barco fuera un inglés, y en especial ese inglés.

—Deja de preocuparte. Vamos rumbo a casa y eso es lo único que importa. No queda otro remedio que sonreír y aguantar durante un mes. Te aseguro que puedo, Mac. Estoy poniendo en práctica la paciencia, ¿recuerdas?

—Sí, pero acuérdate de ponerla en práctica cuando estés con él —replicó él, gruñón.

—Con él más que con nadie. Y ahora vete, antes de que venga otro hombre en busca de esa driza. Creo que por el momento voy a quedarme aquí, hasta que me requiera el deber.

Mac se alejó asintiendo con la cabeza. Georgina se acomodó entre dos abultados rollos de soga y apoyó la cabeza contra el mamparo. «El día no ha podido ser peor», pensó con un suspiro. Malory. James Malory. Decidió que el hombre le gustaba tan poco como el capitán. «Sé franca, Georgina: ni siquiera soportas verlo. Por el amor de Dios, si hasta te descompones cuando te toca.» De acuerdo, lo detestaba mucho, muchísimo, y no sólo porque fuera inglés. Pero eso ya no tenía remedio. Más aún, tendría que fingir lo contrario o, por lo menos, aparentar indiferencia.

Bostezando, se frotó el vendaje que se le clavaba en la piel, alrededor del pecho. Sentía deseos de quitárselo por algunas horas, pero no se atrevía. Si la descubrían en ese momento sería mucho peor, porque sería ese autócrata quien decidiría su destino. Pero mientras empezaba a dormitar, sus labios se alargaron en una sonrisita presumida.

El hombre ése era tan estúpido como detestable. Había sido muy fácil engañarlo, hacerle creer lo que ella quería que creyera. Y eso bien merecía un poco de jactancia

15

—¡Georgie!

Con la cabeza medio inclinada, Georgina se había quedado plácidamente dormida. Al despertar, sobresaltada, se golpeó contra el mamparo. Por suerte, la gorra y el pelo amortiguaron el golpe, pero aun así fulminó con la mirada a Mac, que continuaba sacudiéndola por el hombro. Abrió la boca para protestar, pero él se adelantó.

—¿Qué demonios haces todavía aquí? ¡El capitán está buscándote por todo el barco!

—¿Qué? ¿Quién? Entonces recordó todo; dónde estaba y quién capitaneaba ese barco—. Oh, él —resopló—. Bueno, que se vaya a… —No, eso no era lo que correspondía—. ¿Qué hora es? ¿Me he retrasado en servirle la cena?

—Llevas más de una hora de retraso, creo.

Murmurando palabrotas, se levantó para dirigirse hacia la puerta.

—¿Crees que debo presentarme directamente a él o ir antes por su cena?

—La comida primero. Si está hambriento te irá mejor así.

Ella se giró para mirarlo de frente.

120

—¿Qué quieres decir? ¿Está enfadado?

—No lo he visto, niña, pero piensa un poco —la amonestó—. Es tu primer día a su servicio y ya has descuidado...

—Me he quedado dormida; no he podido evitarlo —interrumpió ella, demasiado a la defensiva—. Además, él mismo me ordenó que me echara una siesta.

—Bueno, en ese caso no te preocupes. Pero no pierdas más tiempo.

Ella obedeció, pero sin dejar de preocuparse. Aunque el capitán le había dicho que durmiera, le había ordenado hacerlo en su camarote, donde él pudiera despertarla a la hora de servirle la comida. ¿No era ésa la razón por la que deseaba tenerla allí, para que estuviera a mano si la necesitaba? Y ahora había tenido que ordenar a sus hombres que la buscaran. Demonios, demonios... ¡Y ella que creía que sus momentos de nerviosismo durante ese día ya habían acabado!

Entró en la cocina tan de prisa que los tres hombres interrumpieron sus tareas para mirarla, boquiabiertos.

—¿Está lista la bandeja del capitán, señor O'Shawn? —preguntó con celeridad.

El cocinero señaló con un dedo cubierto de harina.

—Hace rato que...

—Pero ¿está caliente?

Él se estiró hasta donde alcanzaba su mediana estatura, con gesto ofendido.

—Por supuesto que está caliente. ¡Si acabo de llenar las fuentes por tercera vez! Ya iba a enviarla con Hogan... aquí...

Pero se quedó sin palabras, pues ella partió con tanta celeridad como había entrado. La bandeja, mucho más grande y pesada que la del almuerzo, no aminoró la rápida marcha de Georgina. Tres hombres le anunciaron a gritos, en el trayecto, que el capitán la estaba buscando. No se detuvo a responder. Sólo se puso más nerviosa.

«Dijo que no te maltrataría. Dijo que no lo haría.» Tuvo que ir repitiéndoselo hasta llegar a la puerta, recordarlo una vez más antes de llamar y al obedecer la seca orden de entrar. Pero lo primero que oyó, al franquear la puerta, fue la voz del primer oficial, diciendo:

—Deberías darle un buen tirón de orejas.

Oh, cómo odiaba a ese hombre, cómo lo odiaba... Pero en vez de descubrirle el destello fulminante de sus ojos, agachó la cabeza esperando la opinión de James Malory, que era la que importaba.

Sin embargo, sólo hubo silencio, un torturador silencio que no revelaba el humor del capitán. Ella se resistió a mirarlo, pues si su expresión era intimidatoria sólo serviría para aumentar su inquietud.

Dio un respingo al oírle preguntar, por fin:

—Bien, ¿qué tienes que decir, mocito?

Razonable. Se mostraba razonable, dispuesto a escuchar sus excusas. No era lo que ella esperaba, pero la animó a levantar la cabeza para enfrentarse con esos brillantes ojos verdes. Estaba sentado a la mesa en compañía de Conrad Sharpe. Comprendió en seguida que los dos estaban sin comer por culpa de su retraso. Aun así experimentaba cierto alivio, pues el capitán no parecía una tormenta a punto de estallar. Su aspecto seguía siendo intimidatorio, aunque siempre lo sería porque al fin y al cabo era un toro. Pero no mostraba señales de cólera. Georgina recordó, sin embargo, que no lo conocía; ignoraba cuál era la expresión de ese hombre cuando se enfurecía. Tal vez fuera esa misma...

—Y una buena zurra, también —sugirió Conrad, rompiendo el prolongado silencio—. Para que este crío aprenda a responder cuando le preguntan algo.

En esta ocasión, Georgina no vaciló en dirigirle una mirada fulminante, pero no hizo más que arrancar una risa sofocada al pelirrojo. El capitán seguía esperando, inescrutable.

—Lo siento, señor —se excusó ella, por fin, usando el tono más contrito que pudo—. Estaba durmiendo... como usted me ordenó.

Una ceja dorada se enarcó en un gesto afectado que ella encontró muy irritante.

—Imagínate, Connie —comentó el capitán, sin

apartar los ojos de ella—. Sólo estaba haciendo lo que yo le ordené. Pero creo recordar que te ordené dormir aquí, en esa cama.

Georgina hizo una mueca de dolor.

—Lo sé, señor. Y lo intenté, de veras. Pero estaba demasiado incómodo en este... quiero decir... qué diablos, su cama es demasiado blanda, señor.

Listo. Mejor mentir que admitir que no podía dormir en la cama de él.

—¿Así que no te gusta mi cama?

El primer oficial se reía, aunque Georgina no lograba adivinar por qué. Y la irritante ceja del capitán se alzó un poquito más. ¿Era diversión lo que se leía en sus ojos? Si fuera así, debería sentirse aliviada. En cambio, tenía la sensación de ser el objeto de un chiste incomprensible. La verdad era que se estaba hartando de ser motivo de diversión sin saber por qué.

«Paciencia, Georgina. Indiferencia. Eres la única entre los Anderson, aparte de Thomas, que no tiene mal genio. Eso dicen todos.»

—No pongo en duda que su cama sea bonita, señor; es lo mejor que existe para quien le guste dormir sobre colchones blandos y acolchados. Yo prefiero algo más duro y por eso...

Se interrumpió y frunció el ceño, pues el primer oficial había estallado en otra sonora carcajada. James Malory parecía haberse atragantado con algo, pues estaba inclinado sobre el asiento y tosía. Estuvo a punto de preguntar de qué se reía tanto ese Sharpe, pero la bandeja se le hacía cada vez más pesada. Y como ellos, de forma desconsiderada, la obligaban a permanecer de pie allí dando explicaciones, decidió terminar cuanto antes.

—Por eso —continuó, pronunciando la palabra con aspereza para que le prestaran atención— se me ocurrió ir en busca de mi hamaca, como usted también me había ordenado. Pero en el camino hacia el castillo de proa... bueno, me encontré con mi hermano, que necesitaba hablar conmigo. Fui con él, y justo entonces... bueno, sentí otra vez ganas de vomitar. Mi intención fue recostarme un momento, hasta que se me pasara. Pero me quedé dormido. Al despertarme, Mac me estaba sacudiendo y regañando por haberme quedado dormido y descuidar mis obligaciones.

—Conque te regañó, ¿eh? ¿Eso fue todo?

¿Qué pretendía? ¿Sangre?

—A decir verdad, me dio un sopapo en las orejas. Ahora se me han agrandado todavía más.

—¿De veras? Pues me ha ahorrado el trabajo. —Pero el capitán agregó, en tono más suave—: ¿Te hizo mucho daño?

—Claro que me hizo daño —contraatacó ella—. ¿Quiere ver el chichón, señor?

—¿Serías capaz de mostrarme tus orejotas, pequeño? Sería todo un halago.

Georgina echaba chispas.

—No pienso enseñárselas. Tendrá que conformarse con mi palabra de honor, señor. Ya sé que le parece muy divertido, capitán, pero no opinaría lo mismo si alguna vez hubiera recibido un buen puñetazo en sus propias orejas.

—Oh, pues claro que me lo han dado, incontables veces... Basta que aprendí a defenderme. Sería un placer enseñarte.

—¿A qué?

—A defenderte, muchachito.

—¿Defenderme... de mi propio hermano? —su tono de voz daba a entender que jamás se le habría ocurrido semejante cosa.

—De tu hermano o de cualquiera que te moleste.

Entonces ella entornó los ojos con suspicacia.

—Usted vio lo que me ocurrió, ¿verdad?

—No tengo la menor idea de lo que quieres decir, aunque pareces acusarme de algo. ¿Quieres que te enseñe a boxear o no?

Ella estuvo a punto de echarse a reír ante semejante absurdo, aunque en el fondo podría serle útil mientras estuviera en ese barco. Pero para ello tendría que pasar más tiempo con él.

—No, señor, gracias. Ya me arreglaré solo.

El capitán se encogió de hombros.

—Como quieras, Georgie. Pero la próxima vez que yo te ordene algo, haz lo que te diga, y no lo que tú prefieras. Si vuelves a hacer que me preocupe pensando que a lo mejor te has caído al mar, te dejaré encerrado en este camarote.

Ella lo miró, parpadeando. El hombre lo había dicho sin elevar la voz, pero era la advertencia más horrenda que le habían hecho, y se dio cuenta de que iba muy en serio. ¡Pero era ridículo! Estuvo a punto de decirle que ella era capaz de moverse en un barco mejor que la mayoría de sus tripulantes; y que era muy difícil que pudiera caerse por la borda. Pero se acordó de que antes había fingido no tener experiencia en barcos. Desde luego, no creyó ni por un momento que se hubiera preocupado por ella en absoluto. Lo único que le importaba era su estómago vacío. Era un condenado autócrata y nada más.

En el silencio que siguió se oyó la seca pregunta del señor Sharpe:

—Si no vamos a necesitar el gato de nueve colas, James, ¿te molestaría mucho que cenáramos?

—Siempre te has dejado gobernar por el estómago, Connie —replicó secamente el capitán.

—Hay gente fácil de contentar. Bueno, chico, ¿a qué esperas?

Georgina imaginó qué bien quedaría la bandeja de comida volcada encima del primer oficial. Se preguntó si sería posible fingir que tropezaba. No, mejor no hacerlo; entonces sí que recibiría unos cuantos azotes.

—Nosotros mismos nos serviremos, Georgie, ya te has retrasado mucho y aún te quedan otras tareas —dijo el capitán, mientras ella dejaba la bandeja entre ambos.

Georgina lo miró tranquilamente en actitud inquisitiva. No estaba dispuesta a sentirse culpable por olvidar algo que nadie le había ordenado. Pero él había logrado intrigarla, pues no le ofrecía ninguna explicación. Ni siquiera le prestaba atención, dedicado a examinar la comida que su repugnante amigo se apresuraba a destapar.

—¿De qué obligaciones me he olvidado, capitán?

—¿Cómo...? Ah, mi baño, por supuesto. Me gusta bañarme inmediatamente después de cenar.

—¿Con agua dulce o de mar?

—Dulce, siempre dulce. Hay más que suficiente. No demasiado caliente. Te harán falta unos ocho cubos llenos.

—¡Ocho! —Georgina bajó de prisa la cabeza con la esperanza de disimular su horror—. Ocho. Sí, señor. ¿Y debo preparárselo una vez por semana o cada dos semanas?

—¡Muy divertido, pequeño! —exclamó él, riendo entre dientes—. Todos los días, por supuesto.

Ella gimió. No pudo evitarlo. Pero no le importó que la oyera. Encima, ese toro enorme era pulcro y delicado. También a ella le habría gustado bañarse todos los días, pero si para eso había que cargar con un montón de cubos desde la cocina, era más lógico hacerlo de tanto en tanto.

Giró para retirarse, pero la detuvo el comentario del primer oficial.

—Hay un cargador de baldes en la cubierta de popa, pequeño. Puedes usarlo, pero dudo que tengas fuerzas para subir cuatro al mismo tiempo. El agua fría puedes sacarla del tonel que hay en lo alto de la escalera. Ahorrarás un poco de tiempo. Yo me encargaré de que te lo llenen todas las noches.

Georgina se lo agradeció con un gesto; era lo más que podía hacer por el momento. No le importaba en absoluto que hubiese tenido un detalle simpático con esa sugerencia. Le inspiraba tan poca simpatía como su pulido capitán.

Una vez que la puerta se cerró tras ella, Connie inquirió:

—¿Desde cuándo te bañas todas las noches estando a bordo, Hawke?

—Desde que tengo esa bonita niña para que me ayude.

—Me lo tenía que haber imaginado —resopló Connie—. Pero no te mirará con mucho cariño cuando se cuente las ampollas de las manos.

—¿Crees que pienso hacerle cargar con todos esos cubos? ¡No permita Dios que desarrolle músculos donde no los necesita! Ya he ordenado a Henry que se muestre especialmente bondadoso.

—¿Bondadoso, Henry? —Connie sonrió de oreja a oreja—. ¿No le habrás dicho…?

—No, por supuesto.

—¿Y él no te ha hecho preguntas?

James rió entre dientes.

—Mi viejo Connie, estás muy habituado a cuestionar cuanto hago. Pero olvidas que, aparte de ti, nadie se atreve a hacerlo.

16

A Georgina le temblaban ligeramente las manos mientras amontonaba los platos en la bandeja y limpiaba la mesa del capitán, y no porque ello le hubiera supuesto un gran esfuerzo. De hecho, sólo había tenido que acarrear aquellos cubos desde la puerta hasta la bañera, gracias a un violento francés que se había alterado muchísimo al verla volcar agua sobre la cubierta. Se llamaba Henry. Sin escuchar sus protestas, ordenó a dos tripulantes, cuya edad no superaba en mucho la del supuesto Georgie, que le llevaran los cubos. Evidentemente, los muchachos eran mucho más corpulentos que ella y más fuertes, pero protestó porque lo consideraba su obligación; además, supuso que ellos rezongarían por verse obligados a hacer el trabajo del grumete.

Pero no se quejaron. La última observación malhumorada que hizo Henry al respecto fue que era preciso crecer un poco antes de meterse en cosas de hombres.

Georgina, ofendida, estuvo a punto de replicar. Pero tuvo la prudencia de mantener la boca cerrada. Después de todo, el hombre la estaba ayudando, aunque él no lo creyera así.

Sin embargo, todavía tuvo que encargarse de parte del acarreo, puesto que los hombres dejaban los cubos ante la puerta, negándose a entrar en el camarote del capitán. No se los podía criticar por eso. Ella tampoco habría entrado en sus dominios, si no hubiera sido necesario. Pero no había sido aquella pequeña tarea la responsable de que le temblaran las manos. No: le temblaban porque James Malory estaba detrás del biombo quitándose la ropa, y sólo el hecho de saberlo la ponía más nerviosa de lo que había estado ya durante todo el día.

Por suerte, no tenía que permanecer en el camarote. Aún tenía que devolver los platos a la cocina y recoger su hamaca del castillo de proa, donde se alojaba la tripulación. Pero aún no había salido de la habitación cuando oyó el chapoteo del agua.

Aunque trató de rechazarla, le vino a la mente una imagen de ese corpachón sumergiéndose en el agua caliente, envuelto en el vapor que le humedecía la densa mata de pelo dorado. El pecho enorme iría mojándose poco a poco, hasta que su piel reflejara la luz de la lámpara que pendía sobre él. Se recostaría hacia atrás, cerrando los ojos por un momento, mientras relajaba el cuerpo en ese calor sedante... y allí acabó la imagen. Simplemente, Georgina no lograba representarse a ese hombre relajado.

Cuando reparó en que estaba dejándose llevar por su imaginación, sus ojos llamearon de indignación. ¿Estaba loca? No, era la tensión de un día absolutamente horrible, que aún no había terminado. Enojada, dejó caer en la bandeja el último plato y la levantó para dirigirse hacia la puerta. Antes de que llegara allí, la voz grave del capitán voló hasta ella.

—Necesito mi batín, Georgie.

¿El batín? ¿Dónde lo habría puesto? Ah, sí, estaba colgado en el armario; era una ligera prenda de seda color esmeralda que, probablemente, no le cubriría ni las rodillas, ni le abrigaría del frío. Georgina se había preguntado, al verlo por primera vez, para qué lo usaría; para la cama, probablemente, puesto que no había camisas de dormir entre sus pertenencias.

Depositó de nuevo la bandeja en la mesa y, después

de tomar el batín del armario, cruzó el cuarto casi corriendo para arrojárselo por encima del biombo. No había hecho sino girar hacia la mesa cuando oyó otra vez su voz.

—Ven aquí, muchacho.

Oh, no. No y no. Ella no quería verlo relajado. No quería ver la piel reluciente que había imaginado.

—Tengo que traer mi hamaca, señor.

—Eso puede esperar.

—Es que no quiero molestarlo cuando la instale.

—No te preocupes.

—Pero…

—Ven aquí, Georgie —la impaciencia era perceptible en su voz—. Es sólo un minuto.

Ella dirigió una mirada melancólica a la puerta, su única vía de escape. Si alguien llamase en ese instante le evitaría tener que pasar detrás de aquel biombo. Pero no tuvo esa surte; no había posibilidad de huir… Él había dado una orden.

Por fin se convenció a sí misma de que debía cambiar de actitud. ¿A qué venía el miedo, al fin y al cabo? Toda la vida había visto bañarse a sus hermanos. Les llevaba toallas, les lavaba el pelo; hasta llegó a lavar a Boyd de pies a cabeza, cuando éste se quemó las manos. Claro que entonces él sólo tenía diez años y ella seis, pero no se podía decir que nunca había visto a un hombre desnudo, con cinco hermanos varones bajo el techo.

—Georgie…

—Voy, por Dios… digo… —Apareció junto al biombo—. ¿Qué puedo hacer… por… usted?

Oh, cielos, no era lo mismo. Él no era su hermano, sino un hombre corpulento y apuesto, a quien no la unía parentesco alguno. Su piel mojada relucía como bronce, envolviendo unos músculos abultados que parecían de hierro… La humedad no quitaba cuerpo a su pelo; era demasiado espeso; apenas unos mechones finos se le rizaban sobre la frente. Si ella lo había comparado con un toro, era sólo por su tamaño. Era ancho, sí, pero también sólido. No parecía tener una sola parte blanda en todo el cuerpo... salvo una, tal vez. El pensamiento la hizo enrojecer; rezó con fervor porque él no se diera cuenta.

—¿Qué demonios te pasa, jovencito?

Lo había fastidiado, obviamente, al no acudir de inmediato. Bajó la vista al suelo, el sitio más seguro de momento, y con la esperanza de mostrarse suficientemente arrepentida.

—Lo siento, señor. Ya aprenderé a moverme más de prisa.

—Eso espero. Toma.

El jabón, envuelto en el trapo de baño, la golpeó justo en el pecho. El jabón cayó al suelo, pero ella logró atrapar el paño. Sus ojos se habían agrandado en una expresión de temor.

—¿Quiere que le traiga uno nuevo? —preguntó, esperanzada.

Se oyó un resoplido.

—Ése te servirá perfectamente. Úsalo para lavarme la espalda

Lo que había supuesto... No iba a poder. ¿Acercarse a esa piel desnuda? ¿Tocarla? ¿Cómo? «Pero eres un niño, Georgie, y él, un hombre. Para él, pedirte que le laves la espalda no tiene nada de malo. Y no lo tendría, si tú fueras de verdad un niño.»

—Los golpes en las orejas te han afectado el oído, ¿verdad?

—Sí... digo, no —suspiró Georgina—. Ha sido un día muy largo, capitán.

—Y la tensión nerviosa suele agotar a los muchachos. Comprendo perfectamente, chico. Puedes acostarte temprano. Por esta noche no tienes nada más que hacer... una vez que me hayas frotado la espalda.

Ella se puso rígida. Durante un segundo creyó que se había salvado, pero no habían sido más que ilusiones. Muy bien, le frotaría la condenada espalda. ¿Qué remedio tenía? Y tal vez pudiera despellejarlo un poco, de paso.

Recogió el jabón y se acercó al extremo de la bañera. Él se inclinó hacia delante, presentándole toda la espalda, una espalda tan larga, tan ancha, tan... masculina. La bañera era tan grande que toda el agua que había vertido lo cubría apenas unos centímetros por encima de las caderas. Y no estaba turbia. El hombre tenía bonitas nalgas.

Ella misma se sorprendió al notar que se había quedado parada mirándolo. ¿Cuánto tiempo debía de llevar así? No mucho, o él habría dicho algo, con lo impaciente que era.

Enfadada por haberlo contemplado de esa manera, y furiosa con él por obligarla a hacer aquello, hundió el trapo en el agua y deshizo el jabón con él hasta hacer espuma suficiente para lavar diez cuerpos como ése. Luego lo estrelló contra la espalda del capitán y empezó a frotar con todas sus fuerzas. Él no dijo una palabra. Al cabo de un momento, Georgina empezó a sonreírse culpable al ver las marcas rojas que le iba dejando.

Disminuyó la presión y, con ella, su enfado. Volvía a mirar fijamente, fascinada por el modo en que la piel se erizaba cuando ella tocaba un sitio sensible; el bronce oscuro desaparecía bajo las burbujas y volvía a aparecer cuando éstas se deshacían. El paño era tan fino que bien podía no haber nada entre su mano y la piel mojada. Sus movimientos se hicieron más lentos. Estaba repasando las zonas ya lavadas.

Y entonces ocurrió. La comida que había devorado mientras aguardaba a que hirviera el agua, empezó a revolvérsele en el estómago. La sensación era extrañísima, pero no dudó por un momento que fuera a convertirse en náusea declarada. Y sería una mortificación volver a vomitar en presencia de él. «¿Qué puedo hacer, si su presencia me descompone, capitán?» Eso le sentaría muy bien, ¿no?

—He terminado, señor —le devolvió el trapo por encima del hombro.

Él lo rechazó.

—Todavía no, —dijo—. Debajo de la cintura.

Ella bajó la vista a esa zona, veteada de espuma que había chorreado hacia abajo. No recordaba si la había lavado o no, pero la atacó de inmediato; era un alivio que el agua estuviera ya llena de burbujas, de ese modo no se veía nada. Hasta hundió el paño varios centímetros por debajo de la superficie, llegando hasta la base misma de la espalda; así no podría decir que el trabajo no había sido completo. Pero para eso tuvo que agacharse, acercándose más a él, tanto que llegó a olerle el pelo. También olía su cuerpo limpio. Y no le costó nada percibir su gruñido.

Se echó atrás tan de prisa que chocó con el mamparo. Él se volvió con la misma prontitud para clavarle la mirada. El ardor de sus ojos la paralizó donde estaba.

—Disculpe jadeó—. No era mi intención hacerle daño, lo juro.

—Tranquilízate, Georgie. —El capitán dejó caer la cabeza sobre las rodillas flexionadas—. Es sólo una pequeña... rigidez. No podías saberlo. Anda, terminemos de una vez.

Ella se mordió el labio. Daba la impresión de que el hombre estaba dolorido. Debería de haberse alegrado, pero algo se lo impidió. Por algún motivo, sentía el impulso de... ¿de qué? ¿De calmar su dolor? ¿Acaso se había vuelto loca por completo?

Salió de allí tan rápidamente como pudo.

17

Cuando Georgie volvió al camarote, James apuraba la segunda copa de coñac. Ya había logrado dominarse, pero todavía le irritaba que el inocente contacto de la muchacha lo hubiera excitado con tanta facilidad. Así se iban al traste esos planes que tan bien había trazado. Su intención había sido obligarla a enjuagarlo, a alcanzarle la toalla y ponerle el batín, para ver cómo se ruborizaban esas bonitas mejillas. Pero habría sido él el que se hubiera ruborizado, si hubiera llegado hasta ese punto. Nunca en su vida había pasado vergüenza por una honesta reacción de su cuerpo. Tampoco esa vez tenía por qué avergonzarse, pero ella habría pensado que su excitación se debía a la proximidad de un muchacho.

Maldición, qué inconveniente, cuando el juego parecía tan sencillo. Él tenía todas las ventajas, mientras ella estaba entre la espada y la pared, completamente vulnerable. Había planeado seducirla con sus formas viriles, hasta tenerla tan dominada por la lujuria que arrojara al aire su gorra y le suplicara que la poseyera. Una fantasía en la que él desempeñaría el papel de macho inocente y desprevenido, atacado por su caprichoso grumete. Él, naturalmente, protestaría y ella le imploraría dulcemente el consuelo de su cuerpo. Entonces no hu-

134

biera tenido más remedio que portarse como un caballero y ceder...

Pero ¿cómo llegar a todo eso si el viejo pícaro levantaba la cabeza para verla, cada vez que ella se acercaba? Si esa pequeña encantadora se daba cuenta pensaría que a él le gustaban los jovencitos, con lo cual no experimentaría otra cosa que asco. ¡Diantre!, había que hacerle confesar quién era antes de que su imaginación se desbocara.

La siguió con los ojos. La muchacha iba hacia el rincón que él le había asignado, con un saco de lona bajo el brazo y una hamaca colgada del hombro.

Aquel saco tan abultado debía de contener algo más que unas pocas prendas de chico. Probablemente tendría ahí uno o dos vestidos y, quizá, algo que arrojara alguna luz sobre el misterio que la envolvía

Esa noche, el capitán había podido confirmar alguna de sus sospechas. Tal como Connie señalaba, la muchacha parecía manejar de modo muy natural la jerga de los marineros, algo que sólo se podía hacer si se estaba familiarizado con los barcos; sin embargo, ella aseguraba ignorar todo lo relacionado con la navegación.

Y había llamado Mac a su hermano. Ése era un dato revelador; le inducía a creer que el escocés no era pariente de ella. Era natural que los amigos y conocidos llamaran Mac a MacDonell, pero sus parientes usarían el nombre de pila o algún nombre familiar que no fuera ése, pues se podía aplicar por igual a todos los miembros de la familia. Sin embargo, ella debía de tener uno o dos hermanos varones. Los había mencionado espontáneamente sin detenerse a pensar. ¿Qué vínculo tenía con el escocés, entonces? ¿Eran amigos, amantes... marido y mujer? Por Dios, que no fueran amantes. La muchacha podía tener todos los maridos que quisiera, docenas de maridos, eso no le importaba. Pero un amante era algo serio, un papel que él deseaba para sí.

Georgina colgó su hamaca de los ganchos, sintiendo la mirada del capitán fija en ella. Al volver, lo había visto sentado a su escritorio, pero como él no había dicho palabra, ella tampoco había hablado y había desviado la vista hacia otro lado. Sin embargo, la única mirada que le había dirigido...

Malory llevaba puesto su batín esmeralda. Hasta ese momento, a Georgina no se le había ocurrido pensar que el verde esmeralda pudiera ser un color tan estupendo cuando lo usaba la persona adecuada. A él le oscurecía el verde de los ojos, le destacaba sus mechones rubios y profundizaba el bronceado de su piel. Y la piel visible era tanta... La V que formaba el batín al cerrarse era tan ancha, tan profunda, que apenas le cubría el pecho. A la luz de la lámpara brillaba una mata de vello dorado, de tetilla a tetilla, desde el cuello hasta... abajo.

Georgina se bajó el cuello alto de la camisa. Aquel maldito camarote parecía horriblemente caldeado; sus ropas, más gruesas; sus vendas, más incómodas. Pero fueron las botas lo único que se atrevió a quitarse para dormir.

Y aún sentía los ojos de James Malory observando todos sus movimientos.

Seguramente sólo eran imaginaciones suyas... ¿Qué interés podía tener él en contemplarla? A menos que... Echó un vistazo a su hamaca, con una amplia sonrisa: probablemente el capitán esperaba que cayera al suelo sentada en cuanto quisiera trepar a aquella cama bamboleante. Hasta era posible que tuviese preparado algún comentario idiota sobre su torpeza o su inexperiencia, algo verdaderamente horrible para abochornarla. Pues se quedaría con las ganas. Ella se había pasado la vida subiéndose a las hamacas y bajando de ellas desde que aprendió a caminar; jugaba en ellas de niña; ya más crecida, las usaba para echarse la siesta cuando pasaba días enteros a bordo de cualquier barco de la Skylark que estuviera en puerto. Había menos probabilidades de que cayera de una hamaca que de una cama normal. Por esta vez, el capitán tendría que tragarse sus frases ridículas, y ojalá se atragantara con ellas.

Se acomodó en la litera móvil con la facilidad de un viejo lobo de mar y echó un rápido vistazo hacia el escritorio del rincón opuesto, con la esperanza de encontrarse con el gesto de sorpresa dibujado en el rostro del capitán. Él la miraba, sí, pero su expresión no delataba nada.

—No me digas que piensas dormir con toda esa ropa, ¿eh, jovencito?

—Pues así es, capitán.

Para gran satisfacción de Georgina, su respuesta pareció molestarlo, pues le vio fruncir el entrecejo.

—Mira, no he querido darte a entender que tendrías que pasar toda la noche levantándote, ¿sabes? ¿Es eso lo que suponías?

—No. —En realidad, eso era lo que había supuesto; pero si todo lo concerniente a ella era una mentira, ¿qué importaba una más?—. Siempre duermo vestido. No recuerdo por qué empecé a hacerlo, pero hace ya tanto tiempo que se ha convertido en una costumbre. —Por si acaso él tenía la audacia de sugerirle un cambio de hábitos, agregó—: Dudo que pudiera dormir sin toda mi ropa.

—Como quieras. Yo también tengo mis costumbres para dormir, aunque creo que son bastante opuestas a las tuyas.

¿Qué significaba eso? Georgina no tardó en descubrirlo: el hombre se puso de pie y, encaminándose hacia la cama, se quitó el batín.

«Oh, Dios; oh, Dios; no me puede estar pasando esto. No es posible que este hombre camine así, desnudo y mostrándome una imagen frontal de su persona.»

Pero así era, para escándalo de su sensibilidad femenina. Sin embargo, no cerró inmediata y compulsivamente los ojos. Después de todo, eso no era algo que se viera todos los días. No creía haber visto nunca tan espléndido espécimen de masculinidad. Imposible negarlo, por mucho que ella hubiera preferido verle unos fláccidos michelines, una barriga voluminosa o una irrisoria pequeñez en…

«No te ruborices, estúpida. Nadie puede oír tus pensamientos, salvo tú, y ni siquiera los has completado. Si él es de una apostura excepcional en todo sentido, ¿qué importancia tiene eso para ti?»

Por fin se obligó a cerrar los ojos; ya había visto demasiado. Esa imagen de un hombre desnudo no era algo que pudiera olvidar en poco tiempo. Por todos los diablos, ese hombre no tenía la menor vergüenza. Bueno, tampoco ella era justa. Se suponía que estaba con un muchacho. Y entre hombres, ¿qué importa la desnudez? Claro que para ella era una experiencia inefable.

—¿Quieres apagar las lámparas, Georgie?

Ella emitió un gemido sordo. De inmediato la asustó la posibilidad de que él la hubiera oído, pues el capitán suspiró.

—No, está bien. Ya te has acostado. No es cuestión de abusar de la suerte que te ha permitido llegar ahí arriba al primer intento.

Georgina contuvo su irritación. Siempre tenía que encontrar algún motivo para fastidiarla. Aquel hombre era un verdadero demonio. Estuvo a punto de hacerse cargo de las lámparas, sólo para demostrarle que la suerte no tenía nada que ver con ella y su hamaca. Pero para eso tenía que abrir los ojos y él aún no se había metido bajo las sábanas. Y encontrarse cara a cara con él, desnudo... Bueno, sería mejor que no ocurriera...

De todas maneras, no pudo evitar que los ojos se le abrieran un poquito. La tentación era demasiado grande. Además, si el hombre quería dar un espectáculo, era justo que tuviera público para apreciarlo. Eso no significaba que ella lo apreciara, desde luego. No. Era sólo fascinación y curiosidad, por no mencionar el instinto de supervivencia Si una tiene una serpiente cerca, la vigila, ¿no?

Por muy interesante que le pareciera esa desacostumbrada experiencia, rogó que el hombre se diera prisa Empezaba a sentir náuseas otra vez, aunque él ni siquiera se le acercaba. ¡Caramba, qué bonitas nalgas! ¿Era posible que el cuarto se hubiera caldeado más aún? Y esas piernas largas, esos costados tan firmes... Su virilidad era sobrecogedora, descarada, intimidante.

Oh, por Dios, ¿acaso venía hacia ella? ¡Sí! ¿Por qué? Ah, la lámpara instalada encima de la bañera. Maldito, no debería asustarle de esa manera. Esa parte del camarote se sumergió en la oscuridad; sólo quedaba una lámpara encendida junto a la cama. Georgina cerró los ojos. No quería verlo meterse en aquella cama beatíficamente suave. Bien podía ser que él no usara cobertores. La luna ya alumbraba la cubierta, y su luz acabaría por entrar en el camarote a través de la hilera de ventanas. Georgina no abriría los ojos ni para salvar su alma. Bueno, eso era un poco exagerado. Tal vez para salvar el alma sí. ¿Dónde estaba él? No se lo oía caminar hacia la cama.

—A propósito, hijo, ¿Georgie es tu nombre de pila o sólo un nombre cariñoso que te ha puesto tu familia?

«No es posible que esté a mi lado, completamente desnudo. ¡No es posible! Lo estoy imaginando, lo estoy imaginando todo. Pero si nunca lo he visto sin ropa. Además ya hace rato que estamos durmiendo.»

—¿Cómo dices? No te oigo, chico.

¿Qué era lo que no oía, si ella no había dicho una palabra? Tampoco pensaba decirla. Que la creyera dormida. Pero ¿y si la tocaba para despertarla, sólo para que respondiera a esa pregunta estúpida? Tensa como estaba en ese momento, lo más probable era que se le escapara un grito ensordecedor. Y eso no le convenía. «¡Respóndele, tonta, sólo para que se vaya!»

—Es mi nombre… señor.

—Lo que me temía. No te va bien, ¿sabes? Mira, he conocido a mujeres que se llamaban así, como apócope de Georgette, Georgiana o nombres así, horriblemente largos. No querrás que te confundan con una mujer, ¿verdad?

—Nunca me he parado a pensar en eso —replicó ella, con un tono que fluctuaba entre el gruñido y el chillido.

—Bueno, no te preocupes, chico. Aunque sea el nombre que te hayan impuesto, yo he decidido llamarte George. Mucho más masculino, ¿no te parece?

Le importaba un rábano lo que ella pensara. Y a ella le importaba aún menos lo que opinara él. Pero no pensaba discutir con un hombre desnudo que estaba de pie a pocos centímetros de ella.

—Como usted guste, capitán.

—¿Como yo guste? Me complace tu actitud, George; me complace de verdad.

Mientras él se alejaba, la muchacha suspiró. No se preguntaba siquiera por qué el hombre se reía por lo bajo. Y pese a su firme resolución, al cabo de un momento volvió a entreabrir los ojos. Esta vez era demasiado tarde; el capitán estaba en la cama y decentemente cubierto. Pero el claro de luna inundaba el camarote, permitiéndole verlo estirado en la cama, con los brazos cruzados tras la nuca y sonriendo. ¿Sonriendo? Debía de ser un efecto de la luz. ¿Y qué importaba a fin de cuentas?

Disgustada consigo misma, se volvió hacia el rincón, para no enfrentarse a la tentación de mirarlo otra vez. Suspiró de nuevo, sin darse cuenta de que, esta vez, en ese suspiro había un amago de desilusión.

18

Esa noche, a Georgina le costó muchísimo conciliar el sueño. Tras un período de tiempo que no podía precisar, oyó la voz del capitán, que la llamaba:

—Enseña una pierna, George.

Era la antiquísima frase usada por los marineros para decir. «Aparta rápidamente las mantas y ponte en movimiento.» Parpadeó, cegada momentáneamente por la luz del día que inundaba el camarote, tan intensa que le hizo pensar que había dormido más de la cuenta.

Localizó el motivo de su insomnio y lo encontró vestido, gracias a Dios, o al menos en parte. Era mejor verlo en pantalones y calcetines que sin nada. Y mientras lo observaba, él se puso una camisa de seda negra, de estilo similar a la que llevaba el día anterior, aunque no se ató los cordones de la pechera. Los pantalones también eran negros. «Si se pusiera un pendiente, este maldito tipo parecería un pirata, con esa camisa amplia y esas calzas ajustadas», pensó, sin compasión. De inmediato ahogó una exclamación, porque, en efecto, tenía puesto un pequeño pendiente de oro, apenas visible bajo los rizos rubios, aún desordenados por el sueño.

—¡Se ha puesto usted un pendiente!

Los ojos verdes giraron hacia ella, con ese gesto de

afectación que la muchacha consideraba como la más irritante y arrogante de sus costumbres: había enarcado una sola ceja dorada.

—¿Conque te has dado cuenta? ¿Y qué te parece?

Aún no estaba lo bastante despierta como para halagarlo en vez de responder con la verdad.

—Le da aspecto de pirata —adujo, osada.

La sonrisa del hombre era decididamente perversa.

—¿Eso crees? Yo habría dicho «aspecto audaz».

Georgina contuvo a tiempo su impulso de lanzar un resoplido desdeñoso. Se las compuso para expresar simple curiosidad.

—¿Por qué lleva un pendiente?

—¿Y por qué no?

Vaya, estaba hecho una verdadera fuente de información esa mañana. ¿Y qué le importaba a ella si quería parecer un pirata, si en realidad no lo era?

—Bueno, vamos, George —ordenó él, enérgico—. Ya casi estamos a media mañana.

Ella se incorporó, apretando los dientes. Después de balancearse un poco en la hamaca, se dejó caer al suelo. El capitán la llamaba George con mucho placer, como si supiera que eso la irritaba. Ciertamente, sonaba mucho más masculino. Ella conocía a muchos George llamados Georgie, pero no a otra mujer con ese diminutivo.

—No estás acostumbrado a dormir en hamacas, ¿verdad?

Ella lo fulminó con la mirada. Ya estaba harta de sus suposiciones erróneas.

—En realidad…

—Anoche te oí dar vueltas y vueltas. Tanto chirriar de cuerdas me despertó varias veces, permíteme que te lo diga. Espero que no se repita todas las noches, George. De lo contrario, tendré que compartir mi cama contigo para que no me molestes.

Se puso pálida, aunque el hombre parecía detestar esa posibilidad. Pero, sin duda, lo haría y con mucha insistencia, por mucho que ella protestara. ¡Pues tendría que pasar por encima de su cadáver!

—No volverá a ocurrir, capitán.

—Ojalá. Bueno, espero que tengas un pulso bien firme.

—¿Por qué?

—Porque tienes que afeitarme.

¿Cómo? No, no lo haría. Era muy posible que volviera a marearse. Ya se imaginaba vomitándole encima. Debería revelarle esa propensión a las náuseas cuando estaba cerca de él. Gruñó para sus adentros. ¿Cómo explicarle algo así? Era un insulto que podía provocarle cualquier reacción. Sería capaz de amargarle aún más la vida.

—Nunca he afeitado a nadie, capitán. Lo más probable es que le deje la cara llena de cortes.

—Confío sinceramente en que no sea así, querido muchacho, porque ésta es una de tus tareas. Y como ayuda de cámara, tendrás que mejorar. No sé si te has dado cuenta de que esta mañana he tenido que vestirme solo.

Georgina estaba al borde del llanto. No había modo de evitar su proximidad. Y el capitán acabaría por darse cuenta de esa grave aversión, sobre todo al ver que tenía que correr al orinal varias veces al día.

Pero tal vez él no fuera la causa. Tal vez estuviera mareada. ¿Mareo, después de haber navegado por la Costa Este con sus hermanos sin experimentar malestar alguno? ¿Después de cruzar el océano hasta Inglaterra sin la menor molestia? No. Era él. Pero bien podía hacerle creer que se mareaba al navegar, ¿no?

De pronto se sintió mucho mejor. Hasta sonrió al prometerle:

—Mañana lo haré mejor, capitán.

Georgina no entendía por qué se quedaba mirándola tanto rato antes de responder.

—Muy bien. Tengo que hablar con Connie. Tienes diez minutos para traer un poco de agua caliente y sacar mis navajas. No me hagas esperar, George.

A juzgar por el portazo que dio al salir, estaba realmente enfadado por haber tenido que vestirse solo, ¿no?

Ni siquiera se había molestado en ponerse las botas. ¡Ojalá se le llenaran los pies de astillas! No, seguro que le tocaría quitárselas a ella.

Suspiró desahogando su enfado. De pronto, cayó en la cuenta de que, por fin, disponía de unos minutos de intimidad. Era su única oportunidad. No vaciló en encaminarse hacia el armario, donde había escondido un orinal, a pesar de que no le daría tiempo a ir a buscar el agua que le había ordenado traer el capitán. Tampoco podía esperar hasta después de afeitarlo. Pero en adelante haría lo posible por levantarse antes que el capitán, así dispondría de más tiempo.

James volvió a entrar en el camarote tal como había salido: con gran estruendo y golpeando la puerta contra el mamparo. Tenía toda la intención de sobresaltar a Georgie, por esa inesperada sonrisa con la que la joven le había llegado hasta las entrañas. Y la sobresaltó, sí. A juzgar por el color de sus mejillas, estaba consumiéndose de humillación. Pero su propia sorpresa fue aún mayor. ¡Qué rematadamente estúpido había sido al no tener en cuenta que una mujer que fingía ser varón iba a encontrarse con serias dificultades para bañarse y atender sus necesidades naturales en un barco lleno de hombres! Al instalarla en su camarote, él le había dado un poco más de intimidad, pero sólo en su propio beneficio, como parte de su juego. La puerta no tenía cerradura, no había un solo rincón donde ella pudiera sentirse tranquilamente retirada para sus quehaceres personales.

A pesar de que su permanente obsesión era arrancarle los pantalones, debería haber tenido en consideración esas cosas. Y ella también, antes de iniciar la comedia. Sin duda alguna, no era ese camarote el sitio que ella habría elegido para esos fines.

Prácticamente, él la había obligado a correr el riesgo, al despertarla y obligarla inmediatamente a iniciar sus tareas. Era culpa suya que la muchacha estuviera sentada en el orinal y escondiendo la cara entre esas bonitas rodillas descubiertas. Y no había absolutamente nada que pudiera hacer para salvarla del bochorno sin echar a perder la ficción. Si se hubiera tratado de un muchacho de verdad, él no tendría que salir del cuarto pidiendo disculpas. Habría encarado el asunto como si no tuviera la menor importancia.

Pero ella no era un muchacho y, por Dios, el asunto tenía muchísima importancia. La pobre niña se había bajado los pantalones y él estaba deleitándose con el espectáculo desde su entrada.

James elevó forzosamente su mirada hacia el techo y avanzó ruidosamente y contrariado en busca de sus botas. «Esto es demasiado —pensó—. Basta con que me sonría para excitarme. La encuentro sentada en un vulgar orinal y me excito.»

—Haz como si yo no estuviera, George —le espetó, con más aspereza de la que pretendía—. Me he olvidado de ponerme las botas.

—¡Capitán, por favor!

—¡Oh, no seas gazmoño! ¿Acaso crees que los demás no usamos esas cosas?

El gemido de la muchacha le reveló claramente que no estaba ayudándola. Se limitó a salir, con otro portazo, llevándose las botas. Ese incidente bien podía ser un punto en contra. Algunas mujeres eran quisquillosas en esos aspectos; a veces se negaban a volver a ver al hombre que había presenciado tan bochornosa situación. Y si uno tenía la desgracia de haberla presenciado, no había salvación.

Por todos los infiernos… no tenía idea de cuál sería la reacción de esa muchacha. Podía olvidar el asunto con una carcajada, pasar varios días ruborizada o meterse bajo el mueble más cercano decidida a no salir de allí. Ojalá ésta tuviera más nervio. Su comedia sugería que era una mujer con coraje y audaz. Pero aun así, se sentía desconcertado. El humor del capitán empeoró ante la perspectiva de sufrir un retroceso, especialmente después de los progresos de la noche anterior.

Georgina no estaba pensando en esconderse debajo de ningún mueble. Sus opciones estaban bien a la vista: podía saltar desde la borda, hacer compañía a las ratas de la bodega durante el resto del viaje, o asesinar a James Malory. Y la última era la más atractiva en todos los sentidos. Pero cuando salió a cubierta, se enteró de que el capitán estaba imponiendo castigos a diestra y siniestra, sin motivo alguno... o, tal como dijo un marinero, porque «tenía una lapa pegada al trasero». Eso, traducido a términos simples, significaba que estaba disgustado por algo y se desquitaba con cualquiera que se cruzase en su camino.

El sonrojo que aún brillaba en sus mejillas desapareció de inmediato. Cuando llegó al camarote con el agua caliente para afeitar a «su señoría», se le ocurrió que quizá él estuviera aún más abochornado que ella. Bueno, no tanto. Nadie podría haberse sentido tan humillada como ella. Pero si él también se había sentido contrariado la cosa ya valía la pena, sobre todo si la situación había servido para ponerlo de tan mal humor.

Desde luego, ese razonamiento requería atribuirle una sensibilidad de la que ella no lo hubiera creído capaz. Al verla más azorada que por cualquiera de sus burlas, se sentía avergonzado de haberle provocado esa reacción.

Pocos minutos después, la puerta se abrió con vacilaciones. Georgina estuvo a punto de echarse a reír al ver que el capitán del *Maiden Anne* asomaba la cabeza con cautela para ver si podía entrar o no.

—Bueno, ¿estás listo para degollarme con mis propias navajas, jovencito?

—Espero no ser tan torpe.

—Comparto sinceramente esa esperanza.

Abandonó su inseguridad, que resultaba cómica en un hombre como él y se dirigió hacia la mesa donde ella había colocado el cuenco de agua. Las navajas estaban dispuestas sobre una toalla. Georgina ya había preparado espuma en una taza que acababa de encontrar. El capitán había tardado mucho más de diez minutos. Por lo tanto, el camarote ya estaba ordenado, con la cama hecha, la hamaca recogida y la ropa sucia retirada para lavarla más tarde. Sólo faltaba ir a buscar el desayuno, que Shawn O'Shawn estaba preparando.

James Malory contempló la colocación de los utensilios y comentó:

—Veo que tienes experiencia en esto.

—No, pero he visto cómo lo hacen mis hermanos.

—Es mejor que la ignorancia total, supongo. Bueno, manos a la obra.

Se quitó la camisa y la dejó caer sobre la mesa; luego giró la silla de costado y se sentó frente a ella. Georgina se quedó contemplándolo; no había previsto afeitar a un hombre medio desnudo. No sería necesario. Ya había preparado las toallas para cubrirle los hombros y protegerle la camisa. ¡Se las pondría igual, qué diablos!

Pero él las apartó.

—Cuando quiera que me asfixies, George, te lo haré saber.

La idea de cortarle el cuello se hacía cada vez más atractiva. Sólo el hecho de tener que limpiar tanta sangre le impedía ceder al impulso. Pero podía ocurrir igualmente en un momento de distracción...

Tenía que afeitarlo. Era preciso. Sobre todo debía hacerlo pronto, antes de que las condenadas náuseas vinieran a dificultarle la tarea aún más. «No mires hacia abajo, Georgie, ni tampoco hacia arriba. Mira sólo su poblada y anodina barba. ¿Cómo puede perturbarte una barba, si es algo de lo más corriente?»

Estirando el brazo para no acercarse mucho, esparció una buena capa de espuma. Pero para aplicar la navaja tenía que acercarse más. Se concentró en sus mejillas; al menos, trató de hacerlo. Él la miraba a los ojos. Cuando sus miradas se cruzaban por casualidad, el pulso de la muchacha se aceleraba. Y él no apartaba la vista. Ella sí, pero no dejaba de sentirse observada. Y eso le provocaba súbitos calores.

—Deja de ruborizarte, anda —le espetó él—. Entre hombres, ¿qué importancia tiene un trasero desnudo?

¡Y ella ni siquiera estaba pensando en el asunto, maldita sea! Sus calores se acrecentaron aún más. Pero él no iba a cambiar de tema.

—No sé por qué me disculpo, si este camarote es mío —agregó, irritado—. Pero te pido perdón por lo que ha pasado antes, George. Por tu reacción, podría decirse que he sorprendido en el orinal a una señorita, qué demonios.

—Lo siento, señor.

—Bueno, no importa. Pero si tanto necesitas intimidad, la próxima vez cuelga un letrero en la puerta, ¿quieres? Lo respetaré. Y aquí no entra nadie más sin permiso.

Habría sido preferible una cerradura, pero ella no lo sugirió. La propuesta era más de lo que esperaba; le sorprendió que aquel hombre pudiera mostrarse tan considerado, incluso generoso, sin necesidad. Ahora hasta le sería posible darse un baño de verdad, en vez de lavarse apresuradamente con una esponja en la bodega.

—¡Cuidado, George! Le tengo cierto aprecio a esta cara. Déjame un poco de piel, ¿quieres?

El sobresalto de la muchacha fue tal que replicó sin pensar:

—¡Pues aféitese usted mismo! —Y arrojó la navaja sobre la mesa.

Ya se marchaba airadamente, cuando oyó su voz seca a sus espaldas.

—Ah, vaya… El crío tiene carácter, ¿eh?

Ella se detuvo con los ojos dilatados de horror, al comprender lo que acababa de hacer. Se le escapó un gemido y se giró inmediatamente, apenas sin tiempo para ocultar su temor.

—Perdone, capitán. No sé qué me ha pasado. Un poco de todo, supongo. Pero le aseguro que no tengo mal carácter. Pregúntele a Mac.

—Te he preguntado a ti. ¿Acaso temes ser sincero conmigo, George?

Esa impertinencia merecía otro gemido, aunque en esa ocasión logró contenerlo.

—No, en absoluto. ¿Debería temerlo?

—No veo por qué. El tamaño te otorga ventaja, ¿sabes? Eres demasiado pequeño para que mande azotarte y asignarte más tareas como castigo, sería una molestia para mí. Así que tómate la libertad de ser franco conmigo, George. Después de todo, mantenemos una relación íntima.

—¿Y si cayera en la falta de respeto? —Georgina no pudo resistir la tentación de preguntarlo.

—Pues tu trasero acabaría lleno de morados, por supuesto. Es casi el único recurso aplicable a un chico de tu edad. Pero no será necesario, ¿verdad, George?

—No, señor, puede estar seguro —repuso, apretando los dientes, horrorizada y enfurecida al mismo tiempo.

—Ven, entonces, y acaba de afeitarme. Y trata de hacerlo con un poco más de cuidado.

—Si usted... no habla, tal vez me concentre mejor. —Lo había expresado a manera de sugerencia, en tono completamente respetuoso; pero esa despreciable ceja se enarcó otra vez—. Bueno, usted ha dicho que podía ser sincero —murmuró, enojada, mientras volvía a coger la navaja—. Si he de serle franco, detesto que haga eso.

La otra ceja fue a reunirse con la primera, pero esta vez en un gesto de sorpresa.

—¿Qué...?

Ella movió hacia su cara la mano que sostenía la navaja.

—¡Ese arrogante movimiento de cejas!

—Por Dios, hijo, ¿sabes que me desarmas con tu forma de expresarte?

—Así que ahora le parece divertida.

—Lo que me parece, muchachito, es que me tomas demasiado al pie de la letra. Cuando dije que podías ser sincero, no pretendía darte a entender que podías criticar a tu capitán. Con eso incurres en la falta de respeto, como bien sabes.

Ella lo sabía. No había hecho más que sondear la profundidad, por así decirlo, para ver hasta dónde se hundiría antes de ahogarse. Por lo visto, no era mucha.

—Lo siento, capitán.

—¿No acordamos ayer que me mirarías a los ojos

para disculparte? Así me gusta más. Conque lo detestas, ¿eh?

Por todos los diablos, ahora el hombre se divertía otra vez. Y lo que más odiaba eran esas cejas enarcadas, sobre todo porque nunca se molestaba en explicarle dónde estaba lo gracioso.

—Creo que lo que más me conviene es no responder, capitán.

El hombre estalló en una carcajada.

—¡Bien dicho, George! Estás aprendiendo, por lo que veo.

Su satisfacción incluyó una palmada en el hombro de la muchacha. Por desgracia, eso la arrojó contra su muslo, cosa que lo obligó a sujetarla para que no tropezara con su pierna. Ella también se aferró a él para evitar la caída. Cuando los dos se dieron cuenta de que estaban abrazados, el barco podría haberse hundido sin que ellos lo notaran. Pero el electrizante episodio se desvaneció en cuestión de segundos, pues ambos se dieron la misma prisa en zafarse del incómodo abrazo.

Como si en ese instante no hubiera ardido una pequeña llama entre ellos, el capitán dijo, aunque con un ligero temblor en la voz:

—Debe de haberme crecido la barba un par de centímetros desde que has empezado, George. Espero que adquieras más práctica antes de que lleguemos a Jamaica.

Georgina, demasiado agitada como para replicar, se limitó a reanudar el trabajo en la otra mejilla. El corazón le palpitaba con fuerza, pero ¿cómo no, si había estado a punto de caer de cabeza al tropezar con su pierna? Pero eso no tenía nada que ver con el hecho de haberlo tocado...

Cuando le giró la cara para terminar con el otro lado, vio unos puntos de sangre por donde lo había rozado. De manera espontánea, sus dedos limpiaron dulcemente la mejilla.

—No ha sido mi intención hacerle daño.

150

Si su voz había sido suave al decir eso, él respondió casi en un susurro:

—Lo sé.

«Oh, Dios, ya vuelven las náuseas», pensó Georgina.

19

—¿Te sientes mal, Georgie, muchacho?

—George es suficiente, Mac.

—No, no lo es. —El escocés echó un vistazo por la cubierta de popa. Una vez seguro de que estaban solos, agregó—: Varias veces he estado a punto de meter la pata y llamarte («pequeña». Así no me olvido de que eres un chico.

—Como quieras.

Georgina, que actuaba con una indiferencia extraña en ella, metió una mano en el cesto que tenían entre ambos y sacó otra cuerda para unirla a la que tenía en el regazo, que ya había unido a otras tres entretejiendo los extremos. Había ofrecido ayuda a Mac con esa tarea sólo para pasar el tiempo, pero no prestaba mucha atención a lo que hacía. Él ya había tenido que deshacer uno de esos empalmes para que ella volviera a empezar. Georgina ni siquiera se había dado cuenta del fallo.

Mac, que la observaba, meneó la cabeza.

—Oh, ya veo que estás mal. Ya no me llevas la contraria.

Eso la hizo reaccionar, pero sólo un poco.

—Nunca llevo la contraria a nadie.

—Siempre, desde que se te metió en esa cabecita

embarcarte rumbo a Inglaterra. Desde que se te ocurrió eso, has sido un perfecto incordio.

Ahora sí contaba con toda la atención de la joven.

—¡Eso sí que es bueno! —bufó ella—. No tenías por qué acompañarme, ya lo sabes. Podría haber llegado perfectamente a Inglaterra sin ti.

—Sabías perfectamente que no te hubiera permitido embarcarte sola. Aparte de encerrarte bajo llave, no me quedaba otro remedio que acompañarte. Pero empiezo a pensar que debería haberte encerrado.

—Tal vez sí.

Al oír el suspiro, Mac resopló.

—¡Ahí tienes: otra vez de acuerdo conmigo! Y has estado actuando de manera muy extraña durante toda la semana. ¿Te hace trabajar demasiado ese hombre?

¿Demasiado? No podía quejarse de eso. Al contrario, de todas las tareas que el capitán le había enumerado en un principio, apenas le pedía que hiciera la mitad.

Cuando se despertaba por la mañana, él ya estaba levantado y a medio vestir. La única vez que Georgina logró adelantársele, Malory se comportó como si ella hubiera hecho algo incorrecto. Ya empezaba a conocer sus estados de ánimo, desde su burlona actitud habitual a la exhibición de un mal genio horrible cuando algo lo irritaba. Y esa mañana se había mostrado seriamente irritado. Había conseguido que el normalmente rutinario servicio de vestirlo pareciera un castigo. Sus comentarios, sus modales, todo daba esa impresión, hasta tal punto que Georgina juró ser una perfecta dormilona durante el resto del viaje.

Tenía la esperanza de no verse obligada a pasar por otra experiencia tan desquiciante. Acercarse a aquel hombre ya era bastante desagradable, pero hacerlo en sus momentos de ira… Bueno, hasta ahora no había vuelto a ocurrir. Tampoco había vuelto a pedirle que lo ayudara a desvestirse para su baño vespertino.

Ni siquiera el baño era ya cosa de cada día, como había dicho en un principio. Cuando se bañaba, el capitán siempre quería que le frotara la espalda, pero las dos últimas noches le había indicado que no se molestara en prepararle la bañera; hasta se la había ofrecido para que la usara ella. Georgina había rehusado, por supuesto. Aún no se sentía capaz de desvestirse por completo, aunque Malory respetaba honestamente el letrero que ella colgaba en la puerta varias veces al día.

Por otra parte, estaba lo del afeitado. Aún no sabía cómo se las había arreglado, aquella primera vez, para no vomitar, cuando sentía que el infierno entero se le había desatado en el vientre. Si hubiera tenido que permanecer más rato afeitándole la mañana habría terminado de modo muy diferente. Pero ella acabó de afeitarle el mentón con unos pocos toques, le tiró la toalla y salió corriendo del camarote antes de que él pudiera detenerla, diciéndole a gritos que en un instante volvería con el desayuno.

Desde entonces, sólo había tenido que afeitarlo una vez, y le hizo tantos cortes que él, sarcásticamente, comentó que quizá sería más sensato dejarse crecer la barba. Pero no lo hizo. Casi toda la tripulación llevaba barba, incluido el primer piloto, pero el capitán continuaba afeitándose todos los días, ya fuera por la mañana o al caer la tarde. Con la diferencia de que ahora lo hacía él solo.

Ni una sola vez la obligó a oficiar de lacayo. Comía directamente de la bandeja que ella le traía o la despedía con un ademán cuando Georgina trataba de ponerle los platos delante. Y tampoco la despertaba a media noche para pedirle algo, como había asegurado en un principio.

En resumidas cuentas, Georgina tenía muy poco que hacer y mucho tiempo libre. Se quedaba en el camarote cuando estaba desocupado, o en cubierta con Mac, intentando evitar al capitán excepto para cumplir sólo con lo necesario. Pero si su comportamiento ya no era el de antes, y Mac se percataba de ello, era exclusivamente por culpa de James Malory.

La semana escasa pasada a bordo de su barco se le antojaba una eternidad. Vivía en permanente estado de tensión, había perdido el apetito y comenzaba a perder también el sueño. Aún sentía náuseas si él se le acercaba demasiado, cuando la miraba con aquella expresión y hasta cuando ella misma se quedaba un rato observándolo. También las sentía cada vez que el capitán exhibía ante ella su flagrante desnudez, cosa que ocurría todas las noches. No era de extrañar que no durmiera bien y que estuviera hecha un manojo de nervios. Tampoco era de extrañar que Mac se hubiera percatado de ello.

La muchacha habría preferido evitar el tema, pues sus sentimientos la tenían muy confundida. Pero Mac estaba ahí sentado, mirándola fijamente y esperando alguna respuesta.

Tal vez bastara un buen consejo suyo, lleno de sentido común, para considerar sus preocupaciones desde otra perspectiva.

—El trabajo no me exige mucho, físicamente —reconoció, contemplando la cuerda que tenía en el regazo—. Lo que me cuesta es verme obligada a servir a un inglés. Si fuera otra persona…

—Sí, comprendo lo que quieres decir. Estabas así, muriéndote por zarpar…

Ella levantó bruscamente la cabeza.

—¿Muriéndome? ¿Cómo que muriéndome? —Bueno, digamos que estabas impaciente. El hecho es que tenías prisa por dejar atrás Inglaterra y todo lo relacionado con ella. Y ha sido esa misma impaciencia la que te ha atado justamente a aquello de lo que deseabas huir. Que el capitán sea un aristócrata sólo viene a empeorar las cosas.

—Reconozco que actúa como un aristócrata —comentó ella, desdeñosa—, pero dudo que lo sea de verdad. ¿No existe una regla fundamental que prohíbe mezclar la aristocracia con el comercio?

—Algo así, pero no todos la respetan. Además, recuerda que no llevamos carga, de modo que no hay comercio, al menos en este viaje. Él es aristócrata, sí. Vizconde, según me han dicho.

—¡Mejor para él! —se burló la joven. Pero luego

155

suspiró pesadamente—. Tenías razón. Eso empeora las cosas. Un condenado aristócrata. No sé cómo he podido siquiera dudarlo.

—Considera esta experiencia como un modelo de purgar tu impulsividad. Y reza porque tus hermanos lo tengan en cuenta antes de arrojarse sobre ti.

Ella sonrió con sarcasmo.

—Siempre te las arreglas para animarme.

Mac dio un resoplido y continuó empalmando cabos. Ella hizo lo mismo, pero pronto volvió a cavilar sobre sumirse en sus azorados pensamientos. Por fin decidió abordar el tema.

—¿Has oído alguna vez que alguien se ponga enfermo cuando está demasiado cerca de algo, Mac?

Los ojos grises de su amigo se fijaron en ella con gesto de curiosidad.

—¿Ponerse enfermo, en qué sentido?

—Bueno, sentirse mal… con náuseas.

La frente de Mac se despejó al instante.

—Oh, sí, muchas comidas te causan ese efecto cuando has bebido demasiado. O cuando una mujer está embarazada.

—No, no me refiero a los casos en que ya te encuentras mal. Supón que te sientes perfectamente bien hasta que te acercas a determinada cosa.

Él volvió a fruncir el entrecejo.

—Determinada cosa, ¿eh? ¿Por qué no me dices qué cosa es esa que te hace sentir mal?

—No he dicho que se tratara de mí.

—Georgie…

—¡Oh, de acuerdo! —admitió ella con fastidio—. Es el capitán. Casi siempre que me acerco a él, mi estómago reacciona de una manera espantosa.

—¿Sólo casi siempre?

—Sí. No me ocurre cada vez que lo hago.

—¿Y te has mareado de verdad? ¿Has llegado a vomitar alguna vez?

—Sí, una vez, pero… bueno, eso fue el primer día, justo cuando acababa de descubrir quién era. Me obligó a comer; yo estaba demasiado nerviosa para retener la comida. Desde entonces han sido sólo náuseas, a veces leves, a veces fuertes, pero no he vuelto a vomitar... todavía.

Mac se acarició la barba, mientras meditaba sobre lo que ella acababa de decir. Descartó de inmediato lo que sospechaba, sin siquiera mencionarlo. La muchacha detestaba tanto al capitán que no podía sentirse atraída por él, ni mucho menos experimentar algún deseo sexual que estuviera confundiendo con las náuseas. Por fin sugirió:

—¿No podría ser el perfume que usa, niña, o el jabón? ¿Tal vez algo que se ponga en el pelo?

Los ojos de Georgina se abrieron sorprendidos, pero luego se echó a reír.

—¿Cómo no se me había ocurrido?

Se levantó de un brinco dejando caer el montón de sogas que tenía en el regazo.

—¿Adónde vas?

—No es su jabón. Yo misma lo uso para lavarme. Y en el pelo no se pone nada. Pero tiene una botella de algo que usa después de afeitarse. Voy a olfatearlo. Si es eso, ya puedes adivinar adónde irá a parar.

Era un placer verla sonreír de nuevo, pero Mac le recordó:

—Si lo arrojas por la borda, lo echará a faltar.

Georgina estaba a punto de decir que ya se preocuparía por eso en su momento, pero realmente no tenía sentido buscarse problemas con esa actitud.

—Bueno, le diré la verdad. Es una bestia arrogante, pero... bueno, no tan insensible como para continuar usando algo que me hace daño. Nos veremos más tarde, Mac. Mañana, en todo caso —corrigió, al advertir que el sol comenzaba ya a declinar.

—No hagas nada que le obligue castigarte, ¿me lo prometes?

Si Mac hubiera sabido con qué castigo la amenazaba, no habría considerado necesaria aquella petición.

—Lo prometo.

Y lo prometía de verdad. Si era la colonia del capitán lo que la afectaba así, no había motivos para no decírselo. Estaba pensando que habría debido mencionarlo antes cuando chocó contra él en la cubierta inferior.

El estómago le dio un vuelco, provocándole una mueca de contrariedad que no pudo disimular a tiempo.

—¡Ajá! —exclamó James Malory al verla—. Pareces haberme adivinado el pensamiento, George.

—¿Por qué, capitán?

—Por tu expresión. Has adivinado que quiero hablar seriamente contigo sobre tus hábitos de baño... o, mejor dicho, sobre el hecho de que nunca te bañas.

Georgina enrojeció de indignación.

—¿Cómo se atreve...?

—Oh, vamos, George. Ya sé que para los jovencitos de tu edad el baño es una tortura horrorosa. Yo también fui niño, ¿sabes? Pero como compartes mi camarote...

—No porque yo lo haya pedido —adujo ella.

—A pesar de todo, hay ciertas normas que respeto. Entre ellas, el aseo personal o, por lo menos, el olor a limpio.

Arrugó la nariz en señal de enfado. Si Georgina no se hubiera sentido tan furiosamente ofendida, habría estallado en risas, sobre todo después de lo que acababa de hablar con Mac. ¿Así que a él le molestaba su olor? ¡Cielos, qué ironía! Hasta se haría justicia si ello también le provocara náuseas.

El capitán continuó:

—Y como tú no has hecho el menor esfuerzo por respetar mis normas...

—Permítame decirle que...

—No vuelvas a interrumpirme, George —la atajó, con su tono más autoritario—. El asunto ya está decidido. De ahora en adelante, usarás mi bañera para asearte correctamente no menos de una vez por semana, o con más frecuencia si te parece. Comenzarás hoy mismo. Y eso, jovencito, es una orden. Así que te sugiero que pongas manos a la obra ahora mismo, si tu gazmoñería te exige hacer esas cosas en la intimidad. Dispones de tiempo hasta la hora de la celta.

Ella abrió la boca para protestar contra esa nueva arbitrariedad, pero la elevación de la detestable ceja dorada le recordó que no debía desobedecer una orden.

—Sí, señor —respondió, remarcando *señor* con el mayor desprecio.

James, con el ceño fruncido, la vio alejarse a paso firme, preguntándose si no acababa de cometer un error colosal. Había creído hacerle un favor ordenándole darse un baño y, al mismo tiempo, garantizándole la intimidad para hacerlo. Como la había vigilado estrechamente, sabía que no se había permitido una higiene completa desde el comienzo del viaje. Pero no ignoraba, por su larga experiencia, que las mujeres, en especial las de buena crianza, adoraban bañarse. Estaba seguro de que Georgie no se arriesgaba por puro miedo a ser descubierta. Por lo tanto, él se encargaría de obligarla a hacer lo que tanto deseaba.

Lo que no esperaba era verla tan indignada por eso. Aunque si hubiera pensado con suficiente claridad, cosa que últimamente le estaba resultando difícil, podría haber evitado la indignación de la joven.

«¡Cómo puedes decirle a una señorita que huele mal, pedazo de idiota!», se reprochó.

20

El enfado de Georgina se diluyó en el agua caliente en cuanto se reclinó en la bañera. Eso era el paraíso, casi tan agradable como los baños que tomaba en su casa. Lo único que echaba de menos era el aceite perfumado y la ayuda de la criada para enjuagarse el cabello... y, por supuesto, la seguridad de que no iban a molestarla.

Pero la bañera era tan larga que pudo sumergirse por completo, cabellera y todo. La piel de los pechos, irritada por los ceñidos vendajes y llena de profundas marcas, le ardió al primer contacto con el agua, pero hasta eso resultaba una mínima molestia en comparación con el júbilo de sentirse totalmente limpia, su cuerpo libre de presiones. Si el capitán no hubiera insistido...

¡Oh, qué diablos, se alegraba de que lo hubiera hecho! De lo contrario ella habría tardado, por lo menos, una semana más en reunir el coraje necesario para hacerlo por su cuenta. Y últimamente se sentía pegajosa debido al aire salado y al calor de la cocina, por no mencionar ese inexplicable aumento de temperatura que invadía el camarote cada vez que el capitán se desnudaba. Un apresurado frotar de esponja no era suficiente.

Por mucho que lo deseara, no podía seguir deleitándose en el agua. Tenía que volver a disfrazarse antes de que fuera la hora de cenar, presentarse con el pelo seco y escondido, y los pechos aplanados de nuevo. También existía la posibilidad de que el capitán necesitara retirar algo del camarote; en ese caso, difícilmente respetaría su letrero de advertencia. Allí estaba el biombo, ocultándola, pero la sola idea de estar completamente desnuda en el mismo cuarto que él la ruborizaba.

Sin embargo, el capitán respetó su palabra y no bajó hasta mucho después. Para entonces ella ya había cenado y le había servido la comida; había suficiente para dos, aunque esa noche Conrad Sharpe no le había acompañado. Justo al salir en busca de agua para el baño del capitán se acordó de la botella de agua de colonia que él usaba. Decidió olfatearla en cuanto él estuviera tras el biombo, pero Malory le ordenó traer un poco más de agua para enjuagarse el pelo y, cuando ella regresó, ya estaba listo para que le frotara la espalda.

Fastidiada, sobre todo consigo misma por haber desperdiciado la oportunidad de oler la botella en ausencia del capitán, Georgina abrevió la tarea de lavarle la espalda. Así dispondría de algunos momentos mientras él se secaba. El pensar en eso en vez de en lo que estaba haciendo la ayudó a dominar las náuseas, aunque ni siquiera se dio cuenta de que no las sentía.

Como siempre dejaba toallas al alcance de Malory, se retiró en cuanto hubo vertido el último cubo de agua por su espalda y se encaminó directamente al armario. Con la mala suerte que la perseguía en los últimos tiempos, no le extrañó que él saliera de detrás del biombo mientras ella todavía estaba allí, con la botella en la mano. Y si la había sorprendido fue debido a que se había desilusionado tanto al oler la colonia que la decepción le había impedido dejarla inmediatamente en su sitio. El aroma era especiado, con un toque de almizcle, pero no le había provocado la repulsión que ella esperaba. Era el mismo capitán quien le despertaba esas náuseas, no su olor.

—Espero que no hayas desobedecido mis órdenes, George —advirtió él, con voz áspera.

161

—¿Cómo, señor?

—¿Qué estabas haciendo con esa botella?

Georgina comprendió entonces lo que él estaba dando a entender y se apresuró a dejar la botella en su sitio.

—No lo que usted cree. No iba a usar su colonia, capitán. No había ninguna necesidad, si ya me he bañado, se lo aseguro. Ya sé que algunas personas disimulan el mal olor con un poco de perfume, pero yo no soy tan estúpido. Prefiero estar li… Es decir, no hago esas cosas.

—Me alegra saberlo, pero con eso no respondes a mi pregunta, chico.

—Ah, su pregunta. Sólo quería… —«¿Olfatearla, porque él la usa siempre? No se lo va a creer, Georgie. ¿Y qué tiene de malo si le digo la verdad? Después de todo, él me dijo con toda su desfachatez que mi olor le parecía ofensivo»—. En realidad, capitán…

—Acércate, George. Quiero juzgar por mí mismo si me has dicho la verdad.

Apretó los dientes, exasperada. Aquel bastardo quería olfatearla y de nada serviría protestar. No haría más que irritarlo. Y sólo tenía puesto aquel batín indecente. Empezó a sentir otra vez el acostumbrado acaloramiento…

Rodeó lentamente la cama, retorciéndose las manos. Él no se anduvo con rodeos. Se inclinó hasta tocar ligeramente su nuca con la nariz, y olfateó. Georgina habría podido aguantar la prueba sin problemas si la mejilla del capitán no hubiera rozado la suya.

—¿Por qué diablos gruñes? —inquirió él.

Lo decía como si él fuera el único que tuviera derecho a gruñir. Y parecía enfadado. Pero no podía evitarlo: sentía como si todas sus entrañas clamaran por salir. Retrocedió de prisa para respirar, incapaz de mirarlo a los ojos.

—Lo siento, capitán, pero… no hay manera delicada de expresarlo: usted hace que me sienta mal.

No le habría sorprendido que se acercara para propinarle unos bofetones, pero no se movió un centímetro. Se limitó a decirle indignadísimo:

—¿Qué estás diciendo?

Georgina habría preferido los tortazos a tener que explicar eso. ¿Cómo se le había ocurrido que fuera posible decirle la verdad, si la verdad solamente era bochornosa para ella? Obviamente, el problema era sólo suyo, pues ninguna otra persona sentía náuseas en presencia del capitán. Además no la creería, lo tomaría como una simple venganza por su insinuación de que ella olía mal. Seguro que pensaría eso y se pondría furioso. ¡Diantre!, ¿por qué no habría mantenido la boca cerrada?

Pero ya era demasiado tarde. Antes de que Malory decidiera hacerla trizas, se apresuró a explicar:

—No es mi intención insultarlo, capitán, se lo juro. No sé por qué tengo este problema con usted. Se lo pregunté a Mac y sugirió que tal vez fuera efecto de su colonia. Eso era lo que estaba haciendo con su frasco: olerlo para comprobar... Pero no es por eso. Ojalá fuera la colonia, pero no. Podría ser pura casualidad. —Esa idea la animó. Bien podía salvarle la vida. Hasta se atrevió a levantar la vista para exponerla—. Sí, estoy segura de que es pura casualidad.

—¿El qué?

Gracias a Dios, el hombre parecía tomarse las cosas con calma. Georgina había pensado que a esas alturas estaría rojo de ira.

—Que sólo me encuentro mal cuando está usted cerca, sobre todo cuando está demasiado cerca. —Era mejor no mencionar lo de las miradas fijas—. Pero es problema mío, señor, y no permitiré que interfiera en mi trabajo. Por favor, olvídese del asunto.

—¿Que lo olvide...?

Ahora parecía alterado. Georgina se retorcía de angustia por el mal rato que estaba pasando; habría querido que el suelo se la tragara. Él no estaba tan sereno como pensaba. Tal vez su audacia lo había dejado mudo. O la furia misma.

—¿Qué... clase de... malestar es?

163

Cada vez peor. Ahora quería detalles. ¿La creía, o sólo deseaba comprobar que su grumete había hablado por despecho, para sentirse con derecho a darle una soberana paliza? Si ahora ella intentase restar importancia al asunto, daría la impresión de estar arrepentida por haber sido franca.

Ciertamente, se arrepentía por haber abierto la bocaza, pero en esas circunstancias era mejor seguir diciendo la verdad. Tuvo que reunir coraje para explicarse.

—Lo siento, capitán, pero lo más aproximado es decir que me da náuseas.

—¿Has llegado a…?

—¡No! Pero siento algo muy extraño en el estómago, y me sofoco, y siento tanto calor que… Bueno, me acaloro, pero estoy casi seguro de que no es fiebre. Y me viene una debilidad, como si se me agotaran las fuerzas.

James la miraba fijamente, sin poder dar crédito a lo que estaba oyendo. ¿Acaso esa muchacha no conocía lo que estaba describiendo? Parecía imposible que fuera tan inocente. El hecho lo dejó tan atónito que casi llegó a sentir los mismos síntomas que Georgie le había detallado. *Ella lo deseaba.* Su premeditada seducción había surtido efecto, sin que él mismo se percatara. Y él no se había percatado porque ni ella misma lo sabía. Por todos los demonios… Se suponía que la ignorancia era una bendición, pero en este caso, la de esa muchacha lo hacía vivir en un infierno.

Tenía que replantear su estrategia. Si ella no reconocía sus propios sentimientos, jamás lo acosaría suplicándole que la poseyera. Adiós, bellas fantasías. Pero aún quería hacerla confesar. Eso le daría ventaja al tratar con ella, pues todavía parecía ignorar que a pesar de su disfraz la había reconocido.

—Y esos síntomas, ¿son muy desagradables? —preguntó con cautela.

Georgina frunció el entrecejo. ¿Desagradables? La asustaban porque nunca había experimentado algo parecido, pero desagradable…

—No demasiado —admitió.

—Bueno, yo no me preocuparía más por eso, George. Creo que conozco el problema.

La muchacha parpadeó, sorprendida.

—¿De veras?

—Sin duda alguna. Y también conozco la cura.

—¿Sí?

—Por supuesto. Puedes acostarte, pequeño, y dejar el asunto de mi cuenta. Yo me ocuparé de él… personalmente. Tenlo por seguro.

Su sonrisa era tan perversa que ella tuvo la sensación de ser víctima de una broma. Lo más probable era que no se lo hubiese creído.

21

—¿Estás dormido, George?

No. No podía dormir. Hacía más de una hora que estaba acostada, pero aún permanecía completamente despierta. Por esa noche no podía echar la culpa a la desnudez del capitán, pues había mantenido los ojos bien cerrados desde el momento en que se subió a la hamaca. No, esa noche era la simple curiosidad lo que la tenía despierta, preguntándose si era cierto que el capitán conocía su mal y la cura. Si existía esa cura, ¿cuál podía ser? Probablemente algún brebaje de sabor espantoso. Si no existía, él se encargaría de inventarlo.

—¿George?

Por un momento pensó fingirse dormida. Probablemente la mandaría a la cocina en busca de algo, para cansarla y molestarla.

—¿Sí?

—No puedo dormir.

Ella puso los ojos en blanco. Ya se lo había imaginado.

—¿Quiere que le traiga alguna cosa?

—No. Necesito algo que me calme. Podrías leerme un rato. Sí, eso me hará bien. Enciende una lámpara, ¿quieres?

«Como si importara el que yo quiera o no», pensó Georgina mientras bajaba de la hamaca. Él ya le había advertido que podía pedirle que hiciera eso. Pero como ella tampoco se dormía, por esta vez no importaba. Georgina sabía perfectamente por qué no podía dormir ella misma, pero ¿qué mantendría despierto al capitán?

Encendió la lámpara que pendía junto a su cama y la llevó a la librería.

—¿Hay algo en concreto que usted prefiera, capitán?

—En el último estante, a la derecha, hay un volumen delgado. Ése servirá. Y acerca una silla. Lo que necesito es una voz serena, sedante, no que me griten desde el otro extremo de la habitación.

Ella se detuvo por un segundo. Detestaba la idea de acercarse a la cama mientras Malory la ocupara, pero al instante se acordó de que él estaba decentemente cubierto. Además, no tenía por qué mirarlo. Sólo quería escucharla. Tal vez el libro fuera lo bastante aburrido como para que ella también se durmiera.

Tal como se le ordenaba, arrastró una silla hasta los pies de la cama y dejó la lámpara en la mesa del comedor, a su espalda.

—Creo que hay una página marcada —indicó él—. Puedes empezar por ahí.

Georgina buscó la página y, después de carraspear, inició la lectura.

—«No me cabía la menor duda de que yo nunca los había visto tan grandes, redondos y maduros. Me dolían los dientes del deseo de morderlos. —Georgina pensó que no tardarían en dormirse los dos con semejante bobada—. Le pellizqué uno y oí su exclamación de placer. El otro llamaba a mi boca, pidiendo con ansiedad que le complaciera. ¡Oh, cielos! ¡Oh, dulce bendición, el sabor de esos suculentos… pechos…»› —Georgina cerró bruscamente el libro, con un gesto de horror—. Pero esto… pero esto…

—Sí, ya lo sé. Se llama erotismo, querido muchacho. No me digas que nunca has leído alguna bazofia semejante. Todos los chicos de tu edad lo hacen... al menos, los que saben leer.

Sin duda alguna, ella tenía que ser uno de esos varones, pero estaba tan azorada que no le importaba negarlo.

—Bueno, pues yo no.

—¿Otra vez con tu gazmoñería, George? Bueno, sigue leyendo. Por lo menos, verás que es educativo.

En ocasiones como ésa era cuando Georgina detestaba ferozmente su disfraz. Habría querido hincharle las orejas a mamporros, con un sermón sobre la corrupción infantil, pero lo cierto era que el joven Georgie habría recibido de buen grado esa corrupción.

—¿Y a usted le gusta esta... bazofia, como la llama?

—No, por Dios. Si me gustara no me ayudaría a dormir.

El hecho de que pareciera tan horrorizado alivió en parte el azoramiento de Georgina. Pero ni bajo la amenaza de tortura podría volver a abrir aquel asqueroso libro... al menos, en su presencia.

—Si no le molesta, capitán, preferiría buscar algún otro libro con que aburrirlo. Algo menos... menos...

—Pudoroso además de gazmoño, ¿eh? —Desde la cama surgió un largo suspiro—. Ya veo que no podré hacer de ti un hombre en unas pocas semanas. Bueno, no importa, George. Lo que no me deja dormir es este maldito dolor de cabeza, pero tus dedos se pueden ocupar de eso. Ven a masajearme las sienes y no tardaré en conciliar el sueño.

¿Masajearlo? ¿Algo así como tocarlo y acercarse aún más? Georgina no se movió de su silla.

—No sé cómo se hace...

—Claro que no sabes, pero yo te enseñaré. Anda, dame las manos.

Ella gimió para sus adentros.

—Capitán...

—¡Maldita sea, George! —interrumpió Malory, con voz seca—. ¡No se discute con un hombre que sufre! ¿O pretendes que soporte este dolor toda la noche?

—Como ella seguía sin moverse, bajó la voz, pero su tono continuaba siendo autoritario—. Si es ese malestar lo que te preocupa, muchacho, te sentirás mejor no pensando en él. Pero te ataque o no, en este momento mi dolencia es más importante que la tuya

Tenía razón, desde luego. El capitán era importantísimo, mientras que ella era sólo su despreciable grumete. Anteponerse a él equivalía a actuar como un niño caprichoso y desconsiderado. Cambió despacio de posición, hasta sentarse muy tímidamente en la cama, junto a Malory.

«No pienses, como ha dicho él. Y hagas lo que hagas, no lo mires.»

Mantuvo los ojos clavados en las columnas que formaban la cabecera. Por eso dio un respingo cuando él le cogió los dedos y los llevó hacia su cara.

«Haz como si se tratara de Mac. Por Mac o por cualquiera de tus hermanos harías esto de buen grado.»

Con la yema de sus dedos se presionaba las sienes, mientras los movía en círculos muy pequeños.

—Tranquilo, George, que no vas a morirte por esto.

Justamente en eso estaba pensando Georgina, aunque ella no lo habría expresado con tanto laconismo. ¿Qué estaría pensando él? «Que le tienes miedo… » Pues era cierto, aunque ya no sabía por qué. Tras pasar una semana tan cerca del capitán, no creía que él fuera capaz de hacerle daño, pero…

—Ahora hazlo solo, George. Sigue moviendo los dedos así.

El calor de las manos que habían sujetado las suyas había desaparecido, pero siguió notando la calidez de su piel bajo la punta de sus dedos. Estaba tocándolo. No era tan desagradable… hasta que él se movió un poco y su pelo le cubrió el dorso de los dedos. Qué suaves eran sus cabellos, qué frescos. Era un contraste… Pero algo iba irradiando más calor. Surgía del cuerpo del capitán, cerca de su cadera Esa intensa calidez le hizo notar que él no estaba cubierto con el grueso edredón acolchado, sino sólo con la sábana, la fina sábana de seda que se le adhería al cuerpo.

No había motivos para mirarlo, ningún motivo en absoluto. Pero ¿y si él se dormía? ¿Tendría que seguir con el masaje si ya no era necesario? Claro que, en ese caso, lo oiría roncar. Pero hasta entonces nunca lo había oído roncar. Tal vez no roncaba. Quizá ya estaba dormido.

«¡Pues mira! ¡Mira de una vez y acaba con esto!»

Lo hizo. Y su intuición había acertado: no le convenía mirar. El hombre tenía aspecto de estar en la gloria, con los ojos cerrados y los labios curvados en una sonrisa sensual, tan atractivo que parecía pecado. No dormía. No hacía sino disfrutar del contacto... ¡Oh, Dios! La asaltó en oleadas: el calor, la debilidad, una tempestad se desató en su interior. Se le cayeron las manos. Él se las apresó con tanta rapidez que le arrancó una exclamación. Y lentamente se las llevó... no a las sienes, sino a las mejillas.

Georgina se encontró rodeándole las mejillas con las manos, mirándolo a los ojos, esos ojos penetrantes, de un verde ardoroso, hipnótico... Hasta que ocurrió: sus bocas se rozaron, los labios del capitán se unieron a los suyos, cubriendo, abriendo, quemando como el fuego. Se sintió absorbida por un torbellino, hundiéndose en un remolino de sensaciones cada vez más profundo.

Jamás sabría cuánto tiempo pasó, pero poco a poco volvió a tomar conciencia de lo que estaba ocurriendo. James Malory la estaba besando con toda la pasión que un hombre podía poner en un beso. Y ella respondía como si su vida misma dependiera de ello. Ésa era su sensación, pero estaba muy bien. Sus náuseas habían vuelto, peores que nunca, pero hasta eso parecía maravilloso y estaba bien. ¿Estaba bien? No, había algo que no estaba bien. Porque él estaba besando... ¡a George!

Del calor pasó al frío del horror. Impulsivamente intentó apartarse, pero él la retuvo con fuerza. Sólo consiguió romper el beso, pero fue suficiente.

—¡Capitán! ¡Basta! ¿Se ha vuelto loco? Déjeme...

—Calla, querida pequeña… Ya no puedo seguir adelante con este juego.

—¿Qué juego? ¡Usted se ha vuelto loco! ¡No, espere…!

Se sintió arrastrada hacia él. Después, debajo de él; su peso la inmovilizó contra la mullida cama. Por un momento no pudo pensar. Esas náuseas tan familiares, transformadas en algo diferente, ahora demasiado placenteras, se iban extendiendo. Y de pronto se dio cuenta: «¿Querida pequeña?»

—¡Lo sabe! —jadeó, empujándole los hombros para mirarlo a la cara, acusándolo debidamente—. Lo ha sabido desde el principio, ¿no?

James estaba apresado en las garras de la lujuria más poderosa que nunca hubiera experimentado. Pero aún no había perdido el dominio de sí hasta el punto de cometer el error de confesar algo así justo cuando aquel temperamento de primera parecía estar reuniendo fuerzas para estallar.

—Ojalá lo hubiera sabido — gruñó, mientras le bajaba el chaleco de los hombros—. Y más tarde tendrás que darme explicaciones, no lo dudes.

—¿Y entonces por qué…? ¡Oh!

Se aferró a él, dejando que su boca fuera recorriéndole la nuca hasta llegar a la oreja. Cuando sintió la lengua que le rodeaba el lóbulo se estremeció de delicia.

—No son nada puntiagudas, pequeña mentirosa.

Al oír su risa grave, sintió el impulso de responder con una sonrisa, cosa que la sorprendió. En realidad debería estar asustada por haber sido descubierta bajo su disfraz, pero aquella boca se lo impedía. Debería resistirse, pero aquella boca era como un imán. No tenía una pizca de fuerzas ni de voluntad para intentarlo siquiera.

Pero contuvo el aliento cuando él, con un solo tirón, le quitó a un tiempo la gorra y la media que sujetaba sus cabellos, esparciendo su oscura mata de pelo sobre la almohada y desenmascarándola por completo. Sin embargo, su aprensión era totalmente femenina:

rogaba que él no se sintiera desilusionado con lo que veía. Y el capitán fue muy minucioso en su examen; muy despacio, la inspeccionó de pies a cabeza. Cuando sus ojos verdes se encontraron finalmente con los de ella, refulgían otra vez de pasión.

—Debería azotarte por haberme ocultado todo esto.

Esas palabras no la asustaron. El modo en que la miraba desmentía cualquier intención seria de azotarla. Por el contrario, el significado oculto de esas palabras le provocó un agradable escalofrío que la recorrió hasta la punta de los pies. El beso voraz que siguió hizo que el escalofrío se extendiera a todo el resto.

Pasó algún tiempo antes de que pudiera volver a respirar, pero ¿a quién le hacía falta seguir respirando? A ella no. Y, la verdad, lo que hacía era jadear, mientras esos labios experimentados le recorrían la cara y el cuello. Apenas se daba cuenta de que el capitán estaba quitándole la camisa, tal era la sutil delicadeza con que lo hacía. Pero sí notaba los dientes que tironeaban de sus vendajes, hasta abrir un desgarrón que las manos completaron con prontitud.

Georgina no había previsto eso. Pero a fin de cuentas, todo lo que estaba pasando quedaba tan lejos de su experiencia que no hubiera tenido modo de prever nada. En su mente confusa existía la idea de que, si él la desvestía, era como consecuencia de su engaño, de que lo hacía sólo para tener la completa seguridad de que no se llevaría nuevas sorpresas. Pero, si así era, ¿por qué tantos besos? De cualquier modo, no podía concentrarse en esa idea con la mirada de aquel hombre clavada en sus pechos.

—¡Qué crimen, amor mío, maltratar estas bellezas!

Podía hacerla ruborizar con una mirada, pero con sus palabras... Hasta se extrañaba de que su propia piel no tomara definitivamente un tono rojizo. También se extrañó de poder pensar siquiera un poco, pues nada más hacer ese comentario, él empezó a seguir con la lengua las marcas rojas y los surcos dejados por el vendaje. Y sus manos... Cada una de ellas le cubría un pecho y masajeaban con suavidad, sedantes, como si sólo trataran de expresar su lástima por tan largo encarcelamiento. Ella hubiera hecho lo mismo al retirar las apretadas vendas; por eso no se le ocurrió sugerirle que no lo hiciera. Un momento después, él, con su mano, comprimió ligeramente un pecho para cubrirlo con la boca, y para ella ya no hubo más pensamientos: sólo sensaciones.

A diferencia de Georgina, James había puesto en funcionamiento todas sus facultades. El único problema era que no resultaban muy manejables. Pero no era necesario concentrarse, como en cualquier otra seducción, pues aquella encantadora muchacha cooperaba con gran entusiasmo. En realidad, cabía preguntarse quién estaba seduciendo a quién. Aunque a esas alturas eso carecía totalmente de importancia.

Por Dios, la muchacha era exquisita, mucho más de lo que él esperaba. Esas delicadas facciones, que había llegado a conocer tan bien, se realzaban increíblemente con la espesa cabellera oscura que enmarcaba el pequeño rostro. Y ni en sus fantasías hubiera podido adivinar la sensualidad de un pequeño cuerpo: la generosidad de sus pechos, lo estrecho de su cintura. Sin embargo, sí esperaba desde un principio que ese bonito trasero, el que tanto lo había intrigado en la taberna, tuviera forma y firmeza perfectas, y sus ilusiones no se vieron frustradas. Besó cada nalga al descubrirlas, prometiéndose dedicar más tiempo a esa adorable zona, pero por el momento...

Georgina no ignoraba lo que era el acto amoroso. Demasiadas veces había oído a sus hermanos conversar sobre esas cosas, en términos directos y hasta groseros, como para hacerse una idea aproximada de lo que en él ocurría. Pero nunca había asociado eso con lo que le estaba sucediendo... hasta ahora, al sentir el cuerpo de Malory adherido al suyo, piel contra piel, un fuego enardeciendo otro fuego.

Ni siquiera se preguntó cómo ni cuándo había terminado él de desvestirla. Sabía que ahora estaba tan desnuda como él, pero al mismo tiempo experimentaba demasiadas sensaciones como para avergonzarse. Lo tenía sobre ella, oprimiéndola, rodeándola de una manera puramente dominante. Pensó, con vaguedad, que debería sentirse aplastada bajo semejante muro de ladrillos, pero no era así, no era así en absoluto. Él le sujetaba la cara con sus grandes manos para besarla y besarla, con lentitud, con ternura, y luego con ardorosa intensidad. Su lengua se demoraba en su boca degustándola y haciéndole sentir su propio sabor.

No quería que aquello cesara: lo que él hacía, lo que ella estaba sintiendo. Sin embargo, ¿no se hacía preciso interrumpirlo, o por lo menos hacer el esfuerzo? Sucumbir a sabiendas, y ella estaba razonablemente segura de cuál sería el final de todo eso, equivalía a aceptar. Pero ¿quería aceptar, de verdad?

¿Cómo saberlo con certeza, si apenas podía hilvanar dos pensamientos? A tres metros de distancia de aquel hombre… no, mejor a seis, lo habría sabido. Pero en ese momento prefería que no hubiese siquiera un centímetro entre los dos. Oh, cielos, aún no sabía si ya había sucumbido. ¡No! Tenía que hacer un esfuerzo por asegurarse, por consideración a su propia conciencia, que al día siguiente le preguntaría: «¿Qué hiciste anoche?»

—¿Capitán? —logró intercalar entre dos besos.

—¿Hummm?

—¿Está haciéndome el amor?

—Oh, sí, mi pequeña…

—¿Y le parece correcto?

—Sin duda alguna. Al fin y al cabo, es la cura para tu mal.

—No puede ser…

—Claro que sí. Tus náuseas, querida mía, eran sólo un saludable deseo… por mí.

¿Lo deseaba? ¡Pero si él ni siquiera le gustaba! Sin embargo, eso explicaría perfectamente por qué disfrutaba tanto de lo que estaba ocurriendo. Por lo visto, no hacía falta que a una le gustara el objeto de su pasión. Y ya tenía la respuesta: sí, probablemente lo deseaba, porque el hecho de hablar, concentrarse y apartar de la mente sus sensaciones, siquiera por un instante, había sido inútil. Todo estaba aún allí, excitándola de forma salvaje. Sí, lo deseaba, al menos por esa vez.

«Tiene mi permiso para proceder, capitán.»

No lo dijo en voz alta, pues con eso sólo habría logrado divertirlo. Y por el momento no quería divertirlo. Además, el pensamiento había sido sólo para su propia conciencia. Pero lo comunicó sutilmente, rodeándolo con sus brazos, y él captó la indirecta. En realidad, la captó con mucha rapidez.

¿Excitante? Eso no resultaba lo bastante explícito. Él se instaló entre sus piernas y todas sus entrañas parecieron apartarse para abrirle paso. Los labios del capitán volvieron a recorrerle el cuello hasta los pechos. Él se incorporó un poco. Georgina lo lamentó, se sentía muy a gusto bajo su peso. Pero había una compensación, más presión abajo y, ¡Dios mío, qué calor ahí! Y lo sentía, grueso y duro, presionando contra ese calor, tan tenso, llenándola, colmándola de emociones. Conocía su cuerpo, sabía exactamente qué era lo que la penetraba. No tenía miedo... pero nadie le había dicho que sería doloroso.

Ahogó una exclamación, más debida a la sorpresa que a otra cosa. Pero no podía negarlo: dolía.

—Capitán, ¿le he mencionado que nunca he hecho esto antes?

Su peso había caído otra vez sobre ella, derrumbándose placenteramente. Malory tenía la cara vuelta hacia su cuello y los labios ardientes contra su piel.

—Creo que acabo de descubrirlo por mí mismo. —Georgina apenas percibió sus palabras—. Y me parece permisible que me tutees.

—Lo tendré en cuenta, pero ¿le molestaría mucho interrumpir esto?

—Sí.

¿Acaso estaba riéndose? Al menos, le temblaba todo el cuerpo.

—¿He sido demasiado cortés?—inquirió ella.

No había duda. Estaba destornillándose de risa.

—Lo siento, amor mío, te juro que lo siento, pero…
¡Dios mío, qué sorpresa…! No esperaba que fueras…
Quiero decir, te mostrabas tan apasionada que… Oh…,
caramba, esto…

—¿Tartamudea, capitán?

—Eso parece. —Se incorporó para rozarle suavemente los labios con los suyos. Luego le sonrió—. Querida mía, ya no hay por qué interrumpirlo, aunque pudiera. El daño está hecho y tu dolor virginal ya ha
pasado.

Se movió dentro de ella para demostrárselo. Los
ojos de Georgina se abrieron centelleantes: el movimiento le provocaba un gran placer sensual.

—¿Todavía quieres que pare?

«¡Esto es para ti, conciencia!»

—No.

—¡Gracias a Dios!

Ese evidente alivio la hizo sonreír. Y el beso que re-
cibió como premio le arrancó un gemido. Acompañan-
do el lento mecerse de las caderas de James, las sensaciones fueron aumentando, hasta sobrepasar todo lo que
había sentido hasta entonces, hasta que la gloria suprema estalló en su interior, en pequeños impactos que la
dejaron extasiada. Gritó, pero el grito fue acallado por
la boca de su amante, hasta que él mismo alcanzó su
propio clímax.

Georgina, todavía deslumbrada, tenía dificultades
para creer en lo que había experimentado. Parecía imposible sentirse así. Se abrazó con fuerza al hombre que
acababa de enseñarle hasta qué punto podía su cuerpo
desbordarse en sensaciones. Con la gratitud, con la ternura, se mezclaba algo que le inspiraba deseos de darle
gracias, de besarlo, de decirle que había sido fantástico
y manifestar su euforia. Pero se contuvo, limitándose a
abrazarlo y acariciarlo con lentitud. Por fin lo besó en
el hombro, con tanta suavidad que probablemente no se
habría dado cuenta.

Pero sí se percató. James Malory, experto en mujeres, aristócrata hastiado, se encontraba en un estado tal de conciencia que percibía hasta el más ínfimo de sus movimientos. Y esa ternura lo emocionó más de lo que deseaba admitir. Nunca había experimentado nada parecido. Y eso lo asustaba de verdad.

22

—Ahora comprendo por qué la gente hace este tipo de cosas. James suspiró con alivio. Eso era justamente lo que necesitaba oír, alguna pequeña tontería que pusiera las cosas en su sitio. Ella era simplemente una sirvienta, aunque muy atractiva. Pero nada la diferenciaba del resto de las muchas mujeres que había seducido. Desaparecido el desafío, no quedaba nada que retuviera su interés. Entonces, ¿por qué no se apartaba de ella y la despachaba a su propia cama? ¡Porque no quería, qué diablos!

Se incorporó para contemplarla. Tenía aún la piel enrojecida y los labios untados. James trató de aliviarlos con un dedo. En aquellos ojos de terciopelo pardo había una dulce mirada que, sin saber por qué, le encantó. Habitualmente los ojos de la muchacha expresaban nerviosismo, frustración o simple rotación, tan divertida en su disfraz de jovencito... Por Dios, se había olvidado de eso, todavía ignoraba el motivo de su disfraz. Aún quedaba algún misterio que alentara su interés.

—¿Qué tipo de cosas, George?

La ceja enarcada reveló a Georgina que la pregunta le divertía. Bueno, ¿y qué? Por otra parte, ese gesto ya no le parecía tan irritante.

—Mi comentario no ha sido muy romántico, ¿verdad? —inquirió suavemente, sintiéndose de pronto muy cohibida.

—Tampoco muy digno de una amante, pero he captado el sentido, querida niña. Has disfrutado, ¿verdad?

Ella no logró pronunciar la palabra. Se limitó a asentir con la cabeza. Luego sintió un delicioso escalofrío ante la sonrisa que él le dedicaba.

—¿Y tú?

«¡Georgie! ¡Tienes que estar loca para preguntarle eso!»

—Quiero decir...

James echó la cabeza hacia atrás en una carcajada y rodó hacia un lado llevándola consigo. Ahora ella lo miraba desde arriba. En esa posición tenía algo más de dominio... hasta que él abrió las piernas y la dejó deslizarse entre ellas.

—¿Qué voy a hacer contigo, George?

Aún seguía riéndose y estrechándola contra sí. En realidad, a la joven no le molestaba su diversión, pero, como siempre, no comprendía dónde estaba lo gracioso.

—Podrías dejar de llamarme George, para empezar.

Apenas lo hubo dicho, se arrepintió. Se quedó muy quieta, con la esperanza de no haberle recordado su engaño con ese comentario. Él también se quedó repentinamente inmóvil. Aunque su sonrisa no había desaparecido, el cambio de actitud era casi palpable. Otra vez el autócrata sardónico.

—¿Y cómo debo llamarte, lo quieres decir? ¿Por tu verdadero nombre, quizá?

—Mi verdadero nombre es Georgie.

—Haz otro intento, cariño, vamos; eso no hay quien se lo crea.

No hubo respuesta. En realidad, la expresión de la muchacha se tornó testaruda.

—Ah, conque voy a tener que arrancártelo por la fuerza, ¿eh? ¿Traigo los instrumentos de la Inquisición? ¿Látigos, potros y todo eso?

—No le veo la gracia —contraatacó ella.

—Me parece lógico, pero tal vez a mí me resulte entretenido. No, no te retuerzas así, amor mío. La sensación es deliciosa, pero en este momento prefiero las explicaciones. ¿Por qué no empezamos por el motivo de tu disfraz?

Ella, suspirando, le apoyó la cabeza en el pecho.

—Tenía que salir de Inglaterra.

—¿Tenías problemas?

—No, pero no soportaba quedarme allí un día más.

—¿Y por qué no te embarcaste como todo el mundo, comprando un pasaje?

—Porque los únicos barcos que cruzaban el Atlántico eran ingleses.

—Eso debe de tener algún sentido. Dame un momento para que lo piense... No, me rindo. ¿Qué demonios tienen de malo los barcos ingleses?

Ella se irguió para mirarlo con el ceño fruncido.

—Tú no les encontrarías nada malo, pero ocurre que yo desprecio todo lo inglés.

—¿De veras? ¿Incluido yo?

En esta ocasión ella sintió un poderoso impulso de bajarle de un tirón aquella ceja enarcada.

—Antes sí. Ahora no lo sé.

El capitán le dedicó una amplia sonrisa y acabó riéndose entre dientes.

—Empiezo a comprender, George. No me digas que eres uno de esos norteamericanos temperamentales. ¿O sí? Eso explicaría tu acento, que aún no he podido identificar.

—Y si lo fuera, ¿qué? —inquirió ella, a la defensiva.

—Caray, tendría que pensar en encerrarte, desde luego. Es el lugar más seguro para quienes gustan de iniciar guerras.

—No fuimos nosotros los que iniciamos...

Él la besó en silencio, profundamente, hasta dejarla sin aliento.

—No pienso discutir contigo viejos asuntos, chiquilla. Así que eres norteamericana. Eso puedo perdonártelo.

—¡Pedazo de...!

Cuando algo da resultado, vale la pena repetirlo. James lo sabía, y por eso la acalló con otro beso, prolongándolo hasta dejarla completamente aturdida.

—Me importa un comino tu nacionalidad —aseguró, contra los labios de Georgina—. Yo no participé en esa guerra absurda, nunca la apoyé ni estuve de acuerdo con la política que la provocó. Es más, en aquella época vivía en las Indias Occidentales.

—Aun así, eres inglés —adujo ella, aunque en un tono menos airado.

—Pues sí, lo soy. Pero ahora no es ésa la cuestión importante, ¿no crees, amor mío?

Mientras hablaba, los jugueteos de su boca la iban convenciendo, hasta que Georgina se olvidó del asunto. Percibía los cambios que de nuevo alteraban el cuerpo de James, aunque ahora captó en seguida lo que eso significaba. En el fondo de su mente surgió la idea de que ese incesante interrogatorio se acabaría si volvían a hacer el amor. Aunque, evidentemente, el hecho de que volviera a experimentar aquellas maravillosas sensaciones nada tenía que ver con eso...

Pero un rato después, cuando las sábanas estuvieron un poco más arrugadas y ella se encontraba de nuevo sobre él, James siguió acosándola con preguntas:

—Y ahora, ¿podríamos hablar de lo que yo sentí al descubrir que mi grumete no era un criado, sino una criada? ¿Mi azoramiento al recordar las veces que me ayudaste a bañarme o que me... desvestí en tu presencia?

Así expresadas las cosas, Georgina se sintió horriblemente mal. El engaño, por sí solo, ya le provocaba sentimientos de culpabilidad; pero que este engaño hubiera causado momentos tan embarazosos para el capitán era inadmisible. Hubiera debido confesarlo todo el primer día que la hizo asistirle en el baño. Qué tonta había sido al creer que podría hacer todo el viaje sin ser descubierta. Él tenía todo el derecho del mundo a estar furioso. Por eso preguntó, entre vacilaciones:

—¿Estás… estás muy enfadado?

—No demasiado, ya no. Digamos que he sido adecuadamente recompensado por todos mis apuros. En realidad, acabas de pagar tu pasaje y cualquier otra cosa que desees.

Georgina se incorporó con brusquedad, incrédula. ¿Cómo podía aquel hombre decir algo así, después de la intimidad que acababan de compartir? «Es natural, soberana estúpida. Es inglés, ¿no? Un inglés amanerado y arrogante. ¿Y acaso no te ha llamado *criada*? Eso revela claramente la pobre opinión que tiene de ti.» Cuando bajó la vista hacia él, sin ocultar su furia, James advirtió en seguida que se sentía insultada.

—¡Podrías haber esperado hasta mañana para ponerte estúpido otra vez, grandísimo bastardo!

—¿Cómo dices?

—¡Lo que has oído!

James quiso sujetarla, pero la muchacha saltó de la cama. Él trató de explicarse.

—Creo que me he expresado mal, George.

Ella giró en redondo para fulminarlo con la mirada.

—¡Deja de llamarme así!

Malory comenzaba a ver lo absurdo de lo que estaba pasando. Por esto mantuvo la voz serena al señalar.

—Bueno, todavía no me has dicho tu verdadero nombre.

—Me llamo Georgina.

—Por Dios, te compadezco de todo corazón. Prefiero seguir llamándote George, gracias.

Se suponía que el comentario era para hacerla sonreír. La expresión de fingido horror que lo acompañaba estuvo a punto de conseguirlo, pero no llegó a tanto. Eso de que «acababa de pagar su pasaje» aún dolía.

—Me voy a la cama, capitán. A mi cama —matizó con sorprendente altanería. Le salió espontáneamente, sin reparar siquiera en su desnudez—. Le agradecería que por la mañana dispusiera otro alojamiento para mí.

—Por fin está surgiendo la auténtica George, ¿verdad? Todo un carácter.

—¡Váyase al demonio! —murmuró ella, mientras se dirigía hacia su hamaca.

—¿Tanto rencor por haber intentado halagarte... a mi manera?

—Pues sepa que su *manera* es asquerosa. —Y agregó, con un dejo de desprecio—: ... señor.

James suspiró, pero mientras la seguía con la vista, contemplando la cabellera oscura que se bamboleaba contra aquel trasero respingón, acabó por sonreír. ¡Qué deliciosa sorpresa resultaba ser aquella muchacha!

—¿Cómo te las has arreglado para comportarte tan dócilmente durante toda esta semana, George?

—¡Haciéndome llagas en la lengua de tanto mordérmela! —replicó ella.

Él dejó escapar una carcajada, pero con suavidad, para que ella no se enterara. Luego se tendió de costado para observarla. Georgina estaba recogiendo la ropa que había tirado al suelo, en un arranque de rabia. Se vistió, murmurando para sus adentros y lanzando alguna que otra maldición. Esta vez trepó hacia la hamaca con más facilidad que nunca. Y era esa tremenda facilidad que tenía lo que siempre había hecho sospechar a James.

—No es la primera vez que navegas, ¿verdad, George?, aparte de tu viaje a Inglaterra.

—Creo haber demostrado muy adecuadamente, como usted mismo diría, que no soy George.

—Bueno, sígueme la corriente, querida mía. Me gustas como George. Y has navegado...

—Por supuesto —interrumpió ella, mientras se giraba hacia la pared, con la esperanza de que él captara la indirecta. Pero no pudo resistir la tentación de agregar—: Incluso tengo mi propio barco.

—Oh, claro que sí, querida —le contestó para complacerla

—De veras que sí, capitán.

—Oh, pero si te creo, te creo. ¿Y qué te llevó a Inglaterra, si tanto la odias?

A ella aún le rechinaban los dientes ante aquel tono burlón.

—Eso no es asunto de su incumbencia.

—Tarde o temprano te lo haré confesar, George. ¿Por qué no me lo dices ahora?

—Buenas noches, capitán. Pensándolo bien, espero que le vuelva el dolor de cabeza… si es que era real, cosa que empiezo a dudar.

Esta vez la carcajada fue audible. Simplemente, James no pudo evitarla: acababa de comprender que aquel arrebato de mal genio no era nada comparado con lo que vendría si llegaba a descubrir que él conocía su verdadero sexo desde el comienzo. Podía decírselo cuando estuviera aburrido, sólo para ver qué ocurría.

23

A la mañana siguiente, James permaneció largo rato junto a la hamaca, observándola mientras dormía. En cuanto se despertó, lamentó no habérsela llevado de nuevo a su cama la noche anterior. Era hombre de fuertes impulsos sexuales; siempre que dormía con una mujer, volvía a hacerle el amor a la mañana siguiente.

Por eso se había mostrado tan duro con Georgina, varios días antes, por levantarse antes que él. De ese modo lo dejaba terriblemente frustrado porque ya no la tenía allí para vestirlo, y el ayudarlo en esos menesteres era supuestamente tarea del grumete. Le costó horrores dominar su cuerpo la primera vez; después fue logrando contenerse.

Sonrió al pensar que ese problema había pasado. Si esta criadita le resultaba sumamente deseable, ya no tenía que disimularlo.

Se arrepentía de haberle consentido que diera rienda suelta a su orgullo en vez de haberla dejado junto a sí. No volvería a ocurrir lo del día anterior. Esa noche ella compartiría su cama y allí se quedaría.

—Enseña una pierna, George. —Dio un rodillazo a la hamaca para hacerla balancear—. He decidido no anunciar a nuestro pequeño mundo marino que no eres lo que has estado aparentando. Conque vuelve a esconder esos adorables pechos y ve a traerme el desayuno.

Ella se limitó a mirarlo, con los ojos apenas abiertos. Bostezó, parpadeando, y al despertar del todo abrió asombrada los ojos de terciopelo.

—¿Debo seguir actuando de grumete? —preguntó, incrédula

—Excelente conclusión, George —replicó James con su voz más seca e irritante.

—Pero...

Georgina se interrumpió. Empezaba a aceptar la idea de continuar como hasta entonces. Así no tendría que revelar a Mac que la habían descubierto. No tendría que explicarle lo ocurrido... ¡Como si pudiera hacerlo! Ni ella misma estaba segura de lo que había pasado..., aunque sí lo estaba de que no quería revelárselo a nadie.

—Muy bien, capitán, pero quiero un alojamiento propio.

—Ni pensarlo. —Levantó una mano para impedirle discutir—. Hace una semana que duermes aquí, querida mía. Si te mudaras ahora, despertarías demasiados rumores. Además, ya sabes que no hay más sitio. Y no se te ocurra mencionar el castillo de proa, porque preferiría encerrarte bajo llave antes que permitirte ir allá.

Ella lo miró frunciendo el entrecejo.

—¿Y por qué no, si continúo vistiéndome de chico?

—Yo deduje la verdad con mucha facilidad.

—Sólo por esa tonta confesión mía, tan estúpida e ingenua —replicó ella, algo disgustada

La sonrisa que él le dedicó entonces era tan tierna, que la paralizó momentáneamente.

—A mí me pareció una confesión bastante dulce, querida. —Le rozó la mejilla con el dorso de los dedos—. Por casualidad, ¿no estarás sintiendo... eh... náuseas?

El contacto obró en ella un efecto poderoso. Bueno, la sonrisa había hecho lo suyo. Pero Georgina no pensaba cometer otro error como el de la noche anterior, exponiéndose tan abiertamente a sus burlas. Tampoco debía volver a ocurrir lo de... Aquel hombre no era para ella, aunque le acelerara el pulso y le estremeciera las entrañas. Era un inglés, por amor de Dios; peor aún, un despreciable aristócrata. ¿Acaso no había pasado Norteamérica cuatro años de infierno a causa de su país? Incluso antes de la guerra, sus hermanos ya rabiaban por las arbitrariedades inglesas. Y eso no se podía pasar por alto, por mucho que ella lo deseara. ¡Sus hermanos ni siquiera lo dejarían entrar en casa! No, James Malory, lord del reino, no era para ella. De ahora en adelante su propósito debía ser firme y se lo daría a entender, aunque fuera preciso mentir con descaro.

—No, capitán, no siento náuseas en absoluto. Usted me prometió una cura y por lo visto dio resultado. Le estoy agradecida, pero no necesito más dosis.

Que él siguiera sonriendo revelaba que no creía en absoluto en ese intento de rechazo.

—¡Lástima! —se limitó a decir.

Fue suficiente para que ella se ruborizara.

—Con respecto a mi nuevo alojamiento... —insistió Georgina mientras bajaba de la hamaca y marcaba una mayor distancia entre ambos.

—No se hable más, George. Te quedas aquí y se acabó.

Ella abrió la boca para discutir, pero volvió a cerrarla con la misma celeridad. Podía ceder al respecto, siempre que él entendiera que no la tenía a su disposición en otros aspectos. De hecho, si no podía disponer de un sitio para ella sola, el camarote del capitán era preferible a cualquier otro. Al menos allí podría quitarse los vendajes y dormir más cómoda durante el resto del viaje.

—Muy bien, siempre que nuestras respectivas camas sigan siendo las mismas. —Con eso estaba expresando las cosas claramente—. Y no me parece conveniente volver a frotarle la espalda... señor.

James estuvo a punto de echarse a reír. ¡Qué recatada se mostraba esa mañana, y qué exigente! Volvió a preguntarse qué tipo de vida llevaría aquella muchacha cuando no iba vestida de grumete. Tras la noche pasada, ya no podía atribuirle andanzas por los muelles del puerto.

—¿Debo recordarte, George, que no tengo otro grumete? Como tú misma te pusiste en esta situación, te mantendrás en ella mientras yo te lo ordene. ¿O acaso has olvidado que aquí soy yo el capitán?

—Ya veo que piensa ponerse difícil…

—En absoluto. Me limito a señalar que tú misma me privaste de otras opciones. Pero no pienses que voy a aprovecharme de ti, sólo porque anoche te mostraras tan complaciente.

Ella lo miró entornando los ojos, pero su expresión no revelaba nada. Finalmente suspiró. Mientras él no diera muestras de exigirle ese tipo de atenciones, no tenía otro remedio que asumir su situación y dar por hecho que él no la molestaría, a no ser que lo invitara a hacerlo.

—Muy bien, seguiremos como hasta ahora… es decir, olvidando lo de anoche. —Con esa concesión Georgina incluso le ofreció una sonrisa vacilante—. Ahora acabaré de vestirme y le traeré el desayuno, señor.

James vio cómo recogía del suelo el resto de su ropa y se encaminaba hacia el biombo. Ante esa recatada actitud, tuvo que contenerse para evitar recordarle el fantástico paseo que se dio, totalmente desnuda, la noche anterior. En lugar de eso, alegó:

—No tienes por qué dejar de tutearme, ¿sabes?

Ella se detuvo para mirarlo.

—Disculpe, pero me parece más apropiado. Después de todo, usted tiene edad suficiente para ser mi padre, y yo siempre trato a mis mayores con cierto respeto.

James buscó en ella un gesto en los labios, un brillo de triunfo en los ojos, cualquier cosa que expresara si lo había insultado intencionadamente. El golpe había surtido efecto. No sólo se sentía indignado, también había herido profundamente su orgullo y su vanidad.

Pero la expresión de la muchacha no denotaba nada especial. Por el contrario, parecía que el comentario había sido enteramente casual, sin cavilaciones previas.

El capitán controló su cólera. Esta vez, sus cejas doradas no se movieron siquiera una pizca.

—¿Tu padre? Permíteme decirte, querida, que eso es imposible. Aunque tenga un hijo de diecisiete años...

—¿Usted tiene un hijo? —Georgina dio media vuelta—. ¿También está casado?

Él vaciló antes de responder, pero sólo porque la expresión alicaída de la muchacha lo había cogido por sorpresa. ¿Era desilusión, acaso? Pero bastó esa vacilación para que ella se recobrara.

—¡Diecisiete! —exclamó, casi gritando. Parecía totalmente incrédula. Luego agregó, con aire triunfal—: Eso lo dice todo.

Y continuó su camino hacia el biombo.

Por una vez, a James no se le ocurrió una réplica adecuada. Giró en redondo y salió del camarote antes de ceder al impulso de ahorcar a aquella descarada. «Eso lo dice todo», cielos. ¡Pero si estaba en la flor de la vida! ¿Cómo se atrevía esa mujerzuela a tildarlo de viejo?

En el camarote, detrás del biombo, Georgina estaba sonriendo. Sonrió durante cinco minutos enteros. Después empezó a sufrir remordimientos.

«Has hecho mal en atacar su orgullo, Georgie. Ahora estará furioso...» «No pienso preocuparme. Al fin y al cabo se lo merece. Es demasiado engreído...» «Tiene por qué serlo; te recuerdo que anoche pensabas que era lo más hermoso que Dios había creado...» «¡Vaya, lo sabía! Sabía que me lo echarías en cara; pero se trata de mi vida, y si quiero puedo equivocarme. Además, yo le di permiso...» «¡Si no lo necesitaba! Te habría poseído de todas formas...» «Pero ¿qué podría haber hecho yo?...» «Te mostraste demasiado complaciente...» «¡Sí, pero anoche no protestabas tanto!...»

—¡Oh, Dios, estoy hablando conmigo misma!

24

—¿Coñac, George?

Georgina dio un respingo. El capitán estaba tan quieto, sentado ante su escritorio, que ella casi había olvidado su presencia. Casi, pero no del todo. Porque él no era en sentido alguno, ni por su figura ni por su tamaño, hombre fácil de ignorar.

—No, gracias, capitán. —Le dedicó una pícara sonrisa—. Nunca pruebo esas cosas.

Demasiado joven para beber, ¿no?

Ella se quedó rígida. No era la primera vez que James le lanzaba alguna indirecta, dándole a entender que era una criatura, infantil en su modo de pensar o demasiado joven para hablar de temas propios de adultos. Y eso, sabiendo perfectamente que ya era toda una mujer. Sin duda lo hacía sólo para desquitarse, tras haber sugerido Georgina que él era demasiado viejo para ella. Pero la muchacha no se dejaba irritar por esos comentarios. Al fin y al cabo, en lo demás el capitán se mostraba bastante cortés, fríamente cortés, como para demostrarle con claridad lo ofendido que estaba por esos comentarios sobre su edad.

Habían pasado tres días desde aquella fatídica noche en que la descubrió. Aunque el capitán había dicho que continuarían exactamente como antes, ya no le pedía ayuda cuando se bailaba ni se exhibía desnudo ante ella; hasta se dejaba los pantalones puestos bajo el batín antes de acostarse. Tampoco había vuelto a tocarla desde aquel tierno roce con los dedos en la mejilla. En el fondo, cuando Georgina era totalmente franca consigo misma, se sentía algo frustrada porque él ni siquiera intentaba hacerle el amor. Claro que ella no se lo permitiría, pero al menos podría mostrar alguna intención.

Esa noche terminó temprano con todas sus tareas y se tendió en su hamaca, meciéndose suavemente y comiéndose las uñas para que se parecieran más a las de un chico. Estaba lista para dormir, en pantalones y camisa, pero aún no la había vencido el sueño.

Echó un vistazo de soslayo hacia James. Le habría gustado entablar una discusión para despejar el ambiente, una oportunidad para que él liberara ese resentimiento encerrado en su interior. Pero no sabía si realmente deseaba encontrarse con el otro James, el que sabía derretirla con una mirada. Era mejor dejar que continuara con su resentimiento el resto del viaje.

—En realidad, capitán —dijo, como respuesta al cáustico comentario— es cuestión de preferencias. Nunca me ha gustado el coñac. El oporto, en cambio…

—Pero ¿qué edad tienes tú, chiquilla?

Por fin se lo preguntaba, y con cuánta irritación al respecto. Georgina pensó cuánto tardaría en estallar…

—Veintidós.

Él resopló.

—Creía que alguien tan respondona como tú tendría, como mínimo, veintiséis.

Oh, conque estaba buscando pelea, ¿eh? Georgina sonrió de súbito, traviesamente decidida a no complacerle.

—¿Tú crees, James? —preguntó con dulzura—. Para mí es un cumplido. Siempre me ha desesperado parecer mucho más joven de lo que soy.

—Respondona, como ya he dicho.

—¡Caray, qué gruñón estás esta noche! —La muchacha estaba a punto de dejar escapar la risa—. Me gustaría saber por qué.

—No, en absoluto —negó él, serenamente, mientras abría un cajón del escritorio—. Y la suerte quiere que tenga aquí lo que prefieres. Acerca una silla y bebe conmigo.

Georgina, que no esperaba eso, se incorporó despacio, preguntándose cómo negarse con donaire, aunque él ya estaba llenando de oporto otra copa. Luego se encogió de hombros; media copa de oporto no le haría daño, e incluso la ayudaría a dormir. Cogió una silla y la arrastró hasta el escritorio. Antes de sentarse, cuidando de no dejarse atrapar por aquellos pensativos ojos verdes y de no rozarse los dedos, tomó la copa que él le ofrecía.

Con indiferencia, aún sonriente, la levantó como en un brindis.

—Es muy amable de tu parte, James, lo reconozco. —El que lo llamara por su nombre, cosa que no había hecho hasta ahora, lo fastidió, justo como ella esperaba—. Sobre todo teniendo en cuenta que pareces estar enojado conmigo.

—¿Enojado? ¿Con una chiquilla tan encantadora? ¿Cómo se te ocurre eso?

Ella estuvo a punto de atragantarse con el dulce vino color oscuro.

—¿Quizá… por el fuego de tus ojos? —sugirió, descarada.

—Es pasión, querida niña. Pura pasión.

El corazón de Georgina dio un doble salto y la dejó inmóvil. Olvidándose de sus firmes propósitos, lo miró a los ojos. Y allí estaba esa pasión, tan ardorosa, tan hipnótica y sensual que le llegó al fondo. ¿Ya se estaba derritiendo? Dios mío, si no era así, poco faltaba.

Se tomó el resto de su oporto y esta vez se atragantó de verdad. Fue una suerte, la mejor manera de romper con ese hechizo momentáneo. Y agregó en tono sensato:

—Lo que me imaginaba. Cólera apasionada. La reconozco muy bien.

Él cambió su ceñuda expresión en un intento de sonrisa.

—Estás en tu mejor forma, chiquilla. No, no huyas —agregó con firmeza, al ver que ella dejaba la copa y empezaba a levantarse—. Todavía no hemos averiguado la causa de mi... cólera apasionada. Eso me gusta, de verdad. Debo acordarme de usar esta expresión con Jason la próxima vez que se suba por las paredes.

—¿Jason? —cualquier cosa era adecuada para apartarlo de ese tema que a ella le aceleraba el pulso.

—Uno de mis hermanos. —James se encogió de hombros—. Uno entre varios. Pero no divaguemos, cariño.

—¿Cómo que no? Hagámoslo. Pero no quiero más vino, estoy muy cansada —frunció el entrecejo al verle acercar otra vez la botella a su copa.

—Cobarde.

James lo dijo en tono divertido, pero aun así, ella mostró su orgullo ante tan directo desafío.

—Muy bien. —Levantó la colmada copa casi derramando su contenido, y se reclinó en la silla para tomar un trago fortalecedor—. ¿Qué es lo que te gustaría analizar?

—Mi cólera apasionada, por supuesto. Me gustaría saber por qué piensas tú en cólera cuando yo digo pasión.

—Porque... porque... Oh, por todos los diablos, Malory, sabes muy bien que estás molesto conmigo.

—No sé nada de eso —ahora sí que sonreía, como el gato que se prepara para el ataque—. ¿Por qué iba a estar molesto contigo?

Georgina no podía admitir que había herido su orgullo deliberadamente.

—No tengo la menor idea —insistió, con la mayor inocencia que pudo fingir.

—¿Ah, no? —La ceja dorada se enarcó. Georgina cayó en la cuenta de que en los últimos días había echado de menos ese gesto—. Ven aquí, George.

Ella movió con fuerza la cabeza.

—Ah, no.

—Sólo quiero demostrarte que no estoy en absoluto encolerizado contigo.

—Te aseguro que me basta con tu palabra.

—George...

—¡No!

—En ese caso iré yo hacia ti.

Ella se levantó de un brinco, levantando ridículamente la copa como si con eso pudiera protegerse.

—Debo protestar, capitán.

—Yo también —manifestó él, dando la vuelta al escritorio, mientras Georgina hacía lo mismo en sentido contrario para mantener el mueble entre ambos—. ¿No confías en mí, George?

No era un buen momento para diplomacias.

—No.

El capitán rió entre dientes, ahorrándole agregar detalles.

—Muchacha inteligente. Después de todo, dicen que soy un calavera de lo más reprensible, pero prefiero la expresión de Regan, mucho más explícita: «experto en mujeres». ¿No te parece que suena mucho mejor?

—Creo que estás borracho.

—Mi hermano se ofendería ante esa acusación.

—¡Al demonio con tu hermano! —replicó—. Todo esto es absurdo.

No dejó de moverse alrededor del escritorio hasta que él se detuvo. Mantenía la copa en la mano, y le sorprendió no haber derramado ni una gota de su contenido. La dejó en la mesa y fulminó a James con una mirada. Él se la devolvió, muy sonriente.

—Estoy muy de acuerdo, George. No querrás que te persiga alrededor de este trasto, ¿verdad? Ese deporte es para viejos chochos.

—Entonces te viene como anillo al dedo... —le espetó ella, automáticamente. Al darse cuenta de su error, ahogó una exclamación.

Ante tal explícita indirecta, todo el humor de James se evaporó.

—¡Pues te haré comer ese maldito anillo! —gruñó, antes de saltar por encima del escritorio.

Georgina se quedó demasiado aturdida como para huir. Tampoco habría llegado muy lejos en los pocos segundos que James tardó en aterrizar frente a ella. Cuando quiso reaccionar, aquellos brazos grandes y musculosos la tenían rodeada y la estrechaban cada vez más, hasta hacerle sentir cada centímetro de ese recio cuerpo pegado al suyo. En vez de indignarse y ponerse rígida, su cuerpo pareció fundirse con el de él, cediendo por donde no debía, ajustándose tan a la perfección que era como estar en el propio hogar.

Su mente, en una tardía reacción, empezó a reunir fuerzas para protestar, pero ya era demasiado tarde. Georgina cayó víctima de un lento beso, tan provocativamente dulce y sensual que la envolvió en un hechizo de maravillas, imposible de quebrar. Era un beso interminable, que iba haciendo su efecto poco a poco, sin que ella pudiera determinar con exactitud en qué momento esa sensación de placer se fue convirtiendo en un ardoroso deseo.

Mientras él le estaba mordisqueando suavemente los labios se dio cuenta de que ya no le interesaba liberarse. Sus manos, al acariciar la densa mata de pelo dorado, se lo comunicaron a él. También su cuerpo, que buscó contacto más estrecho. Y, por fin, el suave susurro con que pronunció su nombre. Con eso se ganó una de esas cálidas sonrisas capaces de derretirla.

—¿Se ha acostado ya el gazmoño de George? —preguntó él, en voz baja.

—Duerme profundamente.

—Y yo que temía haber perdido la habilidad… por la vejez…

—Ay —ella hizo una mueca de disgusto, como para darle su merecido.

—Lo siento, amor mío —pero el capitán sonreía sin el menor arrepentimiento.

—No importa. Estoy acostumbrada a tratar con

hombres que no pueden resistir la tentación de presumir un poquito.

—En ese caso, dime, ¿sabes bien?

—¿El qué?

El anillo...

Aquel hombre era un verdadero demonio para lograr hacerla reír cuando ella sólo deseaba deslizarse sobre él hasta sentirlo dentro de sí.

—No mucho. Pero tú sí.

—¿Yo, qué?

Ella sacó la lengua para lamerle sensualmente el labio inferior.

—Tú sí que sabes bien.

James la estrechó con tanta fuerza que la dejó sin aliento.

—Con comentarios como ése obtendrás una disculpa y cualquier otra cosa que desees.

—¿Y si sólo te deseo a ti?

—¡Mi pequeña, eso no requiere respuesta!

Y la alzó en brazos para llevarla a su cama. Georgina se aferró a él, aunque se sentía ligera como un pájaro entre aquellos brazos tan fuertes. Sólo quería el contacto más íntimo. No quería soltarlo, ni siquiera para que él pudiera desvestirse. ¿Cómo había llegado a pensar que podía prescindir de esas cosas que este hombre le hacía sentir? Durante aquellos días lo había intentado, con gran esfuerzo. El que él estuviera tan malhumorado lo facilitaba. Pero ya no lo estaba, y ella no podía resistirse a algo tan poderoso. Dios, esas sensaciones... El calor que le abrasó la piel cuando la boca de James se posó sobre uno de sus pechos le hizo ahogar una exclamación. Y antes de que él terminara con el otro, Georgina estaba ya retorciéndose. Lo quería de inmediato, pero él se tomaba su tiempo, haciéndola girar, enloqueciéndola con su devoción por cada centímetro de su piel, en especial por las firmes nalgas de su trasero: las acarició, las besó y mordió hasta que ella temió estallar en llamaradas. Cuando por fin la puso de espaldas, fue un dedo lo que se deslizó en ella, buscando su perdición. Georgina gritó y él le cubrió la boca con sus labios, aceptando ese tributo a su habilidad. Cuando penetró en ella, momentos después, la obsequió con una nueva demostración de su experiencia: cada embestida era diferente, más placentera que la anterior, y todas tenían la potencia necesaria para arrancarle otro grito, si él no hubiera seguido besándola. ¿Experto en mujeres? Sí. ¡Podía alardear de ello!

Poco rato después, Georgina se encontró tendida en un lado de la cama, con James al otro, y un sólido tablero de ajedrez entre los dos. ¿Qué la había inducido a responder afirmativamente al preguntarle él si sabía jugar? Pero iniciada la partida, el desafío la activó por completo; la promesa de permitirle pasar la mañana en la cama hacía que jugara sin prisas. Además, la perspectiva de derrotar a James Malory era demasiado tentadora, sobre todo al ver que él se empeñaba en dialogar, como si quisiera romper su concentración. Ya descubriría que eso no daba resultado. Georgina había aprendido a jugar rodeada por el bullicio que armaba toda su familia.

—¡Muy bien, George —dijo James cuando ella le comió un peón, amenazando su alfil, sin ofrecerle a cambio ninguna pieza propia.

—¿Acaso creías que iba a resultarte fácil?

—Tenía la esperanza de que no fuera así. Te agradezco que no me desilusiones. —James movió su reina para proteger el alfil. Era un movimiento perdido y ambos lo sabían—. ¿Qué parentesco dijiste que tenías con MacDonell?

Ella estuvo a punto de echarse a reír ante ese modo de dejar caer la pregunta, probablemente buscando que ella respondiera sin pensar. Era preciso reconocer que el hombre era astuto, pero todo eso no hacía falta. Ya no necesitaba fingir que Mac era su hermano.

—Nunca te lo he dicho. ¿Quieres saberlo?

—Bueno, habíamos quedado en que no era hermano tuyo.

197

—¿Ah, sí? ¿En qué habíamos quedado?

—Maldita sea, George. No es tu hermano. ¿O sí?

Ella lo dejó esperando mientras efectuaba la siguiente jugada, amenazándole la reina.

—No. Mac es sólo un gran amigo de la familia, algo así como un tío muy querido. Siempre ha estado cerca de nosotros y, en cierto modo, me considera como su hija. Tu turno, James.

—Sí.

En vez de bloquear el último movimiento de Georgina para proteger su reina, le capturó un peón con la torre, con lo que puso en peligro a la reina de ella. Y como ninguno de los dos estaba dispuesto a perder esta pieza, Georgina retrocedió, dando a James la ventaja del ataque. Él, que no se lo esperaba, se tomó un instante para estudiar el tablero.

Pero ella se dio cuenta de que la estrategia de romper la concentración del contrincante también podía serle útil.

—¿A qué viene este súbito interés por Mac? ¿Has hablado con el?

—Claro, amor mío. Al fin y al cabo, es mi contramaestre.

Georgina se quedó inmóvil. Tal vez no importara que Mac no fuera su hermano, pero no convenía que James lo reconociera y recordara aquel primer encuentro en la taberna. Eso conduciría a toda una serie de preguntas a las que no quería responder… y la primera de ellas sería por qué estaba a bordo. Además, el capitán podría enfurecerse si descubría el doble engaño: no sólo se había disfrazado, sino que ya lo conocía.

—¿Y? —inquirió, cautelosa.

—¿Y qué, George?

—Por todos los diablos, James. ¿Lo reco…? Eh… es decir… ¿le contaste algo de lo nuestro?

—¿Lo nuestro?

—Sabes exactamente a qué me refiero, James Malory. Y si no me respondes ahora mismo, te… ¡te estrellaré el tablero en la cabeza!

El capitán rompió a reír.

—¡Dios, cómo adoro ese genio que tienes! Tanto fuego en una hoguera tan pequeña. —Alargó la mano por encima del tablero para retorcerle un mechón—. No le dije nada, por supuesto. Hablamos del barco. Nada personal.

Si hubiera reconocido a Mac habría dicho algo, ¿no? Y también Mac, sin duda. Georgina se tranquilizó.

—Deberías haber dejado que te sacudiera con el tablero —dijo, recuperando el humor—. De todas maneras, estás perdiendo.

—Eso es lo que tú te crees —bufó James—. En tres jugadas más te quedas sin rey.

Después de cuatro movimientos, el capitán se encontró a la defensiva, de modo que intentó distraerla otra vez al tiempo que saciaba su curiosidad.

—¿A qué vas a Jamaica?

Georgina sonrió descaradamente.

—Porque vas tú.

La ceja se alzó, tal como ella esperaba.

—¿Debo sentirme halagado?

—No. Tu barco era el primero, entre los que no eran ingleses, que zarpaba hacia esta parte del mundo, y yo estaba demasiado impaciente como para esperar. Si hubiera sabido que tú también eras inglés…

—No empecemos otra vez con eso, ¿quieres?

Ella se echó a reír.

—¿Y qué me dices de ti? ¿Vuelves a Jamaica o vas sólo de visita?

—Ambas cosas. Ha sido mi hogar durante mucho tiempo, pero he decidido volver definitivamente a Inglaterra. Por eso debo liquidar mis asuntos en Jamaica.

—Ah… —murmuró ella, consciente de su desilusión por la respuesta, aunque confió en que él no lo hubiera notado.

Había hecho mal en suponer que él iba a quedarse en Jamaica sólo por el hecho de que el navío llevara la bandera de las Indias Occidentales. Jamaica, al menos, era un sitio aceptable. Pero de Inglaterra no quería volver a saber nada. Claro que el viaje aún no había terminado, y sin embargo... Georgina despertó súbitamente de sus ensueños. ¿En qué estaba pensando? ¿Acaso creía tener futuro con ese hombre? Sabía que eso era imposible, que su familia no lo aceptaría jamás. Ni siquiera estaba segura de lo que ella misma sentía por él, aparte de pasión.

—Así que no pasarás mucho tiempo en las islas —dedujo.

—No, no mucho. Hace tiempo que un plantador vecino me viene insistiendo en que le venda mi finca. Hasta podría haber solucionado el asunto por correspondencia.

Y en ese caso no habrían vuelto a verse.

—Me alegro de que decidieras hacerlo personalmente.

—Yo también, querida mía. Y tú, ¿adónde piensas ir?

—A casa, por supuesto, a Nueva Inglaterra.

—Espero que no te vayas de inmediato.

Ella se encogió de hombros, dejando que James extrajera sus propias conclusiones. El asunto dependía de él, pero Georgina no tuvo coraje suficiente para decirlo. En realidad, dependía del tiempo que tardara en atracar allí algún navío de la Skylark, pero no tenía por qué decírselo. Ella misma prefería no pensar en eso. Y para apartar el tema de su mente, le dio jaque mate a James.

—Demonios... —protestó él, al ver su jugada—. Muy astuto, George. Me has distraído para que perdiera.

—¿Yo? ¡Pero si has sido tú quien se ha pasado todo el rato haciendo preguntas! Esto sí que es bueno. Muy de hombre, buscar excusas cuando te derrota una mujer.

Él rió entre dientes y la atrajo hacia su lado de la cama.

—No me refería a las preguntas, querida mía. Es este apetitoso cuerpo tuyo el que me ha estado distrayendo. Y por eso no me importa perder.

—Tengo puesta la camisa —protestó ella.

—Pero nada más, encantadora criatura.

—Mira quién habla; tú con ese batín tan corto —observó ella, tocando la seda.

—¿Te ha distraído?

—Me niego a responder.

James fingió asombro.

—Por Dios, no me digas que al fin te has quedado sin palabras. Comenzaba a pensar que había perdido mi habilidad.

—¿De dejar muda a la gente con tus burlas?

—En efecto. Y mientras te deje muda a ti, amor...

Ella hubiera querido decirle que su genio no era tan inmisericorde como le gustaba creer, al menos no siempre. Pero estaba de nuevo deliciosamente distraída...

25

Era difícil seguir fingiendo que era Georgie MacDonell, el grumete, cuando estaba con James fuera del camarote. En cubierta la requería constantemente a su lado, o lo suficientemente cerca como para no perderla de vista. Descubrió que lo más difícil era mantener ocultos sus sentimientos, sobre todo porque los ojos se le llenaban de ternura o de pasión cada vez que miraba a James.

Sí, era difícil, pero se las arreglaba; por lo menos, eso creía. Sin embargo, a veces no podía dejar de preguntarse si algún miembro de la tripulación no albergaría sospechas, pues ahora le sonreían y la saludaban con la cabeza al verla pasar, cuando antes apenas reparaban en ella. Hasta el irritable Artie y el gruñón de Henry la trataban ahora con más cortesía. Claro que el tiempo crea familiaridad y ella estaba a bordo desde hacía casi un mes. Era lógico que la tripulación se hubiera acostumbrado a su presencia. Y si deseaba que su disfraz siguiera dando resultado era sólo por Mac... bueno, en realidad por ella misma. Sabía perfectamente cómo reaccionaría Mac si se enteraba de que había aceptado a James Malory como amante. Se subiría por las paredes, como decía James, y con motivos. Ella misma dudaba, a veces, que fuera verdad.

Pero lo era. James era ahora su amante en todos los sentidos, salvo en uno: en realidad no la amaba. Pero la deseaba, sí; de eso no cabía duda. Y ella también lo deseaba. Ni siquiera trataba de negarlo, tras haber sucumbido a su gentil persuasión por segunda vez. En pocas palabras: hombres como él se presentaban, con suerte, sólo una vez en la vida. Entonces, ¿por qué no disfrutarlo mientras tenía la oportunidad? Al finalizar el viaje se separarían. Era inevitable. Y ella volvería a su casa en el primer buque de la Skylark que atracara en Jamaica. Pero ¿para qué volvería? Sólo para subsistir, tal como había hecho durante seis años; para vivir día tras día sin entusiasmo, sin un hombre en su vida, sólo con el recuerdo de James. Al menos, tratándose de él, esos recuerdos serían algo con que crear sueños y fantasías. Pero no quería pensar en el futuro. Podría estropear un presente que nunca había vivido con tanta intensidad.

En esos momentos disfrutaba de su presencia en el buque, reclinada contra la baranda de cubierta, sin otra cosa que hacer salvo contemplarlo. James, inclinado sobre sus cartas, discutía el rumbo con Connie, momentáneamente olvidado de ella. Se suponía que Georgie estaba allí para llevar sus mensajes, aunque rara vez era necesario, pues el capitán se limitaba a dar sus indicaciones a Connie, quien a su vez las gritaba a todo pulmón a través de la cubierta a quienquiera que estuviesen dirigidas.

En este momento no le molestaba que la hubiera olvidado. Eso le daba la oportunidad de calmarse, después de la última mirada que James le había lanzado, tan acalorada y llena de promesas con respecto a lo que harían al volver al camarote, que la había hecho enrojecer de placer; cualquiera habría pensado que se debía a un exceso de sol. Por la mañana, al mediodía o por la noche: para ellos, el amor no tenía horarios. Si él la deseaba, se lo hacía saber sin vacilaciones y, fuese la hora que fuese, ella estaba muy dispuesta a satisfacer sus deseos. «Georgina Anderson: te has convertido en una buscona desvergonzada.» Se limitó a sonreír ante el reproche de su conciencia. «Lo sé, y disfruto cada instante, gracias.» Así era, oh, claro que sí. Cuánto le gustaba contemplarlo de ese modo y experimentar sus «náuseas» a fondo, sabiendo que pronto él le aplicaría su cura especial.

El capitán se había quitado la chaqueta. A medida que se acercaban a las aguas del Caribe, el viento se hacía más fuerte, pero también más cálido; en ese momento jugaba con su camisa de pirata, como llamaba Georgina a esas chaquetillas de mangas anchas, acordonadas, que le daban un aspecto tan perversamente atractivo, combinadas con su único pendiente de oro, los pantalones ceñidos y las botas hasta la rodilla. El viento parecía amarlo: acariciaba ese cuerpo poderoso tal como ella deseaba hacerlo... ¿Y así esperaba calmarse?

En defensa propia, sólo para no sufrir la tentación de llevárselo a rastras al camarote, como tantas veces había hecho él en los últimos días, Georgina se volvió hacia el mar. En el momento exacto en que llegaba la advertencia desde el punto de vigía, vio un barco, a lo lejos. Bueno, eso no tenía nada de raro. Ya se habían cruzado con varios navíos y hasta los había seguido durante un tiempo uno pareado. Pero ése era diferente, a juzgar por lo que anunció el vigía a plena voz:

—¡Piratas!

Georgina permaneció muy quieta, aferrada a la barandilla, con la esperanza de que todo fuese un error. Todos sus hermanos habían tenido encuentros con algún pirata, pero ella no deseaba participar en esa costumbre familiar. Además James no llevaba carga, sino lastre. Nada enfurecía tanto a los sanguinarios piratas como descubrir que la presa tenía la bodega vacía.

—Qué amables son al ofrecernos un poco de diversión —oyó comentar a Connie—. ¿Quieres jugar primero con ellos, James, o viramos para esperar?

—Con esperar no haríamos más que confundirlos, ¿no te parece? —observó James.

—La confusión tiene sus ventajas.

—También es verdad.

Georgina se giró con lentitud, pasmada. No eran

sólo esas palabras las que la horrorizaban, sino la tranquila despreocupación de sus voces. Los dos observaban al navío con catalejos pero hablaban de tal forma, que cualquiera habría pensado que no les preocupaba en absoluto. Eso era llevar demasiado lejos la flema inglesa. ¿Acaso no se daban cuenta del peligro?

En ese momento, James bajó su anteojo para mirarla. Al verla preocupada cambió la expresión de sus facciones, pero Georgina ya había comprendido que no se trataba de simple despreocupación. En absoluto: ese hombre parecía deseoso, hasta encantado de que un barco pirata se aproximara a ellos... Debía de ser el desafío lo que le entusiasmaba, la oportunidad de medir sus habilidades marineras contra un adversario, aunque ese adversario estuviera decidido a asesinarlo si lo vencía, en vez de desearle mejor suerte para la próxima vez.

—En realidad, Connie —dijo, sin apartar la vista de Georgina—, me parece mejor utilizar la estrategia del joven Eden. Nos reiremos en sus narices y nos largaremos.

—¿Qué? ¿Sin disparar un solo cañonazo?

El primer oficial parecía incrédulo. Georgina ni siquiera desvió la vista hacia él al oír semejante barbaridad. Sus ojos habían quedado dominados por la mirada irresistible del capitán.

—No necesito recordarte —añadió Connie— que estuviste a punto de matar a ese mocoso de Eden por haber escapado así.

James se limitó a encogerse de hombros, sin dejar de mirar a Georgina.

—Mira..., ahora no tengo ganas de jugar... con ellos.

Connie siguió finalmente la dirección de su mirada y comprendió. Al instante, contrariado, soltó un resoplido:

—Podrías pensar en el resto de nosotros, que no tenemos diversiones personales a bordo, ¿no te parece?

Se expresaba con tanto disgusto que James se echó

205

a reír. Pero eso no le impidió tomar a Georgina de la mano para encaminarse hacia las escaleras.

—Tú haz lo necesario para perderlos de vista. Y trata de hacerlo sin mí, ¿quieres?

Sin esperar respuesta, bajó el siguiente tramo de peldaños antes de que Georgina pudiera tomar aliento para preguntar qué se proponía. En realidad, no hacía falta. Él la arrastró al interior del camarote y empezó a besarla en cuanto la puerta se hubo cerrado tras ellos. Había encontrado una vía de escape ante el momentáneo entusiasmo que sintió al contemplar la posibilidad de una batalla. Y esa vía de escape le parecía igualmente placentera. La encaró tan implacablemente como si estuviera librando esa batalla.

¿Batalla? ¡Por el amor de Dios! ¡Tenían un barco pirata siguiendo su estela! ¿Quién podía pensar en hacer el amor en esos momentos?

—¡James!

Apartó los labios de los del capitán, pero él no dejó de besarla. Se limitó a cambiar de sitio. Por el cuello, más abajo.

—¡Habrías sido capaz de desafiara a los piratas! —acusó, aunque su pesado chaleco acababa de caer al suelo, detrás de ella—. ¿No sabes lo peligroso que es? ¡No, espera, la camisa no!

Su camisa había desaparecido. Y también los vendajes. ¿Tan pronto? Nunca lo había visto tan… apasionado, tan impaciente.

—¡James, esto es importante!

—Permíteme que te contradiga, amor mío —replicó él, alzándola para tener acceso directo a sus pechos con la boca, mientras la llevaba hacia la cama—. Eso es una leve molestia. Lo importante es esto.

Su boca se cerró sobre un pecho, para no dejarle dudas con respecto a qué era «esto», y siguió así mientras la despojaba de sus otras prendas. Tenía una boca maravillosa, por Dios. Nadie podía negar que James Malory fuera un amante estupendo, sabía perfectamente cómo hacerlo.

—¡Pero James! —insistió una vez más, aunque débilmente, intentando concienciarle de la presencia de los piratas.

Él estaba hurgando con la lengua en su ombligo. Susurró:

—Ni una palabra más, George, a menos que digas palabras de amor.

—¿Qué tipo de palabras de amor?

—«Me gusta lo que me estás haciendo, James. Más, James. Más... abajo, James» —Ella jadeó al sentir que descendía—. «Eso también me gusta» —agregó él—. Ah, amor, ya estas húmeda y a punto para recibirme, ¿verdad?

—¿Ésas son... tus palabras... de amor? —pronunció ella. Apenas podía hablar de lo intenso que era el placer.

—¿Me deseas dentro de ti?

—¡Sí!

—Entonces lo son.

Contuvo el aliento para entrar en ella, rápida y profundamente, mientras con las manos abarcaba sus nalgas para elevarlas y poder introducirse del todo.

Afortunadamente, los piratas quedaron muy atrás. Aunque a Georgina ya nada le importaban.

26

—Acaba de llegar tu carruaje, James —anunció Connie, desde el umbral.

—No hay prisa. Con el atasco que hay ahí fuera, prefiero esperar a que las carretas dedicadas a cargar ese navío norteamericano despejen el muelle. Ven a tomar una copa conmigo, compañero.

Habían atracado varias horas antes. Los baúles de James estaban preparados desde esa mañana gracias a Georgina. Aún no le había dicho que quería tenerla en su plantación. Prefería sorprenderla con la grandiosidad de su casa isleña; esa noche, mientras disfrutaran de una cena jamaicana a la luz de las velas, le pediría que fuera su amante.

Connie cruzó el cuarto para detenerse junto al escritorio, observando por las ventanas el barco norteamericano y sus preparativos para izar velas.

—¿No te resulta familiar? —preguntó.

—Tal vez haya sido una de las presas de Hawke. Connie sonrió.

—No me sorprendería.

—En ese caso, es una suerte que esté a punto de zarpar.

—¿Por qué? —preguntó el primer oficial—. El

Maiden Anne nunca ha navegado bajo su propio nombre. ¿Y desde cuándo rehúyes una pequeña diversión, como la de que te acusen de piratería sin pruebas que lo respalden? Has dejado pasar la oportunidad de jugar un poco en alta mar...

—Y con buenos motivos —le recordó James, que no quería poner en peligro a su pequeña Georgie simplemente por la aventura de piratear un rato, aunque ello siempre le hubiera supuesto un aliciente—. La verdad es que ahora también preferiría que me dejarais tranquilo.

Connie se volvió para tomar su copa.

—Se te ve muy satisfecho. ¿Hay alguna razón en especial?

—Estás ante un hombre que va a cambiar de vida, Connie. He decidido conservar a George a mi lado por un tiempo. Y no pongas esa cara de sorpresa, diablos.

—¡Es que estoy sorprendido, diantre! La última mujer que embarcaste... ¿cómo se llamaba?

James frunció el entrecejo ante esa pregunta.

—Estelle, o Stella. ¿Qué más da?

—A ella también decidiste conservarla a tu lado por un tiempo. Hasta le permitiste decorar este camarote con esos muebles atrozmente mal combinados...

—Pues ahora que me he acostumbrado a este mobiliario, lo cierto es que me gusta.

—No cambies de tema. Esa mujer parecía complacerte mucho; te mostraste generoso con ella a más no poder. Pero en menos de una semana hiciste virar el barco para dejarla donde la habías encontrado. Esas relaciones tan intensas con ella acabaron por asquearte. Yo diría que, tras tantas semanas de estar aquí encerrado con esa pequeña, ahora que estamos en puerto deberías estar deseoso de quitártela de encima.

—Pero resulta que George es una compañía mucho más encantadora.

—¿Encantadora? Esa respondona...

—Cuidado, Connie. Te estás refiriendo a mi futura amante.

Conrad enarcó las cejas.

—¿Tanto piensas cambiar de vida? ¿Y para qué?

—Ésa sí que es una pregunta estúpida —replicó James, irritado—. ¿Para qué diablos va a ser? Esa pequeña yanqui ha acabado por gustarme. Tal vez a ti no te haya mostrado lo encantadora que puede ser, pero conmigo ha sido muy dulce y cariñosa.

—Corrígeme si me equivoco, pero ¿no eres tú el que juraba que nunca se molestaría en tener una amante? ¿No decías que, en el fondo, todas aspiraban al matrimonio aunque insistieran en negarlo? Hace muchos años que rehúyes todo tipo de compromiso, Hawke, y podría agregar que ni una sola vez te ha faltado compañía femenina cuando la has deseado. Y, además, te has ahorrado un buen dinero obrando así.

James descartó esos razonamientos con un gesto.

—Pues ya es hora de que cambie un poco. Además, George no tiene ningún interés en casarse. Lo dejé bien claro desde un principio y ella no ha vuelto a decir otra palabra al respecto.

—Todas las mujeres están interesadas en casarse. Tú mismo lo has dicho.

—Maldita sea, Connie, si lo que quieres es convencerme de que no la retenga, quítatelo de la cabeza. Lo he pensado mucho durante esta última semana; sencillamente, no estoy dispuesto a dejar de verla.

—Y ella, ¿qué piensa del asunto?

—Estará encantada, por supuesto. Ella también se ha encariñado mucho conmigo.

—Me alegra saberlo —replicó Connie con sequedad—. Pero si estás tan seguro, ¿qué está haciendo en ese otro barco?

James se giró tan de prisa que estuvo a punto de derribar su silla. Rápidamente fijó la vista sobre la cubierta del barco norteamericano para comprobar lo que Conrad acababa de ver. Georgina, con el escocés detrás de ella, parecía estar conversando con uno de los oficiales del barco; hasta podía ser el mismo capitán. James tuvo la sensación de que ya se conocían desde hacía tiempo, sobre todo porque el hombre, con grandes muestras de alegría, la rodeó por los hombros y la abrazó estrechamente. James, al verlo, se levantó de un salto.

Mientras iba hacia la puerta, murmurando por lo bajo, Connie comentó:

—Si piensas traerla de regreso...

—Lo que pienso es romperle la cara a ese tipo. Después traeré a George.

Al desaparecer de inmediato, Connie tuvo que gritarle:

—¡Te será un poco difícil, amigo! ¡El barco acaba de levar anclas!

—¡Qué va! —se oyó desde el pasillo. Un momento después, James apareció otra vez por la puerta y se quedó mirando el navío, que se alejaba poco a poco—. ¡Por todos los diablos!

—Eso tiene su lado bueno, Hawke —alegó el primer piloto sin asomo de compasión—. Sólo habrías podido pasar unas pocas semanas con ella antes de volver a Inglaterra. Aunque hubieras querido llevarla contigo, la muchacha no habría accedido jamás, si detestaba tanto nuestra patria como tú decías...

—Demonios, Connie... Me ha abandonado, y ni siquiera se ha despedido. No me hables ahora de los problemas que podría haber tenido porque éste me ha dejado hecho polvo.

No prestó atención al bufido desdeñoso de Conrad. Estaba mirando la dársena vacía junto al *Maiden Anne*, incapaz de creer que Georgie se hubiera ido. Esa misma mañana lo había despertado con un dulce beso, sujetándole la cara con las manitas para dedicarle esa sonrisa que él interpretaba como «tómame», la que sólo empleaba cuando estaban en la cama y nunca dejaba de agitar en él primitivos impulsos desconocidos. ¿Y después de eso, se había largado?

—¡No, por el amor de Dios! —exclamó. Luego clavó en Conrad una mirada resuelta que arrancó un gruñido al pelirrojo—. ¿Cuántos tripulantes han bajado a tierra?

—Diantre, James, ¿no estarás pensando en...?

—¡Naturalmente que lo estoy pensando! —lo interrumpió. El enojo que sentía empezaba a reflejarse claramente en su voz—. Hazlos volver mientras yo averiguo lo que pueda sobre ese barco. Dentro de una hora quiero estar tras su estela.

Georgina desobedeció a su hermano Drew, que le había ordenado encerrarse en su camarote. Ya le había prometido castigarla con una paliza tan enorme que le imposibilitaría usar un asiento mientras durara el viaje a casa. Podía tratarse tanto de una fútil y enojada amenaza como de una auténtica intención de castigarla. Pero a ella tampoco le importaba demasiado.

Estaba furioso, claro. Al principio, para Drew, fue una agradable sorpresa encontrársela, tan sonriente. Le extrañó que estuviese allí, pero su primera reacción fue abrazarla con entusiasmo, a ella, su única y querida hermana. Después se alarmó, suponiendo que sólo una grave catástrofe podía haberla llevado hasta Jamaica en su busca. Cuando ella le aseguró que no había muerto nadie, el alivio se convirtió en irritación. Entonces la sacudió por haberlo asustado, pero un instante después la abrazaba, feliz de no haber recibido malas noticias. Además, el que ella fuera su única y muy querida hermana también contaba un poco. Los gritos empezaron de verdad cuando ella dejó caer, por casualidad, la noticia de que acababa de llegar de Inglaterra, el país más odiado por toda su familia y contra el cual habían luchado. Y Drew era uno de sus hermanos más serenos, el más ecuánime después de Thomas.

A diferencia de Warren, de cuyo temperamento visceral todos se cuidaban, o de Boyd y Clinton, a veces demasiado serios, Drew era el despreocupado de la familia, a quien perseguían las mujeres desesperadamente. Él, más que ninguno, habría debido comprender que ella tenía que ir a buscar a Malcolm. Sin embargo se mostró tan enojado que Georgina casi llegó a ver un destello de color en sus ojos negros. Si Drew le daba una azotaina, ya podía imaginarse qué harían Clinton o Warren, los mayores, cuando se enteraran. Pero eso tampoco le importaba demasiado en ese instante.

Con el entusiasmo de ver el barco de Drew y correr a bordo, no se había dado cuenta de que el *Triton* estaba a punto de zarpar; en realidad, soltó amarras mientras Drew todavía estaba gritándole. Y ahora Georgina, de pie ante la barandilla, contemplaba las centelleantes aguas caribeñas que la separaban más y más del *Maiden Anne*, buscando frenéticamente a James en cubierta, anhelando una última mirada.

Cuando por fin lo vio aparecer en cubierta, con el pelo dorado sacudido por la brisa y aquellos anchísimos hombros inconfundibles, se le hizo un nudo en la garganta. Rezó para que mirara en su dirección. Ya estaban demasiado lejos para hacerse oír, pero al menos podía hacerle señas. Pero no fue así. Georgina lo vio desembarcar y desaparecer entre la muchedumbre, caminando a paso firme por el muelle.

¡Oh, por Dios, ni siquiera sabía que ella no estaba a bordo! Probablemente esperaba encontrarla en algún lugar del *Maiden Anne* cuando regresara. Después de todo, sus pertenencias seguían allí y, entre ellas, el preciado anillo que le había dado su padre. Ni siquiera había imaginado que no tendría tiempo de recoger sus cosas. Pero ahora eso importaba bien poco. Lo que la desgarraba por dentro era no haber tenido oportunidad de despedirse de James, de decirle... que se había enamorado de él.

Estuvo a punto de echarse a reír. Algo tenía de chocante. «Ama a tu enemigo.» Y él, que era uno de esos odiados ingleses, un aristócrata despreciable y arrogante, había conseguido llegarle al corazón. Era estúpido haber dejado que ocurriera, pero más estúpido aún habría sido decírselo. Una noche, mientras se abrazaban y el corazón de James palpitaba bajo su oído, ella le había preguntado si estaba casado.

—¡Por Dios, no! —había sido su horrorizada respuesta—. ¡No me verás cometer ese error de idiotas!

—¿Y por qué no? —quiso saber ella.

—Porque todas las mujeres se convierten en infieles busconas en cuanto se les pone esa sortija en el dedo. No quiero ofenderte, amor mío, pero es muy cierto.

Aquel comentario se parecía tanto a la actitud que mantenía su hermano Warren con respecto a las mujeres, que ella sacó una conclusión equivocada.

—Disculpa. Debería haberme dado cuenta de que en algún momento de tu vida tuviste que sufrir la traición de una mujer. Pero haces mal en culpar a todas por la infidelidad de una sola. Es exactamente lo que hace mi hermano Warren, pero es un error.

—Lamento mucho desilusionarte, George, pero en mi vida nunca ha habido un gran amor. Hablo de las muchas mujeres cuya infidelidad conozco de primera mano, pues casualmente la consumaron conmigo. El matrimonio es para los idiotas que no saben en qué se meten.

En eso seguía pareciéndose extrañamente a su hermano Warren. Pero éste, por lo menos, tenía una excusa para rechazar el matrimonio, para tratar a las mujeres de ese modo tan abominable, utilizándolas sin ofrecerles nada; en cierta ocasión sufrió una gran desilusión por culpa de la mujer con la que pensaba casarse. James no tenía esos motivos, según su propia confesión. Era, simplemente, lo que él mismo decía: un libertino censurable. Y ni siquiera se avergonzaba de serlo.

—Bueno, bueno, niña, tu hermano no va a darte ninguna paliza —anunció Mac, acercándose—. No tienes por qué llorar. Pero sería mejor que fueras a su camarote como te ha ordenado. Dale una oportunidad de calmarse antes de que vuelva a verte y se entere de lo peor.

Ella lo miró de soslayo, mientras se limpiaba las mejillas.

—¿De lo peor?

—De que nos hemos pagado el pasaje trabajando.

—Oh, eso… —sorbió, tranquila de que Mac atribuyera su aflicción a las amenazas de Drew—. No, no creo

214

que eso le siente muy bien en estos momentos. ¿Es indispensable que se lo digamos?

—¿Serías capaz de mentir a tu propio hermano?

—Ha amenazado con azotarme, Mac —le recordó ella, con cierto disgusto—. Y se trata de Drew, *de Drew*, por el amor de Dios. Prefiero no saber cómo reaccionaría si supiera que he compartido el camarote de un inglés durante un mes entero.

—Sí, comprendo. Bueno, una pequeña mentira no le hará daño. Tampoco le comentes que nos robaron el dinero. Al fin y al cabo, aún tienes que enfrentarte con los otros. Y creo que ellos reaccionarán peor.

—Gracias, Mac. Eres un verdadero teso…

—¡Georgina! —interrumpió la voz de Drew en clara advertencia—. Estoy quitándome el cinturón…

Al girar en redondo, la muchacha comprobó que no era cierto, pero si ella no desaparecía de inmediato, su apuesto hermano parecía dispuesto a cumplir sus amenazas. Cruzó la distancia que los separaba y clavó una mirada fulminante en el capitán del *Triton*, pese a su estatura de un metro noventa.

—Eres un bruto insensible, Drew. Malcolm se ha casado con otra mujer y tú lo único que haces es gritarme.

Y rompió a llorar, ahogándose en desgarradoras lágrimas.

Mac se quedó atónito. Le había sorprendido que Drew Anderson, en tales momentos de furia, pudiera sensibilizarse tanto sólo en cuestión de segundos.

27

Al ver que Drew se mostraba tan comprensivo con su tristeza, Georgina empezó a sentirse algo mejor y, ciertamente, mucho más optimista con respecto a la reacción de sus otros hermanos. Naturalmente, Drew atribuía todas sus lágrimas a Malcolm. Aún no quería comentar que sus pensamientos y sus emociones se centraban en otro hombre, cuyo nombre no había pronunciado jamás, salvo para explicar que era el capitán del barco en que había llegado a Jamaica.

Se sentía culpable al engañar a Drew. Más de una vez estuvo a punto de decirle la verdad. Pero no quería que volviera a enfadarse con ella. Esa ira la había sorprendido de verdad. Él era su hermano divertido, el que más bromeaba con ella, el que nunca dejaba de animarla. Y también esta vez lo había hecho, aunque, en realidad ignoraba el verdadero motivo de su angustia.

Ya se enteraría con el tiempo. Todos se enterarían. Pero la peor de las noticias podía esperar un poco más, hasta que la herida hubiera cicatrizado, hasta que supiera cómo reaccionaban los otros ante algo que ahora le parecía una nimiedad. Las auténticas discusiones vendrían dentro de un mes o dos, cuando exigieran saber de quién era el hijo que desfiguraba su cintura.

Por su parte, aún no estaba segura de sus propias reacciones ante las consecuencias de su breve aventura. Estaba realmente asustada. Algo desconcertada pero… también contenta. No podía negarlo. Era muy consciente de las dificultades a las que se tendría que enfrentar, pero aun así sus sentimientos se podían resumir en cuatro palabras: un hijo de James. ¿Qué importaba lo demás? Era una locura. Debería de sentirse horrorizada ante la perspectiva de tener un hijo y criarlo sin un marido a su lado, pero no le importaba. James no sería suyo jamás y, después de él, ya nadie podría sustituirlo. Lo amaba demasiado. Pero podía tener a su hijo y mantenerlo a su lado. Y eso era exactamente lo que pensaba hacer.

La certeza de estar gestando ese bebé ya le había levantado el ánimo cuando el *Triton* entró en Long Island Sound, en el último tramo del regreso, tres semanas después de zarpar de Jamaica. Y cuando avistaron Bridgeport y viraron hacia el río Pequonnock, se entusiasmó al sentirse de nuevo en casa, sobre todo en su temporada favorita, cuando el clima no era aún demasiado frío y los colores crepusculares del otoño persistían aún en todas partes. Pero su entusiasmo cesó al ver que había varios barcos de la Skylark en el puerto, entre ellos tres que hubiera preferido ver en cualquier otro sitio…

Cubrieron en silencio el trayecto hasta la mansión de ladrillos rojos, situada en las afueras de la ciudad. Drew, sentado junto a ella en el carruaje, la cogía de la mano de vez en cuando para infundirle valor. Lo tenía firmemente de su lado, aunque no le serviría de mucho cuando tuviera que enfrentarse con los mayores. Drew nunca había podido defenderse de ellos más que Georgina, sobre todo cuando estaban de acuerdo entre sí.

Se había quitado las ropas de grumete, parcialmente culpables de la furia de Drew. Al menos, los otros tendrían un motivo de queja menos. Durante el viaje había usado ropas de la tripulación de Drew, pero ahora lucía el encantador traje que su hermano llevaba de regalo a su amiguita de Bridgeport. Lo más probable era que comprara otro allí para su amiguita del próximo puerto.

—Sonríe, Georgie. No es el fin del mundo, ¿sabes?

Ella le miró de soslayo. Drew comenzaba a encontrar cierta comicidad en la situación, cosa que Georgina no apreciaba en absoluto. Pero ese tipo de comentario era muy habitual en él. No se parecía en nada a los otros hermanos. Era el más desenfadado de la familia, el único que, después de ser derribado de un golpe, era capaz de levantarse riendo... cosa que ocurría muy a menudo cuando irritaba a Warren o a Boyd. Sin embargo, se parecía tanto físicamente a Warren que resultaba extraño.

Ambos tenían el mismo pelo castaño dorado, con frecuencia reducido a una pelambrera de rizos rebeldes. Los dos deslumbraban con su imponente estatura y unas facciones perfectas. Pero si los ojos de Drew eran oscuros como la pez, los de Warren eran de un claro verde lima, como los de Thomas. Y si las mujeres adoraban a Drew por su simpático encanto y su jovialidad, desconfiaban de Warren por su cinismo y su temperamento irritable... aunque fuera obvio que no desconfiaban lo suficiente.

Sin lugar a dudas, Warren era un canalla con las mujeres. Georgina compadecía a las que sucumbían a su fría seducción. Había algo en él que les resultaba irresistible, aunque ella no acertara a verlo. Lo que sí veía en todo momento era su mal genio, algo que había tenido desde siempre.

Al recordar el mal humor de Warren, respondió al comentario de Drew:

—Eso es fácil de decir, pero ¿crees que me dejarán dar alguna explicación antes de matarme? Yo lo dudo.

—Bueno, Clinton no necesitará muchas explicaciones. Ese horrible acento inglés con el que hablas ahora ya te delata. Quizá te convenga dejar las explicaciones de mi cuenta.

—Te lo agradezco, Drew, pero si está Warren ahí...

—Comprendo. Bueno, recemos porque haya pasado la noche en la taberna y no se entrometa hasta que Clinton haya emitido su veredicto. Es una suerte que Clinton esté en casa.

—¿Suerte? ¿Te parece una suerte?

—¡Chist! —murmuró él—. Ya hemos llegado. Los cogeremos por sorpresa.

—A estas horas, alguien les habrá dicho que el *Triton* está en puerto.

—Sí, pero no saben que tú venías en él. El elemento sorpresa, Georgie, puede darte ocasión de hablar.

Tal vez habría sido así, si Boyd no hubiera estado en el despacho con Clinton y Warren en el momento en que Georgina entró seguida por Drew. El menor de los hermanos la vio primero y se levantó de un brinco. Cuando terminaron con sus abrazos, sus bromas y sus incesantes preguntas, los dos mayores se habían recobrado ya de cualquier posible sorpresa y se le acercaban. A juzgar por la expresión de ambos, parecían a punto de liarse a golpes para decidir quién iba a ser el primero en ajustar cuentas con ella.

Si Georgina tenía alguna esperanza de que sus hermanos no llegaran a castigarla de verdad, la perdió al ver cómo se acercaban a ella. Se apresuró a arrancarse de los brazos de Boyd y lo arrastró hacia atrás, hasta ponerlo junto a Drew. Luego se escondió sabiamente tras ellos y asomó la cabeza por encima del hombro de Boyd, lo cual no era fácil pues el muchacho rondaba el metro ochenta, como Thomas, y Drew, aun así, le llevaba media cabeza.

—¡Os lo puedo explicar! —gritó a Clinton. Y luego, a Warren—: ¡De veras!

Al ver que no se detenían Georgina se escurrió entre Boyd y Drew para correr en línea recta al escritorio de Clinton y utilizarlo como barrera. Al parecer, su huida enfureció aún más a Clinton y a Warren. Pero la escena siguiente despertó su propio genio: Drew sujetó a Warren por un hombro para impedir que la siguiera, y apenas logró esquivar un golpe como recompensa.

—¡Malditos seáis los dos! ¡Es injusto…!

—¡Cállate, Georgie! —gruñó Warren.

—¡No me voy a callar! No te debo explicaciones, Warren Anderson; al menos mientras Clinton esté en casa. Si no te quedas quieto ahora mismo... —tomó lo que tenía más cerca de su mano: un objeto que estaba sobre el escritorio—... te dejo seco.

Esta vez se detuvo, sí, aunque Georgina se quedó sin saber si era por la sorpresa de verla enfrentarse con él por primera vez, o porque se tomaba la amenaza en serio. Clinton también se paró en seco. Los dos parecían alarmados.

—Deja ese jarrón, Georgie —aconsejó el mayor con mucha suavidad—. Es demasiado valioso para malgastarlo contra la cabeza de Warren.

—No creo que le importe mucho —replicó ella, disgustada.

—Pues mira —balbució Warren, con la misma suavidad—, sí que me importa.

—Cielos, Georgie —insistió Boyd—, no sabes lo que tienes en las manos. Obedece a Clinton, ¿quieres?

Drew contempló la cara pálida de su hermano menor y la tensión que inmovilizaba a los otros dos. Después miró más allá, hacia su hermanita, que aún sostenía el jarrón como si fuera una cachiporra. Y de pronto estalló en una carcajada.

—¡Lo has conseguido, Georgie, vaya que sí! —gritó alborozado.

Ella apenas le dedicó una mirada de reojo.

—No estoy de humor para chistes, Drew. —Y luego agregó—: ¿Qué es lo que he conseguido?

—Los tienes encañonados, muchacha. Ahora te escucharán, no lo dudes.

Los ojos de Georgina volvieron a posarse con curiosidad sobre el mayor de los hermanos.

—¿Es eso cierto, Clinton?

Éste no sabía cómo tratarla: si con severa insistencia o con suaves halagos. La inoportuna intervención de Drew resolvió las cosas.

—Estoy dispuesto a escucharte, sí, siempre que...

—Siempre que nada —interrumpió ella—. ¿Sí, o...?

—¡Maldita sea, Georgina! —estalló finalmente Warren—. ¡Dame ese…!

—Cállate, Warren—murmuró Clinton— si no quieres que lo tire del susto. —Y luego se dirigió a su hermana—: Mira, Georgie, no sabes lo valioso que es ese jarrón.

Ella estudió el objeto, sin bajarlo. Era tan hermoso que le arrancó una pequeña exclamación. De lo fino que era, resultaba casi traslúcido; tenía una escena oriental pintada en oro puro sobre blanco, con exquisitos detalles. Entonces comprendió perfectamente. Su primera reacción fue depositar esa bella pieza de porcelana antigua en el escritorio antes de que se le cayera accidentalmente.

Pero cuando la bajaba con cuidado, temerosa de que un simple aliento pudiera quebrar algo tan delicado, un suspiro de alivio colectivo le hizo cambiar de idea. Con una ceja enarcada, imitando a la perfección lo que tanto solía irritarla de cierto capitán inglés, preguntó a Clinton:

—¿Has dicho que era valioso?

Boyd gruñó por lo bajo. Warren giró en redondo para que no lo oyera blasfemar… Drew se limitó a reír entre dientes. Y en el rostro de Clinton había un asomo de frustración.

—Esto es un chantaje, Georgina —protestó, apretando los dientes.

—En absoluto. Se trata de defensa propia. Además, no he terminado de admirar este…

—Nos has convencido, chica. Será mejor que todos nos sentemos. Así podrás apoyar el jarrón en tu regazo.

—Eso ya me parece mejor.

Al hacer esa sugerencia, Clinton no esperaba que Georgina ocupara su propio sillón, detrás del escritorio. Pero tuvo que tragarse su orgullo. La joven sabía que estaba abusando de su suerte, pero le resultaba embriagador tener a sus hermanos a sus pies; una sensación completamente nueva. Aunque probablemente tendría que conservar indefinidamente en las manos ese jarrón que tanto parecía preocuparlos.

—¿Podríais decirme por qué estáis tan enfadados conmigo? No he hecho otra cosa que...

—¡Viajar a Inglaterra! —exclamó Boyd—. ¡Nada menos que a Inglaterra, Georgie! Es un criadero de diablos, y lo sabes muy bien.

—A mí no me ha parecido tan mal...

—¡Y sola! —agregó Clinton—. ¡Te fuiste sola, por el amor de Dios! ¿Dónde estaba tu sentido común?

—Mac vino conmigo.

—Él no es hermano tuyo.

—Oh, Clinton, vamos. Sabes que él es como un padre para todos nosotros.

—Pero contigo se muestra demasiado blando. Haces con él lo que quieres.

Eso era innegable, y todos lo sabían. Por eso las mejillas de Georgina se inundaron de rubor, sobre todo al comprender que jamás habría perdido la inocencia ni el corazón con un truhán inglés como James Malory si en vez de ir en compañía de Mac lo hubiera hecho con cualquiera de sus hermanos. Ni siquiera habría conocido a James. No habría experimentado aquella felicidad... ni ese infierno. Y no habría un bebé descansando bajo su corazón, lo cual iba a provocar el mayor escándalo que Bridgeport hubiera conocido jamás. Pero era inútil pensar en lo que habría debido ser. Y con toda franqueza, no se lamentaba de que las cosas hubieran resultado así.

—Quizá he sido un poco impulsiva...

—¡Un poco! —intervino Warren otra vez, nada sosegado.

—Bueno, tal vez muy impulsiva. Pero ¿acaso no tenía motivos importantes para viajar?

—¡En absoluto!

Clinton agregó lo suyo:

—No hay explicación que pueda compensar lo preocupados que nos has tenido. Eso ha sido imperdonable, egoísta...

—¡Pero no teníais por qué preocuparos! —exclamó ella, a la defensiva—. Ni siquiera habríais debido saber de mi viaje hasta mi regreso. Yo habría debido llegar a casa antes que ninguno de vosotros. Y a propósito, ¿qué hacéis todos aquí?

—Es una larga historia, relacionada con el jarrón que tienes en las manos. Pero no cambies de tema, niña. No tenías nada que hacer en Inglaterra, pero allí fuiste. Sabiendo que nos opondríamos, sabiendo con toda exactitud los sentimientos que nos inspira ese país en concreto... sin importarte nada de eso, tuviste que ir allí.

Drew había escuchado lo suficiente. Al ver que Georgina encorvaba los hombros bajo esa carga de acusaciones, su instinto protector salió a la luz, obligándolo a saltar.

—Tienes toda la razón, Clinton, pero Georgie ha sufrido demasiado. No necesita que vosotros tres la hagáis sufrir más.

—¡Lo que necesita es una buena paliza! —insistió Warren—. Y si Clinton no se la da, créeme que lo haré yo.

—¿No te parece que es ya un poco mayor para eso? —matizó Drew, pasando por alto que él había sido de la misma opinión al encontrarla en Jamaica.

—Las mujeres nunca son demasiado mayores para recibir una paliza.

Las imágenes suscitadas por esa gruñona respuesta hicieron que Drew sonriera de oreja a oreja, arrancaron a Boyd una risita entre dientes e hicieron poner los ojos en blanco a Clinton. Por el momento, todos habían olvidado la presencia de Georgina en la habitación. Pero allí estaba, escuchando esas ridiculeces, y ya no se sentía acobardada: por el contrario, estaba tan irritada que habría estrellado el precioso jarrón contra la cabeza de Warren.

Drew intervino en su defensa:

—Las mujeres en general, de acuerdo. Pero las hermanas pertenecen a otra categoría. ¿Y qué es lo que te tiene tan acalorado, a fin de cuentas?

Como Warren se negó a responder, lo hizo Boyd.

—Warren llegó ayer a puerto; pero en cuanto le contamos lo que había hecho Georgie, hizo preparar su

223

barco, decidido a salir esta misma tarde... rumbo a Inglaterra.

La joven dio un respingo. Le extrañaba tanto que no podía creerlo.

—¿De veras ibas a buscarme, Warren?

La pequeña cicatriz que su hermano tenía en la mejilla izquierda parecía latir. Obviamente, a él no le gustaba confesar que se preocupaba por ella tanto o más que los otros, por lo que se negó a contestar. De todas maneras, Georgina tampoco necesitaba respuesta.

—Vaya, Warren Anderson, es lo más bonito que podías hacer por mí.

—Oh, diablos —gruñó él.

—No te avergüences —sonrió ella—. Aquí sólo estamos los de la familia. Que no seas tan frío y tan duro como te gusta hacer creer sólo quedará entre nosotros.

—Te voy a dejar llena de cardenales, Georgie; te lo prometo.

Georgina no se tomó en serio esa advertencia, quizá porque ya había desaparecido su acaloramiento. Se limitó a mirarlo con una tierna sonrisa, como diciendo: «Yo también te quiero.» Después de un largo silencio, Boyd preguntó a Drew:

—¿Qué has querido decir con eso de que Georgie ya había sufrido demasiado?

—Encontró a su querido Malcolm, por desgracia.

—¿Y?

—Que no esté aquí, ¿no te sugiere nada?

—¿Quieres decir que la rechazó? —preguntó Boyd, incrédulo.

—Peor que eso —resopló Drew—. Hace cinco años que está casado.

—¡Pero qué grandísimo...!

—¡... pedazo de inútil...!

—¡... hijo de perra!

Georgina parpadeó ante esa cólera renovada, esa vez en su favor. No se lo esperaba, aunque era previsible sabiendo cuánto la protegían. Imaginó lo que dirían de James cuando llegara el momento de la gran confesión. No soportaba pensar en ello.

Mientras cada uno la compadecía a su modo, entre expresivos insultos, el tercero de las varones entró en la habitación.

—Todavía no me lo creo —dijo, atrayendo la sobresaltada atención de todos—: los cinco en casa al mismo tiempo. Demonios, hace unos diez años desde la última vez.

—¡Thomas! —exclamó Clinton.

—¡Caramba, Tom, has debido de llegar pisándome los talones! —comentó Drew.

—Más o menos. —El recién llegado rió entre dientes—. Te vi frente a la costa de Virginia, pero volví a perderte de vista. —Luego volvió su atención a Georgina, sorprendido de verla sentada tras el escritorio de Clinton—. ¿No me saludas, tesoro? ¿Sigues enfadada conmigo por retrasar tu viaje a Inglaterra?

¿Enfadada? De súbito se puso furiosa. Era muy típico de Thomas conceder poca importancia a los sentimientos de su hermana.

—¿Mi viaje? —dio la vuelta al escritorio, con el jarrón bajo el brazo, tan enfadada que ni siquiera recordaba tenerlo allí—. Yo no quería ir a Inglaterra, Thomas: te pedí que fueras por mí. Te rogué que lo hicieras. Pero no quisiste, ¿verdad? Mis pequeñas preocupaciones no eran tan importantes como para alterar tus condenados planes.

—Anda, Georgie —repuso él, con su serenidad habitual—. Ahora estoy dispuesto a ir, y si quieres, te llevaré conmigo.

—Ya ha hecho el viaje —le informó Drew con sequedad.

—¿Qué viaje? ¿Adónde?

—A Inglaterra. Ida y vuelta.

—¡No puede ser! —Los ojos verde lima de Thomas volvieron a Georgina, encendidos de preocupación—. No puedes haber cometido esa tontería, Georgie...

—¿Que no? —lo interrumpió ella, con aspereza.

Pero de pronto se le llenaron los ojos de lágrimas—. Es culpa tuya que yo esté... esté... ¡aquí!

Le arrojó el jarrón y salió corriendo avergonzada de llorar por un inglés sin corazón llamado Malory. Apenas había dado dos pasos empezó un gran jaleo. Pero no era por sus lágrimas; salvar el dichoso jarrón continuaba siendo un asunto de gran importancia.

Thomas atrapó en el aire el jarrón que ella le había arrojado, pero no antes de que cuatro hombres adultos cayeran a sus pies, en un esfuerzo por salvarlo si él no lo hacía.

28

James esperaba con impaciencia, de pie ante la barandilla, el pequeño esquife que por fin habían avistado regresando al barco. Llevaba tres días aguardando en esa pequeña bahía de la costa de Connecticut. Si hubiera sabido que Artie y Henry tardarían tanto en volver con la información deseada, habría ido personalmente a tierra.

Y el día anterior había estado a punto de hacerlo. Pero Connie le había advertido serenamente que en su estado de ánimo no le convenía hacerlo: si los norteamericanos no ponían el grito en el cielo sólo porque él rebosara de nobleza británica, autoridad y condescendencia, su malhumor despertaría en cualquiera desconfianza y aun hostilidad. James rechazó la acusación de condescendencia. Connie rió: con dos argumentos a su favor de tres, seguía ganando la discusión.

James desconocía por completo esas aguas norteamericanas, pero decidió no continuar tras el navío que había seguido hasta el puerto. De momento, no le interesaba que Georgina supiera que estaba allí. No hizo sino asegurarse de que el barco de la muchacha había atracado en la ciudad costera, en vez de navegar aguas arriba por el río. Entonces ancló el *Maiden Anne* tras el cabo que sobresalía de la desembocadura y envió a sus dos hombres a la ciudad, para que averiguaran todo lo posible de su paradero. No tenía sentido que hubieran tardado tres días; tan sólo quería saber dónde estaba la muchacha.

Pero allí estaban. En cuanto los vio subir a bordo, les pidió explicaciones:

—¿Y bien? —Al instante cambió de idea y les ordenó—: En mi camarote.

Ninguno de los dos se preocupó mucho por aquella actitud brusca. Tenían mucho de que informar. Además, la actitud del capitán había sido la misma desde que hubieron abandonado Jamaica.

Una vez abajo, junto con Connie, James ni siquiera se instaló ante su escritorio para escuchar el informe.

Artie fue el primero en hacer uso de la palabra.

—Esto no va a gustarle nada, capitán… o tal vez sí. El barco que estábamos siguiendo es de la compañía Skylark.

James arrugó la frente, pensativo, mientras se acomodaba en el sillón.

—No sé por qué, pero ese nombre me resulta vagamente conocido…

La memoria de Connie le proporcionó la respuesta.

—Tal vez se deba a que, en tu papel de Hawke, te enfrentaste con dos barcos de la Skylark. A uno lo capturamos y el otro se escapó después de haberle causado daños considerables.

—Y Bridgeport es el puerto de origen de la compañía —agregó Artie—. En este momento hay seis o siete barcos de la compañía atracados allí.

James sonrió ante el significado de aquel dato.

—Al parecer, he hecho bien al decidir evitar ese puerto, ¿no, Connie?

—Cierto. Aunque el *Maiden Anne* no sea reconocible, tú sí lo eres. Supongo que eso te impide bajar a tierra.

—¿Tú crees?

Connie se mantuvo firme.

—¡Por favor, James! ¡Por esa muchacha no vas a correr el riesgo de que te ahorquen!

—No seas tan exagerado —fue la seca respuesta—. Por esa época llevaba barba; ahora he cambiado mi aspecto. No soy más reconocible que mi barco. Es más, el pirata Hawke se retiró hace más de cinco años. El tiempo borra todos los recuerdos.

—En tu caso parece haber borrado también el sentido común —gruñó Connie—. No hay motivos para que corras ningún peligro, cuando nosotros podemos traerte fácilmente a tu niña.

—¿Y si ella no quiere venir?

—Yo me encargaré de que quiera.

—¿Estás pensando en un rapto, Connie? Que me aspen si me equivoco, pero… ¿acaso no constituye eso un delito?

Enrojecido por la frustración, Connie acusó:

—Estás decidido a no tomarte esto en serio, ¿eh?

Los labios de James se contrajeron muy levemente.

—Sólo recuerdo que, la última vez que intentamos secuestrar a una bella damisela, acabamos sacando del saco a mi dulce sobrina. Y la vez anterior, aunque ella se mostró muy dispuesta a que la secuestraran, mis hermanos me desheredaron y me dieron una buena paliza. Pero eso no viene al caso. No he llegado hasta aquí para permitir que tus preocupaciones cambien mis planes. El peligro sólo es una leve posibilidad.

—¿Y cuáles son esos planes?

Esa pregunta irritó de nuevo a James.

—¡Aún no tengo ninguno, qué diablos! ¿Dónde demonios está la chica, Artie? Supongo que habéis descubierto su paradero, ¿no, vagos?

—Sí, capitán. Vive en una casa enorme en las afueras de Bridgeport.

—¿En las afueras? Eso significa que puedo verla sin cruzar la ciudad.

—Con facilidad, pero…

James no le permitió terminar.

—¿Lo ves, Connie? Estabas preocupándote por nada.

—Capitán…

—No tendré que acercarme al puerto.

—*Merde!* —estalló finalmente Henry, fulminando a su amigo con la mirada—. ¿Cuándo piensas decírselo, *mon ami*? ¿Cuando ya esté en el hocico del león?

—Se dice «en el hocico del lobo», Henry. Es lo que estoy intentando hacer.

Con eso atrajeron de nuevo la atención de James:

—Me temo que es «la boca del lobo»… y si voy a meterme en ella, quizá sea importante que me entere de algún detalle más… ¿De qué se trata?

—Pues de que la familia de la muchacha es la propietaria de los barcos Skylark, señor. Son sus hermanos quienes los capitanean.

James se echó a reír.

—Por Dios, que ironía. Ella dijo que era propietaria de un barco, pero ¿cómo iba a creérmelo? Supuse que era puro descaro.

—Al parecer, era más bien modestia —comentó su primer piloto—. Y esto no tiene nada de divertido, James. No puedes…

—Claro que puedo. Sólo es preciso elegir el momento en que esté sola.

—No será hoy, capitán. Esta noche dan una fiesta. Media ciudad está invitada.

—Para celebrar que se ha reunido toda la familia —agregó Henry—. Al parecer, eso no ocurre con mucha frecuencia.

—Ahora comprendo por qué habéis tardado tanto —replicó James, disgustado—. Os envié a localizar a la muchacha, y volvéis con la historia familiar completa. Por cierto, ¿os habéis enterado de qué hacía ella en Inglaterra?

—Buscaba a su futuro.

—¿Qué futuro?

—Su prometido —aclaró Henry.

James se incorporó lentamente. Si el capitán ardía en una rabia sorda desde que habían zarpado de Jamaica, en nada podía compararse con la ira que aquella única palabra había provocado.

—¿Tiene… un… *prometido*?

—¡Ya no! —explicó Henry apresuradamente.

—Se lo encontró casado con una inglesa, y eso después de haber estado esperándolo seis años sin… ¡Ay! ¡Cuernos, Henry, lo que estás pisando es mi pie!

—¡Tendría que haberte pisado la boca *mon ami*!

—¿Lo ha esperado durante… seis… años?

Artie hizo una mueca.

—Bueno, es que el joven fue reclutado a la fuerza, capitán. Y después, con la guerra… nadie supo qué había sido de él. En la ciudad no se sabe nada de todo esto. Henry lo ha averiguado por una de las criadas…

—Seis años —repitió James, pero esa vez para sus adentros. En voz más alta, agregó—: Se diría que George estaba muy enamorada, ¿no, Connie?

—Por mi vida, James, me parece increíble que te preocupes por eso. Mil veces te he oído decir que una mujer desengañada es la más predispuesta para irse a la cama con otro. Además, tú no querías que la pequeña se enamorara de ti. Siempre te fastidia horrores que pase eso.

—Eso sí es cierto.

—Entonces, ¿por qué diablos continúas echando chispas?

29

—¿Dónde demonios te habías metido, Clinton? —acusó Drew, belicoso, en cuanto su hermano entró en el gran despacho donde solían reunirse los hombres de la casa.

Clinton echó un vistazo a Warren y a Thomas, que holgazaneaban en un sofá castaño, buscando una explicación para ese desacostumbrado saludo. Pero como Drew no se había molestado en explicar a ninguno de ellos por qué esperaba con tanta impaciencia el regreso de Clinton, se limitaron a encogerse de hombros. Antes de responder, se acercó a su escritorio.

—Creo que tengo por costumbre atender los asuntos comerciales cuando estoy en casa. He pasado la mañana en las oficinas de la Skylark. Si te hubieras molestado en preguntar a Hannah ya lo sabrías.

Drew, que sabía reconocer las reprimendas sutiles, se ruborizó porque no se le había ocurrido interrogar al ama de llaves.

—Hannah estaba demasiado ocupada con los preparativos de la fiesta; no he querido molestarla.

Clinton tuvo que dominar el impulso de sonreír ante aquella apresurada justificación. Los arrebatos temperamentales eran escasos en Drew; por eso resultaban sorprendentes. No tenía sentido agravar el que exhibía en ese momento. Warren no tuvo tantos reparos.

—Podrías haberme preguntado a mí, cabeza hueca —rió entre dientes—. Yo te habría dicho...

Como Drew iba ya hacia el sofá, Warren no se molestó en terminar la frase. Se limitó a ponerse de pie para enfrentarse al ataque de su hermano.

—¡Drew!

Clinton tuvo que repetir la advertencia en voz más alta para que el menor se volviera fulminándolo con la mirada. Tras la última diferencia de opiniones entre aquellos dos había sido necesario reparar el escritorio y cambiar dos lámparas y una mesa.

—Podríais recordar que esta noche tenemos invitados —los amonestó el mayor con severidad—. Puesto que va a venir casi toda la ciudad, lo más probable es que utilicemos todas las habitaciones de la casa. Os agradecería que no me obligarais a repararla antes de la fiesta.

Warren, contrariado, tuvo que volver a sentarse. Mientras tanto, Thomas los observaba a todos meneando la cabeza.

—¿Qué te tiene tan preocupado, Drew, que no puedes hablar de ello ni con Warren ni conmigo? —preguntó Thomas, tratando de que su voz sonara tranquilizadora—. No tenías por qué esperar a que llegara...

—Anoche vosotros dos no estabais, pero Clinton sí. —Y Drew no dijo más, como si con eso lo explicara todo.

La renombrada paciencia de Thomas se hizo evidente al continuar.

—Tú también saliste, ¿verdad? ¿A qué viene esto, entonces?

—Quiero saber qué demonios pasó mientras yo no estaba, eso es todo. —Drew se volvió de nuevo hacia el hermano mayor—. Pobre de ti, Clinton, si castigaste a Georgie después de asegurar que no...

—¡No hice nada de eso! —replicó Clinton, indignado.

—Pues deberías hacerlo —intervino Warren—. Una buena paliza es lo que aliviaría sus remordimientos.

233

—¿Remordimientos, por qué?

—Por habernos tenido preocupados. Eso es lo que la tiene llorando por toda la casa.

—Si la has visto llorar es porque aún no ha superado lo de Cameron. Ella lo amaba…

—¡Tonterías! —se burló Warren—. Ella nunca estuvo enamorada de ese malnacido. Lo quería sólo porque era el chico más apuesto de la ciudad.

—En ese caso, hermano, ¿por qué se pasó una semana entera llorando cuando zarpamos de Jamaica? Me partía el corazón verla con los ojos hinchados y enrojecidos, y lo único que pude hacer fue animarla un poco antes de que llegáramos a casa. Por eso quiero saber qué es lo que le ha hecho llorar otra vez. ¿Le has dicho algo tú, Clinton?

—Apenas he cambiado dos palabras con ella. Ha pasado casi toda la tarde en su cuarto.

—¿Dices que ha estado llorando otra vez, Drew? —preguntó Thomas, con cautela—. ¿Por eso estás tan alterado?

Drew asintió con un gesto seco, hundiendo las manos en los bolsillos.

—No lo soporto, de veras…

—Pues acostúmbrate, cabeza hueca —intervino Warren—. Todas las mujeres tienen un tonel de lágrimas listo para derramar de un momento a otro.

—Es lógico que un asno cínico como tú no comprenda la diferencia entre lágrimas auténticas y lágrimas de cocodrilo —replicó Drew.

Clinton estuvo a punto de intervenir, al ver que Warren iba a lanzarse otra vez contra Drew ante tal comentario. Pero no hizo falta. Thomas aplacó el mal genio de su hermano poniéndole una mano en el brazo y meneando suavemente la cabeza.

Clinton se vio obligado a retenerse, y la ira contenida dibujó una mueca de fiereza en sus labios. Toda la familia admiraba la calma que Thomas mantenía en cualquier circunstancia; lo irónico era que Warren la admiraba más que ningún otro. También tendía a tomarse muy en serio sus críticas, mientras que solía ignorar las de Clinton; y eso fastidiaba infinitamente a éste, considerando que Thomas era cuatro años menor.

—Drew, no olvides que tú también eras de la misma opinión cuando accedimos a aquel ridículo compromiso —apuntó el mayor—. Ninguno de nosotros creía que los sentimientos de Georgina fueran muy profundos. Por amor de Dios, apenas tenía dieciséis años.

—Los motivos por los que accedimos no importan. Ahora nos ha demostrado que estábamos equivocados —insistió Drew.

—Sólo ha demostrado que es increíblemente fiel… y testaruda —replicó Clinton—. Y me inclino a pensar como Warren. Aún no creo que amara de verdad a Cameron.

—¿Por qué, entonces, esperó seis…?

—No seas idiota, Drew —intervino Warren—. En esta ciudad la situación no ha cambiado. Sigue habiendo muy pocos hombres solteros entre los que Georgie pueda elegir. Se explica que esperara el retorno de Cameron, porque en ese tiempo no encontró ninguno que le gustara. De lo contrario, puedes estar seguro de que se habría olvidado de ese inglés en un abrir y cerrar de ojos.

—En ese caso, ¿por qué huyó para buscarlo? —inquirió Drew, acalorado—. Respóndeme a eso.

—Por lo visto, consideró que ya había esperado lo suficiente. Clinton y yo ya habíamos llegado a la misma conclusión. Él pensaba llevarla consigo a New Haven cuando fuera a visitar a sus niñas. Su suegra aún se mueve en el ambiente social de esa ciudad.

—¿Qué ambiente social? —resopló Drew—. ¡Si New Haven no es mucho mayor que Bridgeport!

—Y si eso no resultaba, yo pensaba llevarla a Nueva York.

—¿Tú? ¿De veras?

La expresión del rostro de Warren se tornó decididamente amenazadora.

—¿Crees que no sé cómo se acompaña a una mujer?

—A una mujer, sí; pero a una hermana, no. ¿Quién se atrevería a acercarse a ella si tú, el perpetuo malhumorado, estuvieses a su lado?

Ante eso, Warren se puso otra vez de pie, echando chispas por los ojos.

—¿Cómo me has llamado?

—¿Por qué no dejáis de provocaros mutuamente? —logró intervenir Thomas, sin levantar la voz—. Nos hemos alejado del tema. Ahora lo que importa es que Georgie está muy deprimida. Si ha estado llorando... ¿Le has preguntado por qué, Drew?

—¿Por qué? —exclamó Drew—. ¿Por qué queréis que sea? Os digo que tiene el corazón destrozado.

—¿Te lo ha dicho ella?

—No ha sido necesario. El día en que me encontró, en Jamaica, dijo que Malcolm se había casado con otra mujer y rompió a llorar.

—Pues no me ha parecido que tuviera el corazón muy destrozado —comentó Clinton—. Al contrario, se muestra muy autoritaria desde que se salió con la suya el día de su llegada. La maldita fiesta de esta noche también ha sido idea de ella, y está muy ocupada arreglándose.

—Pero hoy no ha bajado, ¿verdad? Probablemente esté escondida en su cuarto porque tiene otra vez los ojos enrojecidos por el llanto.

Thomas frunció el entrecejo.

—Es hora de que alguien hable con ella. ¿Tú, Clinton?

—¿Qué demonios sé yo de estas cosas?

—¿Tú, Warren? —Pero antes de que éste pudiera responder, Thomas rió entre dientes—. No, mejor que no.

—Lo haré yo —se ofreció Drew a regañadientes.

—¿Tú, que estás lleno de suposiciones y te derrites a la primera lágrima? —se burló Warren.

Antes de que iniciaran una nueva discusión, Thomas echó a andar hacia la puerta, diciendo:

—Como Boyd sigue durmiendo, creo que me toca a mí.

—Muchísima suerte —le deseó Drew—. No te olvides de que está muy enfadada contigo.

Thomas se detuvo a mirarlo.

—¿Se te ha ocurrido preguntarte por qué?

—No hace falta. Ella no quería ir a Inglaterra. Quería que fueras tú.

—Exactamente —replicó Thomas—. Eso significa que no le importaba realmente ver o no a Cameron. Sólo quería aclarar el asunto.

Después de que Thomas saliera, Drew comentó:

—Bueno, demonios, ¿qué más da?

Warren no pudo dejar pasar la ocasión.

—Lo que me extraña es que hayas dejado de ser virgen, Drew, considerando lo poco que sabes de mujeres.

—¿Yo? —barbotó Drew—. Bueno, al menos yo las dejo sonriendo. Lo que me extraña a mí es que tus mujeres no mueran congeladas en la cama.

La distancia entre ambos resultaba ciertamente insuficiente para ese tipo de diálogos. Clinton sólo alcanzó a chillar:

—¡Cuidado con los muebles, maldición!

30

—¡Thomas! —exclamó Georgina al levantar un extremo del pañuelo empapado en lágrimas. Era su hermano el que caminaba hacia la cama y no su criada—. ¿Desde cuándo entras así en mi cuarto, sin llamar?

—Desde que tengo dudas respecto al recibimiento que se me dispensará... ¿Qué te pasa?

Ella arrojó el pañuelo sobre la mesa que tenía junto a la cama y sacó las piernas por el borde para sentarse.

—Nada —murmuró con voz confusa.

—¿Entonces por qué estás todavía en la cama? ¿Sabes qué hora es?

Con eso logró que ella le lanzara una mirada incendiaria.

—Estoy levantada. ¿Acaso te parece esto un camisón? —preguntó, señalando el vestido de color amarillo intenso que llevaba puesto.

—Así que te has vuelto perezosa, ¿no? Con tanto viaje y sin dar golpe...

Ella quedó boquiabierta, pero apretó los labios en una tensa línea de irritación.

—¿Qué es lo que quieres?

—Averiguar cuándo piensas volver a hablarme.

Lo dijo sonriendo y se sentó a los pies de la cama

para mirarla de frente. Georgina no se dejó engañar. Thomas quería algo más. Y cuando éste no iba al grano, significaba que había algún tema delicado o desagradable que comentar, algo a lo que, de momento, no tenía deseos de enfrentarse.

Todo por no haber ido él a buscar a Malcolm. Si hubiera sido así, ella no habría conocido a James, y cuando se divulgara su embarazo, Thomas podría sentirse culpable... Pero no lo era. Ella habría podido impedir que James Malory le hiciera el amor, si se hubiera negado.

Decidió terminar con eso, mientras su hermano estaba ahí.

—Perdona, Thomas, si te induje a creer que estaba enfadada contigo. No es así, ¿sabes?

—No soy el único que tiene esa impresión. Drew me asegura...

—Drew está demasiado protector últimamente, eso es lo que pasa —insistió ella, con exasperación—. Francamente, no es su costumbre interesarse tanto por los asuntos ajenos. No me explico...

—¿Qué no te lo explicas? —la interrumpió suavemente—. Tú tampoco acostumbras a mostrarte impetuosa. Él reacciona a tus reacciones. Y lo mismo ocurre con Warren, dicho sea de paso. Se pasa todo el tiempo provocando.

—Siempre ha sido un provocador.

Thomas rió entre dientes.

—Cierto, pero lo suele hacer con más sutileza. En cambio ahora busca pelea simplemente por gusto y sin importarle con quién.

—Pero ¿por qué?

—Es un modo de descargar ciertas emociones que le cuesta dominar.

Georgina hizo una mueca de disgusto.

—Pues sería mejor que buscara otro modo de hacerlo. Ojalá volviera a enamorarse. Así encaminaría sus pasiones por otro rumbo. De esa manera tal vez dejara de...

—¿He oído bien, Georgina Anderson?

Ella se ruborizó intensamente ante ese tono de censura. Por un momento se olvidó de que estaba conversando con uno de sus hermanos.

—Por el amor de Dios, Thomas —alegó a la defensiva—. ¿Crees que no sé absolutamente nada de la vida?

—No más de lo que debieras saber acerca de *ese aspecto* de la vida... que, dicho sea de paso, tendría que ser muy poco.

La joven gimió para sus adentros, pero se mantuvo firme.

—¡No digas tonterías! Después de todas las conversaciones que he oído en esta casa, ¿crees que todavía soy una ingenua? Era un tema tan, tan... fas-ci-nan-te...

Thomas reclinó la cabeza contra la columna de la cama, cerrando los ojos.

—¿Me explico, Thomas? —insistió ella.

—Has cambiado, Georgie. Clinton dice que estás autoritaria, pero yo diría que es...

—Seguridad en mí misma. Y ya era hora de que la demostrara, ¿no te parece?

—A mí me parece más bien cabezonería.

—Bueno, también tengo derecho a tener un poco —ella sonreía.

—Y descaro, sin duda.

—Eso me han dicho últimamente.

—¿Y bien?

—¿Y bien, qué?

—¿A qué se debe esta nueva hermana que encuentro al volver a casa?

Ella se encogió de hombros.

—Supongo que he descubierto que soy capaz de tomar decisiones propias con respecto a mi vida... y de aceptar las consecuencias.

—¿Como lo de ir a Inglaterra? —preguntó él, con cautela.

—Por ejemplo, sí.

—¿Hay más?

—No voy a casarme, Thomas —adujo ella, con tanta suavidad que él supuso que se refería a Malcolm.

—Ya lo sabemos, querida, pero…

—Jamás.

Thomas empezó a intuir que no se trataba de un melodrama, sino de algo absolutamente serio.

—¿No te parece una decisión… algo drástica?

—No —replicó, lacónica.

—Comprendo… No, en realidad no comprendo nada. A decir verdad, parezco tan inútil como Drew a la hora de hacer suposiciones. Por cierto, lo has dejado terriblemente preocupado.

Georgina se levantó. Por el tono de su hermano, percibía que la conversación iba a tomar un giro que, por el momento, prefería evitar.

—Thomas…

—Anoche te oyó llorar.

—Thomas, yo no…

—Insiste en que tienes el corazón destrozado. ¿Es verdad, Georgie?

Hablaba con tanta compasión que ella sintió brotar de nuevo las lágrimas. Se apresuró a darle la espalda hasta que dominó sus emociones.

Por fin la muchacha dijo, con una vocecita de desamparo:

—Creo que sí.

Pocas horas antes, a Thomas no se le hubiera ocurrido formular la pregunta siguiente, pero estaba harto de hacer suposiciones.

—¿Por Malcolm?

Ella giró en redondo, sorprendida. No quería verse obligada a decir más, pero Thomas era demasiado perceptivo, además de insistente. ¿Para qué desorientarlo? ¿Qué importaba ya? Lo hacía por no hablar de James. Si hablaba de él volvería a llorar. Y no quería seguir llorando. Después de haberse pasado la noche llorando… ¿cómo demonios le quedaban lágrimas?

Se dejó caer en la cama con un suspiro.

—Ojalá sólo sintiera lo que sentí al descubrir la traición de Malcolm. Eso fue fácil de aceptar… y de olvidar. Me puse furiosa, nada más.

—Así que es otra cosa lo que te tiene tan melancólica.

—¿Melancólica? —soltó una risa breve—. Qué poco dice esa palabra. —Entonces fue ella quien quiso saber—: ¿Por qué no te has casado todavía, Thomas?

—Georgie...

—Demuestra que eres paciente. ¿Por qué?

—Aún no he encontrado lo que busco.

—Pero ¿lo buscas?

—Sí.

—Clinton no, y mira cuántos años han pasado desde la muerte de su esposa. Dice que no quiere volver a pasar por todo eso. Warren no lo busca porque todavía está amargado; aunque si le gustan tanto los niños, es probable que con el tiempo cambie de idea. Boyd tampoco lo busca; asegura que es demasiado joven para sentar cabeza. Drew, por su parte, dice que por ahora prefiere no renunciar a la diversión que le proporcionan las mujeres.

—¿Eso te ha dicho él? —Thomas estuvo a punto de levantar la voz.

—No. —Georgina sonrió—. Es una de las cosas que he oído.

Su hermano le clavó una mirada de auténtico disgusto.

—¿Adónde quieres llegar, Georgina? ¿Por qué has decidido no seguir buscando?

—He conocido a un hombre que tiene otra idea del matrimonio. Según él, antes es preferible el infierno.

—¡Por Dios! —exclamó Thomas al comprender todo aquel rompecabezas—. ¡Con razón no le encontraba ningún sentido! ¿Quién es?

—Un inglés.

Georgina se echó hacia atrás, esperando el estallido. Pero estaba hablando con Thomas, que se limitó a preguntar.

—¿Cómo se llama?

La muchacha ya había dicho más de lo que deseaba.

—Eso no importa. No lo conocerás, y yo no volveré a verlo más.

—¿Sabe lo que sientes por él?

—No... tal vez... bueno, no lo sé.

—¿Y qué sentía él por ti?

—Le gustaba mucho.

—Pero no tanto como para casarse contigo.

—Ya te lo he dicho, Thomas: para él, el matrimonio es un error que sólo cometen los necios; y lo subrayó para que quedara bien claro. Creo que lo dijo para que no me hiciera ilusiones.

—Lo siento, querida, lo siento de verdad. Pero ése no es motivo para que decidas no casarte. Ya conocerás a otros hombres. Quizá no sea aquí, pero Clinton quiere llevarte con él a New Haven, cuando visite a nuestras dos sobrinas. Y si allá no hay nadie que te atraiga, Warren piensa llevarte a Nueva York.

Georgina no pudo evitar sonreír. Todos sus hermanos tenían buenas intenciones. Y a ella le gustaba la idea de ver de nuevo a sus sobrinas. Al morir la esposa de Clinton, había querido criarlas ella misma, pero entonces tenía sólo doce años y su propia crianza estaba, poco más o menos, en manos de los sirvientes y de aquel de sus hermanos que estuviera en casa en cada momento. Por eso se había decidido que las niñas vivieran con los abuelos, en New Haven, puesto que Clinton estaba siempre de viaje. Por fortuna, esa ciudad no estaba muy lejos.

El caso era que, si iba a trasladarse a otro sitio, tendría que hacerlo pronto, antes de que su embarazo empezara a hacerse evidente y estallara el infierno. Tal vez por entonces sus hermanos ya habrían vuelto a la mar. Ojalá.

Por el momento, aceptaría cualquier cosa para poner fin a aquella discusión, antes de que Thomas ahondara en su interrogatorio.

—Lo voy a pensar, Thomas... si me haces un favor. No digas a los otros lo de... bueno, lo que te he contado. No comprenderían que me haya enamorado de un inglés. Yo misma no lo comprendo. La verdad es que, al principio, no podía soportar su arrogancia, su... Bueno, ya sabes cómo son esos condenados aristócratas...

—¿Encima aristócrata? No, es mejor no mencionar el caso a mis queridos hermanos. ¡Probablemente volverían a declarar la guerra a ese país!

31

—¡Maldita sea, Georgie! Eso no se le hace a un hombre.

Georgina parpadeó ante el áspero tono de Drew.

—¿El qué? —preguntó, llena de inocencia.

Advirtió que su hermano sujetaba azorado el jarrón que, al verla entrar, había dejado caer. Pero no sabía a que se debía tanta sorpresa.

—Entrar en una habitación con ese aspecto —explicó él, de mal humor, clavando una mirada encendida en el escote de su vestido.

Ella volvió a parpadear.

—Por el amor de Dios, Drew, ¿cómo quieres que me vista para una fiesta? ¿Con uno de mis viejos delantales de limpieza? ¿El que uso para el jardín, que está cubierto de manchas de hierba?

—Ya sabes a qué me refiero —replicó Drew, que seguía fulminándola con los ojos—. Es demasiado... demasiado...

—Este vestido no tiene nada de malo. La señora Multins, mi costurera, me aseguró que era de muy buen gusto.

—En ese caso, la señora Mullins no sabe lo que es el buen gusto.

Al ver a su hermana lanzar una exclamación ahogada, acompañada de una mirada amenazadora, Drew decidió que era mejor echarse atrás.

—Mira, Georgie, no se trata del vestido en sí, sino de lo que deja al descubierto. No sé si me entiendes...

—Entiendo perfectamente, Drew Anderson —replicó la joven, indignada—. ¿Debo vestirme a la antigua sólo porque a mi hermano no le gusta el escote de mi corpiño? Nunca te ha disgustado ver este estilo en otras mujeres. ¿O me equivoco? Como tenía toda la razón, Drew consideró más prudente cerrar la boca. Aun así... Maldición, la muchacha lo había dejado atónito. Se había convertido en una belleza, cierto, pero ¡eso era proclamarlo a voces desde el palo de mesana!

Georgina se compadeció de la ruborizada incomodidad de su hermano. Al fin y al cabo, no había tenido oportunidad de acicalarse durante las últimas estancias de Drew en casa, y éste nunca la había visto con otros atuendos que no fueran sus pudorosos vestidos de diario. Tenía ese traje por estrenar desde la Navidad anterior, en el baile anual de los Willard. Pero un fuerte resfriado le impidió asistir. De todas maneras, el estilo griego aún estaba muy de moda. La fina batista rosada sobre seda blanca resultaba extremadamente elegante. Y el collar de rubíes de su madre era el toque perfecto para cubrir, con sutileza, el escote que suscitaba las objeciones de Drew.

De cualquier modo, tales objeciones eran un poco ridículas. Al fin y al cabo, Georgina no corría peligro de exponer intimidades. Había cuatro centímetros de cintas entrelazadas sobre sus pezones, bastante más de lo que llevaban otras mujeres. Y el hecho de que quedaran al descubierto parte de sus senos era de lo más natural.

—No te preocupes, Drew —dijo, ya muy sonriente—. Te prometo que no se me caerá nada. Y si se me cae, dejaré que alguien lo recoja.

Él aceptó la proposición con magnanimidad.

—Está bien —aceptó Drew—. Pero considérate afortunada si Warren no te mete un saco por la cabeza.

Ella puso los ojos en blanco. Era justo lo que necesitaba para que la fiesta saliera bien: que sus hermanos recorrieran todo el salón, fulminando con los ojos a cualquier hombre que se le acercara o rodeándola en bloque para que ninguno pudiera aproximarse.

—¿Qué hacías con eso? —preguntó, señalando el jarrón para cambiar de tema.

—Echaba un vistazo al objeto que nos ha costado nuestros negocios en China.

Georgina había oído esa historia la noche de su llegada. El jarrón no era una antigüedad cualquiera: tenía unos novecientos años y era una obra de arte de valor incalculable perteneciente a la dinastía Tang. Warren la había ganado en un juego de azar en el que había apostado su barco contra el jarrón. Eso sólo se explicaba por el hecho de que en aquel momento estuviera completamente borracho, pues el *Nereus* era lo más importante de su vida.

Clinton, que estaba presente en el lance, ni siquiera trató de convencer a Warren de que no aceptara la apuesta, cosa que, por otra parte, hubiera sido imposible. Al parecer, deseaba ese jarrón hasta el punto de estar dispuesto a perder uno de los barcos de la Skylark. Claro que el valor de un barco era ínfimo comparado con el de aquel objeto.

De todos modos, el guerrero chino que había apostado ese jarrón contra el barco de Warren perdió la apuesta. Como no pensaba pagar, el chino envió a sus secuaces contra los hermanos cuando volvían a los barcos, a no ser porque sus tripulaciones acudieron al rescate, ninguno de los dos habría sobrevivido a esa noche. Fue un milagro que lograran escapar de Cantón sin que les incendiaran las naves, y esa partida precipitada explicaba que estuvieran en casa mucho antes de lo esperado.

Mientras Drew guardaba cuidadosamente bajo llave el jarrón en el escritorio de Clinton, ella comentó:

—Me sorprende que Clinton lo aceptara tan bien, considerando que pasará mucho tiempo antes de que un barco de la Skylark se atreva a aventurarse en aguas chinas.

—Oh, no sé. Por lucrativo que sea el comercio con Cantón, creo que se estaba cansando de esos viajes tan largos. Warren, al menos, estaba harto. Y en el trayecto de regreso se detuvieron en varios puertos europeos, para establecer nuevos mercados.

Eso era algo que Georgina ignoraba.

—¿Eso significa que Inglaterra está perdonada y pasa a ser uno de esos mercados?

Drew la miró con una risa sofocada.

—¿Bromeas? ¿Con tanto dinero como nos costó ese bloqueo arbitrario de antes de la guerra? Por no mencionar esos malditos buques de guerra, que detenían a los nuestros para capturar a los supuestos desertores. Clinton volverá a comerciar con un inglés el día en que las ramas críen pelo. Además, tampoco estamos desesperados por conseguir mercados...

Georgina escondió un gesto de desilusión. Si albergaba alguna esperanza de volver algún día a Inglaterra para ver a James, ya podía sepultarla. También hubiera podido viajar fácilmente a Jamaica para visitarlo allí, pero él había confesado que viajaba a la isla sólo para deshacerse de sus propiedades y radicarse definitivamente en Inglaterra.

—Ya me parecía... —dijo en tono alicaído.

—¿Por qué pones esa cara, Georgie? ¿Acaso tú has perdonado a los ingleses, después de que esos malnacidos te robaran a Malcolm y te hicieran sufrir de ese modo?

Ella estuvo a punto de reír. A los ingleses en general, no, pero a cierto inglés en particular hubiera estado dispuesta a perdonarle todo si tan sólo... Si tan sólo ¿qué? Si tan sólo la hubiera amado un poquito, en vez de limitarse a desearla.

Pero Drew estaba esperando una respuesta, y ella le dio la que probablemente esperaba.

—No, de ninguna manera —aseguró.

Al girar para retirarse, se encontró frente a frente

con Warren. Los ojos de su hermano bajaron directamente al escote. En su expresión empezaron a congregarse de inmediato las nubes de tormenta. Georgina reaccionó con la misma actitud tajante.

—Ni una palabra, Warren; si tienes algo que objetar es mejor que te calles. Si no, bajaré a la fiesta desnuda. ¿Te crees que no soy capaz?

Al ver que Warren iba a seguirla, Drew le advirtió.

—Yo, en tu lugar, no haría nada.

—Pero ¿no has visto los pechos de esa niña? —La voz de Warren expresaba tanta indignación como sorpresa.

—¡Vaya si los he visto! —Drew sonrió irónicamente—. Yo también he hecho algún comentario y me han puesto en mi sitio. La niña ha crecido, Warren.

—Pues tendrá que ponerse algo más...

—No lo hará. Y si insistes, es muy probable que cumpla su amenaza.

—No seas idiota, Drew. Ella no es capaz de...

—¿Estás seguro? —interrumpió el menor—. Nuestra pequeña Georgie ha cambiado, y no me refiero sólo a su belleza, que ha sido un proceso más gradual. Es este cambio tan repentino; parece como si fuera otra mujer.

—¿A qué te refieres?

—A su obstinación. Al carácter que ha estado mostrando. Y no me preguntes de dónde puede haberlo sacado, pero ha adquirido un ingenio sardónico que, a veces, hasta resulta divertido. Además, está muy respondona. ¡Caramba, si hasta cuesta bromear con ella como antes, con esas salidas rápidas e insolentes!

—Todo eso no tiene nada que ver con este condenado escote.

—¿Y dices que el idiota soy yo? —resopló Drew. Y aprovechó el anterior argumento de la propia Georgina—. A ti no te molestaría verlo en otra mujer, ¿verdad? Al fin y al cabo, esos collaritos que, en el fondo, no sirven para tapar nada, son el último grito de la moda... gracias a Dios —agregó con una amplia sonrisa.

Eso provocó en Warren una expresión furiosa que

le duraba un rato después, cuando se instaló ante la puerta del salón para recibir a sus invitados e intimidar a cualquiera del sexo masculino que se atreviera a mirar a Georgina más tiempo de la cuenta.

Como era de esperar, nadie pensó que aquel encantador vestido tuviera defecto alguno; en todo caso, era pudoroso en comparación con los que lucían algunas de las vecinas.

Como suele suceder en toda ciudad portuaria, había muchas más mujeres que hombres. Pero la fiesta resultó un éxito, pese a la improvisación. La mayor parte de los invitados se había reunido en la sala, pero en conjunto eran tantos que abarrotaban todas las dependencias de la planta baja.

Georgina estaba disfrutando de la velada, pese a que Warren no se alejaba nunca de ella. También Boyd aparecía a su lado cada vez que se le acercaba un hombre, cualquiera que fuese su edad y aunque se presentara acompañado por su esposa. Drew se mantenía cerca, sólo para observar la actitud autoritaria de sus dos hermanos, que lo divertía infinitamente.

—Clinton nos ha informado de tu próximo traslado a New Haven.

—Eso parece —replicó Georgina a la fornida señora que acababa de incorporarse al pequeño grupo.

La señora Wiggins se había casado con un granjero, pero provenía de una familia urbana y nunca había llegado a adaptarse. Desplegó un ornamentado abanico y empezó a agitar el aire alrededor de todos. La verdad era que la atestada habitación estaba caldeándose en exceso.

—Pero tú acabas de regresar de Inglaterra —señaló la señora, como si Georgina lo hubiese olvidado—. A propósito, querida, ¿qué impresión te ha causado?

—Horrible —respondió ella, con toda sinceridad—. Hay tanta gente que no te puedes ni mover, está lleno de ladrones y mendigos...

No se molestó en mencionar la hermosa campiña ni las bonitas aldeas que, sin saber por qué, le habían recordado a Bridgeport.

250

—¿Lo ves, Amos? —comentó la señora Wiggins a su esposo—. Tal como lo imaginábamos: una madriguera de iniquidades.

Georgina no habría llegado tan lejos en su descripción. Después de todo, Londres estaba dividida en dos partes: la pobre y la rica... bueno, sí que se podía llegar tan lejos: aunque los ricos no fueran ladrones, ella conocía a uno de sus aristócratas y era malvado como el que más.

—Por fortuna, no has estado mucho tiempo —continuó la señora.

—En efecto —concordó Georgina—. He liquidado rápidamente el asunto que tenía por resolver.

Era obvio que la dama estaba intrigadísima con ese asunto, pero no se atrevió a preguntar. Y Georgina no estaba dispuesta a informar de que la habían traicionado, desdeñado y abandonado. Aún la irritaba haber cometido la estupidez de aferrarse por tanto tiempo a una fantasía de niña. Y ya había llegado a la conclusión de que ni siquiera podía aducir la excusa del amor. Lo que había sentido por Malcolm no era nada comparado con los sentimientos que le inspiraba James Malory.

Más tarde, al ver que la señora Wiggins miraba con asombro hacia la puerta que quedaba de espaldas a Georgina, un cosquilleo de premonición le recorrió la espalda. Por supuesto, era absurdo, una pura ilusión de su mente. Bastaría con mirar hacia atrás para que su pulso recobrara el ritmo normal. Pero no podía hacerlo. Aunque infundada, la esperanza estaba allí, y quería saborearla, aferrarse a ella antes de que se hiciera trizas.

—¿Quién puede ser ese hombre? —inquirió la señora Wiggins, interrumpiendo sus pensamientos—. ¿Uno de los hombres de tus hermanos, Georgina?

Probablemente, sí. Sin duda. Sus hermanos siempre contrataban marineros de otros puertos, y las caras desconocidas provocaban inevitable curiosidad en Bridgeport. Pero aún se resistía a mirar.

—No parece un marinero —agregó la mujer.

—No, no lo parece. —El comentario era de Boyd,

a quien Georgina había olvidado, aunque permanecía junto a ella—. Pero me resulta familiar. Lo conozco... o lo he visto en otra parte.

«Adiós esperanzas», pensó Georgina, disgustada. Su pulso perdió celeridad. Volvió a respirar. Se giró para ver quién demonios era el que provocaba tanta curiosidad.

Él estaba a tres metros escasos: alto, rubio, tan elegante y atractivo que hacía sufrir. Pero los ojos verdes que la paralizaban, robándole la respiración, eran los más fríos y amenazadores que Georgina jamás había visto. Su amor, su inglés y... su perdición.

32

—¿Qué te ocurre, Georgie? —preguntó Boyd, alarmado—. Tienes muy mala cara.

Georgina no podía responder. Sentía la presión de su mano en el brazo, pero no podía ni mirarlo. No podía apartar los ojos de James ni creer que él estuviera realmente allí, pese al tonto juego de esperanzas que acababa de jugar consigo misma.

Se había cortado el pelo. Ya no lo llevaba largo y atado atrás, como en el viaje a Jamaica, con ese pendiente de oro que le daba aspecto de pirata. Ahora la imagen de pirata había desaparecido. Su melena broncínea estaba tan revuelta como si acabara de pasar por una tempestad, pero no llamaba la atención. Otros hombres malgastaban horas enteras tratando de lograr la misma imagen. Los rizos que le cubrían las orejas no permitían ver el pendiente, si es que lo tenía puesto.

Se había vestido de terciopelo y seda, como si asistiera a un baile de la realeza. Si ella pensaba que el verde esmeralda le sentaba de maravilla, lo encontró irresistible vestido de granate oscuro; el terciopelo era tan fino que las luces de la habitación le arrancaban destellos. Las medias de seda eran tan níveas como el elegante pañuelo que lucía en su cuello. En él centelleaba un grueso diamante que habría atraído todas las miradas, si no lo hubiera hecho ya la imponente presencia de James.

Georgina reparó en todo ello con sólo una mirada, antes de que sus ojos quedaran clavados en esas pupilas, unas pupilas que enviaban tantas señales de advertencia como si tuviera que huir para salvar la vida. En las semanas pasadas con James Malory le había visto diferentes estados de ánimo, algunos de ellos bastante sombríos, pero nunca lo había visto tan furioso como para perder los estribos. Lo que leía ahora en sus ojos habría podido congelar una brasa. Parecía tan encolerizado que resultaba imposible adivinar lo que se traía entre manos. De momento, él se limitaba a dejarlo entrever.

—¿Tú también lo conoces?

¿Cómo «también»? Ah, claro: Boyd creía haberlo visto en algún lado. Obviamente, se equivocaba. Pero antes de que ella pudiera hacer ningún comentario, James echó a andar hacia ella, con engañosa desenvoltura.

—¿George, con faldas? ¡Qué ocasión tan especial! —Su tono seco resonó por todo su alrededor—. Te sienta muy bien, por cierto, pero debo decir que te prefiero con pantalones. Destacan mucho mejor ciertas encantadoras...

—¿Quién es usted, señor? —inquirió agresivamente Boyd, plantándose frente a James para cortarle el paso y, a un tiempo, el despectivo torrente de palabras.

Por un momento James pareció estar a punto de apartarlo sin más y Georgina sabía que era capaz de hacerlo. James era un muro de ladrillos, ancho, sólido y musculoso. Frente a él, Boyd, con sus veintiséis años y toda su estatura, parecía un escolar recién salido del aula.

—No estarás pensando en interponerte, ¿verdad, hijo?

—Le he preguntado quién es usted —repitió Boyd, enrojeciendo ante esa condescendencia autocomplaciente. Pero agregó, con un cierto amor propio—: Aparte de ser inglés, claro.

El aire despreocupado desapareció de inmediato.

—Aparte de ser inglés, soy James Malory. Ahora haz el favor de apartarte.

—Un momento. —Warren se puso junto a Boyd para bloquear un poco más el paso a James—. El nombre no nos dice quién es usted ni a qué ha venido.

—¿Otro? ¿Vamos a tener que solucionar esto a puñetazos, George?

La pregunta iba dirigida a ella, aunque él ya no la veía tras los altos hombros de Warren. Y Georgina, que comprendía muy bien su significado, a diferencia de sus hermanos, se apresuró a franquear la muralla protectora.

—Son hermanos míos, James. Por favor, no…

—¿Hermanos? —interrumpió él, burlón. Aquellos frígidos ojos verdes volvieron a posarse en ella—. ¡Pues me había imaginado algo muy diferente, al ver cómo te rondaban!

Las insinuaciones de su voz eran inconfundibles. Georgina ahogó una exclamación. Boyd no pudo ocultar su ira. Warren, sin pensárselo dos veces, lanzó su primer puñetazo. El hecho de que se lo desviaran con tanta facilidad lo dejó desconcertado. Y en ese instante llegó Drew, para impedir que Warren volviera a usar el puño.

—¿Has perdido la cabeza? —siseó, avergonzado—. Tenemos la casa llena de gente, Warren. Invitados, ¿recuerdas? ¡Caray, creía que ya te habías descargado esta tarde conmigo!

—No has oído lo que ha dicho este hijo de…

—Lo he oído. Pero yo sé algo que tú ignoras. Es el capitán del barco que llevó a Georgie hasta Jamaica. En vez de convertirlo en puré, ¿por qué no averiguamos a qué ha venido y por qué se muestra tan… provocador?

—Porque está borracho —sugirió Boyd.

James no se dignó contestar a aquella acusación. Aún miraba a Georgina, pero esa expresión amenazadora impedía que pudiera alegrarse de verlo.

—Tenías mucha razón, George. Los tuyos son muy pesados.

Se refería a sus hermanos, desde luego, y al comentario que ella había hecho en su primer día a bordo, al admitir que tenía otros hermanos varones, aparte de Mac. Por suerte, sus tres protectores lo ignoraron.

Georgina no sabía qué hacer. Le daba miedo preguntar a James a qué venía o por qué estaba tan furioso con ella. Quería alejarlo de sus hermanos antes de que estallara el infierno, aunque no estaba segura de desear verse a solas con él. De todas formas era necesario.

Apoyó una mano en el brazo de Warren, que estaba muy tenso.

—Me gustaría hablar un momento en privado con el capitán.

—No —fue la única respuesta.

La expresión de Warren decía a las claras que no habría modo de convencerlo. La muchacha buscó ayuda en otra parte.

—¿Drew?

Drew se mostró más diplomático. Se limitó a ignorarla, con los ojos fijos en James.

—¿Qué lo trae por aquí, exactamente, capitán Malory? —preguntó en un tono más pacífico.

—Ya que quieres saberlo, he venido para devolver a George sus pertenencias, puesto que cometió el descuido de dejarlas en nuestro camarote.

Georgina gimió para sus adentros. Ese «nuestro» había atraído la atención como un faro encendido en una noche sin luna, sin que a ninguno de sus hermanos se le pasara por alto la velada alusión. Ella había estado en lo cierto desde el primer momento: su perdición era inminente, sobre todo teniendo en cuenta que James sabía azorar a la gente si se empeñaba; pero esta vez buscaba sangre. Ya podía ir cavando una fosa para enterrarse en ella.

—Permitidme que os explique... —empezó a decir a sus hermanos.

—Prefiero escuchar las explicaciones de Malory. —Warren apenas dominaba su voz, por no hablar de su cólera.

—Pero...

—Lo mismo digo. —Drew fue el siguiente en interrumpir. Pero esta vez sin intenciones apaciguadoras. En ese momento, Georgina perdió la paciencia.

—¡Idos al infierno, los dos! ¿No veis que está buscando pelea adrede? Tú deberías reconocer las señales, Warren. Te pasas el tiempo haciendo lo mismo.

—¿Tendría alguien la bondad de explicarme que pasa aquí? —exigió Clinton.

Para Georgina fue casi una alegría verlo llegar, acompañado por Thomas. Quizá... quizá James considerara prudente desistir de ese atentado contra la reputación de una mujer. Resultaba evidente que ésa era su intención. El porqué era lo que no estaba nada claro.

—¿Estás bien, tesoro? —le preguntó Thomas, rodeándole los hombros con un brazo protector.

Ella apenas tuvo tiempo de asentir con la cabeza antes de que James repitiera, burlón:

—¿Tesoro?

—No se te ocurra siquiera empezar otra vez, James Malory —le advirtió ella, con un dejo de furia en la voz—. Éste es mi hermano Thomas.

—¿Y el gigante?

—Mi hermano Clinton —informó ella, con los dientes apretados por la rabia.

James se limitó a encogerse de hombros.

—Mi error es explicable, pues no veo mucho parecido familiar. ¿A qué se debe? ¿A diferentes madres o a diferentes padres?

—¿Y tú hablas de parecidos familiares, cuando tu hermano tiene el pelo más negro que el carbón?

—Anthony sabría apreciar la comparación, seguro. Por lo visto, recuerdas tu encuentro con él, George, lo cual me complace mucho. Él tampoco hubiera podido olvidarte. No más que yo.

Alterada como estaba, resultaba explicable que Georgina no captara de inmediato el significado de aquel comentario. Clinton seguía esperando una explicación, a juzgar por su áspero carraspeo. Boyd se adelantó a su hermana.

—Es el capitán del barco que trajo a Georgie desde Inglaterra… y encima es inglés.

—Eso ya lo había notado. ¿Y por eso estáis dando este espectáculo ante nuestros huéspedes?

El tono condenatorio de Clinton dejó a Boyd avergonzado y silencioso, pero Drew se encargó de continuar.

—No hemos empezado nosotros, Clint. Este malnacido ha estado insultando a Georgie desde que entró.

Los labios de James se curvaron desdeñosamente.

—¿Por comentar que prefiero a esta bonita muchacha con pantalones? Eso es cuestión de opiniones, muchacho. No se puede considerar un insulto.

—No lo has expresado exactamente así, Malory, lo sabes perfectamente —replicó Warren en un susurro furioso—. Y ésa no es la única porquería que ha escupido, Clinton. También ha lanzado la ridícula idea de que las pertenencias de Georgina estaban en su propio camarote, como si…

—Es normal que estuvieran allí —interrumpió James con bastante suavidad—. ¿En qué otro sitio iban a estar? Al fin y al cabo, ella era mi grumete.

Georgina, perdiendo por completo el color, recordó que él habría podido decir «mi amante». Eso habría sido peor… aunque no mucho peor.

Aunque todos sus hermanos la miraban, esperando que lo desmintiera, sólo pudo fijar la vista en James. Los ojos del capitán se mantenían tan frígidos como antes, sin expresar triunfo alguno. Probablemente, esa última estocada no era la definitiva.

—¿Georgina?

Sus pensamientos correteaban desesperadamente de un lado a otro, sin hallar salida para el dilema en que James la había puesto. Mentir era imposible, estando él allí.

—Es una historia larga, Clinton. ¿No podemos dejarla para des…?

—¡Ahora mismo!

Estupendo. Ahora Clinton estaba furioso. Hasta

Thomas tenía el ceño fruncido. Por lo visto, cavar una fosa y enterrarse en ella era su única opción.

—Muy bien —dijo, enérgicamente—, pero que sea lejos de toda esta gente, si no os molesta

—En absoluto.

Se encaminó directamente hacia el despacho, sin girarse siquiera. Que James fuera el primero en cruzar la puerta tras ella la sobresaltó.

—Tú no estabas invitado.

—Claro que sí, amor mío. Estos cachorros no han querido moverse sin mí.

Ella le dirigió una mirada llameante como respuesta, mientras sus hermanos desfilaban por la puerta. Sólo había una pareja en la habitación; Drew los expulsó del sofá sin mayor alboroto, mientras Georgina golpeaba el suelo con la punta del pie, esperando. Lo mejor era confesarlo todo y dejar que sus hermanos mataran a James. ¿Con quién demonios creía él que se enfrentaba, a fin de cuentas? ¿Con hombres serenos y pacíficos? ¡Ja! Le esperaba un duro despertar. Y si su asqueroso plan le estallaba en la cara, se lo tendría bien merecido.

—¿Y bien, Georgina?

—No hace falta que asumas esa actitud de jefe de familia, Clinton. No me arrepiento de nada. Las circunstancias hicieron que Mac y yo nos viéramos obligados a trabajar para pagarnos el regreso a casa, pero lo hice disfrazada de chico.

—¿Y dónde dormía ese supuesto «chico»?

—El capitán se ofreció amablemente a compartir su camarote conmigo. Vosotros hacéis lo mismo con vuestros grumetes para protegerlos. Y él no sabía que yo era... era... —Sus ojos volaron hasta James. Luego se llenaron de destellos asesinos: acababa de captar el significado de cierta observación anterior—. ¡Hijo de mala madre! ¿Conque no hubieras podido olvidarme? ¿Así que sabías desde un principio que era una mujer y sólo *fingiste* descubrir la verdad más adelante?

—Sí —respondió James con absoluta indiferencia.

La reacción de Georgina no tuvo nada de tibia. Con un leve grito de ira, franqueó de un salto el espacio que los separaba. Thomas tiró de ella hacia atrás antes de que lograra su objetivo y la mantuvo sujeta. Warren ya se había hecho cargo de James, haciéndolo girar para enfrentarse con él.

—Conque has comprometido su buen nombre, ¿eh? —lo acusó sin preámbulos.

—Tu hermana se comportó como una buscona de puerto. Se empleó en mi barco como grumete. Me ayudaba a vestirme y hasta bañarme, sin la menor protesta virginal. Ella misma había comprometido ya su buen nombre antes de que yo le pusiera una mano encima.

—¡Por Dios! —exclamó Warren—. ¡Estás admitiendo que... que tú...!

No aguardó respuesta. Ni siquiera terminó la frase. Por segunda vez en esa noche, se dejó llevar por las emociones y alzó el puño. Y por segunda vez, su golpe fue fácilmente desviado. Pero ahora James respondió con un golpe seco en el mentón. Warren se tambaleó ligeramente, reponiéndose en seguida, aunque algo aturdido. Mientras parpadeaba para reponerse de la sorpresa, Clinton hizo girar a James hacia él.

—¿Por qué no lo intentas conmigo, Malory?

Georgina no podía creer lo que estaba oyendo. ¿Clinton, a punto de liarse a golpes? ¿El firme y recto de Clinton?

—¡Haz algo, Thomas! —imploró.

—Si no tuviera que mantenerte fuera de esto, te soltaría para sujetar a ese cerdo mientras Clinton le cambia la cara.

—¡Thomas! —exclamó ella, incrédula.

Todos sus hermanos parecían haber perdido el sentido común. Cabía esperar semejante comentario de los tres más temperamentales, pero Thomas nunca perdía los estribos y Clinton era enemigo de riñas. Y allí estaba, echando chispas, el único entre los presentes que superaba a James en edad y, tal vez, el único que podía medir sus fuerzas con él. Y a James, el endemoniado truhán, parecía importarle muy poco haber encendido emociones tan acaloradas.

—Puedes atacarme cuando gustes, yanqui —provocó con un gesto burlón—. Pero te advierto que soy bastante hábil en este tipo de cosas.

¿Provocador? ¿Audaz? Ese hombre era un suicida. ¿Acaso creía que sólo debería medirse con Clinton? No conocía a sus hermanos, por supuesto. Aunque se atacaran entre sí sin compasión, siempre se unían al presentarse un enemigo común.

James y Clinton, los dos más mayores y corpulentos, parecían estar en términos de igualdad, pero al cabo de unos minutos quedó a la vista que James no se jactaba en vano. Clinton había logrado colocar un golpe; James, media docena, cada uno de los cuales parecía asestado por un puño de piedra.

Cuando Clinton retrocedió, tambaleándose ante un puñetazo especialmente demoledor, Boyd ocupó su lugar. Por desgracia, el menor de los hermanos no tenía ninguna posibilidad; probablemente lo sabía, pero estaba demasiado furioso como para que eso le importara. Un *uppercut* y un derechazo potente lo hicieron aterrizar muy pronto… Y entonces Warren volvió a intervenir.

En esta ocasión estaba más preparado. No carecía en absoluto de habilidad para la lucha. Al contrario, rara vez perdía una pelea. Por otra parte, al tener más estatura y brazos más largos contaba con ventaja, pero nunca se había enfrentado con un hombre que había practicado el boxeo. Lo hizo mejor que Clinton. Su derecha dio sólidamente en el blanco, una y otra vez. Pero esos golpes no parecieron causar ningún daño. Era como golpear… un muro de ladrillos.

Al cabo de diez minutos cayó, arrastrando una mesa consigo. Georgina echó un vistazo a Drew, preguntándose si cometería la estupidez de entrometerse en eso. Y como cabía esperar, el muchacho se quitó la chaqueta, muy sonriente.

—Debo reconocer, capitán Malory, que ha sido muy modesto al calificarse como «bastante hábil». Tal vez me convenga pedir pistolas.

—Como gustes, pero debo advertirte que...

—No me lo diga. ¿También en eso es bastante hábil?

El tono seco de Drew hizo que James se echara a reír.

—Más que eso, querido muchacho. No hago sino ponerte al tanto de lo que saben todos los jóvenes buscapleitos de mi patria: que he vencido catorce veces sin perder nunca. En realidad, sólo he perdido alguna batalla en el mar.

—Bueno, está bien. Al menos tengo algo a mi favor: usted ya debe de estar cansándose.

—¡Ah, maldición, no puedo creerlo! —exclamó de pronto Boyd.

—No te metas en esto, hermanito —le dijo Drew—. Tu turno ya ha pasado.

—No, pedazo de imbécil. Acabo de recordar quién es. ¿No lo reconoces, Thomas? Imagínatelo con barba...

—¡Dios Santo! —murmuró Thomas, incrédulo—. Es ese maldito pirata Hawke, que me envió a puerto renqueando.

—Sí, el que se llevó toda mi carga en el primer viaje que hice como único propietario del *Oceanus.*

—¿Estás seguro? —preguntó Clinton.

—¡Oh, Clinton, por lo que más quieras! —exclamó Georgina desdeñosa—. ¿Cómo puedes tomarlos en serio? ¿Un pirata? Es uno de esos malditos aristócratas ingleses: el vizconde de *no-sé-dónde*...

—De Ryding —aclaró James.

—Gracias —respondió ella de inmediato. Pero continuó como si nadie la hubiera interrumpido—. Acusarlo de ser un condenado pirata es tan ridículo que...

—Un *caballero* pirata, querida, si no te importa —interrumpió James una vez más, con su voz burlona—. Y retirado, aunque eso no venga al caso.

En esta ocasión ella no le dio las gracias. Ese hombre tenía que estar loco para ser capaz de admitir que era un pirata. Y tal aceptación era todo lo que sus hermanos necesitaban para arrojarse contra él en grupo.

Georgina los vio a todos rodar contra el suelo, formando una pequeña montaña de piernas despatarradas y brazos moviéndose como aspas de molino. Por fin se volvió hacia Thomas, que aún la sujetaba con firmeza por los hombros, como si la creyera capaz de cometer la estupidez de entrometerse en eso.

—¡Tienes que separarlos, Thomas!

Su frase sonó más desesperada de lo que ella creía. Y Thomas no era tonto. A diferencia de sus hermanos, había estado observando a los dos personajes principales de esa desagradable escena. En los ojos del inglés, el reproche sólo se mantenía mientras ella lo estuviera mirando; cuando no era así, algo muy distinto destellaba en su mirada. Y las emociones de Georgina eran aún más reveladoras.

—Él es quien provoca tu llanto, ¿verdad, Georgie? —preguntó con mucha suavidad—. Él que tú...

—Sí, pero ya no —replicó ella, con rotundidad.

—En ese caso, ¿por qué quieres que intervenga?

—¡Porque le van a hacer daño!

—Caray, yo pensaba que ése era el objetivo.

—¡Thomas! Esa estupidez de la piratería les sirve de excusó para no jugar limpio; han visto que no pueden con él por separado.

—Es posible, pero lo de la piratería no es una estupidez, Georgie. Ese hombre *es* un pirata.

—¡Era! —corrigió ella, con firmeza—. ¡Ya le has oído decir que se ha retirado!

—Eso, tesoro, no cambia el hecho de que, en su desagradable carrera, haya causado graves daños a dos de nuestros barcos y robado una carga valiosa.

—¡Puede pagar los daños!

La discusión perdió sentido, porque en ese momento los combatientes empezaron a levantarse. Todos, menos James Malory. A fin de cuentas, los muros de ladrillo no son inquebrantables.

33

Al recobrar la conciencia, James logró controlar el gemido que estuvo a punto de escapar de sus labios hinchados. Hizo un rápido repaso mental. Las costillas parecían sólo muy magulladas. En cuanto a su mandíbula, no estaba tan seguro.

Bueno, se lo había buscado por imbécil, por no mantener la boca cerrada y hacerse el tonto ante esos dos jóvenes que lo habían reconocido, y sacando a relucir tiempos pasados. Hasta George lo había defendido en un momento de incredulidad. Pero no: él tenía que pavonearse de todos sus pecados.

La cosa no habría salido tan mal si ellos no hubieran sido tantos. ¡Rayos y centellas, cinco malditos yanquis! ¿Dónde tenían la cabeza Artie y Henry? ¿Cómo no se lo habían advertido? ¿Y dónde tenía él la suya, a fin de cuentas? Su proyecto original era enfrentarse con George cuando estuviera sola. Connie ya se lo había advertido, claro. Y ahora el hombre se regodearía con esto a más no poder. Hasta era posible que se lo mencionara a Anthony, sólo para sacarle un poco más de provecho. Y entonces las burlas no tendrían fin.

Por otra parte, ¿qué diablos buscaba al presentarse en esa maldita fiesta, aparte de abochornar a la querida niña tal como se merecía?

Había sido la fiesta, la idea de que George la disfrutara con diez o doce pretendientes a su alrededor, lo que le hizo perder su sentido común. Además, la había encontrado tan bien protegida por esos parientes idiotas que nadie hubiera podido acercarse, ni siquiera él.

A su alrededor zumbaban las voces de los hermanos provenientes de distintas direcciones: algunas, de lejos; otras, a poca distancia o a su lado. Supuso que uno de ellos lo observaba esperando a que diera señales de despertarse. Si no había querido liquidarlos uno a uno en cuestión de segundos mientras aún querían jugar limpio, había sido por George. Y ahora estaba en condiciones de hacer ese esfuerzo; habían intentado hacerle atravesar el suelo a golpes. Lo mejor era concentrarse en lo que estaban diciendo. Pero eso también le resultaba difícil; la niebla de dolor que sentía en todo el cuerpo requería a gritos su atención.

—No me lo creeré, Thomas, a no ser que sea Georgie quien lo diga.

—Ella misma ha intentado atacarlo, recuerda.

—Yo estaba aquí, Boyd. —Era la única voz que resultaba agradable escuchar—. He sido yo el que ha estado sujetándola contra su voluntad. Pero eso no cambia las cosas. Te digo que…

—¡Pero si todavía estaba llorando por Malcolm!

—¡No seas borrico, Drew! ¿Cuántas veces tendré que decírtelo? Aquello era pura tozudez.

—¿Por qué demonios te metes en esto, Warren? ¡Últimamente, cada vez que abres la boca es para decir sandeces!

Hubo un breve forcejeo. Luego intervino Clinton:

—¡Por amor de Dios, muchachos! ¿Es que no tenéis suficientes cardenales por hoy?

—¡Estoy harto de que me arroje encima su maldita amargura, Clinton! Podría darle lecciones al inglés.

—Yo diría que ha sido al revés, pero eso no viene al caso. Ten la bondad de callarte, Warren, si no puedes contribuir con algo constructivo. Y tú, Drew, deja de ser tan quisquilloso. Así no suponéis una gran ayuda.

—Bueno, yo opino igual que Boyd: no me lo creo. —James empezaba a distinguir las voces; la del acalorado Warren estaba empezando a irritarle—. Y como el cabeza hueca también lo pone en duda…

Esa afirmación originó un nuevo enfrentamiento. James tenía la sincera esperanza de que acabaran matándose entre sí… una vez descubriera qué era lo que les parecía tan dudoso. Cuando iba a incorporarse para preguntarlo, los combatientes se estrellaron contra sus pies, provocándole aún más dolor. Su gruñido fue lo bastante revelador.

—¿Cómo te encuentras, Malory? —preguntó una voz asombrosamente jocosa—. ¿Te parece que podrás asistir a la boda?

James apenas pudo abrir los ojos. Era Boyd, el de cara infantil, el que le sonreía. Con todo el desprecio de que era capaz, respondió:

—Mis propios hermanos han hecho mejor trabajo conmigo que vosotros, mocosos llorones.

—En ese caso, deberíamos probar otra vez —sugirió el eterno belicoso.

—¡Siéntate, Warren!

La orden de Thomas los sorprendió a todos, salvo a James; el inglés no tenía idea de que ese Anderson rara vez levantaba la voz. Muy decidido, concentró sus fuerzas en incorporarse sin una sola mueca de dolor. En ese momento cayó en la cuenta de lo que acababa de oír.

—¿Qué demonios has dicho? ¿De qué boda hablas?

—De la tuya con Georgie, inglés. Como has comprometido su honra, te casarás con ella. Si no, te mataremos de muy buen grado.

—En ese caso, muchacho, sonríe y aprieta el gatillo. No dejaré que me obliguen a…

—¿No ha sido ésa la razón por la que has venido a esta casa, Malory? —preguntó Thomas, enigmático.

James le dirigió una mirada fulminante, mientras los otros hermanos reaccionaban con diferentes grados de asombro.

—¿Te has vuelto loco, Thomas?

—Bueno, eso lo explica todo, ¿no os parece? —había sarcasmo en su voz.

—¿De dónde sacas esas ideas ridículas? Primero, lo de Georgie. Ahora, esto.

—¿Por qué no te explicas, Tom?

—No tiene importancia —replicó Thomas, observando a James—. La mente inglesa es demasiado compleja.

James prefirió no hacer comentarios. Hablar con aquellos imbéciles ya era un dolor de cabeza en sí. Se levantó poco a poco, con sumo cuidado. Lo mismo hicieron Warren y Clinton. James estuvo a punto de echarse a reír. ¿Acaso creían que aún le quedaban fuerzas como para resultar una amenaza? ¡Qué gigantes endemoniados! Al parecer, la pequeña George no podía tener una familia normal.

—A propósito, ¿dónde está George? —quiso saber.

El hermano más joven, que se paseaba por el cuarto con bastante agitación, se detuvo frente a él, con fuego en los ojos.

—No es así como se llama, Malory.

—Por Dios, ¿vas a indignarte ahora por un nombre? —En su siguiente comentario faltaba la indiferencia que lo había hecho famoso—: La llamaré como se me antoje, pequeño. Ahora dime dónde la habéis metido.

—No la hemos metido en ninguna parte —repuso Drew, desde atrás—. Está ahí.

James giró en redondo. Vio primero a Drew, de pie entre él y el sofá. Y en éste, tumbada y pálida como la muerte, estaba Georgina, inconsciente.

—¡Pero qué...!

Drew, el único que llegó a ver la expresión asesina con que James echó a andar hacia el sofá, trató de detenerlo; pero se arrepintió al ser desplazado y acabó estrellándose contra la pared. El impacto hizo que se torcieran todos los cuadros y el ruido se oyó en el salón, donde a una de las criadas, del sobresalto, se le cayó una bandeja con copas.

—Déjalo, Warren —aconsejó Thomas—. No va a

hacerle daño. —Y le dijo a James—: Se ha desmayado al verte en el suelo.

—Ella nunca se desmaya —insistió Boyd—. Os digo que está fingiendo para no tener que soportar los gritos de Clinton.

—Tenías que haberle dado una paliza en su momento, Clint.

Ese descontento provenía de Warren, a quien todos los hermanos miraron con exasperación. Pero provocó un comentario totalmente inesperado del único hombre ajeno a la familia.

—Si alguien le pone una mano encima, puede darse por muerto.

James ni siquiera se volvió para lanzar esa advertencia con un gruñido. Estaba de rodillas junto al sofá, dando suaves palmaditas en las mejillas cenicientas de Georgina, en un intento por hacerla reaccionar.

En el denso silencio que siguió, Thomas miró a Clinton y dijo, sereno.

—Ya te lo dije.

—Cierto. Razón de más para que no retrasemos todo esto.

—Si me hubierais dejado entregarlo al gobernador Wolcott para que lo ahorcara, ahora no tendríamos problemas.

—Aun así, ha comprometido la honra de la niña, Warren —le recordó Clinton—. Tiene que casarse con ella para solucionarlo. Después analizaremos lo demás.

Las voces de los hermanos zumbaban detrás de James, que apenas escuchaba. No le gustaba el color de Georgina. Su respiración también era demasiado débil. Claro que él nunca había atendido a mujeres en estas circunstancias. Siempre había alguien que se encargaba de acercarles sales aromáticas a la nariz. Sin duda los hermanos no tenían sales. ¿No decían que se lograba el mismo efecto quemando plumas? James echó un vistazo al sofá, preguntándose de qué estaría relleno.

—Prueba a hacerle cosquillas en los pies —sugirió Drew, acercándose—. Los tiene muy sensibles.

—Ya lo sé —replicó James, recordando una ocasión en que ella había estado a punto de arrojarlo de la cama de un puntapié, reflejo provocado por un mero roce de la mano contra su empeine descalzo.

—¿Conque lo sabes? ¿Cómo diablos te has enterado?

James suspiró, percibiendo otra vez la beligerancia en el tono de Drew.

—Por casualidad, muchacho. No pensarás que me dedico a travesuras tan infantiles como hacer cosquillas, ¿eh?

—Me gustaría saber qué travesuras fueron las que hiciste con mi hermana.

—Ninguna que no hayas imaginado ya.

Drew aspiró hondo antes de replicar.

—Debo reconocer una cosa, inglés; tú sí que sabes cavarte la fosa.

James lo miró por detrás del hombro. Habría sonreído, pero dolía demasiado.

—En absoluto. ¿Preferirías que mintiera?

—¡Dios santo, sí!

—Lo siento, amigo, pero no suelo agobiarme con remordimientos ni otras tonterías que a ti parecen afectarte. Tal como le dije a tu hermana, ciertos aspectos de mi vida no resultan moralmente muy aceptables...

—¿Te refieres a las mujeres?

—Vaya, qué muchacho tan perceptivo.

Drew enrojeció de ira y apretó los puños.

—¡Por Dios, eres peor que Warren! Si quieres algunos golpes más de...

—Atrás, cachorro. Tienes buenas intenciones, no lo dudo; pero no puedes vencerme, y lo sabes. ¿Por qué no haces algo útil y traes alguna cosa para reanimar a tu hermana? Creo que ella debería participar en este debate.

Drew, aceptando la sugerencia, se fue henchido de cólera. Un momento después regresó con un vaso lleno de agua. James le echó una mirada escéptica.

—¿Quieres decirme, por favor, qué debo hacer yo con eso?

Como respuesta, Drew vertió el contenido en la cara de Georgina.

—Bueno, me alegro de que lo hayas hecho tú y no yo —reconoció James, mientras la joven se incorporaba, escupiendo y chillando, para buscar al responsable con la mirada.

—Te has desmayado, Georgie —explicó Drew apresuradamente.

—En el salón debe de haber diez o doce mujeres provistas de sales aromáticas —observó ella, furiosa, mientras se quitaba el agua de las mejillas y el escote—. ¿Por qué no se las has pedido?

—No se me ha ocurrido.

—Bueno, al menos podías haber traído una toalla con el agua. —Y luego agregó, horrorizada—: ¡Maldito seas, Drew! ¡Mira lo que has hecho con mi vestido!

—Un vestido que no deberías tener puesto, para empezar —replicó él—. Quizá ahora te decidas a cambiarte.

—¡Me lo dejaré puesto hasta que se caiga a pedazos, sólo para… !

—Jovencitos, si no os molesta… —interrumpió James deliberadamente.

Los ojos de Georgina se desviaron hacia él.

—¡Oh, James, mírate la cara!

—Eso es bastante difícil de hacer, pequeña. Pero yo, en tu lugar, no diría nada La tuya está chorreando.

—¡Pero de agua, idiota, no de sangre! —le espetó ella. Y se volvió hacia Drew—. ¿No tienes siquiera un pañuelo?

Él hurgó en su bolsillo y le entregó uno blanco, suponiendo que la muchacha lo usaría para enjugarse la cara. Pero quedó atónito al ver que su hermana se inclinaba hacia delante para limpiar cuidadosamente la sangre seca que rodeaba la boca del inglés. James permaneció de rodillas, dejando que Georgina lo atendiera, como si no hubiera estado arrojándole dardos con la mirada un rato antes,

como si no la hubiera abochornado delante de la familia los amigos, como si ambos no acabaran de reñir.

Miró a su alrededor, para ver si sus hermanos h bían reparado en tan irracional conducta. Clinton Warren seguían discutiendo, sin enterarse de nad Boyd, en cambio, sorprendió su mirada y se quedó an nadado. Y Thomas meneaba la cabeza, aunque con ev dente satisfacción y una cierta ironía. Drew no veía nac divertido en el asunto. Nada deseaba menos que ten a un pirata por cuñado. Aunque ya no se dedicara a ell Y lo que era peor, un pirata inglés. Y para colmo c males, un lord del viejo reino. No lograba creer que s hermana hubiera podido enamorarse de este tipo. Sim plemente era inconcebible.

¿Cómo se explicaba que Georgina estuviera ahoi mismo atendiéndolo con tanta aflicción? ¿Y por qué s había desmayado al verle el rostro algo magullado?

Era preciso admitir que el inglés era un hombr bien plantado. Y además un boxeador inigualable, cos que Drew podía admirar, pero no Georgie. Tambié parecía un hombre atractivo, al menos antes de que ello le hincharan el rostro. Pero ¿iba Georgina a dejars conquistar por esas nimiedades, cuando el hombre ten tantos puntos en contra? Oh, diablos… Desde que en contrara a su hermana en Jamaica no lograba explicar se nada de lo que sucedía.

—Eres hábil con los puños, ¿eh?

Drew volvió a fijar su atención en la escena al oí ese irritado comentario de Georgina. Trató de captar la reacción de Malory, pero con ese rostro tan amoratado resultaba difícil reconocer su expresión.

—Podría decirse que he practicado un poco en el cuadrilátero.

—No me explico de dónde has sacado tanto tiempo —replicó ella, con sarcasmo—. Entre administrar una plantación en las islas y hacer de pirata…

—Tú misma me dijiste que era viejo, pequeña… Con una vida tan larga, es natural que haya tenido tiempo para muchas cosas.

Drew estuvo a punto de atragantarse al oír aquello. Con el ruido atrajo la atención de Georgina.

—En vez de estarte ahí, sin hacer nada, podrías ayudar. Este ojo necesita algo frío para deshincharse... y el tuyo también, ahora que lo veo.

—Ah, no, Georgie. Ahorra aliento, porque no me harás salir de aquí. Pero si quieres que me retire algunos pasos para que puedas cambiar unas palabritas a solas con este sinvergüenza, ¿por qué no me lo pides?

—Porque no quiero nada de eso —insistió ella, indignada—. No tengo absolutamente nada que decirle. —Sus ojos se clavaron en James para aclarar—: No tengo nada que decirte, salvo que tu conducta esta noche ha superado lo desagradable que es habitual en ti, para caer en lo despreciable. ¿Cómo no me había dado cuenta de que eras capaz de tanta bajeza? Caí en la estupidez de creer que tus ridículas actitudes eran inofensivas; una costumbre sin malicia, como tú dices. ¡Eso creía! Pero me has demostrado que estaba equivocada. Esa maldita lengua tuya ha probado ser mortífera y cruel. ¡Qué!, ¿estás satisfecho de lo que has conseguido? ¿Te has divertido lo suficiente? ¿Y qué demonios haces, todavía de rodillas? Deberían haberte acostado.

Empezó a hablar hasta ponerse furiosa, sin darse cuenta de que había acabado la parrafada con un signo de preocupación por él. James se sentó sobre los talones y lanzó una carcajada. Dolía horrores, pero no lo pudo evitar.

Ella lo fulminó un momento con la mirada. Luego preguntó, muy seria:

—¿Qué haces aquí, James?

Con aquella simple pregunta hizo añicos la diversión. En un abrir y cerrar de ojos volvió la hostilidad.

—Te olvidaste de despedirte, amor mío. He querido darte la oportunidad de corregir ese descuido.

¿Conque ése era el motivo de tanta locura? ¿El hombre se había sentido despreciado? ¿Y por esa pequeñez, caprichosa y vengativa, había destruido su reputación y los sentimientos que en ella inspiraba? Bueno,

cabía agradecerle esto último. ¡Pensar que había estado consumiéndose de tristeza ante la perspectiva de no verlo nunca más! Ahora lamentaba que no hubiera sido así.

—¡Oh, qué falta de consideración por mi parte! —reconoció la joven, casi ronroneando, mientras se levantaba—. Pero es muy fácil de rectificar. Adiós, capitán Malory.

Georgina pasó rozándolo, decidida a hacer el mutis más espléndido de su vida. Pero se encontró cara a cara con sus hermanos, que tenían la vista clavada en ella y habían oído hasta la última palabra de su acalorado diálogo con James. ¿Cómo había podido olvidarse de que ellos también estaban en la habitación?

34

—Bueno, es evidente que os conocéis muy bien.

Georgina frunció el entrecejo ante el irónico comentario de Warren, activando sus defensas y volviendo a experimentar azoramiento y un cierto enfado que aún subsistía.

—¿Qué pretendes insinuar con eso, Warren? Pasé cinco semanas en su barco trabajando de grumete, como él ya ha tenido la *consideración* de informaros.

—¿Y en su cama?

—Ah, ¿por fin estamos decidiéndonos a preguntar?

Enarcó una sola ceja, en una perfecta imitación del gesto de James. Ni siquiera reparó en que aquel uso afectado del plural era otra de las costumbres del inglés. Después de todo, el sarcasmo no era su fuerte; resultaba natural que, al intentar usarlo, copiara a un verdadero maestro.

—Ya estaba convencida de que no necesitabais más confirmación que la palabra de un pirata confeso —prosiguió—. ¿No fue por eso por lo que os arrojasteis los cuatro contra él? ¿Porque creíais cada una de sus palabras? Sabíais perfectamente que no estaba mintiendo.

Clinton y Boyd se sentían tan culpables que el rubor los delató. Georgina no podía ver la reacción de

Drew, porque lo tenía a su espalda, pero Warren no las tenía todas consigo.

—No hay hombre en su sano juicio que se proclame autor de actividades ilegales si no las ha cometido.

—¿No? Si lo conocieras, Warren, sabrías que es muy capaz de admitir algo así, sea cierto o no, sólo para causar efecto y provocar reacciones. Disfruta con la discordia, ¿sabes? Por otra parte, ¿quién ha dicho que esté en su sano juicio?

—¡Eso sí que no lo admito, Georgie, faltaría más! —protestó James suavemente desde el sofá, adonde había trasladado su dolorido cuerpo—. Por otra parte, tus queridos hermanos me han reconocido. ¿Acaso lo has olvidado?

—¡Maldito seas, James! —le espetó ella, por detrás del hombro—. ¿No puedes guardar silencio unos pocos minutos? Ya has contribuido sobradamente a esta discusión...

—Esto no es una discusión, Georgina —interrumpió Clinton con severa desaprobación en la voz—. Te han hecho una pregunta. Harías bien en responder ahora mismo y ahorrarte tantos rodeos.

Georgina gimió para sus adentros. No había modo de escabullirse. Y aunque no tenía por qué sentirse tan... tan avergonzada, ellos eran sus hermanos. ¿Cómo decir a cinco hermanos demasiado protectores que una ha tenido relaciones con un hombre sin estar casada con él? Ese tipo de temas se trata siempre con mucho azoramiento, incluso cuando se está casada.

Durante medio segundo, estudió la posibilidad de mentir. Pero existía una prueba que pronto empezaría a relucir, bajo la forma de un bebé. Y allí estaba James, que difícilmente le iba a permitir negar el asunto, después de haberse tomado tantas molestias para divulgar lo íntimo de sus relaciones.

Acorralada y llena de frustración, decidió optar por la bravuconería.

—¿Cómo queréis que os lo diga? ¿Con todas sus

letras? ¿O bastará decir que, en este caso, el capitán Malory no ha faltado a la verdad?

—¡Pero…, Georgie…! ¡Cómo se te ocurre…! ¡Con un pirata!

—¿Cómo iba a saberlo, Boyd?

—¡Con un inglés! —exclamó Drew.

—De eso sí que me di cuenta —reconoció ella, con sequedad—. Le brota de la boca con cada palabra que pronuncia.

—No te hagas la descarada, Georgie —le advirtió Clinton—. Tienes un gusto deplorable para elegir hombres.

—Por lo menos es coherente —intervino Warren—. Va de mal en peor.

—Creo que no les gusto, George —terció James.

En lo que a Georgina concernía, ésa fue la gota que desbordó el vaso.

—¡Basta ya! He cometido un error, ¿y qué? Estoy segura de no ser la primera y tampoco seré la última. Al menos, ya no estoy cegada. Ahora sé que él se propuso seducirme desde el principio, algo que todos vosotros practicáis con regularidad; por lo tanto, seríais unos hipócritas si se lo reprocharais. Lo hizo con mucha sutileza, tanta que no me percaté de lo que pasaba. Y yo estaba convencida de que creía que yo era un chico. Ahora ya sé que no era así. Tengo motivos de sobra para estar furiosa, pero vosotros no, porque casi todos haríais exactamente lo mismo que James si se os presentaran circunstancias similares. Sin embargo, pese a los medios empleados, yo participé con plena voluntad. Sabía exactamente lo que estaba haciendo. Mi conciencia es testigo.

—¿Tu qué?

—Bien dicho, Georgie —comentó James desde detrás, bastante asombrado al oír que ella lo culpaba y lo defendía en una misma frase—. Pero sin duda ellos habrían preferido oírte decir que te había violado o utilizado de alguna otra manera detestable.

Ella giró en redondo, clavando los ojos entornados en la causa de sus pesares.

—¿Y tú no crees que me has utilizado?

—Difícilmente, querida niña. No fui yo quien confesó tener náuseas.

Ella se puso visiblemente roja ante ese recuerdo. Oh, por Dios, ¿sería ese hombre capaz de decirles *eso*?

—¿Qué dice? —quiso saber Drew, el único que reparó en su rubor.

—Nada… Una broma entre nosotros —balbució ella, suplicando a James con los ojos que, por una vez, mantuviera la boca cerrada. Cosa que él no hizo, por supuesto.

—¿Una broma, George? ¿Te parece que…?

—¡Te voy a matar, James Malory! ¡Lo juro!

—Antes de casarte con él, ni se te ocurra.

—¿*Qué*? —chilló la joven, dándose la vuelta para clavar una mirada incrédula en el hermano que había pronunciado aquellas palabras ridículas—. ¡No bromees, Clinton! ¿Acaso lo quieres en la familia?

—Eso no viene al caso. Tú lo elegiste…

—¡No lo elegí! Y él no quiere casarse conmigo… —se interrumpió para mirar a James e hizo una larga pausa, llena de súbitas vacilaciones—. ¿O sí?

—No, de ninguna manera —respondió él, de mal humor, pero sólo para vacilar un poco antes de preguntar—: ¿Preferirías que lo hiciera?

—Por supuesto que no —fue el orgullo lo que obligó a Georgina a pronunciar esas palabras; sabía muy bien lo que él pensaba al respecto. Se volvió hacia sus hermanos—. Creo que eso resuelve el asunto.

—Ya está resuelto, Georgie. Lo hemos decidido mientras tú y el capitán estabais inconscientes —le informó Thomas—. Os casaréis esta noche.

—Has sido tú el instigador de esto, ¿no? —lo acusó ella, recordando de pronto la conversación que habían mantenido por la mañana.

—Sólo hacemos lo que más te conviene.

—Es que no me conviene, Thomas. No voy a casarme con un hombre que no me quiere.

—Nunca he dicho que no te quiera, pequeña

—aclaró James. La irritación era ya manifiesta en su voz—. Serías una amante estupenda.

Georgina ahogó su grito. Sus hermanos fueron más expresivos.

—¡Hijo de mala madre!

—O te casas con ella, o...

—Sí, ya lo sé —interrumpió James, antes de que la cólera los dominara otra vez—. Me mataréis.

—Haremos algo mejor que eso, amigo —gruñó Warren—. ¡Incendiaremos tu barco!

Ante eso James se incorporó, sólo para oír de labios de Clinton:

—Ya hemos encargado a alguien que averigüe dónde está anclado. Es obvio que no has llegado a puerto con tu barco. Si no, nos habríamos enterado.

El inglés se puso en pie. Warren continuó informándole.

—También hemos dado órdenes de que detengan a tu tripulación. Así podremos entregaros a todos al gobernador, para que os ahorquen.

Rompiendo el pesado silencio que siguió a ese anuncio, Boyd intervino más razonablemente.

—¿Os parece que debemos ahorcarlo, si va a ser el esposo de Georgie? No me parece correcto ahorcar a un cuñado.

—¡Ahorcarle! —exclamó Georgina, que al haber permanecido inconsciente desconocía que ya se había mencionado esa posibilidad—. ¿Os habéis vuelto locos?

—Ha confesado que es un pirata, Georgie, y estoy seguro de que la Skylark no ha sido su única víctima. Y es un hecho que, por cuestión de principios, no podemos dejar pasarlo por alto.

—¡Cómo que no podemos! Él compensará las pérdidas. Diles que las compensarás, James. —Pero cuando lo miró en busca de la confirmación que podía sacarlo del aprieto, Malory estaba hecho un demonio, con una soberbia tal que mantuvo la boca cerrada—. ¡Thomas! —gimió, ya muy cerca del pánico—. ¡Esto se os está yendo de las manos! ¡Hablamos de delitos cometidos… hace años!

—Siete u ocho —replicó él, encogiéndose de hombros con despreocupación—. Mi memoria parece bastante deficiente, aunque la hostilidad del capitán Malory parece reavivarla notablemente.

Ante ese comentario James se echó a reír, pero el tono de su risa dejaba entrever que se iba sintiendo acorralado.

—¿Extorsión, además de coacción? ¿Amenazas de violencia y desastre? ¿Y decís que yo soy el pirata, condenados colonos?

—Nuestra única intención es entregarte para que se te juzgue, pero como Boyd y yo somos los únicos testigos en tu contra…

El resto quedó abierto a la interpretación, pero hasta Georgina captó lo que Thomas daba a entender. Si James cooperaba, ese supuesto juicio se quedaría en nada por falta de pruebas decisivas. Cuando la joven ya empezaba a relajarse intervino el menos oportuno, como siempre.

—Es posible que el sentimentalismo te nuble la memoria *a ti*, Thomas —alegó Warren—. Pero yo he oído con toda claridad la confesión de este hombre y pienso declarar contra él.

—Vuestra estrategia no se comprende, yanquis. ¿Qué es esto: venganza o reivindicación? ¿O tenéis el erróneo concepto de que la una complementa a la otra?

El mordaz humor de James arrojó chispas sobre Warren.

—No habrá ninguna reivindicación, *Hawke* —replicó, mencionando el nombre con tanto desprecio que resultó un evidente insulto—. Allí están tu barco y tu tripulación. Y si el primero no te importa, lo que decidas ahora determinará que tu tripulación afronte o no los mismos cargos que tú.

Desde que había alcanzado cierta madurez, algo muy grave tenía que ocurrir como para alterar el autocontrol de James. El peligroso temperamento de su juventud estaba dominado desde hacía tiempo y, si bien aún se enojaba de vez en cuando, era preciso conocerlo muy bien para darse cuenta. Pero no era posible amenazar a su familia sin sufrir las consecuencias. Y la mitad de su tripulación constituía, a su modo de ver, una especie de familia.

Echó a andar lentamente hacia Warren. Georgina, que lo observaba, tuvo la sospecha de que su hermano había llegado demasiado lejos, pero no imaginó que James acabaría de desatar en él la peligrosa capacidad que Mac y ella habían percibido desde el primer momento. Hasta la voz del capitán era engañosa en su suave aspereza al advertir:

—Vais más allá de vuestros derechos al involucrar en este asunto a mi barco y a mi tripulación.

Warren resopló con desdén.

—¿Tratándose de un navío inglés que acecha en nuestras aguas? Peor aún, ¿de un barco sospechoso de piratería? Es evidente que estamos en nuestro derecho.

—En ese caso, yo también.

Ocurrió tan de prisa que todos los presentes quedaron momentáneamente petrificados por la sorpresa, en especial Warren, que sintió aquellas manos, increíblemente fuertes, ciñéndose alrededor de su cuello, inexorables.

Clinton y Drew se precipitaron para aferrar a James, cada uno por un brazo, pero no lograron arrancarlo de su presa. Y las manos de Malory continuaban oprimiendo, lentas, implacables.

La cara de Warren presentaba ya un intenso color morado cuando Thomas halló algo lo bastante pesado como para dejar sin sentido a James. Pero no hizo falta. Georgina, con el corazón encogido, se lanzó hacia la espalda de James y le chilló desesperada:

—¡Por favor, James! ¡Es mi hermano!

Malory, simplemente, abrió las manos.

Clinton y Drew hicieron otro tanto para sujetar a Warren antes de que cayese al suelo. Lo ayudaron a sentarse en la silla más cercana, le examinaron el cuello cuidadosamente y se aseguraron de que no tenía nada roto. Por fin empezó a toser, en un esfuerzo por llenar sus anhelantes pulmones. Georgina se apartó de la espalda de James, aún trémula por lo que había estado a punto de pasar. Seguía enojada, pero de inmediato vio que la cólera de James estaba en toda su magnitud.

—Podría haberle estrangulado en dos segundos. ¿Lo sabes?

Ella se encogió bajo esa ráfaga de ira.

—Sí... creo que sí.

Por un momento él se limitó a mirarla con furia. Georgina tuvo la sensación de que no se había descargado lo suficiente en Warren; aún le quedaba cólera para ella. Le llameaba en los ojos; se veía en la tensión de su enorme cuerpo.

Pero al pasar ese momento de gran tensión, James sorprendió a todos los presentes diciendo con un gruñido:

—Pues traed a vuestro párroco, antes de que me sienta tentado a hacerlo otra vez.

Tardaron menos de cinco minutos en localizar al buen reverendo Teal, presente en la fiesta que aún se desarrollaba en el resto de la casa. Muy poco después, Georgina se casaba con James Malory, vizconde de Ryding y pirata retirado. No fue exactamente la boda que ella siempre había imaginado durante los largos años en que, pacientemente, esperaba el retorno de Malcolm. ¿Pacientemente? No, ahora comprendía que era simple indiferencia.

James había cedido, pero de muy mala gana. El resentimiento y la ira sólo fueron dos de las impropias emociones que exhibió durante la ceremonia. Tampoco los hermanos de Georgina mejoraron las cosas, decididos como estaban a casarla, y odiando a la vez la necesidad de hacerlo sin disimularlo en absoluto. Ella, por su parte, comprendió que no podía actuar con obstinación y dejar que su orgullo impidiera que se llevara a cabo aquella farsa, tal como deseaba: debía pensar en el hijo que llevaba dentro; al menos él se beneficiaría al llevar el apellido de su padre.

Se preguntó por un instante si alguien cambiaría de actitud en el caso de que ella revelara lo de su embarazo, pero no parecía posible. James estaba obligado a casarse de todas maneras, y no podía escapar de esa humillación. Tal vez más adelante la noticia le aliviaría el golpe, en cierto modo. Habría que decírselo en algún momento... excepto si Warren se salía con la suya.

Y Warren se salió con la suya en cuanto el buen reverendo los declaró marido y mujer.

—Encerradlo. Ya ha disfrutado de todas las noches de boda que tendrá en su vida.

35

—No irás a creer que eso te dará resultado otra vez, ¿eh, Georgie?

Georgina, que estaba intentando forzar el cajón del escritorio de Clinton, asomó la cabeza. Drew, de pie ante ella, la miraba fijamente. Boyd, a su lado, parecía desconcertado por la pregunta de su hermano.

La joven se levantó lentamente, furiosa por haber sido descubierta. ¡Ella los creía a todos acostados, maldición! Y Drew, demasiado perceptivo, había adivinado sus intenciones. De todas formas, intentó plantarle cara:

—No sé a qué te refieres.

—Claro que sí, tesoro —sonrió su hermano—. Aunque logres apoderarte de él, ese jarrón no tiene importancia comparado con lo que ese inglés hizo contigo. Warren preferiría sacrificar la pieza antes que dejar en libertad al capitán Hawke.

—No me gusta que lo llames así —comentó ella, dejándose caer en la silla del escritorio.

—¿He oído bien? —preguntó Boyd—. ¿Quieres que ese canalla salga en libertad, Georgie?

Ella alzó el mentón.

—¿Y qué? Ninguno de vosotros ha tenido en cuenta que James ha venido por mí. De lo contrario, tú y Thomas no lo habríais reconocido y en estos momentos no estaría encerrado en el sótano. ¿Crees que mi conciencia soportaría verlo juzgado y sentenciado a la horca?

—Puede ser que lo absuelvan, si Thomas se sale con la suya —señaló Boyd.

—No quiero correr el riesgo.

Drew frunció la frente, pensativo.

—¿Lo amas, Georgie?

—¡Qué tontería! —resopló ella.

—Gracias a Dios —el suspiro de su hermano fue muy audible—. Francamente, creía que habías perdido la cabeza.

—Bueno, en todo caso —replicó Georgina, envarada— la he recuperado, por suerte. Pero aun así, no quiero que Warren y Clinton se salgan con la suya.

—A Clinton le importa muy poco que sea el infame Hawke —aseguró Drew—. Sólo quiere que no vuelva a poner los pies en nuestra casa. No le perdona que haya podido con él.

—También os ha derrotado a vosotros, pero no por eso os he oído pedir la horca.

Boyd rió entre dientes.

—Pero Georgie… no lo entiendes. ¿No te has fijado en lo bien que pelea? Está mucho más entrenado que nosotros. Cuando luchas contra alguien más experto no hay por qué avergonzarse de perder.

Drew se limitó a sonreír.

—Boyd tiene razón. Habría mucho que admirar en él, si no fuera tan… tan…

—¿Antipático? ¿Insultante? ¿Despreciativo en todos sus comentarios? —Georgina estuvo a punto de reír—. Lamento ser yo quien lo diga, pero ésa es su actitud constante, hasta con sus amigos más íntimos.

—A mí me volvería loco —exclamó Boyd—. ¿Cómo lo soportabas?

Georgina se encogió de hombros.

—Cuando te acostumbras, llega a resultar divertido. Pero es una costumbre peligrosa; simplemente, no le importa irritar a quien no debe… como esta noche. Pero a pesar de su comportamiento, sus delitos pasados y todo lo demás, no creo que hayamos jugado limpio con él.

—Bastante limpio —insistió Boyd— teniendo en cuenta lo que él te ha hecho a ti.

—No hablemos de mí, por favor. No se ahorca a un hombre por seducir a una mujer, si no, vosotros dos habríais estado más de una vez en serias dificultades. —Boyd tuvo la decencia de ruborizarse, pero Drew se limitó a esbozar una furiosa sonrisa—. Lo expresaré de otro modo —continuó Georgina, clavándole una mirada de disgusto—: no me importa que haya sido pirata; no quiero que lo ahorquen. Y tampoco había que implicar a su tripulación en todo esto. En este punto, James tiene razón.

—Tal vez, pero no sé qué puedes hacer tú al respecto —replicó Boyd—. Lo que tú pienses no alterará en absoluto la actitud de Warren.

—Es cierto —añadió Drew—. Será mejor que te acuestes y reces para que todo se arregle.

—No puedo —repuso ella, sencillamente, hundiéndose en la silla.

Empezaba a sentir otra vez ese pánico insidioso que la había llevado hasta allí para intentar medidas desesperadas. Se obligó a reprimirlo. Nada ganaría con el pánico. Tenía que pensar. Y entonces se le ocurrió, mientras miraba a sus dos hermanos menores, que iban hacia el armario de los licores. Probablemente para eso habían bajado al despacho. No era extraño que necesitaran un poco de ayuda para dormir; después de todo, estaban llenos de magulladuras. Georgina trató de no pensar en el estado de James, que había resultado mucho más castigado en la trifulca. Comenzó por establecer los hechos.

—Ahora James es vuestro cuñado. Todos vosotros os encargasteis de eso. ¿Queréis ayudarme?

—¿Quieres que arrebatemos la llave a Warren? —preguntó Drew, muy sonriente—. La idea me atrae mucho…

Boyd, que estaba bebiendo un poco de coñac, se atragantó.

—¡Ni se te ocurra!

—No es eso lo que estaba pensando —aclaró Georgina—. No hay motivos para que ninguno de vosotros se enemiste con Warren. Más aún, él no tiene por qué enterarse de lo que hagamos.

—Supongo que podríamos romper sin mucha dificultad ese viejo candado del sótano —estimó Drew.

—No, eso tampoco serviría —rechazó Georgina—. James no se irá sin su tripulación ni sin su barco, pero no está en condiciones de liberarlos. Tal vez él crea que sí, pero...

—¿Y tú quieres que lo ayudemos también con eso?

—Exactamente. Furioso como está, no creo que aceptara vuestra ayuda. Trataría de hacerlo todo solo y volverían a atraparlo. Pero si consiguiéramos liberar primero a su tripulación, a ellos les resultaría fácil rescatar a James y devolverlo a su nave. Por la mañana ya habrían huido. Warren creería que sus hombres habían dejado escapar a dos o tres y que éstos, a su vez, habían liberado al resto.

—¿Y qué haremos con los guardias que Warren ha dejado a bordo del *Maiden Anne*? Ellos le dirán exactamente quién tomó el barco.

—No, si no reconocen a nadie —repuso Georgina, confiada—. Os lo explicaré en el trayecto. Dadme unos minutos para cambiarme de ropa.

Pero mientras daba la vuelta al escritorio, Drew la tomó del brazo para preguntarle con suavidad:

—¿Te irás con él?

No hubo vacilación ni emotividad en la respuesta:

—No. Él no me quiere.

—Creí haber oído algo diferente...

Los rasgos de Georgina se torcieron en una mueca de rabia al recordar lo que James había dicho ante todos: sería buena como amante.

—Permíteme expresarlo de otro modo: él no quiere una esposa.

—Bueno, eso es indiscutible. De cualquier modo, ni Clinton ni Warren te dejarían ir. Aunque te hayan casado con él, te aseguro que no ha sido con la intención de permitirte compartir su vida.

Ella no pudo negarlo. Tampoco deseaba vivir con James. Había dicho la verdad al asegurar que no lo amaba. Ya no, de veras. Y si se lo repetía con la suficiente frecuencia, acabaría siendo absolutamente cierto.

36

Cuarenta minutos después, los más jóvenes de los Anderson se encontraban en la pequeña bahía donde el *Maiden Anne* continuaba anclado. La tripulación de Warren lo había capturado fingiendo una visita oficial del capitán de puerto; Conrad Sharpe no pudo hacer gran cosa, pues no sabía si Bridgeport tenía jurisdicción sobre aquella parte de la costa o no. Por suerte, nadie había resultado herido. El engaño funcionó perfectamente y, cuando un buen número de tripulantes del *Nereus* hubo pasado al *Maiden Anne*, fue fácil hacerse con el dominio del desprevenido barco. Y como Warren no había ordenado a sus hombres trasladar a Bridgeport la presa ni los prisioneros, simplemente encerraron a éstos en su propia bodega. El *Nereus* regresó luego a puerto con casi toda su dotación, dejando en el navío capturado un pequeño contingente para custodiar a los prisioneros.

Como todo lo sucedido había sido realizado de barco a barco, Georgina tenía la esperanza de que James, al desembarcar, hubiera dejado en la costa algún esquife que ellos pudieran usar para alcanzar la nave. Tras diez minutos de búsqueda resultó evidente que el capitán se había limitado a ordenar que lo dejaran en tierra.

—No había imaginado que tendríamos que nadar a medianoche como parte de este absurdo plan. Estamos en pleno otoño, por si no te has dado cuenta. Se nos van a congelar los... ya me entiendes, George.

Georgina frunció el ceño ante el nuevo nombre que sus dos hermanos le dieron cuando la vieron bajar las escaleras vestida con sus viejas prendas de muchacho, que James había tenido la consideración de devolverle. Y parecía que se habían familiarizado con el nuevo tratamiento. Drew llegó a abochornarla de verdad con su comentario: «La verdad, no me gustas con esos pantalones, ahora que tu inglés ha señalado qué partes pueden admirarse fácilmente cuando te los pones.»

—No sé de qué te quejas, Boyd —replicó irritada—. Habría sido mucho más difícil si el barco estuviera en puerto. Allí tendríamos que medirnos con los hombres de guardia de todas las naves, no sólo con los de Warren.

—En tal caso, hermanita, nunca habría aceptado participar en esto.

—Bueno, pues lo hiciste —replicó ella, de mal humor—. Conque quítate los zapatos y acabemos de una vez. Estos hombres necesitan contar con alguna ventaja, por si Warren comete la ridiculez de perseguirlos.

—Warren podría sentirse justificado en lo que respecta a tu capitán —señaló Drew—, pero no es un suicida. Esos cañones que asoman por las troneras no son de juguete, tesoro. ¿Y Hawke asegura haberse retirado?

—Es difícil romper con una vieja costumbre, supongo —alegó Georgina; estaba convirtiéndose en un hábito para ella salir en defensa de James—. Además, navegaba por las Indias Occidentales, donde aún rondan los piratas.

Esa lógica arrancó risas ahogadas de sus dos hermanos y un comentario de Drew.

—Esto sí que es bueno, un ex pirata que teme ser atacado por sus antiguos camaradas.

Los recuerdos de Georgina confirmaban que eso era cierto, pero se limitó a decir:

—Si no os dais prisa, podéis quedaros con los caballos. Iré sola.

—Por Dios, Clinton tenía razón —comentó Drew a su hermano, mientras brincaba con un pie para quitarse la bota del otro—. Se ha vuelto autoritaria; pura y sim... ¡Oye, Georgie, no se te ocurra ser la primera en trepar por ese cable!

Pero ella estaba ya en el agua; los muchachos tuvieron que darse prisa para alcanzarla. No tardaron mucho, pues ambos eran estupendos nadadores, y pronto los tres se deslizaban por la superficie de la bahía. Diez minutos después llegaron cerca del barco y nadaron a su alrededor, en busca del cable del ancla que usarían como escala para trepar a bordo.

El plan original incluía el uso del esquife de James; pensaban aproximarse sin ningún disimulo al barco, asegurando que habían encontrado a otro tripulante del *Maiden Anne* en la ciudad y que lo traían para encerrarlo con los otros. Georgina se habría encargado de hablar con los hombres de guardia, pues era la menos conocida de los tres para los hombres de Warren. Drew debía mantenerse entre ambos y Boyd fingiría ser el prisionero. En cuanto la muchacha se acercara lo suficiente a uno de los guardias, agacharía la cabeza para permitir que Boyd lo golpeara. Muy sencillo. Pero como a nadie se le podía ocurrir llevar un prisionero a nado, tuvieron que rechazar el plan, y como los muchachos no permitían que Georgina tomara parte en la toma de la cubierta, ella permaneció en el agua en una tensa espera, mientras sus hermanos desaparecían por encima de la borda.

Aguardó, pero con creciente impaciencia. Transcurrían los minutos sin que tuviera modo de saber qué estaba ocurriendo arriba. La falta de ruidos resultaba alentadora, pero ¿qué podía oír, en realidad, con el chapoteo del agua y las orejas cubiertas por la gorra de lana? Al no tener nada que la distrajera, no pasó mucho tiempo sin que se le disparara la imaginación.

¿Habría tiburones en la zona? ¿No era un tiburón

lo que había pescado uno de sus vecinos el año anterior, costa arriba? La sombra del barco le impedía ver nada en la superficie del agua, y mucho menos bajo ella.

Una vez imaginada la posibilidad, pasó apenas un minuto antes de que Georgina saliera del agua e iniciara el ascenso por el cable del ancla. No pensaba llegar hasta arriba. Le habían dicho que esperara, y habían cerrado la orden con la amenaza de un severo castigo si se le pasaba por la cabeza incumplirla. No tenía intención de hacer enfadar a Boyd ni a Drew, que tanto la estaban ayudando. Pero su intención no tuvo en cuenta que sus manos no estaban hechas para colgar de un grueso cable. Apenas logró alcanzar la borda antes de que se le aflojaran los dedos. Y como a esas alturas estaba absolutamente segura de que esas aguas estaban infestadas de tiburones, se sintió muy aliviada al pasar por encima de la borda en vez de caer a ellas... hasta que vio a diez o doce hombres que esperaban allí para saludarla.

37

De pie en el charco de agua que iba formándose a
sus pies, estremecida por el helado viento nocturno que
fustigaba la cubierta, Georgina oyó una voz seca y des-
pectiva que comentaba:

—¡Vaya, pero si es nuestro amigo George! ¿Has
venido a hacernos una visita?

—¿Connie? —exclamó Georgina al ver que el alto
pelirrojo avanzaba hacia ella para echarle un pesado abrigo sobre los hombros—. Pero ¿qué hace en libertad?

—Conque sabes lo que ha pasado aquí.

—Claro que... Pero no comprendo. ¿Habéis escapado por vuestra cuenta?

—Sí, en cuanto se abrió la escotilla. Esos compa-
triotas tuyos no son muy inteligentes, ¿verdad, peque-
ñín? No nos costó nada cambiar de sitio con ellos.

—¡Oh, Dios! ¿Les habéis hecho daño?

Él frunció el entrecejo ante la pregunta.

—No más de lo necesario para arrojarlos donde
ellos nos habían arrojado a nosotros. ¿Por qué?

—¡Porque vinieron para liberaros! ¿No les habéis
dado oportunidad de explicarse?

—Ni por asomo —replicó él, con rotundidad—.
Por casualidad... ¿eran amigos tuyos?

—¡Sólo mis hermanos!

Connie rió entre dientes ante la airada respuesta de la muchacha.

—Bueno, no ha ocurrido nada de especial. Henry, ve a por los dos muchachos. Y esta vez pórtate bien con ellos. —Luego preguntó—: Bien, George, ¿serás tan amable de decirnos dónde está James?

—Ah, es una historia bastante larga y andamos escasos de tiempo. ¿No preferirías que os lo explicara en el trayecto a la costa?

Fue su brusca intranquilidad, antes que sus palabras, lo que provocó la reacción de Connie.

—El capitán está bien, ¿no?

—Claro… sólo un poco magullado… Y necesita ayuda para salir de un sótano cerrado con llave.

—Conque cerrado con llave, ¿eh? —Connie se echó a reír, cosa que acrecentó el enfado de Georgina.

—No creo que sea divertido, señor Sharpe. Quieren juzgarlo por piratería —replicó abruptamente, con lo cual el alborozo del primer piloto cesó al instante.

—¡Se lo advertí, por todos los diablos!

—Bueno, habría sido mejor que lo hubiera atado a la cama. Todo esto no ha sido más que un error, todo culpa de James… De él y de sus ostentosas confesiones.

Aunque insistió para que Connie se diera prisa, no por ello pudo evitar explicar el resto de lo sucedido por el camino. A sus hermanos los dejaron a bordo, por el momento, cosa que provocó la audible irritación de ambos muchachos. Pero Sharpe y sus hombres necesitaban usar los caballos. Georgina tuvo el honor de montar con el primer oficial, que aprovechó la ocasión, tal como ella se temía, para arrancarle hasta el último detalle. De vez en cuando interrumpía su relato con algún ocasional «¡Eso hizo!» o «¡No puede ser!», para concluir con un comentario furioso.

—Hasta aquí tu historia es perfecta, George; pero no pretenderás hacerme creer que James Malory se ha dejado poner grilletes.

—No tiene usted por qué creerme —replicó ella—.

Después de todo, yo sólo soy su compañera de cadenas.

A partir de entonces no hizo el menor esfuerzo por convencerlo. Cuando llegaron a la casa, Connie seguía escéptico, pero a Georgina no le importaba. Para entonces estaba tan enojada que de buen grado habría rehusado mostrarles el camino al sótano, a no ser por miedo a que despertaran a algún criado por andar a tientas en la oscuridad.

Lo que lamentó fue haber esperado a que rompieran el cerrojo. A la luz de la única vela que ella había encontrado en la cocina, James pudo ver quiénes eran sus salvadores, con excepción de ella, que se mantuvo bien lejos de la puerta. De todas formas, aunque hubiera sabido que ella estaba allí, las palabras del capitán no habrían sido muy diferentes.

—¿Por qué te has molestado, viejo amigo? Merezco la horca, después de lo que me he dejado hacer.

Georgina interpretó aquel comentario como disgusto por su nuevo estado civil. Y Connie debió de pensar lo mismo.

—¿Conque es cierto? ¿Te has casado con la chiquilla?

—¿Y tú cómo te has enterado?

—Hombre, me lo ha dicho la novia, por supuesto. —Connie se echó a reír antes de pronunciar la última palabra—. ¿Puedo... felicitarte por...?

—¡Si se te ocurre hacerlo, me encargaré de que te resulte muy difícil decir una palabra más! —bramó James. Luego añadió—: Así que la has visto... y ¿dónde has dejado a esa pequeña zorra?

Connie miró a su alrededor.

—Estaba aquí mismo...

—¡George!

La joven se detuvo en lo alto de la escalera, encogida ante aquel grito, que parecía un cañonazo. ¡Y ella se quejaba de las atronadoras voces de sus hermanos! Apretando los dientes y con los puños cerrados, volvió a bajar la escalera con paso firme, decidida a contribuir al griterío.

—¡Grandísimo idiota! ¿Quieres despertar a todos

los de la casa solamente, o también a los vecinos? ¿Tanto te ha gustado el sótano que...?

Por desgracia, estaba ya junto a James, que le tapó la boca con su manaza sin contemplaciones. La sorpresa la enmudeció por un momento. El capitán era rápido: antes de que la muchacha pensara siquiera en forcejear, la mano fue reemplazada por un pañuelo, que resultó ser una mordaza bastante efectiva una vez enrollado a su cabeza.

Connie, que contemplaba toda la operación, no dijo una palabra, sobre todo al advertir que Georgina se limitaba a permanecer completamente inmóvil. Y la conducta de James fue aún más interesante. Habría podido pedir ayuda, pero no lo hizo. No soltó la cintura de la muchacha ni siquiera para atar la mordaza, por lo cual tuvo que servirse de los dientes para ajustar el nudo. Y eso debió de dolerle, dada la cantidad de cortes y cardenales que mostraba su boca Finalmente cargó a la muchacha bajo el brazo y sólo entonces reparó en que Connie lo observaba.

—¡Bueno, es evidente que no podemos dejarla aquí! —aclaró James, irritado.

—Por supuesto... —asintió Connie.

—Daría la alarma.

Desde luego.

—¡Tampoco es necesario que coincidas en todo conmigo!

—Claro que lo es. Por mis dientes, ¿sabes? Les tengo bastante cariño.

38

Georgina, agotada, sentada en la silla que había acercado a las ventanas, contemplaba pensativa la superficie agitada del frío Atlántico que rodeaba el *Maiden Anne*. Oyó que se abría la puerta y unos pasos cruzaron la habitación, pero no sentía interés en conocer quién perturbaba su soledad. De cualquier modo, lo sabía. Sólo James entraba en el camarote sin llamar.

Pero Georgina no le dirigía la palabra a James Malory. No había pronunciado ante él más de dos monosílabos desde aquella noche, hacía una semana, en que la condujo a bordo de su barco con la misma técnica empleada otra vez para sacarla de una taberna inglesa. Y ese tratamiento indigno no había sido lo peor de aquella noche, no. En cuanto James vio a sus hermanos en la cubierta del barco, ordenó que los arrojaran por la borda. Y tuvo el descaro de decirles, antes de la zambullida, que Georgina había decidido navegar con ellos, como si no fuera visible que iba amordazada y cargada como un fardo.

Desde luego, nadie se había molestado en explicarle qué hacían Drew y Boyd en el barco, para empezar. Cualquiera de sus hombres habría podido informarle de que, a no ser por sus hermanos, los marineros del *Ne-*

reus habrían estado todavía paseándose por cubierta, y no en la costa, atados de pies y manos. Pero, al parecer, no habían tenido coraje para interrumpir a su enloquecido capitán a fin de aclarar los hechos. Connie, en especial, hubiera debido hablar, pero obviamente todo aquel malentendido le resultaba demasiado divertido como para ponerle fin con algo tan fútil como una explicación.

Posiblemente, James era consciente de que aquella noche se había comportado como un ingrato. En caso contrario, no sería ella quien se lo hiciera saber: no pensaba hablarle nunca más. Y el malnacido no se daba por enterado.

—Conque estamos enfurruñados —había sido su comentario—. ¡Estupendo! Si uno tiene que cargar con una esposa, es de agradecer el silencio.

Aquel agrio comentario le dolió a Georgina de verdad, sobre todo porque tenía la certeza de que lo decía en serio. Y así debió de ser, pues James no trató ni una sola vez de incitarla a la conversación, a la disputa, a nada.

Compartían el mismo camarote; ella, en su hamaca; él, en su gran cama, y hacían lo posible por ignorarse. Él lo conseguía admirablemente, pero Georgina había descubierto que, muy a su pesar, cuando James estaba allí, verdaderamente *estaba allí*. Sus sentidos lo sabían y se desbordaban un poquito cada vez que lo tenía cerca: vista, olfato y oído se afinaban, acentuados por el recuerdo de un contacto, de un sabor.

Aun en ese momento, pese a su pretendidamente firme voluntad de no hacerlo, Georgina se sorprendió observando de reojo a James, que se había sentado al escritorio. Parecía tan relajado como si estuviera solo; ella, en cambio, se sentía tensa por su proximidad. No la miraba; era como si ella no estuviera allí. En realidad, Georgina no lograba imaginar por qué la había llevado consigo, cuando habría sido más coherente con su conducta de aquella noche arrojarla al agua junto con sus hermanos.

Ella no le había hecho preguntas. Prefería cortarse la lengua antes que renunciar a su mudo enfurruñamiento, como él lo llamaba. Si semejante comportamiento parecía infantil, ¿qué importaba? ¿Había algo peor que ser un loco autoritario, con tendencias filibusteras como secuestrar y arrojar a la gente por la borda?

—Perdona, George. Esa mirada constante me está irritando los nervios.

Los ojos de Georgina volvieron al aburrido panorama que se veía por las ventanas. Maldito, maldito hombre, ¿cómo sabía que lo observaba disimuladamente?

—Está convirtiéndose en algo aburrido, ¿sabes? —comentó él.

La joven seguía sin hablar.

—Tu enfurruñamiento.

Seguía sin decir nada

—Bueno, ¿qué puede esperarse de una moza criada entre bárbaros?

Aquello era demasiado.

—Si te refieres a mis hermanos…

—Me refiero a todo tu condenado país.

—¡Quién fue a hablar, el que viene de un país de petulantes!

—Mejor petulantes que maleducados.

—¿Maleducados? —chilló Georgina, abandonando la silla en un arrebato de furia, por mucho tiempo contenida, que la arrastró hasta el mismo escritorio—. ¿Y lo dices tú, que no fuiste capaz siquiera de dar las gracias a quienes te salvaron la vida?

James se había puesto de pie, pero no fue la intimidación lo que la hizo retroceder al verlo acercarse: sólo el deseo inconsciente de impedir que pisoteara su orgullo.

—¿Y a quién debía darle las gracias? ¿A esos filisteos ignorantes que constituyen tu familia? ¿Los que me arrojaron a un sótano hasta que llegara el momento de ahorcarme?

—¡Situación que tú te buscaste con cada palabra que pronunciaste! —gritó Georgina—. De cualquier modo, lo merecieras o no, aquello fue idea de Warren, no de

Boyd ni de Drew. Ellos obraron contra su propio hermano para ayudarte, sabiendo perfectamente que los haría picadillo si los descubría.

—No soy tan estúpido, chiquilla. No hacía falta que nadie me explicara lo que habían hecho. ¿Por qué crees que desistí de romperles sus malditos cuellos?

—Oh, qué bondadoso. ¡Y yo preguntándome qué estaba haciendo aquí! ¿Cómo no me he dado cuenta de que era sólo un golpe más contra mis hermanos, puesto que la huida te impedía causarles daños mayores? Porque así son las cosas, ¿no? Llevarme contigo era la venganza perfecta; sabías que mis hermanos enloquecerían de preocupación.

—¡Absolutamente cierto!

Georgina no reparó en el color que inundaba el cuello y la cara del capitán, prueba decisiva de que la deducción había duplicado su enojo y había motivado su respuesta. Sólo oyó esa respuesta, golpe mortal a su última esperanza, a la que jamás admitiría haberse aferrado.

A eso se debió el dolor que la hizo contraatacar, con vengativo desdén.

—¡Qué otra cosa cabía esperar de un lord inglés, de un *pirata* del Caribe!

—Detesto decírtelo, pequeña bruja, pero ésos no son insultos.

—Lo son, por lo que a mí concierne. ¡Por Dios, pensar que voy a tener un hijo tuyo!

—¡Ni lo sueñes! ¡No pienso volver a tocarte!

Georgina ya se alejaba de él a grandes pasos cuando dejó oír su réplica.

—¡No hace falta que vuelvas a hacerlo, pedazo de imbécil!

James tuvo la sensación de haber recibido un garrotazo o una coz de mula enfurecida en el trasero. No creía merecer menos, en ese momento. Pero a Georgina le interesaba muy poco su reacción. El tremendo enojo la llevó hasta el corredor y le hizo dar un portazo tras de sí. También le impidió oír una risa sofocada que, muy pronto, se transformó en una carcajada de deleite.

James la halló media hora después en la cocina, descargando su ira sobre Shawn O'Shawn y sus ayudantes, quienes recibían impertérritos una airada perorata dirigida contra los hombres en general y James Malory en particular. Como ya se había divulgado la noticia de que el pequeño Georgie, otra vez con pantalones, esta vez prestados, era ahora la esposa del capitán, a O'Shawn y los suyos no se les había pasado por la cabeza contradecirla en nada.

El capitán escuchó por un momento antes de interrumpir el discurso. Lo había comparado con un miembro de la familia de las mulas, un buey sin cerebro y un muro de ladrillos, todo en una cadena de palabras pronunciadas prácticamente sin respirar. ¿Muro de ladrillos? Bueno, ¿quién podía entender las comparaciones de los norteamericanos?

—Me gustaría hablar un instante contigo, George, si no te importa.

—Sí que me importa.

No lo miró al responder. Apenas se advirtió una mayor rigidez en su espalda al oírlo hablar. Obviamente, la cortesía no era el modo adecuado de tratarla.

Si Georgina hubiera visto su sonrisa, la habría calificado de diabólica; pero como no estaba mirándolo, fueron los hombres presentes en la cocina quienes lo vieron acercarse por atrás para arrancarla del tonel donde estaba subida.

—Si me disculpan, caballeros, Georgie ha estado descuidando sus deberes estos días —dijo James mientras giraba en redondo para llevársela, en una posición que se hacía cada vez más familiar.

—¡Deberías dominar esas tendencias bárbaras, capitán! —señaló ella, con furia. Sabía por experiencia que no lograría que la dejara en el suelo hasta que él no lo estimara oportuno—. Pero, claro... la educación... la buena cuna, siempre se nota, ¿no?

—Si te callas, llegaremos antes, George.

La joven quedó casi muda de estupefacción ante el buen humor que se percibía en su voz. Por amor de

Dios, ¿qué podía hallar de divertido en la situación actual, considerando que ahora ambos se despreciaban? Y apenas una hora antes parecía un dragón despidiendo fuego. Al fin y al cabo, el hombre era inglés; ¿hacía falta otra explicación?

—¿Adónde llegaremos antes? —quiso saber—. ¿Y qué deberes he descuidado? ¿Será preciso que te recuerde que ya no soy tu grumete?

—Sé perfectamente lo que eres ahora, querida. Y aunque no encuentro nada bueno en el matrimonio, sí es cierto que tiene una pequeña ventaja... ¡Incluso yo estoy de acuerdo!

Georgina tardó unos cinco segundos en descifrar sus palabras. Luego estallaron los fuegos artificiales.

—¿Estás loco o simplemente senil? Te oí decir con toda claridad, a mí y a toda la tripulación, que no volverías a tocarme. ¡El barco está repleto de testigos!

—¿A toda la tripulación?

—Gritabas como un energúmeno.

—Pues mentía.

—¿Eso es todo? ¿«Mentías»? Bueno, tengo noticias para ti...

—¡Qué insistente eres, George! Esa tendencia tuya a airear nuestros trapos sucios...

—¡Y voy a hacer más que eso, pedazo de buey idiotizado! —Pero reparó de pronto en las risitas burlonas que los seguían y redujo su voz a un susurro—. Si lo intentas... Bueno, inténtalo y verás.

—Eres muy amable al intentar darle más emoción, querida, pero te aseguro que no es necesario.

Georgina no dejó de captar el significado de aquellas palabras, que incendiaron su cuerpo justo de la forma que ella deseaba evitar. Ella no quería saber nada de él. ¿Por qué le hacía eso? Llevaban toda una semana en el mar y él no había hecho otra cosa que echarle miradas sombrías y ceñudas, cuando por casualidad se molestaba en mirarla. Pero ahora, después de iniciar esa riña en el camarote, después de provocarla hasta hacerle romper el silencio, salía con éstas. Si estaba tratando de enloquecerla de confusión, iba camino de conseguirlo.

Él la cambió de posición antes de bajar la escalera que conducía a su camarote, llevándole las piernas hacia arriba hasta que Georgina quedó en sus brazos como una criatura; de cualquier modo, era igualmente difícil escapar de aquel abrazo. Empezaba a irritarla la fuerza de James, su capacidad de olvidar el enojo, cuando el de ella no hacía sino crecer.

—¿Por qué, James? —preguntó, con una vocecita tensa y resentida—. Explícame al menos por qué, si te atreves.

Ahora podía mirarlo, y estaba haciéndolo; él le echó apenas un vistazo, pero sus ojos verdes lo decían todo. No hacía falta más explicación, pero él se la dio.

—No busques intenciones ocultas, amor mío. Mis razones son simples y básicas. Toda esa cólera apasionada con que nos atacábamos me ha provocado un poco de... náuseas.

—Bien —replicó ella, cerrando los ojos en un intento de defenderse de aquella potente mirada—. Espero que vomites.

La carcajada la sacudió.

—Sabes perfectamente que no me refería a eso. Y apostaría a que tanto acaloramiento también te ha afectado a ti.

Así era, pero jamás lo confesaría. Sin embargo, James estaba decidido a saberlo y redujo su voz a un murmullo seductor.

—¿Sientes náuseas?

—En absoluto.

—Tú sí que sabes reducir la confianza en uno mismo a su mínima expresión, queridísima.

En cuanto le soltó las piernas, Georgina se deslizó a lo largo de su cuerpo, pero sus pies no llegaron a tocar el suelo: uno de sus musculosos brazos aún se ceñía a su espalda. La puerta del camarote se cerró con un sonoro chasquido. Su corazón latía con más fuerza.

—Y yo soy el primero en admitir que he olvidado las buenas formas contigo —continuó el capitán, rodeándola con el otro brazo y bajándolo hasta abarcarle las nalgas con una palma.

La apretó contra su entrepierna y deslizó la otra mano hacia arriba, entrelazando los dedos con sus cabellos hasta sujetarle la cabeza con firmeza. Ella notó lo sensual de su sonrisa, el calor de sus ojos, y sintió su aliento en los labios.

—Veamos si puedo recuperar la cortesía que tanto añoras… —continuó.

—No, James…

Pero él buscaba ya su boca y se había asegurado de que no tuviera escapatoria. Sin prisa alguna, con infinito cuidado, volcó sobre ella las artes de seducción de toda una vida: besos destinados a tentar, a hipnotizar, a incitar todos los impulsos sexuales que Georgina poseía. Los brazos de la muchacha ya rodeaban su cuello cuando la lengua de James la instó a entreabrir los labios y la transportó velozmente a ese reino donde todo está permitido y es placentero. Bajo ese tierno ataque latía una urgencia que asomaba a flor de piel, pero ¿era suya o de él? No podía saberlo. Giraba en el centro de una tormenta erótica que consumía la percepción de la realidad, la existencia de todo salvo de aquel hombre y de lo que estaba haciendo con ella.

Oh, Dios, su sabor, su contacto, el tenso calor que la rodeaba, colmando sus sentidos de exquisito placer. Había olvidado… No, sólo había dudado de la realidad, de que las sensaciones pudieran abrumarla al punto de llevarla a entregarse por completo a ellas… a él.

—¡Dios santo, mujer, me haces temblar!

Percibió la extrañeza en su voz y sintió las vibraciones de su cuerpo. ¿O eran sus propios miembros los que temblaban, como a punto de hacerse trizas?

Se aferró a él como para salvar la vida. Por eso a James le resultó sencillo levantarle las piernas y ceñírselas a la cadera. El contacto íntimo, la fricción en el trayecto a la cama, liberaron en las ingles de Georgina una ola de calor que la hizo gemir dentro de la boca del capitán, cuya lengua seguía sumergiéndola en un frenesí de placer.

Cayeron juntos en la cama. Había algo de brusco en sus ademanes, pero Georgina no reparó en que James había vuelto a perder sus modales impulsado por una necesidad que superaba en mucho la de ella, aunque esta última había llegado más allá de cualquier otra experiencia previa. Se arrancaron la ropa el uno al otro, sin siquiera advertir la regresión al instinto primitivo que mostraban sus actos.

Un momento después él la penetró, muy profundamente, y el cuerpo entero de Georgina pareció suspirar en una aliviada bienvenida. Eso duró un momento antes de la punzada de alarma: James le había pasado los brazos por debajo de las rodillas para llevárselas tan arriba que le provocaba la sensación de estar completamente indefensa. Pero la alarma fue tan breve que la olvidó en un instante, pues en esa posición él pudo llegar tan dentro de ella que se sintió alcanzada en su mismo centro. Y en ese momento estallaron estrellas de fuego, enviando oleadas de trémula conciencia a todas las extremidades, envolviendo a James, palpitando contra él, haciéndole sentir cada espasmo de placer.

Había gritado, pero no lo sabía. Le había dejado marcas sangrantes de arañazos en los hombros y no lo sabía. Acababa de entregarle su alma, una vez más. Y ninguno de los dos lo sabía.

Cuando Georgina recobró la conciencia, lo que notó fue el peso de aquella dulce languidez… y que él estaba mordisqueándole suavemente los labios. Eso la indujo a creer que James no había compartido aquella magnífica experiencia.

—¿Tú no…?
—Por supuesto que sí.
—Oh…

Pero su mente no tardó en reaccionar con mucha más sorpresa. ¿Tan pronto? ¿Quería abandonarse otra vez de ese modo? ¿Se atrevería a tanto? Sin embargo, la joven sentía una urgencia casi abrumadora de mordisquear un poco a su vez, y ésa era la única respuesta que anhelaba por el momento.

39

—En otros tiempos los matrimonios se concertaban por interés, ¿sabes?, o para unir dos grandes familias... cosas que no pueden aplicarse a nosotros, ¿verdad, amor? Pero en la actualidad hemos vuelto a lo básico y primitivo: el consentimiento social de la lujuria. Y en eso somos bastante compatibles, creo.

Aquéllas eran las palabras que Georgina continuaba recordando día tras día durante las dos semanas siguientes a su fatídica capitulación ante la seducción de James Malory; venían a recordarle que no debía tratar de interpretar otra cosa en el hecho de que él volviera a desearla. Ella sólo le había preguntado qué pensaba hacer con respecto al matrimonio: si iba a respetarlo o si escaparía de él. La respuesta de James no le había parecido tal respuesta. Y no hizo falta que le dijera que, por lo que a él se refería, sólo compartían el deseo mutuo.

Sin embargo había mucha ternura en aquella lujuria; con frecuencia, cuando yacían abrazados, Georgina se sentía tratada con cariño... casi amada. Y eso, más que ninguna otra cosa, le paralizaba la lengua cada vez que se sentía tentada de volver a preguntar por el futuro. Claro que resultaba casi imposible obtener una respuesta directa de James. Respondía con evasivas o con frases desdeñosas, que la incomodaban al punto de hacerla callar. Y Georgina había aprendido muy pronto que, cuando trataba de referirse a lo ocurrido en Connecticut o mencionaba a sus hermanos, siquiera indirectamente, las fauces del dragón escupían de nuevo su fuego abrasador.

Por lo tanto, seguían más o menos como antes: como amantes y compañeros. Pero con una excepción: los temas delicados estaban tácitamente prohibidos.

Era casi como un pacto de conveniencia; al menos, eso pensaba ella. Si deseaba saborear ese período con James —y eso, al menos, lo deseaba— era preciso tragarse por un tiempo su orgullo y sus preocupaciones. Cuando llegaran a su destino sabría a qué atenerse: si James pensaba conservarla a su lado o enviarla de regreso a casa.

Y el tiempo era muy escaso. Como el *Maiden Anne* no tuvo que luchar contra los vientos del oeste, efectuó la travesía a tan buen ritmo que, tres semanas después de haber dejado tras de sí la costa norteamericana, entró en el Támesis.

Georgina había sabido, desde aquella primera noche, que regresaban a Inglaterra, pues James había acordado el rumbo con Connie mientras aún la tenía cargada en la cadera. Tampoco ignoró por mucho tiempo por qué James no volvía a Jamaica para liquidar sus asuntos allí. Como ése era uno de los temas prohibidos, no se molestaba en preguntar al capitán, pero podía interrogar a Connie sobre asuntos que no fueran personales; éste le explicó que James había tenido la suerte de hallar a un agente que se encargaría de liquidar sus propiedades en la isla mientras él reunía de nuevo a su tripulación. Al menos no se la podía acusar a ella en ese sentido, aunque a veces se preguntaba si llegaría a saber alguna vez por qué James Malory había llegado a Connecticut con una actitud tan vengativa.

Una vez más, preparó los baúles de James para el desembarco; en esta ocasión incluyó sus escasas prendas prestadas. Pero al salir a cubierta encontró a Artie y a

Henry apostados a cada lado de la plancha, vigilándola sin esforzarse lo más mínimo en disimularlo.

Eso le pareció divertido. Si hubiera podido hablar del tema, le habría dicho a James que jamás encontraría un barco de la Skylark en el puerto de Londres; podía estar seguro de que ella no tenía modo de huir, si acaso le interesaba todavía retenerla. De cualquier modo, era absurdo hacerla vigilar cuando ella no tenía dinero. Contaba de nuevo con su anillo de jade, pues James se lo había dado como anillo de bodas, ya que casualmente lo llevaba esa noche al cuello, con una cadena. Pero Georgina estaba decidida a no separarse otra vez de él.

Ese anillo, en su dedo, le recordaba algo muy difícil de olvidar: era una mujer casada. También resultaba fácil olvidar su embarazo, pues no sufría la menor molestia ni había comenzado aún a engordar, con excepción de un ligero crecimiento de sus pechos. Estaba ya en la segunda semana del segundo mes, pero no había vuelto a mencionar el embarazo ante James y él tampoco lo había hecho. No estaba siquiera segura de habérselo oído decir aquel día, antes de salir del camarote dando un portazo colérico.

Se ciñó el pesado abrigo de James para protegerse del frío. La imagen del puerto en medio del otoño era fantasmagórica; el día, nublado y frío, tan lúgubre como sus pensamientos.

¿Qué sería de ella en aquel lugar?

Georgina pensaba en Piccadilly. Cuando el coche de alquiler pasó frente al hotel Albany, estuvo a punto de comentar que Mac y ella se habían hospedado allí; pero reparó en la expresión de su esposo y cambió rápidamente de idea. Su semblante no había cambiado desde que desembarcaran; en realidad, desde que Inglaterra apareciera a la vista en el horizonte tras la travesía del Atlántico.

No se molestó en preguntarle qué lo ponía de tan

mal humor. No habría conseguido más que alguno de esos comentarios indiferentes que nada revelaban y sólo servían para irritarla. Y estaba haciendo lo posible por no agravar la situación dando rienda suelta a su propio enojo. Pero había supuesto que James se alegraría de estar en su patria. Allí tenía familiares, incluso un hijo... Por Dios, ¿cómo había podido olvidar ese detalle? Tenía un hijo de diecisiete años, sólo cinco menos que ella. ¿Acaso le preocupaba la perspectiva de explicar por qué llegaba con una esposa? ¿Se molestaría siquiera en hacerlo? Más aún, ¿querría realmente llevarla a su casa?

Por Dios, pensar en todo aquello resultaba ridículo, cuando una breve charla podía tranquilizarla... o no, según el caso.

—James...

—Hemos llegado.

En ese momento el coche se detuvo. El capitán se apeó antes de que ella hubiera podido mirar por la ventanilla.

—¿Dónde estamos?

Él alargó las manos para ayudarla a bajar a la acera.

—En casa de mi hermano.

—¿Qué hermano?

—Anthony. Lo recuerdas, ¿verdad? Una vez dijiste de él que era moreno como el más oscuro de los pecados.

Ella arrugó la frente con una súbita sospecha. Toda la aflicción acumulada estalló de enfado.

—No irás a abandonarme aquí, ¿verdad? Como no tienes coraje para llevarme a tu casa, me dejas con el libertino de tu hermano. ¿Qué es lo que temes explicar a tu hijo? ¿Que soy norteamericana o que soy tu esposa?

—Odio esa palabra. Usa cualquier otra, la que te parezca, pero haz el favor de borrar ésa de tu vocabulario.

Que lo dijera con tanta serenidad no hizo sino enfurecerla aún más.

—Muy bien. ¿Preferirías *ramera*?

—No estaría mal.

—¡Maldito seas, hijo de perra!

—Tienes que dominar esa tendencia a lanzar imprecaciones, querida mía. Como de costumbre, has conseguido airear a los cuatro vientos nuestros trapos sucios para deleite del público.

El «público» resultó ser Dobson, el mayordomo de Anthony. Se había apresurado a abrir la puerta antes que nadie llamara, pues había oído llegar el coche. Georgina se ruborizó intensamente por haber sido sorprendida gritando groserías, pero el inglés mantenía una actitud hierática, como si no hubiera oído una sola palabra.

—Bienvenido, lord Malory —saludó, abriendo la puerta un poco más.

Casi fue preciso hacer entrar a Georgina a rastras. No podía remediar el ir vestida de varón; pero nada deseaba tanto como causar buena impresión, ante la posibilidad de ser presentada a la familia de James. Él no había negado que pensara abandonarla allí, en casa de Anthony. Y a juzgar por lo que ella recordaba de éste, parecía ser tan poco recomendable como James; por lo tanto, ¿qué importaba? No le interesaba lo más mínimo causarle buena o mala impresión. Pero los criados divulgaban habladurías. Y ese mayordomo debía de conocer a los sirvientes de los otros familiares. Georgina habría querido dar de puntapiés a James por haberle hecho perder los estribos.

Y James podría haberse dado los puntapiés él mismo por empeorarle las cosas. Al parecer, no podía romper con la costumbre de toda una vida. Claro que ella era demasiado susceptible. Por entonces habría debido saber que él no hablaba en serio. Pero sí que estaba enojado con ella.

Georgina había tenido tiempo de sobra para darle a entender lo que sentía ahora por él, pero no había dejado escapar una palabra sobre el tema. Y James se sentía inseguro como nunca en su vida. Sólo una cosa sabía con certeza: aquella muchacha lo deseaba tanto como él a ella. No obstante, tras haber conocido a tantas mujeres, no ignoraba que eso no guardaba la menor relación con los verdaderos sentimientos.

Lo cierto era que Georgina se había negado a casarse con él. Lo había manifestado ante sus hermanos y ante él mismo. Pese a que iba a tener un hijo suyo, rechazaba rotundamente aquel matrimonio. Fue preciso obligarla, como sucedió con él. Y desde entonces parecía estar aguardando el momento para huir otra vez. Ahora tendría todas las oportunidades del mundo, lo cual tenía a James de un humor endemoniado. Pero no era su intención hacérselo pasar a ella. Debía disculparse... ¡Ni loco se disculparía!

—No creo que mi hermano esté en casa a estas horas, ¿verdad? —preguntó a Dobson.

—Sir Anthony está en Knighton's Hall, según creo, practicando boxeo, según su costumbre.

—No me vendría mal hacer otro tanto, en estos momentos. ¿Y lady Roslynn?

—Visitando a la condesa de Sherfield.

—¿Qué condesa? Ah, sí; Amherst se casó con la amiga de Roslynn, no hace mucho tiempo. —Sus ojos se clavaron en los de Georgina para agregar—: ¡Pobre hombre! —Tuvo la satisfacción de ver que el azoramiento de la joven se transformaba en enojo—. ¿Mi hijo está en la escuela, Dobson?

—Lo han expulsado por esta semana, milord, pero sir Anthony ya ha presentado una queja al rector y su señoría el marqués también está ocupándose del asunto.

—Lo más probable es que el muchacho sea culpable de todo lo que le imputan. ¡Condenado bribón! En cuanto lo dejo solo un par de meses...

—¡Padre!

Georgina, al girar, vio que un joven bajaba la escalera prácticamente en volandas, para estrellarse contra la formidable pared que era su esposo. Su esposo y, al parecer, el padre de aquel joven, aunque la deducción no era muy segura. El muchacho no parecía tener diecisiete años, como le habían dicho, sino alrededor de veinte. ¿Sería por su estatura? Era tan alto como James, aunque no tan ancho de espaldas. Su constitución era algo más estilizada, aunque sus hombros prometían agrandarse.

En ese momento estaba siendo prácticamente triturado en un abrazo de oso y reía; Georgina, sobresaltada, advirtió que no tenía parecido alguno con James, aunque su apostura fuera equivalente.

—Pero ¿qué ha ocurrido? —preguntó Jeremy—. Has regresado muy pronto. ¿Has decidido conservar la plantación?

—No —respondió James—. Encontré a un agente que se encargará de tramitarlo todo.

—¿Por eso has vuelto tan de prisa? Me echabas de menos, ¿verdad?

—Borra esa sonrisa de la cara, mocoso. Creí haberte recomendado que no te metieras en dificultades.

El muchacho clavó en Dobson una mirada de reproche por haber divulgado tan pronto la noticia, pero cuando se volvió de nuevo hacia su padre estaba sonriendo otra vez, sin la menor sombra de arrepentimiento.

—Bueno, ella era una pieza de primera. ¿Qué iba a hacer yo?

—¿Y qué hiciste?

—Pasarlo de maravilla, nada más. Pero cuando encontraron a la muchacha en mi cuarto, no se mostraron muy comprensivos. Les dije que me había seguido hasta allí y que se negaba a marcharse sin armar un escándalo.

—¿Y se tragaron tamaño disparate?

—El rector no. —Jeremy sonrió con picardía—. Pero el tío Tony sí.

James se echó a reír.

—Tony aún no te conoce lo suficiente. —Pero reprimió su buen humor al captar la expresión disgustada de Georgina—. De ahora en adelante, grandísimo truhán, te ocuparás de tus diversiones fuera de la escuela, si es que te permiten volver a ella. Y reza porque lo hagan, o te correré a puntapiés por toda la calle.

La gran sonrisa de Jeremy no se alteró lo más mínimo; había oído cien advertencias igualmente horribles y nunca habían llegado a hacerse realidad. Pero acababa de seguir la mirada de su padre y ahora estaba observando a Georgina. La joven seguía envuelta en el abrigo de James, con el pelo escondido en la gorra; con ello intentaba hacer más soportable la vergüenza que sentía por vestir así. Era comprensible que el muchacho no se hubiera interesado mucho por ella.

Pero Georgina aún ardía de furia por su última riña con James, agravada por cuanto acababa de oír. Al hombre lo divertía mucho que su hijo le siguiera los pasos. Otro libertino incorregible suelto entre el género femenino.

Eso, sumado al bochorno que le provocaba su raído atuendo, la instó a hacer un comentario hiriente.

—No se parece en nada a ti, James. Más bien se asemeja a tu hermano. —Hizo una pausa para enarcar una ceja provocadora—. ¿Estás seguro de que es tuyo?

—Sé que te sientes mortificada, cariño, pero no lo pagues con el jovencito.

El modo en que lo había dicho contribuyó a aumentar su sensación de vergüenza, e incluso hacía que su conducta resentida pareciera ridícula. Pero, en vez de acobardarse, se enfureció más aún. James, por desgracia, no se percató de ello.

—Jeremy, te presento a George…

—Su *esposa* —intervino ella, mordaz. Decirlo le provocó mucha satisfacción, pues estaba segura de que James no lo habría aclarado. Luego agregó, con aire inocente—: Oh, había olvidado que debía eliminar esa palabra de mi vocabulario. Por lo tanto, paso a ser…

—¡George!

Ella se limitó a mirar a James con los ojos muy abiertos, sin dejarse impresionar por su bramido. Pero todo eso había intrigado sobremanera a Jeremy, que se le acercó, aunque sus preguntas fueron dirigidas a su padre.

—¿Tu esposa? ¿Conque es una muchacha?

—Oh, es una mujer, sí —aseguró James, irritado.

El joven le arrancó la gorra a Georgina antes de que ella pudiera impedirlo.

—¡Vaya, vaya…! —exclamó, con un toque de apre-

312

ciación viril, al ver la cabellera oscura que se derramaba sobre sus hombros—. ¿Puedo besar a la novia?

—Del modo que tú quieres, no, bribón —rechazó James con el ceño fruncido.

Pero Georgina quería saber algo más.

—¿Por qué no se sorprende?

—Porque no cree una palabra del asunto —aclaró James.

La joven esperaba una diversidad de reacciones, entre las que no se encontraba esa simple incredulidad. El muchacho creía que estaban tomándole el pelo. Y en ese momento ella habría preferido que así fuera.

—¡Vaya, qué encanto! —comentó, indignada—. Me importa un bledo lo que piense tu familia, James Malory, pero puedes estar seguro de que, mientras ellos no se convenzan de que soy tu esposa, dormiré sola. —Y volvió hacia el mayordomo una mirada fulminante—. Puede usted conducirme a una habitación que esté bien alejada de la de *este hombre*.

—Como usted desee, milady —replicó el criado, sin el menor titubeo en sus envaradas facciones.

Pero Georgina, enojadísima, replicó con altanería:

—No soy su lady, buen hombre. Soy norteamericana.

Esto tampoco provocó en él reacción alguna. Después de todo, Georgina no la buscaba. Pero su exasperación aumentó al oír el comentario de Jeremy, mientras seguía al mayordomo por la escalera.

—¡Por los clavos de Cristo, no puedes instalar aquí a tu amante! La tía Roslynn no lo tolerará.

—Tu tía se sentirá encantada, hijo. Puedes estar seguro. Después de todo, George *es* una Malory.

—¡Claro, claro...! ¡Y yo soy tu hijo legítimo!

40

—Enseña la pierna, George. Tus cuñados no tardarán en volver a casa.

Georgina entreabrió un solo ojo. James estaba sentado en un lado de la cama. Con eso la había hecho rodar hacia él mientras dormía, de modo que tenía la cadera apretada contra su muslo. Pero eso no la alarmó tanto como encontrarse con su mano posada en las nalgas.

—¿Cómo has entrado aquí? —inquirió, bien despierta.

—Caminando, desde luego. Dobson tuvo la gentileza de instalarte en mi habitación.

—¿Tu habitación? Pero si le dije…

—Sí, y él te interpretó literalmente. Después de todo, no oyó que yo desmintiera tu estado civil. Es Jeremy quien duda, no toda la familia.

—¿Todavía? ¿No te has molestado en convencerlo?

—No le encontré mucho sentido al esfuerzo.

Georgina se incorporó volviéndole la espalda, para ocultarle lo mucho que la afectaba esa respuesta. Ahora lo sabía. No estaría allí tanto tiempo como para que importara si Jeremy creía o no en aquella boda. Probablemente, James pensaba embarcarla en la primera nave que zarpara hacia Norteamérica. Bien; cuanto antes, mejor. De cualquier modo, ella no quería vivir en Inglaterra, y mucho menos con un hombre que sólo compartía con ella una mera atracción física. Eso podía estar bien por un tiempo, pero no funcionaría permanentemente. Para una relación duradera se necesitaba más, mucho más. Y no lloraría; esta vez, no. Ya había llorado suficiente por ese hombre. Si a él no le importaba, a ella tampoco le importaría. Y se lo daría a entender... aunque muriera en el intento James nada sabía de los razonamientos y conclusiones de Georgina; olvidaba que ella no conocía a su hijo. Al dudar del asunto, Jeremy no hacía sino ser leal a James, pues conocía bien su opinión sobre el matrimonio y su juramento de no casarse jamás. Y James no estaba dispuesto a explicar por qué había cambiado de opinión, puesto que también eso habría sido puesto en duda ¿Qué sentido tenía, entonces, sentirse frustrado ante su testarudo hijo, cuando todo se sabría con el tiempo?

—Tienes muchísima razón, James —dijo Georgina, abandonando la cama.

—¿Sí? —El capitán enarcó una ceja bruscamente—. ¿Puedo preguntar en qué estamos de acuerdo?

—En que no tiene sentido convencer a nadie de nuestro... vínculo.

Él frunció el entrecejo, mientras la observaba caminar hasta la silla donde había depositado un montón de ropas para ella

—Sólo me refería a Jeremy —explicó—. No será necesario convencer a nadie más.

—Y si lo fuera, ¿por qué molestarse? Tampoco sirve de nada que me presentes al resto de tu familia

—Has dejado que el muchacho te acobardara, ¿no?

—No, en absoluto —replicó ella, dirigiéndole una mirada fulminante en respuesta a su deducción.

—¿Qué te preocupa, entonces? A diferencia de tu familia, la mía te recibirá encantada. Y te llevarás de maravilla con Roslynn. Creo que sólo te lleva unos pocos años.

—¿Roslynn, tu cuñada? ¿La que va a oponerse a que me instales aquí? ¿Y con cuál de tus hermanos está casada?

—Con Anthony, por supuesto. Esta casa es de él.

—¿Eso significa que está casado?

—Se dejó atrapar el día antes de que tú y yo nos conociéramos, y eso es lo que duró su felicidad conyugal. Cuando zarpé, aún estaba enfadado con su escocesita. Será interesante ver cómo se entiende ahora con ella, aunque Jeremy me asegura que Tony ya no duerme en la caseta del perro.

—Sería un buen lugar para ti —apuntó ella—. Podrías haberme dicho todo esto antes de que llegáramos, James.

Él se encogió de hombros, indiferente.

—No se me ocurrió que pudiera interesarte mi familia. A mí no me interesa la tuya, a decir verdad. Pero ¿qué es esto? —preguntó, al ver que ella le volvía la espalda, levantando el mentón—. Amor mío, no tomes como un insulto que no soporte a esos bárbaros que llamas hermanos.

—Mis hermanos no se habrían comportado como bárbaros si no los hubieras provocado deliberadamente. ¿Cómo reaccionaría tu familia si yo actuara como tú lo hiciste?

—Te aseguro que no te molerían a golpes y tampoco te harían ahorcar.

—Probablemente no, pero me detestarían. Y creerían que te habías vuelto loco para haberme traído aquí.

Él se le acercó por atrás, riendo por lo bajo.

—Al contrario, querida. Puedes hacer y decir lo que gustes. Ya descubrirás que eso no alterará la bienvenida.

—¿Por qué?

—Porque a través de mí te has convertido en una Malory.

—¿Y eso es muy importante?

—Ya te enterarás, sin duda, pero sólo si te vistes. ¿Quieres que te ayude?

Ella apartó de un manotazo los dedos que se tendían hacia su camisa.

—Puedo arreglarme sola, gracias. A propósito, ¿de quién es esa ropa? ¿De Roslynn?

—Eso habría sido más cómodo, pero no. Su criada me ha asegurado que es un poquito más corpulenta. Recurrí a Regan, que es de tu tamaño.

Georgina giró en sus brazos para empujarlo.

—¿Regan? ¡Ah, sí, la que prefiere llamarte «experto en mujeres» en vez de calavera impenitente!

—Nunca te olvidas de nada —comentó él con un suspiro, que ella ignoró por completo.

—¡Y yo, pensando que Regan era un amigo tuyo! —Luego lo sorprendió clavándole un dedo en el pecho para preguntarle, muy acalorada—: ¿Quién es? ¿Una concubina desechada? ¡Si has pedido ropa prestada a una concubina para mí, James Malory, te juro que…!

La amenaza quedó segada por la carcajada de James.

—Lamento interrumpir tan estupendo despliegue de celos, George, pero Regan es mi bien amada sobrina.

Por un momento la cara de la joven quedó inexpresiva. Poco a poco, en ella se formó una mueca entre incrédula y sorprendida.

—¿Tu sobrina?

—Se divertirá cuando sepa lo que pensabas.

—¡Pues no se lo digas, por amor de Dios! —protestó ella, horrorizada—. El error era muy natural, teniendo en cuenta que eres un réprobo confeso.

—En eso no estoy de acuerdo, en absoluto —replicó él con su voz más seca—. Hay muchísima diferencia entre un libertino y un réprobo, querida. Y tu error «tan natural» no lo ha sido tanto, considerando que llevo muchos años sin amante.

—¿Y qué fue la madre de Jeremy? ¿Una aventura de paso?

—Muy divertido, George… pero es la verdad. Siempre he preferido la variedad. Y las amantes pueden ser muy fastidiosas con sus exigencias. Sin embargo, contigo habría hecho una excepción.

—¿Debo sentirme halagada? ¡Pues debes saber que no es así como me siento!

—En el *Maiden Anne* eras mi amante. ¿Qué diferencia hay?

—Y ahora soy tu esposa, y perdona que use tan abominable palabra. ¿Qué diferencia hay?

Si esperaba fastidiarlo con la comparación, sólo consiguió hacerle sonreír.

—Estás convirtiéndote en una experta, George.

—¿En qué? —inquirió, suspicaz.

—En contradecirme. Son pocos los que se atreven, ¿sabes?

Ella emitió un resoplido muy poco elegante.

—Si eso es otro halago, no has conseguido un solo avance.

—Puesto que valoras los avances, ¿qué te parece esto?: te deseo.

Lo dijo estrechándola contra él, demostrándole que no hablaba en sentido general, sino que se refería al momento presente. Estaba excitado. Y cuando James se excitaba, todo su cuerpo seducía; la cadera rozaba las ingles; el pecho, a los pezones hasta convertirlos en puntos duros; los dedos buscaban sólo lo más sensible, y la boca ahogaba cualquier protesta… ¿Protesta? Georgina se supo derrotada en cuanto sintió su necesidad.

Al rendirse, bromeó, aunque casi sin aliento.

—¿Y los cuñados a los que ibas a presentarme?

—¡Que se vayan al diablo! —replicó James con la respiración también agitada—. Esto es más importante.

Introdujo el muslo entre los de ella y le sujetó las nalgas para apretarla contra su pierna. La fricción la hizo gemir. Georgina le echó los brazos al cuello y, rodeándole la cintura con las piernas, echó la cabeza atrás para que él pudiera quemarle el cuello con la boca. No había más lugar para bromas, para cualquier cosa que no fuera el momento y la creciente pasión.

Y con esa tórrida escena se encontró Anthony Malory al entrar.

—Supuse que el chico estaba burlándose de mí, pero ya veo que no.

James levantó la cabeza. Su gruñido revelaba un fastidio lleno de frustración.

—¡Qué mal momento has elegido, Tony, por todos los diablos!

Georgina se deslizó hasta el suelo, aunque apenas podía sostenerse. Tardó sólo un instante en comprender que habían sido sorprendidos por uno de sus cuñados. Por suerte, los brazos de James aún la sostenían, pero no podían impedir que un rubor mortificado le tiñera rápidamente las mejillas.

Recordaba bien haber pensado, aquella noche en que los hermanos confundieron a Mac con otro, en la taberna, que Anthony era el más hermoso de los demonios con ojos azules que había visto en su vida... antes de reparar en James. Aun así, el hermano era increíblemente apuesto. Y no era sólo el rencor lo que le había hecho comentar que el hijo de James se parecía más a Anthony. En verdad, Jeremy constituía una réplica más joven de su tío, desde los ojos color cobalto hasta el pelo negro azabache. Primero se había preguntado si James estaba realmente seguro de que el muchacho era suyo. En esos momentos le preocupaba lo que pudiera estar pensando Anthony de ella, tras la primera mirada.

Con un parche en el ojo, la joven habría parecido un pirata, gracias a la amplia camisa blanca de James, que éste había logrado desacordonarle hasta muy abajo; al ancho cinturón reducido a su talle para sujetar los malditos faldones, y a los ceñidos pantalones de su disfraz. Iba descalza y con las pantorrillas desnudas. La noche anterior no había hecho sino quitarse los zapatos y las medias impulsada por la rabia, antes de arrojarse a la cama para quedarse dormida inmediatamente.

¡Oh, qué mortificación que la vieran con aquella pinta y en una situación tan íntima! Por lo menos, esta vez no era culpa de ella. Se encontraba tras una puerta cerrada, haciendo lo que tenía derecho a hacer. A Anthony le correspondía avergonzarse por haber entrado sin llamar. Pero no se lo veía avergonzado en absoluto. Sólo fastidiado.

—Yo también me alegro de verte, hermano —dijo, en respuesta al acalorado comentario de James—. Pero no con tu mocita. Tienes dos minutos para sacar de aquí a la pequeña antes de que suba mi esposa para darte la bienvenida.

—George se queda aquí, pero tú puedes desaparecer.

—¿Estás loco? ¿Has olvidado que esta casa ya no es la residencia de un soltero?

—Mi memoria funciona perfectamente, muchachito, y no tengo por qué esconder a George. Es...

—¡Ahora sí que estamos aviados! —interrumpió Anthony, contrariado, al oír que alguien se aproximaba por el pasillo—. Métela bajo la cama, cualquier cosa... ¡No te quedes ahí, mujer! —exclamó, alargando la mano hacia Georgina.

—Si la tocas, muchacho —le advirtió James sin alzar la voz— serás tú el que acabe tendido en el suelo.

—Esto sí que es bueno —bufó Anthony, pero retrocedió—. Está bien. Veamos cómo te las arreglas para salir de ésta. Pero si acabo riñendo con Roslynn por este asunto, te arrancaré el pellejo.

—Anthony —pidió James, sencillamente—, cállate, ¿quieres? —Su hermano obedeció. Apoyado contra la pared, con los brazos cruzados contra el pecho, aguardó el previsible estallido de los fuegos artificiales. Apenas había echado un vistazo a Georgina. Ahora tenía la vista clavada en el vano de la puerta, esperando la aparición de su esposa.

Georgina ya estaba preparada para enfrentarse con una verdadera arpía. La mujer que causaba tanta preocupación a aquel hombre alto, físicamente perfecto, tenía que ser formidable. Pero Roslynn Malory no le pareció intimidatoria en absoluto. Cruzó la puerta saludando a James con una sonrisa cegadora, que pasó después a Georgina. Era una mujer de belleza deslumbrante, no mucho más alta que Georgina, no mucho mayor y, a juzgar por su aspecto, no mucho más avanzada en su embarazo.

—Jeremy me ha detenido en la escalera para informarme de que te habías casado, James. ¿Es cierto?

—¿Casado? —eso despertó súbitamente el interés de Anthony.

—¿No dijiste que Jeremy no estaba convencido? —inquirió Georgina.

—Y lo mantengo. El muchacho se muestra leal. ¿No te das cuenta de que no le ha dicho lo mismo a Tony? Él aún no se lo cree.

—¿Casado? —repitió Anthony, sin recibir más atención que antes.

Roslynn preguntó:

—¿Qué es lo que Jeremy no se cree?

—Que George, aquí presente, sea mi vizcondesa.

—Eres realmente muy hábil por haber hallado otro nombre, James —observó Georgina—. Pero a ése me opongo yo, así que ve buscando otro. No te permito que me impongas títulos ingleses.

—Demasiado tarde, amor mío. Deberías saber que el título va con el apellido.

—¿Casado? —exclamó Anthony. En esta ocasión logró atraer la atención de su hermano—. ¿No te parece una solución exagerada, sólo para que no te regañen?

Antes de que James pudiera hacer algún comentario, Roslynn preguntó a su esposo:

—¿Quién en su sano juicio pensaría en regañarlo, precisamente a él?

—Tú, tesoro.

Roslynn rió por lo bajo. Fue un sonido grave y sensual, que hizo parpadear de sorpresa a Georgina.

—Francamente, lo dudo, Anthony; pero podrías decirme por qué debería hacerlo.

Anthony señaló a Georgina con un amplio ademán, sin dignarse siquiera mirarla.

—Porque ha venido a casa con… con su última… bueno, con ella.

Y eso fue demasiado para que Georgina lo tolerara sin perder los estribos.

—Yo no soy «ella», pedazo de engreído —matizó,

calmada, pero con suficiente animosidad en su expresión—. Soy norteamericana y, por el momento, una Malory.

—Vaya coraje, encanto —respondió Anthony, burlón—. Pero imagino que dirás todo lo que él te mande, ¿no?

Ante eso, Georgina se volvió hacia James para darle un codazo en las costillas.

—¡Así que no iba a ser necesario convencer a nadie más! ¿No es eso lo que dijiste?

—Vamos, George —la tranquilizó James—, no es necesario que te pongas nerviosa, no es para tanto.

—¡Yo no me pongo nerviosa! —chilló la joven—. ¡Es que no estamos casados, según tu familia! Eso significa que te buscarás otra habitación, ¿no?

Era la amenaza que menos convenía, considerando que él no se había recuperado por completo de lo que habían iniciado antes de tan brusca interrupción.

—Ni hablar de eso. ¿Quieres que lo convenza? Te demostraré lo fácil que es convencer a mi hermanito menor.

Y avanzó hacia Anthony con los puños cerrados.

Alarmada por ese súbito giro de la situación, Roslynn se apresuró a plantarse frente a James, que parecía dispuesto a descuartizar a su marido en cuanto lo alcanzara.

—Oh, no, nada de riñas en mi casa. ¿Por qué dejas que te fastidie, hombre? Ya sabes cómo es.

Anthony, algo más diplomático, sugirió:

—Oye, muchacho, tú nos estás tomando el pelo, ¿verdad?

—Si pensaras con la cabeza y no con el trasero —repuso James, sin ocultar su irritación—, comprenderías que soy incapaz de bromear sobre ese tema.

Anthony se enderezó poco a poco, apartándose de la pared. Georgina, que lo observaba, habría podido determinar con exactitud el momento en que, por fin, creyó en lo que James decía. El asombro tornó cómica su expresión. Pasaron unos cinco segundos más antes de que gritara:

—¡Dios bendito, lo has hecho de verdad!

Y estalló en una carcajada, tan poderosa que hubo de apoyarse en la pared.

—Demonios, demonios —juraba James por lo bajo.

Roslynn regaló a Georgina una sonrisa de disculpa, pero le recordó a James, que miraba a Anthony con disgusto:

—Era de esperar. Te oí provocarle sin compasión cuando se casó conmigo.

—No porque se hubiera casado contigo, querida, sino porque no podía franquear el muro que levantaste en el centro de vuestra cama.

Roslynn enrojeció ante el recuerdo de lo mucho que había tardado en perdonar a Anthony aquella supuesta infidelidad. Su marido empezó a recobrar la seriedad, pues ese tema no le resultaba divertido en absoluto. Pero en la pausa siguiente al bochornoso comentario de James, Georgina hizo saber a todos que no se sentía muy divertida. Había estado pensando en ponerse un zapato para poder atacar a ambos Malory a puntapiés, pero se limitó a decir:

—Ése es un problema con el que quizá tú mismo debas enfrentarte, James Malory.

Y eso provocó en Anthony una nueva carcajada. James se giró de inmediato hacia su esposa, frunciendo el ceño:

—Maldita sea, George. Ya ves que está convencido.

—Lo que veo es que se retuerce de risa. Y me gustaría saber por qué es tan divertido que te hayas casado conmigo.

—¡No tiene nada que ver contigo, maldición! ¡Lo divertido es que yo me haya casado!

—¿Y por qué no le dices que no fue idea tuya, sino que mis hermanos...?

—¡George!

—¿... te obligaron?

Habiendo fracasado en sus intentos de acallarla, James cerró los ojos, preparándose para los comentarios que ese nuevo dato iba a suscitar. No cabía esperar que Anthony no la hubiera oído.

—¿Que te obligaron? —exclamó Anthony, incrédulo, interrumpiéndose el tiempo suficiente para enjugarse las lágrimas de los ojos—. Ahora sí que lo entiendo... claro que sí. Haberlo dicho desde el comienzo, muchacho... —Pero ya se había contenido demasiado—. ¿Que te obligaron? —repitió antes de lanzar otra carcajada, aún más potente que la anterior.

Dominándose hasta el extremo, James aconsejó a Roslynn:

—Llévatelo de aquí o no servirá para gran cosa durante los próximos meses... tal vez en todo un año.

—Bueno, James —trató de aplacarlo ella, al tiempo que se esforzaba por disimular su propia sonrisa—, debes admitir que resulta bastante descabellado imaginarte obligado a... —La mirada ceñuda de su cuñado hizo que desviara la atención hacia su marido—. Basta, Anthony, por favor. No es tan divertido.

—¿Que... no? —jadeó él—. ¿Cuántos eran, James? ¿Tres, cuatro?

Como James se limitara a fulminarlo con la mirada, buscó la respuesta en Georgina.

Ella también estaba ceñuda, pero dijo:

—Si quieres saber cuántos hermanos tengo, la última vez que los conté eran cinco.

—¡Gracias a Dios! —Anthony dejó escapar un suspiro burlón entre risitas—. Por un momento pensé que estabas decayendo, hermano. Ahora cuentas con toda mi comprensión.

—¡Tienes una curiosa forma de demostrarlo! —bramó James, tratando de acercársele otra vez.

Roslynn volvió a intervenir. En esta ocasión asió a su marido del brazo.

—No sabes mantener la boca cerrada, ¿eh? —le reprochó, tirando de él hacia la puerta.

—Apenas he comenzado —protestó él, pero al reparar en el semblante colérico de James se obligó a corregirse—: Tienes razón, tesoro, tienes razón. ¿No dijiste a Jason que le haríamos una visita, ahora que está en la ciudad? Por Dios, nunca había tenido tantas ganas de ver a los mayores. Con noticias tan interesantes que llevarles...

La puerta se cerró bruscamente en cuanto Anthony estuvo fuera de la habitación, pero eso no hizo sino provocar otra vez sus risas, sobre todo al escuchar la retahíla de juramentos procedentes del otro lado, apenas ensordecidos por la madera que los separaba de quien los profería.

Roslynn le clavó una mirada de exasperación.

—No deberías haberlo hecho.

—Lo sé —admitió su marido, muy sonriente.

—Es posible que no te perdone.

—Lo sé —la sonrisa se ensanchó.

La joven hizo chasquear la lengua.

—No te arrepientes en absoluto, ¿verdad?

—Ni un poquito. —Anthony reía entre dientes—. Pero... ¡qué diablos, he olvidado felicitarlo!

Ella lo sacudió con aspereza para retenerlo.

—¡Ni se te ocurra! Da la casualidad que me gusta verte con la cabeza sobre los hombros.

En un abrupto cambio de interés, él la acorraló contra la pared del pasillo.

—¿De veras?

—¡Basta, Anthony! —Roslynn reía, tratando de esquivar sus labios sin mucha convicción—. Eres incorregible...

—Estoy enamorado —replicó él, con voz sensual—. Y los hombres enamorados suelen ser incorregibles.

Ella ahogó una exclamación al sentir un leve mordisco en la oreja.

—Bueno, ya que insistes..., nuestro dormitorio está al otro lado del pasillo.

41

—¡Por Dios! —dijo Anthony a la mañana siguiente, cuando James y Georgina entraron en el comedor—. ¿Cómo demonios se me pasó por alto la calidad de la pieza que te has cobrado, James?

—Porque estabas muy ocupado en fastidiarme —respondió su hermano—. Y no vuelvas a empezar, muchacho. Da gracias a que mi noche fue más agradable después de tu partida.

Georgina, ruborizada, habría querido propinarle un puntapié por decir aquello. Si no incluía a Anthony en el reparto era, simplemente, porque ignoraba que la pieza en cuestión era ella misma. Y como la noche había sido muy agradable también para ella y, por añadidura, se sentía muy atractiva con un vestido de terciopelo color ciruela que le sentaba perfectamente, estaba suficientemente satisfecha como para no hacer comentarios.

Pero Anthony parecía incapaz de apartar la vista de ella. Por fin, fue su esposa la que le dio el puntapié... por debajo de la mesa. Él hizo una mueca, pero no se dejó intimidar, aun cuando James empezó a mirarlo con el entrecejo fruncido. Finalmente inquirió, con cierta exasperación:

—¿Dónde diantre te he visto antes, George? Me resultas endiabladamente familiar.

—No me llamo George —aseguró ella, mientras ocupaba su asiento—. Soy Georgina… o Georgie, para mis amigos y mi familia. Aunque James no logra recordarlo.

—¿Vuelves a sugerir que estoy senil? —preguntó James con una ceja enarcada.

Ella le sonrió con dulzura.

—Eso te sienta como anillo al dedo…

—Si no me falla la memoria, la última vez que trataste de ponerme ese anillo, te lo hice comer.

—Y si no me falla a mí —contraatacó ella—, sabía delicioso.

Anthony observaba la escena con interés, mientras aguardaba la oportunidad de repetir su pregunta. Pero la olvidó al notar que los ojos de James ardían de pronto con un fuego interior que en nada se parecía al enojo. ¿Pasiones encendidas por un anillo? ¿Y ella se lo había comido?

—¿Se trata de alguna clase de chiste privado? —preguntó con suavidad—. ¿O podemos enterarnos del final?

—Puedes enterarte de cómo nos conocimos, sir Anthony.

—¡Ajá! —exclamó él, triunfal—. Ya lo sabía. Tengo muy buena percepción para este tipo de cosas, ¿sabes? ¿Dónde fue? ¿En un salón de baile? ¿En un paseo público?

—En realidad, fue en una taberna llena de humo.

Arqueando la ceja, en un gesto que debía ser parte de la herencia familiar, Anthony paseaba la mirada, de ella a James.

—Debí de haberlo imaginado. Después de todo, te habías acostumbrado a las camareras de taberna.

Pero James no estaba de humor para bromas, de modo que sonrió.

—Estás pensando otra vez con el trasero, estimado hermano. Ella no trabajaba allí. Ahora que lo pienso, no llegué a enterarme de qué estaba haciendo en aquella taberna...

—Lo mismo que tú, James —respondió Georgina—; buscando a alguien.

—¿Y a quién buscabas tú? —preguntó Anthony a su hermano.

—Eras tú quien lo buscaba. Fue el día en que me arrastraste por media ciudad de Londres tratando de encontrar al primo de tu esposa.

Aquél fue un día que Anthony jamás podría olvidar, de modo que se apresuró a señalar:

—Pero tu Margie era rubia.

—Y mi George es morena, y siente cierta predilección por las prendas masculinas.

Los ojos de Anthony volvieron a Georgina, refrescándole la memoria.

—¡Por Dios, la zorra que deja cardenales en las espinillas! Estaba seguro de que no habías logrado encontrarla, James.

—No la encontré. Fue ella quien me encontró a mí. Cayó en mis brazos, en cierto modo. Se empleó...

—¡James! —interrumpió Georgina, horrorizada ante la perspectiva de que él lo confesara todo otra vez—. No es necesario entrar en detalles, ¿no te parece?

—Estamos en familia, amor mío —contestó él, sin preocuparse—. No importa que ellos lo sepan.

—¿De veras? —replicó ella, con expresión airada—. ¿Y fue ésa tu actitud cuando se lo contaste todo a mi familia?

James frunció el ceño, obviamente disgustado: su esposa sacaba a relucir un tema que él no deseaba tocar. Y no se molestó en contestar. De espaldas a la mesa, se acercó al aparador donde estaban las fuentes del desayuno.

Roslynn, notando el cambio radical que se había obrado en el ambiente, dijo con diplomacia:

—¿Te sirvo un plato, Georgie? Por la mañana nos servimos solos.

—Gracias...

Pero James interrumpió, ostentosamente impertinente:

—¡Puedo hacerlo yo mismo, qué demonios!

Los labios de Georgina se ahuecaron en un gesto de hastío. Probablemente había hecho mal en sacar a relucir el único tema que no dejaría de agriarle el humor a James, pero después de todo, ¿iba a dejar que él escandalizara a su propia familia y la abochornara por completo al mismo tiempo? Si a él no le importaba qué contaba ni a quién, o qué tormentas provocaba, a ella sí.

Pero su irritación sólo duró hasta el momento de recibir el plato que su esposo depositó bruscamente ante ella. Era una pequeña montaña de huevos, arenque ahumado, pasteles de carne y embutidos, rodeado de bizcochos y grandes cucharadas de jalea: suficiente para cuatro personas. Georgina lo miró con ojos dilatados, pero al volverse comprobó que el plato de James estaba aún más colmado. Obviamente, había preparado ambos con tal falta de atención que a la joven se le despertó el sentido del humor.

—Gracias, James —exclamó, conteniendo la sonrisa que le estiraba los labios—. Estoy muerta de hambre, sí, aunque no sé por qué. No creo haber hecho gran... despliegue de energías esta mañana.

La descarada mentira estaba destinada a ponerle de un humor más agradable, puesto que ambos habían consumido una considerable cantidad de energía aquella mañana, antes de abandonar la cama. Pero habría debido saber que no era conveniente intentar juegos de palabras con James Malory.

—Ojalá seas siempre tan perezosa, George —replicó él, con una de sus sonrisas más demoníacas.

No existía en el mundo nada capaz de impedir que sus mejillas se encendieran ante sus ironías.

—No sé por qué se ruboriza —comentó Anthony, en el silencio que siguió—. Al fin y al cabo, nosotros no deberíamos comprender las insinuaciones, aunque las comprendamos. Por mi parte, también he tenido bastante dificultad para levantarme de la cama, esta mañ...

La servilleta de Roslynn lo golpeó en la boca, poniendo fin a la serie de bromas provocativas.

—Deja en paz a la pobrecita, grandísimo truhán. Qué demonios, ser la esposa de un Malory es...

—¿Una bendición? —sugirió Anthony.

—¿Quién ha dicho eso? —bufó ella.

—Tú, tesoro, con mucha frecuencia.

—En momentos de locura, sin duda. —La joven suspiró, con lo cual provocó una risa ahogada en su marido.

Las mejillas de Georgina habían vuelto ya a la normalidad. Aun así, fue un alivio que Roslynn se las compusiera para dirigir la conversación hacia temas menos personales o, al menos, menos bochornosos. Se enteró de que, esa misma tarde, iba a recibir la visita de una costurera, encargada de confeccionarle un guardarropa completo; de que en la temporada de invierno habría varios bailes de gala a los que ella no podía faltar —los dos Malory gruñeron al oírlo— así como cenas y veladas por docenas, donde la presentarían en sociedad como era debido. Como todo eso implicaba que ella tenía futuro allí, cosa que no estaba decidida en absoluto, dirigió a James una mirada que preguntaba: «¿Es necesario todo esto?» Como respuesta sólo obtuvo una expresión inescrutable.

Georgina también se enteró de que esa noche habría una reunión familiar, cuando Anthony admitió:

—A propósito, anoche no visité a los mayores. Me retuvieron. —En ese punto movió las cejas y lanzó un beso a su esposa, mientras ella buscaba otra servilleta para arrojársela. Luego agregó con una risa sofocada—: Además, mi viejo James, comprendí que no me creerían, a menos que escucharan la noticia de tus labios. Y tú tienes un modo tan inigualable de explicar las cosas sin decirlas que no quise privarte de esa nueva oportunidad de volver a enredarte.

Ante eso, James respondió:

—Si vas esta noche a Knighton's Hall, será un placer acompañarte.

—Bueno, ya que he sido condenado, prefiero hacer la pregunta —resolvió Anthony—. ¿Qué demonios dijiste a la familia de tu esposa que no puedas decir a la nuestra?

—Pregúntaselo a George —gruñó él—. Es ella quien no quiere que lo repita.

Pero cuando aquellos ojos de color cobalto se volvieron hacia ella, interrogantes, Georgina cerró tercamente los labios, haciendo que Anthony insistiera, con una sonrisa deslumbrante:

—Anda, tesoro, será mejor que confieses. Me pasaré la vida sacando a relucir el tema a la menor oportunidad, estemos con quien estemos, hasta que lo digas.

—¡Serías capaz!

—Puedes estar segura de ello —intervino James con acritud.

Georgina, completamente contrariada, preguntó a su esposo:

—¿Y tú no puedes hacer nada para remediarlo?

—Lo haré —aseguró James, amenazador—, no te preocupes. Pero eso no lo detendrá.

—Por supuesto que no. —Anthony sonreía—. Como tampoco te detendría a ti, hermanito.

Georgina se reclinó en el asiento, enojada.

—Comienzo a pensar de tu familia lo mismo que tú de la mía, James Malory —afirmó.

—Me sorprendería que no fuera así.

Como no había remedio, la joven clavó en Anthony una mirada fulminante.

—Trabajé como grumete a su servicio —admitió, en tono agresivo—. Eso fue lo que dijo a mis hermanos; esto, y que habíamos compartido el camarote. Ahora, ¿estás satisfecho, hombre odioso?

—Supongo que no sabía que eran tus hermanos —arriesgó Anthony, suavemente.

—Lo sabía —corrigió ella.

—Pero ¿ignoraba que fueran tantos?

—También sabía eso.

Entonces Anthony volvió hacia James una mirada cómplice y enfurecedora.

—Fue más o menos como apretar tú mismo el gatillo, ¿no, muchacho?

—¡Oh, cállate, idiota! —bramó James.

Ante aquella reacción, Anthony echó la cabeza hacia atrás para reír estruendosamente. Cuando la carcajada se redujo a risas sofocadas, comentó:

—Nunca pensé que llegarías tan lejos para colmar mis esperanzas, hermanito.

—¿Qué esperanzas?

—¿No recuerdas lo que te deseé? Que acabaras casado con una víbora tan dulce como la que te había dado el puntapié en vez de darte las gracias por tu ayuda. No era preciso que fuera justamente la misma.

James recordó entonces el comentario, hecho por Anthony cuando estaba con un humor de perros por no haber tenido suerte la noche anterior al cortejar a su enojada esposa para que volviera al lecho conyugal.

—Ahora que lo mencionas, recuerdo que dijiste algo así... y por qué lo dijiste. Ese día estabas ahogando tus penas en alcohol. A las cinco estabas como una cuba. Y tu mujercita ni siquiera quería llevarte a la cama, ¿no?

—Maldita sea... —La expresión de Anthony se había endurecido, mientras que en el semblante de James lucía una sonrisa—. Tú también te emborrachaste ese día. ¿Cómo diablos te acuerdas de todo?

—¿Y lo preguntas tú, que estuviste tan divertido? No habría podido perderme un solo instante, querido hermano.

—Creo que están a punto de empezar otra vez —advirtió Roslynn a Georgina—. ¿Por qué no los dejamos solos? Si no estamos aquí para vigilar, tal vez se maten entre sí. —Y agregó, con una mirada a su esposo cargada de intención—: Así nos ahorrarán el trabajo.

—¡Si os vais, él no se irritará tanto con mis pullas! —protestó Anthony, al ver que las mujeres abandonaban la mesa.

—Justamente se trata de eso, querido. —Roslynn le sonrió; luego dijo a su cuñado—: A propósito, James, anoche envié un mensaje a Silverley notificando que estabas de regreso. Tal vez convenga que te quedes hoy en casa, pues no creo que Reggie espere a la noche para presentarse. Y bien sabes que se sentiría destrozada si no te encontrase aquí.

—¿Quién es esa Reggie? —preguntó Georgina, deteniéndose de súbito.

—Regan —le informó James, sonriendo ante el recuerdo de sus celos y su aparente recrudecimiento.

Pero Anthony agregó, dirigiéndole a su hermano una mirada melancólica.

—Hace tiempo que estamos en desacuerdo sobre el nombre, pero ella es nuestra sobrina favorita. La criamos los cuatro, ¿sabes?, al morir nuestra hermana.

Georgina no lograba imaginárselo, pero como esa tal Regan o Reggie era sólo una parienta, perdió interés en ella. Sin embargo, pese a la probabilidad de que no pasara mucho tiempo allí, era necesario aprender algo sobre la numerosa familia de James, aunque sólo fuera para no ponerse nerviosa cada vez que oía un nombre femenino relacionado con el de su marido. Él habría debido tener la gentileza de aclararle todo eso antes de llegar, pero era muy reservado en todo lo referente a su familia… quizá para que ella hiciera lo mismo con respecto a la suya. Después de todo, era justo.

42

—Al fin y al cabo, los hombres se casan, ¿no? —comentó Georgina con tono razonable, aunque algo sarcástico—. Hasta en la misma proporción que las mujeres. ¿Querría alguien decirme, entonces, por qué la reacción unánime ante la boda de James es de una enorme sorpresa, seguida inmediatamente de incredulidad? No es un monje, por amor de Dios.

—Tienes toda la razón. Nadie podría acusarle de serlo. —Y quien hablaba estalló en una serie de risitas.

Reggie o Regan, según el caso, resultó ser Regina Eden, vizcondesa de Montieth. Pero era una vizcondesa muy joven de sólo veinte años, y no más corpulenta que Georgina. Nadie podía negar que pertenecía al clan de los Malory; como mínimo, resultaba innegable su parentesco con Anthony y Jeremy, pues tenía el mismo pelo negro y los ojos azul cobalto con que ellos habían nacido.

Pero Georgina descubriría que constituían una excepción en la familia, junto con Amy, una de las hijas de Edward. Los otros Malory se parecían a James, pues eran rubios y, en su mayoría, de ojos verdes.

Georgina también descubrió, con gran alivio, que Regina Eden era sumamente agradable. No tardó en apreciar su vivacidad, su encanto, su desenfadada franqueza y su tremenda sinceridad. Ya bullía de buen humor cuando llegó, en las primeras horas de la tarde, pero más aún después de preguntar a James:

—¿Y a qué amante has prestado mi ropa?

Al fin y al cabo, no había estado en su casa para prestarla en persona.

Mientras James reflexionaba sobre el modo más sencillo de darle la noticia, Anthony no resistió la tentación de responder por él.

—A la que se ha casado con él, pequeña.

Por suerte, en ese momento la muchacha estaba sentada.

Georgina le había oído decir desde ese momento unas nueve veces «No puedo creerlo». Y unas diez veces «¡Oh, es genial!». ¡Y todo en el transcurso de unas pocas horas!

Ahora Georgina estaba en la planta superior dejándose peinar artísticamente por la doncella de Roslynn, Nettie MacDonald, una vigorosa escocesa de edad madura, que habría encantado a Mac por su suave acento y sus ojos verdes, más suaves aún. Roslynn y Regina estaban también allí, supuestamente para ayudarla a acicalarse bien a fin de presentarla a los hermanos mayores de James; en realidad, lo que hacían era asegurarse de que no se pusiera nerviosa, entreteniéndola con anécdotas divertidas de la familia y respondiendo a todas sus preguntas.

—Supongo que puede parecer extraño a quien no conozca la historia del tío James. —Regina se había serenado lo suficiente para responder a su pregunta—. Se trata de un hombre que había jurado no casarse jamás, y sin duda lo decía muy en serio. Pero para comprender por qué, debes saber que era un… bueno…

—¿Un experto en mujeres? —propuso Georgina, con ganas de ayudar.

—¡Estupenda manera de expresarlo! Yo misma lo he definido así alguna vez.

Georgina se limitó a sonreír. Roslynn puso los ojos

en blanco, pues había oído la misma expresión aplicada a Anthony. Por su parte, prefería llamar al pan, pan... y al libertino, libertino.

—Pero el tío James no era sólo un experto —prosiguió explicando Regina—. Y si me permites ser muy franca...

—Por favor.

Pero Roslynn intervino.

—No vayas a provocarle celos, Reggie.

—¿Por pecadillos pasados? —resopló la muchacha—. Por mi parte, estaré eternamente agradecida a cada una de las antiguas amantes de mi Nicholas. Sin esa experiencia...

—Te comprendemos, querida —interrumpió Roslynn, sin poder contener una amplia sonrisa—. Hasta quizá estemos de acuerdo —agregó, viendo que Georgina también sonreía.

—Bueno, como te decía, el tío James era algo más que un experto en mujeres. Durante un tiempo, ya embarcado en una carrera de lujuria, podrías haberlo tildado de insaciable. Mañana, tarde y noche, y nunca con la misma mujer.

—¡Oh, vamos! —protestó Roslynn—. ¿Mañana, tarde y noche?

Georgina estuvo a punto de sofocarse al contener el aliento en espera de que la mujer ridiculizara también el resto: «Nunca con la misma mujer.» Sin embargo, esa parte no se puso en duda.

—Es absolutamente cierto —insistió Regina—. Si no me crees, pregunta a Tony, o al tío Jason, que tenía la desgraciada misión de controlar las locuras de James cuando aún vivía en casa. Y debo agregar que no tenía éxito. Claro que, de todo lo que el tío James hacía, la mitad era sólo para fastidiar a Jason. Pero lo cierto es que James era terrible. Desde su más tierna edad hizo siempre su voluntad. Tenía que diferenciarse de sus hermanos. No cabe extrañarse de que se batiera en duelo por primera vez antes de cumplir los veinte años. Venció, desde luego. Vencía siempre, ¿sabes? Al fin y al cabo, Jason era un tirador estupendo y enseñó a todos sus hermanos. Sin embargo, Anthony y James acabaron aficionándose también a emplear los puños; muchos de sus desafíos se resolvían en el cuadrilátero y no en el campo de honor.

—Por lo menos, no es tan mortífero.

—Oh, nunca llegó a matar a nadie en un duelo, al menos que yo recuerde. Generalmente es el ofendido quien, furioso, trata de matar a su adversario.

—Anthony solía preguntar a sus contrincantes dónde preferían recibir la herida —intervino Roslynn—. Semejante pregunta restaría seguridad a cualquiera.

Regina dejó escapar una risita divertida, casi infantil.

—Pero ¿de quién crees que tomó esa costumbre?

—¿De James?

—Justo.

Georgina empezaba a arrepentirse de haber iniciado la conversación.

—Pero todavía no me has respondido.

—Todo forma parte de la historia, querida. Cuando el tío James se mudó a Londres ya era un libertino incorregible. Pero ya no iba detrás de las faldas, pues no era necesario; entonces eran las mujeres quienes lo perseguían a él. Y casi todas las que se le arrojaban en los brazos eran casadas.

—Creo que empiezo a comprender —repuso Georgina.

—Ya lo suponía. Casi todos los desafíos a duelo eran justificados, y todos procedían de maridos engañados. Lo irónico es que James, si bien aceptaba lo que se le ofrecía, nunca aireaba sus relaciones. Pero aquellas alocadas quedaban tan impresionadas por él (bueno, en su juventud también era endiabladamente apuesto) que ellas mismas se jactaban de la conquista con que sólo las mirara. Por eso se justifica que no tuviera mucho respeto por el matrimonio, pues era testigo de infidelidades constantes.

—A las que él contribuía —agregó Georgina, algo irritada.

—Eso es innegable. —Regina sonrió—. Después de todo, era el mujeriego más famoso de Londres. Llegó a superar a Tony, que en sus tiempos llegó a ser bastante escandaloso.

—Te agradecería que dejaras a Anthony fuera de eso —rogó Roslynn—. Ahora es un mujeriego completamente reformado.

—Bueno, lo mismo puede *decirse* de mi Nicholas. Pero en cuanto al tío James, después de pasar tantos años viendo sólo la peor parte del matrimonio, se justifica que despreciara esa hipocresía y, en especial, a las mujeres infieles, que abundan en Londres. Juró que nunca tendría esposa propia. Y todos pensamos que lo mantendría.

—No dudo que ésa fuera su intención. Después de todo, no me propuso que me casara con él.

Regina no lo puso en tela de juicio. Ya le habían dicho que James se había casado por la fuerza. Y se lo había dicho él mismo... antes de que Anthony pudiera regodearse. Lo que no acababa de creer era que alguien lo hubiera forzado.

—Eso es lo que no comprendo, Georgie —comentó, pensativa—. No conoces a mi tío James...

—Para eso estás tú: para hablarme de él. Es raro que yo logre sacarle algo personal, después de todo. ¿Hay algo más que deba saber sobre él, en tu opinión?

—Bueno, esta noche tal vez se mencione que la familia lo repudió por un tiempo. En esa época pasó diez años fuera de Inglaterra. Ahora se le han reconocido de nuevo sus derechos, por supuesto. Supongo que no te ha dicho nada de eso.

—No.

—Bueno, eso es algo que deberías preguntarle a él. No es asunto mío decirte que...

—¿Que fue el infame capitán Hawke?

Regina abrió desmesuradamente los ojos.

—¿Te lo ha dicho?

—No, pero lo admitió ante mis hermanos, que lo reconocieron. Quiso la mala suerte que dos de ellos se hubieran enfrentado con James en alta mar, antes de que abandonara la piratería.

Regina ahogó una exclamación.

—¿Y todos tus hermanos lo sabían? Por Dios, es una suerte que no lo hayan ahorcado.

—Oh, querían ahorcarlo, sí. Warren, por lo menos —reconoció Georgina, disgustada—. Pero James había confesado tantas cosas esa noche que merecía la horca.

—¿Y cómo fue que… no lo ahorcaron? —preguntó Regina con cautela.

—Escapó.

—¿Con tu ayuda?

—No iba a permitir que Warren se saliera con la suya sólo porque estaba furioso con James por nuestra aventura. Él también es un mujeriego, y un grandísimo hipócrita.

—Oh, bien está lo que bien acaba, como suele decirse —comentó Roslynn.

—A mí no me parece que las cosas estén bien —protestó Regina, indignada—, considerando que el tío James tiene a toda la familia de Georgie contra él.

—Vamos, Reggie, ¿crees que él se dejará vencer por una nimiedad como ésa? Sobre todo, si tienes en cuenta que hay todo un océano por medio. Cuando esté preparado se reconciliará con ellos, por el bien de Georgie.

—¿James?

Ante la exagerada incredulidad de Regina, la risa de Roslynn llenó la habitación.

—Tal vez tengas razón. No es de los que se esfuerzan por perdonar u olvidar. Tu pobre esposo lo sabe por propia experiencia, ¿no?

—No me lo recuerdes. Y estoy segura de que Nicholas disfrutará esta noche lanzando unas cuantas pullas de su propia cosecha; sobre todo, cuando sepa que James se casó en las mismas circunstancias que lo hicimos él y yo. —Ante una mirada interrogante de Georgina, agregó—: Tu esposo no ha sido el único al que llevaron a rastras hasta el altar. En el caso de Nicholas, hizo falta un poco de extorsión, algún soborno y, desde luego, las plegarias de Tony para que Nicholas se negara, pues sólo necesitaba una excusa para hacerlo pedacitos.

—¿Y James?

—Ah, él no participó en el asunto. Por entonces no sabíamos siquiera que había regresado a Inglaterra. Pero lo cierto es que mi esposo también tropezó en alta mar con el capitán Hawke, en cierta ocasión. Si esta noche tienes la sensación de que son enemigos mortales, no le des importancia.

Georgina rompió a reír al imaginarse la escena

43

Aquélla iba a ser sólo una reunión familiar, pero Georgina descubrió que esas ocasiones eran muy formales cuando Regina le ofreció un resplandeciente vestido de noche. La rica tela de tonos castaños relucía de tal modo que parecía bronce pulido; como el corpiño estaba recubierto de tul y lentejuelas, la encantadora creación dio a Georgina un aspecto refulgente. Tras haber pasado tanto tiempo condenada a los tonos pastel, ansiaba mostrarse con los tonos más intensos y maduros que correspondían a su nuevo estado. Lo cierto era que al encargar su nuevo guardarropa no había elegido otra cosa que colores audaces y vibrantes.

Más tarde, al bajar la escalera, encontraron a los hombres de la casa en la sala, ataviados con idéntica elegancia. Anthony, contra la moda del momento, vestía enteramente de negro, con excepción de la inmaculada blancura de su pañuelo, anudado con un descuido estudiado. James lucía una chaqueta de satén verde esmeralda, tan oscura que no se la podía considerar afectada en absoluto. ¡Y qué maravillas hacía ese color en combinación con sus ojos! Parecían piedras preciosas con fuego encerrado en su interior, de un verde vívido y brillante que casi destellaba. Y el truhán de Jeremy era la personificación del dandi: chaqueta de color púrpura y pan-

341

talones hasta la rodilla, de un horrendo tono amarillo verdoso; Regina dijo a la recién casada, en un aparte susurrado, que llevaba esa combinación de colores sólo para fastidiar a su padre.

También estaba allí Conrad Sharpe, lo cual no era de extrañar, pues tanto James como Jeremy lo consideraban parte de la familia. Georgina nunca lo había visto ataviado con informalidad; incluso se había afeitado la barba crecida en alta mar. Pero él, a su vez, nunca la había visto sino en pantalones de muchacho. Era demasiado esperar que pasara el detalle por alto

—Por Dios, George, ¿acaso has perdido tus pantalones?

—Muy gracioso —murmuró ella.

Mientras Connie y Anthony reían entre dientes, y James se limitaba a mirar fijamente su insinuante escote, Regina comentó:

—Deberías avergonzarte, Connie. Ése no es modo de complacer a una dama.

—Así que ya la has tomado bajo tu protección, ¿no, pequeña? —La acercó para darle un abrazo—. Ya puedes envainar tus garras. George no necesita más cumplidos que tú. Ni tampoco protección. Además, es peligroso hacerle cumplidos cuando su marido está cerca.

James pasó por alto la alusión, para indicar a su sobrina:

—Sabiendo que ese vestido debe de ser tuyo, querida, me parece que últimamente llevas escotes demasiados atrevidos.

—A Nicholas no le molesta —aseguró la muchacha, sonriente.

—Qué otra cosa cabía esperar de ese bandido.

—Oh, qué estupendo. Aún no ha llegado siquiera y ya te estás metiendo con él. —Y la joven se alejó, enfurruñada, para saludar a Jeremy.

Pero cuando los ojos de James volvieron a Georgina, especialmente a su corpiño, la escena se le antojó tan familiar a Georgina que comentó:

—Si mis hermanos estuvieran aquí, harían alguna

observación ridícula sobre esto y sugerirían que me pusiera algo más recatado. ¿No estarías, por casualidad, pensando lo mismo?

—¿Y estar de acuerdo con ellos? ¡Dios no lo permita!

Con una sonrisa provocadora, Connie dijo a Anthony:

—¿No tienes la impresión de que a James no le gustan los hermanos de su mujer?

—No me explico por qué —replicó Anthony, muy serio—. Después de lo que me has dicho sobre ellos, parecen hombres muy emprendedores.

—Tony... —advirtió James.

Pero su hermano llevaba demasiado tiempo conteniendo la risa.

—¡Encerrado en un sótano! —aulló—. ¡Por Dios, cómo lamento habérmelo perdido!

Si James aún no estaba harto, Georgina sí.

—Mis hermanos —exclamó—, todos ellos, son tan corpulentos como usted o más, sir Anthony. ¡Usted no habría tenido mejor suerte que James, se lo aseguro!

Y fue a reunirse con Regina en el otro extremo de la habitación.

Anthony había quedado sorprendido.

—Que me aspen... Creo que la chica acaba de defenderte, James.

El capitán se limitó a sonreír, pero Roslynn, que había escuchado a su esposo con creciente exasperación, le advirtió:

—Si no dejas de fastidiarlo frente a ella, probablemente haga algo peor. Y si no lo hace ella, tal vez me encargue yo.

Connie rió entre dientes al ver que Anthony se mostraba contrariado, y dio un codazo a James para llamarle la atención.

—Si tu hermano no se anda con cuidado, acabará durmiendo otra vez con los perros.

—Tal vez tengas razón, compañero... —replicó James—, así que no lo desanimemos, ¿quieres?

Su primer piloto se encogió de hombros.

—Si tú lo soportas, a mí no me afecta.

—Puedo soportar cualquier cosa para alcanzar los resultados deseados.

—Supongo que sí. Hasta te dejaste encerrar en un sótano...

—¡Qué es lo que oigo! —intervino Anthony—. ¡Conque yo estaba en lo cierto! Había un motivo para tanta locura...

—Oh, calla, Tony.

Poco después llegaron los mayores, como llamaban James y Anthony a sus hermanos de más edad. Jason Malory, el tercer marqués de Haverston y cabeza de familia, fue una sorpresa para Georgina. Le habían dicho que tenía cuarenta y seis años, y en verdad era como una versión de James levemente envejecida, pero allí terminaba el parecido. En vez del extraño encanto de James, su anormal sentido del humor y sus endiabladas sonrisas sensuales, Jason sólo mostraba sobriedad. Si ella tenía por demasiado serio a su hermano Clinton, junto a Jason habría parecido un desvergonzado. Aún más, le habían dicho que ese aire adusto iba acompañado de un temperamento irascible que en general se dirigía contra sus hermanos menores. Por supuesto, también se decía que los hermanos Malory no eran del todo felices sino cuando reñían entre sí. Y no había motivos para dudarlo, si James y Anthony constituían un ejemplo...

Edward Malory, por su parte, no se parecía en nada a los otros tres. Tenía un año menos que el mayor; era más fornido que Jason y James, aunque en él se repetían el pelo rubio y los ojos verdes. Al parecer, nada podía empañar su jovialidad. Participaba en las bromas de sus hermanos, pero siempre de buen humor. Al igual que Thomas, el hermano de Georgina, parecía no conocer la cólera.

—¿Y cuando James les comunicó la noticia? Bueno, al menos la incredulidad de ellos no duró tanto como la de Anthony.

—Yo dudaba que Tony sentara cabeza alguna vez,

pero James… Por Dios, era un caso perdido —comentó Jason.

—Me dejas atónito, James —agregó Edward—. Pero estoy encantado, por supuesto, absolutamente encantado.

Georgina no podía dudar de que la familia la recibía de buen grado. Los dos hermanos mayores la miraban como si fuera capaz de hacer milagros. Claro que todavía desconocían las otras circunstancias que habían rodeado aquella ceremonia. Anthony, por esa vez, mantuvo la boca cerrada. Pero la muchacha no podía dejar de preguntarse por qué James les dejaba pensar que todo iba perfectamente bien.

Ahora le resultaría difícil dar explicaciones si la enviaba de regreso a su casa, pero ella sabía que si en verdad deseaba hacerlo eso no representaría un obstáculo. ¿Lo haría? Si la cuestión no hubiera sido tan importante, habría terminado con su angustia preguntándoselo otra vez y rezando porque él le respondiera con franqueza. Pero si no entraba en los planes de James vivir con ella de modo permanente, prefería no enterarse ahora, cuando volvía a albergar esperanzas.

Edward había llegado con Charlotte, su esposa, y Amy, la menor de sus cinco hijos; los otros tenían compromisos previos, pero habían prometido pasar por la casa durante la semana. Derek, el único hijo varón de Jason, estaba fuera de la ciudad, probablemente haciendo diabluras —se decía que se apresuraba a seguir los pasos de sus tíos más jóvenes—; al menos, eso se creía, porque nadie había podido localizarlo. En cuanto a Frances, la esposa de Jason, no iba nunca a Londres, de modo que su ausencia no llamó la atención. En realidad, Regina confió a la recién llegada que Frances sólo había aceptado el matrimonio para proporcionarles una figura materna a Derek y a ella misma, y como ambos estaban ya crecidos, prefería vivir separada de su austero esposo.

—No te preocupes, muy pronto sabrás quién es quién —le había asegurado Roslynn—. Sólo te confundirás cuando la querida Charlotte te obsequie con los últimos escándalos. Porque son tantos... y lo más probable es que, tarde o temprano, tengas que conocer a todos los implicados...

¿Conocer a la flor y nata de la aristocracia inglesa? Georgina podía pasarse sin eso, gracias. Sin embargo, estuvo a punto de atragantarse de irónica risa al caer en la cuenta de que, aparte de Connie y Jeremy, todos los presentes en el salón eran aristócratas con título, incluida ella misma. Y la mayor de las ironías era que no le resultaban en absoluto despreciables, petulantes o antipáticos... con la posible excepción del menor de sus cuñados. Anthony, con sus pullas y sus insinuaciones provocadoras, en verdad no estaba ganándose su afecto. Muy al contrario.

Sólo mucho más tarde tuvo oportunidad de ver a los Malory cerrando filas. Fue en cuanto Nicholas Eden, vizconde de Montieth, entró en el salón. Entonces Anthony y James dejaron de reñir entre sí para arrojarse contra el recién llegado.

—Llegas tarde, Eden —fue el saludo de Anthony, lleno de helada cortesía—. Ya tenía la esperanza de que hubieras olvidado mi dirección.

—Lo intento, amigo, pero mi esposa insiste en recordármela —replicó Nicholas, con una fría sonrisa que nada tenía de amistosa—. ¿Acaso crees que me gusta venir?

—Bueno, harías bien en fingir lo contrario, cachorrito. Tu esposa acaba de captar tu llegada. Y ya sabes cómo se enoja cuando te ve provocar a sus queridos tíos.

—¿Provocar yo? —El pobre hombre estuvo a punto de atragantarse con su ira ahogada.

Pero cuando miró a Regina, que conversaba con Amy y Charlotte, su expresión cambió. Ella le indicó por señas que se reuniría con él dentro de un minuto. Nicholas le guiñó un ojo y sonrió con increíble ternura. Georgina trataba de mantenerse neutral, aunque había oído contar por qué esos tres hombres estaban tan enemistados; le parecía ridículo que eso durara desde hacía más de un año. Pero después de observar aquel tierno intercambio, no pudo evitar ponerse a favor de Nicholas Eden... hasta que éste se volvió hacia los tres y posó la mirada en James.

—¿Ya has regresado? Esperaba que te hubieras hundido en el océano o algo así.

James rió por lo bajo.

—Lamento desilusionarte, muchacho, pero en este viaje traía una carga preciosa, de modo que tomé muchas precauciones. Y a ti, ¿cómo te ha ido? ¿Has dormido en el sofá últimamente?

Nicholas frunció el entrecejo.

—Desde que te fuiste, nunca, grandísimo bastardo. Pero supongo que ahora eso cambiará —gruñó.

—No lo dudes, muchachito. —James sonreía como un demonio—. Nos encanta ayudar a las buenas causas.

—Eres todo corazón, Malory. —De pronto esos ojos de ámbar se posaron en Georgina, que se mantenía entre los dos hermanos, con el brazo de James rodeándole los hombros—. ¿Y quién es ella, si es que hace falta preguntarlo?

La insinuación era obvia. Georgina se irritó al verse rebajada de nuevo al rango de amante ocasional. Pero antes de que se le ocurriera una respuesta lo bastante ácida, antes de que James pudiera reaccionar con más dureza aún, Anthony acudió en su defensa, para sorpresa no sólo de ella, sino también de Nicholas.

—Borra inmediatamente ese tono desdeñoso de tu voz, Eden —amenazó en voz baja, en un susurro que evidenciaba su enojo—. Es a mi cuñada a quien estás arrastrando a la cloaca de tus pensamientos.

—Perdone usted —se excusó Nicholas ante Georgina, completamente azorado y contrito por su espantoso error. Sin embargo, la confusión duró poco. Con toda la sensación de que estaban tomándole el pelo, se volvió hacia Anthony—: Estaba seguro de que tu esposa era hija única...

—En efecto.

—Entonces, ¿cómo es posible que ella sea...? —Los

347

hermosos ojos ambarinos saltaron hacia James, ensanchados por la incredulidad—. ¡Oh, por Dios, no puedes ser tú el que se ha casado! Tienes que haber navegado hasta el fin del mundo para hallar una mujer que no huyera de tu sórdida reputación. —Y agregó, dirigiéndose de nuevo a Georgina—: ¿Sabía usted que se casaba con un pirata sanguinario?

—Creo que me lo dijeron antes de la boda, sí —respondió ella, irónica.

—¿Y que es el tipo más rencoroso que pueda imaginarse?

—Empiezo a comprender por qué —contraatacó ella, provocando una carcajada en Anthony y James.

Nicholas sonrió de mala gana.

—Muy bien, querida, pero ¿sabe también que es un mujeriego incorregible, tan degenerado que...?

James lo interrumpió con un leve gruñido:

—Sigue así, jovencito, y me veré forzado a...

—¿Forzado? —intervino Regina, acercándose para enlazar un brazo al de su esposo—. ¿Se lo has dicho, tío James? ¡Increíble! Habría jurado que preferirías ocultar ese pequeño chisme, especialmente a Nicholas. Después de todo, tú detestas tener algo en común con él. Y que ambos os hayáis casado por la fuerza es tener mucho en común, ¿verdad?

Ante eso, Nicholas no pudo replicar. Miraba fijamente a su esposa, tal vez tratando de dilucidar si hablaba en serio o no. Pero estaba a punto de echarse a reír. Georgina lo vio en sus ojos. El joven se contuvo sólo hasta reparar en la mirada de disgusto de James.

Lo asombroso fue que Anthony no se uniera a sus carcajadas. O bien había agotado todo su sarcasmo la noche anterior o, lo más probable, no quería compartir nada con el joven vizconde, aunque fuera algo tan enormemente divertido.

—Reggie, querida —dijo con marcado disgusto—, no sé si estrangularte o enviarte a tu habitación.

—Ya no tengo habitación aquí, Tony.

—Estrangúlala, entonces —propuso James. Parecía

348

hablar en serio, pero sus ojos se posaron en su sobrina con una mezcla de cariño y exasperación—. Lo has hecho a propósito, ¿verdad, tesoro?

Ella ni siquiera trató de negarlo.

—Es que vosotros dos siempre os aliáis contra él. Y no es justo, dos contra uno, ¿verdad? Pero no te enfades conmigo. Acabo de comprender que seré yo quien tendrá que soportar sus cacareos, mucho más que tú. Después de todo, vivo con él.

Eso no mejoró las cosas, sobre todo porque Nicholas Eden sonreía de oreja a oreja.

—Quizá tenga que vivir contigo, Regan —sugirió James—. Al menos hasta que hayan finalizado las obras en la casa que Eddie me ha conseguido en la ciudad.

Nicholas enmudeció de inmediato.

—¡Por encima de mi cadáver!

—Eso no constituirá ningún problema…

En ese momento, Edward se unió al grupo.

—Oye, James, con el entusiasmo de tu maravillosa noticia olvidé mencionarte que esta tarde vino alguien a casa, preguntando por ti. Le habría dicho dónde podía encontrarte, pero su actitud era bastante hostil. Me dije que, si hubiera sido amigo tuyo, habría tenido mejores modales.

—¿Te dio su nombre?

—No, ninguno. Era un tipo corpulento, muy alto y con acento norteamericano.

James giró lentamente hacia Georgina, con una oscura expresión en su faz y nubes de tormenta en sus ojos.

—Esos bárbaros patanes de tu familia no te habrán seguido hasta aquí, ¿verdad, querida?

El mentón de la joven se elevó ligeramente en un gesto de desafío, pero no pudo disimular el brillo divertido de sus ojos.

—Lo que ocurre es que mis hermanos se preocupan por mí, James. Si recuerdas cómo me vieron Drew y Boyd por última vez, a bordo de tu barco, puede que consigas extraer tú mismo una conclusión.

El recuerdo que James guardaba de la noche de su boda podía ser algo borroso por lo inestable de las emociones... Pero recordaba, sí, haberla llevado a su nave amordazada y bajo su directa vigilancia; es decir, bajo el brazo. Sus palabras eran pausadas, contenidas, pero traslucían sentimiento:

—Por todos los demonios del infierno eterno...

44

—¡No puedes estar hablando en serio, por el amor de Dios! —exclamó Georgina, furiosa—. Por lo menos, tengo que verlos. Han viajado hasta aquí...

—Me importa un comino hasta dónde hayan viajado —replicó James, igualmente colérico.

La noche anterior, ella no había tenido oportunidad de abordar el tema de sus hermanos, pues subió a su cuarto poco después de retirarse los mayores y, aunque esperó largo rato a que James se reuniera con ella, acabó por dormirse antes de que él se acostara. Y ahora, por la mañana, se negaba tajantemente a llevarla hasta el puerto; también se había negado de forma terminante a pedirle un coche, cuando ella se lo rogó, y finalmente le había dicho sin más rodeos que no le permitía ver en absoluto a sus hermanos.

Georgina se sentó en la cama y trató de transformar la agria discusión en una conversación racional, preguntando:

—¿Te importaría explicarme por qué adoptas esa actitud? Bien sabes que han venido hasta aquí sólo para asegurarse de que estoy bien.

—¡Que te crees tú eso! —bramó él, que no podía o no quería ser racional, razonable o moderado en absoluto—. Han venido para llevarte con ellos.

Era una pregunta que ella no podía seguir postergando.

—¿Y no es eso lo que pensabas hacer desde un comienzo? ¿Enviarme a casa?

Esperó, conteniendo el aliento. Él siguió mirándola con el entrecejo fruncido largo rato. Y luego resopló, como si ella hubiera preguntado algo completamente ridículo.

—¿De dónde diablos sacaste esa idea? ¿Acaso te dije yo eso?

—No hacía falta. Recuerda que estuve presente en nuestra boda. No puede decirse que te casaras de muy buen grado.

—Lo que recuerdo, George, es que escapaste de mí sin despedirte siquiera.

La joven parpadeó, sorprendida de que él mencionara eso tan tarde y sin relación alguna con lo que ella había preguntado.

—¿Que yo me escapé? Lo que hice fue regresar a mi casa, James. Para eso estaba en tu barco, para volver a mi país.

—¡Sin decírmelo!

—Eso sí que no fue culpa mía Te lo habría dicho, pero cuando Drew acabó de gritarme por haber aparecido en Jamaica cuando me creía en casa, el *Triton* ya había zarpado. ¿Qué podía hacer yo? ¿Saltar por la borda sólo para decirte adiós?

—¡Lo que podías haber hecho era quedarte conmigo!

—Eso sí que es ridículo. No había entre nosotros ningún compromiso. No habíamos hecho ningún trato como para pensar que tú deseabas hacer de nuestra relación algo permanente. ¿Pretendías que te leyera el pensamiento? Y a fin de cuentas, ¿pensabas en algo permanente?

—Iba a pedirte que fueras mi… —Al verla entornar los ojos, James decidió no pronunciar la palabra—. Bueno, no hace falta que te ofendas —concluyó, malhumorado.

—No me ofendo —replicó ella, lo bastante envarada como para dar a entender lo contrario—. A propósito, te habría respondido que no.

—¡Pues me alegro mucho de no habértelo preguntado! —exclamó James, al tiempo que daba media vuelta y se encaminaba hacia la puerta

—¡No te atrevas a salir de aquí! —gritó Georgina—. Aún no has respondido a mi pregunta.

—¿No?

Él se volvió con una ceja enarcada; supo que estaba cansado de exhibir su mal genio. Ahora se pondría simplemente difícil, lo cual era mucho peor, a juicio de Georgina.

—Baste decir que eres mi esposa —continuó James—, y que, como tal, no irás a ninguna parte.

Eso la enfureció infinitamente.

—¡Ah, conque ahora admites que soy tu esposa! ¡Sólo porque han venido mis hermanos! ¿Más venganza, James Malory?

—Piensa lo que quieras, pero tus malditos hermanos pueden pudrirse en el puerto, por lo que a mí respecta. No saben dónde buscarte y tú no irás a verlos. Final de la discusión.

Y salió dando un portazo.

Georgina dio tres portazos más, sin que su exasperante marido volviera para concluir debidamente la discusión. Entonces decidió que él seguía siendo un condenado muro de ladrillos. Pero si no se puede derribar un muro de ladrillos, siempre es posible escalarlo.

—¿Le has dicho ya que la amas?

James dejó despacio sus cartas en la mesa y asió su copa. La pregunta, completamente ajena a la conversación que mantenían, le hizo enarcar una ceja. Primero miró a George Amherst, que estaba a su izquierda, estudiando sus naipes como si los viera por primera vez. Después, a Connie, que trataba de mantenerse muy serio frente a él. Por fin, a Anthony, el responsable de aquella comprometida pregunta.

—Supongo que no te dirigías a mí, ¿verdad, muchacho?

—Pues mira, sí, justamente a ti —sonrió su hermano.

—Te has pasado la velada pensando en eso, ¿no? Se justifica que hayas perdido todas las jugadas.

Anthony asió su copa e hizo girar perezosamente el contenido, observando detenidamente el líquido ambarino sin mirar a su hermano.

—En realidad —continuó Anthony—, la pregunta se me ocurrió esta mañana, cuando oí tanto ruido allá arriba. Y otra vez esta tarde, cuando sorprendiste a la querida muchacha escabulléndose por la puerta principal y le ordenaste subir a su cuarto. ¿No crees que se te fue un poco la mano?

—Se quedó en su cuarto, ¿no?

Ciertamente... Es más, no bajó a cenar. Y eso fastidió tanto a mi esposa que salió de visitas.

—La pequeña está enfurruñada, sí —dijo James, encogiéndose de hombros sin gran preocupación—. Es una costumbre suya, bastante divertida, que puede solucionarse con bastante facilidad. Pero aún no estoy dispuesto a hacerlo.

—¡Ja, ja! —rió Anthony con sorna—. Yo diría que esa confianza no está muy justificada, sobre todo si no le has dicho que la amas.

La ceja de James se enarcó un poco más.

—¿Pretendes darme consejos, Tony?

—Como diría tu esposa, creo que te irían como anillo al dedo.

—Pues tu «anillo» no me sirve. ¿No eres tú el tipo que se sentía tan desdichado que...?

—No estamos hablando de mí —replicó Anthony, lacónico, con una arruga entre las cejas.

—Muy bien —acordó James, sólo para agregar—: Pero si yo no hubiera dejado esa nota a Roslynn para disculparte, aún estarías metido en un buen lío.

—Lamento darte esta noticia, hermanito —replicó molesto su hermano—, pero yo había arreglado ya las cosas antes de que ella posara los ojos en tu nota.

—Estamos jugando al *whist*, caballeros —señaló George Amherst— y llevo perdidas doscientas libras. Si no les molesta...

Por fin Connie dejó escapar una sonora carcajada.

—Déjalo estar, cachorro —indicó a Anthony—. Seguirá hundido en su propio pantano hasta que se le antoje salir. Además, empiezo a creer que le gusta el lodo... El desafío, ¿comprendes? Si ella no sabe lo que él siente, es lógico que no quiera decirle qué siente ella. Y eso lo saca de sus casillas... ¿no?

Anthony giró hacia James, buscando la confirmación de aquella interesante hipótesis, pero sólo obtuvo un resoplido y un gesto ceñudo.

Mientras los hermanos Malory recogían sus naipes para continuar el juego, Georgina se escabullía por la puerta trasera para llegar hasta Park Lane, deambulando apresuradamente por callejones y patios traseros; tras una anhelante espera de quince minutos, pudo detener un coche de alquiler para que la condujera a los muelles de Londres. Por desgracia, ya se había apeado y el coche se alejaba cuando recordó, demasiado tarde, algo aprendido en su primer viaje a Inglaterra: Londres, el centro comercial y naviero más grande del mundo, no tenía un único muelle. Contaba con el London Dock en Wapping, el East India en Blackwall, el Hermitage Dock, el Shadwell... Y ésos eran sólo unos pocos de los que se extendían por varios kilómetros a lo largo del Támesis, tanto en la orilla sur como en la norte.

¿Cómo diablos iba a hallar un barco, quizá dos —y era dudoso que sus hermanos hubieran viajado con más hasta Inglaterra, conociendo las dificultades que había para el atraque—, a esas horas de la noche, cuando casi todos los muelles estaban cerrados, protegidos por sus altos muros? A lo sumo podría preguntar a alguien. Y eso había que hacerlo en los muelles donde encontrara marineros recién llegados. Más concretamente, en las tabernas del puerto.

Había que estar loca para pensarlo. No, loca no, pero sí muy enojada. ¿Qué alternativa le quedaba, si James se mostraba tan ridículo e irracional? ¡Ni siquiera le permitía salir de aquella condenada casa! Aunque ella hubiera preferido buscar a sus hermanos a la luz del día, cuando la zona era menos peligrosa, jamás habría podido escapar de la casa sin ser vista mientras hubiera tantos parientes y criados circulando. Y no estaba dispuesta a permitir que sus hermanos volvieran a casa convencidos de que, puesto que les había resultado imposible dar con ella, el maldito ex pirata con quien la habían casado se había deshecho de ella.

Pero al acercarse a la zona de los muelles, donde la gente se divertía con las actividades de ocio propias de aquellas avanzadas horas, su enojo se atenuó en la misma proporción en que aumentó su nerviosismo. No le convenía estar allí. No estaba vestida de manera adecuada para lo que pensaba hacer: llevaba uno de los encantadores vestidos de Regina, con una chaqueta haciendo juego, que no abrigaba en absoluto. Y no era hábil para interrogar a la gente. Habría dado cualquier cosa por contar con la compañía de Mac, pero él estaba al otro lado del océano. Cuando vio que dos borrachos salían de una taberna y se enzarzaban en una pelea a tres metros de distancia, llegó a la conclusión de que bajar allí había sido una verdadera locura

Tendría que ablandar un poco más a James, hasta hacerle cambiar de idea. Al fin y al cabo, tenía sus… artimañas, ¿no? Supuestamente, todas las mujeres las tenían. ¿Y para qué estaban, sino para usarlas?

Georgina giró para volver por donde había venido, pues ese camino le parecía el menos peligroso, o cuando menos el más pacífico. En ese momento divisó un coche que parecía de alquiler en el otro extremo de la calle. Pero para llegar hasta él tendría que pasar frente a dos tabernas que competían en bullicio, una a cada lado de la calle; ambas tenían las puertas abiertas, para permitir la salida del humo y la entrada del aire frío, a fin de refrescar a los parroquianos. La joven vaciló, sopesando la prolongada caminata que debería dar por calles desiertas, sólo para llegar a una zona donde tal vez consiguiera transporte hacia el West End; la única opción la constituía ese trayecto por la calle, en penumbra por la luz que salía de las tabernas, y desierta, salvo por los dos hombres que se revolcaban en medio de ella, sin cesar de golpearse. Si caminaba un minuto a buen paso estaría fuera de allí, sin más motivos de preocupación que buscar el modo de entrar en la casa de Piccadilly sin ser descubierta.

La última parecía la más atractiva de las opciones. Echó a andar con paso enérgico, que se convirtió casi en carrera al pasar frente a la taberna de la derecha, que parecía menos ruidosa. Como mantenía la cara vuelta hacia los lados de la calle, se estrelló contra un pecho sólido, el choque los habría hecho caer, tanto a ella como al propietario de aquel sólido tórax, pero otra persona se apresuró a sostenerlos.

—Perdone usted —se excusó Georgina rápidamente, sólo para sentir que aquellos brazos la rodeaban en vez de depositarla en el suelo.

—No hay nada que perdonar, encanto —aseguró una voz sensual, con mucho entusiasmo—. Puedes atropellarme cuando gustes.

La joven no supo si tranquilizarse o no ante aquella entonación educada. Cabía suponer que se trataba de un caballero, aunque todavía no la hubiera soltado. Y lo confirmó con una mirada al pecho bien vestido. Pero cuando sus ojos llegaron a la parte más alta, quedó sorprendida. El joven era corpulento, rubio y hermoso; se parecía extrañamente a su marido, con excepción de los ojos, más de color avellana que verdes.

—Quizá quiera acompañarnos —sugirió otra voz, algo gangosa.

Georgina desvió la vista. El tipo que les había impedido caer se bamboleaba ligeramente. Él también era un caballero joven. La muchacha adivinó, incómoda, que se trataba de dos endemoniados calaveras en busca de diversión.

—Estupenda idea, Percy, estupenda de verdad —coincidió el rubio que la sujetaba. Y preguntó a Georgina—. ¿Te gustaría, encanto? Es decir, ¿te gustaría acompañarnos?

—No —rechazó ella, con toda claridad, tratando de desasirse a empujones. Pero el joven no la soltaba.

—No, no tomes decisiones apresuradas —intentó persuadirla—. Por Dios, qué bonita eres. No sé quién te mantiene, tesoro, pero yo te daré más, para que no tengas que volver a caminar por estas calles.

Georgina quedó tan estupefacta ante la proposición que no pudo replicar inmediatamente. Eso dio oportunidad a otra persona para que dijera, tras ella:

—Cielos, primo, fíjate que estás hablando con una dama. Y si lo dudas, echa una ojeada a las prendas que luce.

Ella cayó en la cuenta de que los hombres eran tres y no dos, como había creído. Su inquietud iba en aumento, sobre todo porque el grandote no la soltaba, pese a todos sus esfuerzos.

—No seas idiota, muchacho —replicó el rubio a su tercer compañero—. ¿Una dama aquí? ¿Y sola? —Luego se dirigió a ella, con una sonrisa que probablemente habría hecho milagros con cualquier otra mujer, porque el joven era realmente atractivo—. No eres una dama, ¿verdad, encanto? Por favor, di que no.

En ese momento, Georgina estuvo a punto de echarse a reír. El muchacho era sincero en sus esperanzas. Y ella no era ya tan inocente como para preguntarse por qué.

—Por mucho que deteste admitirlo, llevo un título pegado a mi nombre, desde mi reciente matrimonio. Pero de cualquier modo, señor, creo que ya me ha retenido demasiado tiempo. Tenga la amabilidad de soltarme.

Lo dijo con bastante firmeza, pero él se limitó a sonreír de oreja a oreja, de una manera enloquecida. Georgina estaba pensando en darle un puntapié y echar a correr cuando oyó tras ella una exclamación ahogada, seguida de una voz incrédula.

—¡Por todos los tizones del infierno, Derek! Conozco esa voz. Que me aspen si no. A menos que me equivoque, estás tratando de seducir a tu flamante tía.

—Muy divertido, Jeremy —resopló Derek.

—¿Jeremy? —Georgina giró en redondo. Tal como se temía, era el hijo de James.

—Que dicho sea de paso, es mi madrastra —agregó el muchacho, un momento antes de echar a reír—. Ha sido una gran suerte que no trataras de robarle un beso, como hiciste con la última muchacha que te llamó la atención, primo. Mi padre te habría matado, a menos que el tuyo se le adelantara.

Georgina quedó libre tan de prisa que estuvo a punto de caer. Tres pares de manos acudieron de inmediato para sostenerla, pero se apartaron con la misma celeridad. Por el amor de Dios, si tenía que encontrarse con parientes allí, en el puerto, ¿no habría podido ser con sus hermanos, y no con la familia de James?

Derek Malory, único hijo varón y heredero de Jason, mostraba una expresión de disgusto en su rostro. Jeremy buscó a su padre con la mirada y, al no verlo, llegó a la correcta conclusión de que ella estaba sola. Su sonrisa desapareció de inmediato.

—¿Significa eso que la pequeña no va a venir con nosotros? —quiso saber Percy.

—Cuidado con lo que dices —advirtió Derek a su amigo, casi en un rugido—. La señora es la esposa de James Malory.

—¿Te refieres al tipo que estuvo a punto de matar a mi amigo Nick? Dios santo, Malory, date por muerto. Mira que propasarte con su…

—Cállate, Percy, pedazo de asno. El chico te ha dicho que es mi tía.

—Permíteme una corrección —observó Percy, indignado— te lo ha dicho a ti, no a mí.

—Pero tú sabes que James es mi tío. No va a… Oh, qué diablos, no importa. —Dirigió su ceñuda mirada hacia Georgina. Se parecía cada vez más a James, pero diez años más joven; probablemente ésa era la edad de

Dereck—. Supongo que debo pedir disculpas, tía... George, ¿no?

—Georgie —corrigió ella, incapaz de comprender por qué el muchacho parecía ahora tan molesto con ella.

Las palabras que siguieron contribuyeron a aclarar un poco las cosas.

—No puedo decir que sea un gran placer, en estos momentos, darle la bienvenida a la familia.

Ella parpadeó.

—¿No?

—No, porque preferiría mil veces que no fuéramos parientes. —Y luego le dijo a Jeremy—: Por todos los demonios, ¿de dónde las sacan mis tíos?

—Pues mi padre encontró a ésta en una taberna. —Jeremy también la miraba con el entrecejo fruncido, pero la joven no tardó en comprender que su enfado era sólo por causa de su padre—. Así que supongo que no es tan extraño encontrarla aquí.

—¡Por el amor de Dios, Jeremy, las cosas no son como parecen! —protestó ella, dejando aflorar un poco de su propio enfado—. Tu padre se ha mostrado totalmente irracional al no permitirme ver a mis hermanos.

—¿Y decidiste salir sola a buscarlos?

—Pues... sí.

—¿Sabes siquiera dónde están?

—Pues... no.

Él reaccionó con un bufido de disgusto.

—En ese caso, será mejor que te llevemos a casa, ¿verdad?

Georgina suspiró.

—Supongo que sí. De cualquier modo, ya regresaba. Tenía intenciones de tomar aquel coche...

—Tendrías que haber ido a pie, porque es el carruaje de Derek. El cochero se habría limitado a ignorarte... a menos que le hubieras dado tu nombre, cosa que, probablemente, no se te hubiera ocurrido. Por los clavos de Cristo, tienes mucha suerte de que te encontráramos nosotros... George.

«De tal palo, tal astilla», pensó ella, apretando los

dientes. Ya no tenía ninguna esperanza de entrar en casa sin que James se enterara de su pequeña aventura, a menos que...

—Me imagino que no le ocultarás esto a tu padre, ¿verdad?

—No —confirmó él, simplemente.

Los dientes de Georgina comenzaban a rechinar.

—Eres un asco de hijastro, Jeremy Malory.

Eso divirtió tanto al joven pícaro que las carcajadas afloraron de nuevo.

45

Cuando el carruaje de Derek se detuvo frente a la casa de Piccadilly, Georgina no estaba simplemente molesta con sus acompañantes, sino completamente furiosa. El humor de Jeremy le alteraba los nervios, junto con sus horrendas predicciones sobre lo que cabía esperar de un marido encolerizado. Derek aún estaba contrariado por haber tratado de seducir a su propia tía, aunque fuera sin saberlo, y su oscura expresión no mejoraba las cosas. Y el imbécil de Percy era insoportable en cualquier circunstancia.

Pero Georgina no se engañaba. Sabía muy bien que su cólera era una reacción de defensa antes que otra cosa. Pese a que la obstinación de James la había impulsado a aquel temerario viaje al río, sabía bien que había hecho mal en ir y que él tenía todo el derecho del mundo a ponerse furioso. Y James furioso, furioso de verdad, no resultaba nada agradable. ¿Acaso no había estado a punto de matar a Warren con sus propias manos? No obstante, a juzgar por lo que Jeremy decía, eso no era nada comparado con lo que cabía esperar. Por eso era comprensible que se sintiera bastante intimidada y tratara de ocultarlo bajo su propio enojo.

De cualquier modo, su intención era entrar en la

casa con paso firme y continuar la marcha hasta su habitación. Su asqueroso hijastro podía chismorrear sobre ella hasta quedar satisfecho; para cuando James estallara, ella tendría una barricada tras la puerta.

Eso pensaba Georgina, pero Jeremy tenía otros planes. El error de la joven fue permitir que la ayudara a bajar del carruaje. Cuando ella trató de dejarlo atrás para entrar la primera, el muchacho le sujetó la mano sin soltarla. Y aunque ella le aventajara algo en edad, no cabía duda de que Jeremy era más fuerte y corpulento. Además estaba decidido a entregarla a James y a contarle todas sus fechorías para que recibiera lo que se merecía.

Pero aún no estaban en casa, aunque el eficiente Dobson ya estaba abriendo la puerta.

—¡Suéltame, Jeremy, si no quieres que te dé una paliza! —murmuró, furiosa, mientras saludaba al mayordomo con una sonrisa.

—¿Es ésa manera de tratar a un hijastro?

—¡Maldito muchacho! Estás disfrutando, ¿no?

Esa pregunta sólo mereció una sonrisa y un tirón que la arrastró al interior del vestíbulo. Estaba desierto, desde luego, con la excepción de Dobson, de modo que aún cabía una posibilidad. Las escaleras estaban allí mismo. Pero Jeremy no perdió un segundo en llamar a su padre muy alegremente, a todo pulmón. Y Georgina correspondió con idéntica celeridad asestándole un puntapié. Por desgracia, sólo consiguió que gritara un poco más, sin soltarla. Lo peor fue que la puerta del salón se abrió de par en par mientras le propinaba el segundo puntapié.

Aquello era demasiado para concluir un día repleto de tantas emociones perturbadoras. James tenía que estar allí, claro. No podía haber descubierto su ausencia y salido a buscarla, claro. No, tenía que estar allí, allí mismo, y descubrirla dando puntapiés a su hijo. ¿Acaso esas cejas no estaban uniéndose en un gesto de sospecha, como si supiera exactamente por qué? Y pese a la presencia de su padre, ¿la soltaba Jeremy? No, claro que no.

Era demasiado, sí, lo suficiente para que el mal

genio de Georgina, negado en tantas ocasiones, estallara de verdad.

—¡Ordena a tu condenado hijo que me suelte, James Malory, si no quiere que le dé un golpe donde duele de verdad!

—Oh, cielos, ¿se refiere al sitio que yo pienso?

—Cállate, Percy —advirtió alguien, probablemente Derek.

Georgina apenas lo oyó. Marchaba ya hacia James, arrastrando a Jeremy consigo, porque el granuja aún no la había soltado. Clavó en su marido una mirada fulminante, sin prestar la menor atención a Anthony, Connie y George Amherst, que se habían agrupado alrededor.

—¡Me importa un bledo lo que digas, entérate! —le espetó.

—¿Puedo preguntar sobre qué?

—Sobre el sitio adonde he ido. Si no hubieras sido un marido tan antinatural...

—¿Antinatural?

—¡Antinatural, sí! Negarme el derecho de ver a mis propios hermanos ¿qué es, sino antinatural?

—Creo que es ser prudente.

—¡Oh, muy bien! Conserva tu ridícula postura. Pero si tú no hubieras sido tan *prudente*, yo no habría tenido que recurrir a medidas desesperadas. Conque antes de acalorarte tanto, pregúntate quién es el verdadero culpable.

James se limitó a volverse hacia Jeremy para preguntar:

—¿Dónde la has encontrado?

Georgina habría gritado en ese momento. Seguía tratando de liberar su mano de la de Jeremy, pero no podía; cargar las culpas sobre los hombros de James tampoco parecía haber servido de nada. Y ahora aquel pícaro diría lo suyo. Y James era capaz de estrangularla allí mismo, frente a su hermano, su sobrino, su hijo y varios de sus amigos, y todos estarían de su parte y difícilmente levantarían un dedo por ella.

Pero de pronto ahogó una exclamación, pues Jeremy la había puesto de un tirón tras su ancha espalda y estaba diciendo a su padre:

—No es tan malo como debes de estar pensando. Estaba en el puerto, sí, pero bien protegida. Había alquilado un carruaje con dos cocheros enormes como armarios, que no dejaban acercarse a nadie...

—¡Qué disparate! —interrumpió Percy, riendo para sus adentros—. ¿Cómo es que cayó entonces en los brazos de Derek, a riesgo de ser besada?

Derek pasó del sonrojo atenuado al rojo intenso de la cólera. Alargó una mano para asir el pañuelo de Percy y se lo enrolló en los dedos, apretándoselo hasta dejarlo casi sin respiración:

—¿Estás diciendo que mi primo es un mentiroso? —bramó, con los ojos de un diáfano verde, señal de que estaba muy alterado.

—¡No, por Dios! Ni se me ocurriría semejante cosa —aseguró apresuradamente el muchacho. Pero su confusión era evidente, y se le oyó protestar—: Pero yo estaba allí, Derek, y sé lo que vi. —El pañuelo se apretó un poco más—. Bueno, a fin de cuentas, qué sé yo...

—¡Caballeros, por favor! —Era el tono seco de Anthony el que intervenía en la disputa—. Mi esposa detesta que se derrame sangre en su salón.

Georgina, bien escudada tras el corpulento Jeremy, se arrepintió de todo lo malo que había pensado del muchacho. Acababa de comprender que la había retenido para protegerla de las iras de su padre y no para impedir que escapara. Y hasta había mentido por ella, con lo cual se ganaba su afecto por toda la eternidad, aunque de nada sirviera gracias al idiota de Percy.

Tuvo miedo de mirar por encima del hombro de Jeremy para ver cómo se tomaba James todo aquello. Había fruncido el ceño al verla cuando hubo entrado, pero por lo demás había mantenido su habitual imperturbabilidad, escuchando todo lo que ella quiso decirle sin rastro alguno de emoción.

Desde donde estaba veía a Anthony a un lado de James y a Connie al otro. Éste le sonreía, disfrutando obviamente de la situación. Anthony parecía aburrirse con todo aquello, reacción que solía corresponder a James, pero que en esa ocasión resultaba difícil que éste experimentara. Y al sentir que Jeremy se ponía tenso delante de ella, adivinó que estaba en lo cierto. Sus temores se confirmaron cuando el muchacho se dio la vuelta para susurrarle:

—Creo que te conviene huir.

James no se movió mientras la veía volar escaleras arriba, y tan sólo reparó en que se había recogido las faldas, descubriendo a la vista de todos no sólo los tobillos, sino también las pantorrillas. Le bastó echar un vistazo a los presentes para comprobar que todos miraban... y admiraban, lo cual le encendió aún más los ojos. Sólo cuando resonó el portazo en el piso superior volvió los ojos hacia Jeremy, el único que no había observado la huida de Georgina, pues vigilaba a su padre con cautela

—Conque has cambiado de bando, ¿no, hijo? —apuntó James en voz muy baja.

Fue la suavidad de su tono lo que hizo que Jeremy se retorciera, balbuciendo:

—Bueno, es que no quería verte pasar por lo mismo que el tío Tony. Pensé que te enfadarías un poco con la muchacha y ella se enojaría muchísimo contigo. Por si no te has dado cuenta, tiene un temperamento endemoniado.

—Pensabas que me vería obligado a buscar otra cama, ¿no es así?

—Más o menos...

Anthony, al ver que sus pasadas dificultades se aireaban con tanto desenfado, se desprendió de su afectado aburrimiento con un ruido sofocado, seguido de un bramido:

—¡Si tu padre no te arranca la piel a tiras, jovencito, es muy posible que lo haga yo!

Pero a Jeremy no le importaba mucho el enojo de su tío, real o fingido.

—¿Qué vas a hacer? —preguntó a su padre.

Como si resultara obvio, James replicó:

—Subir a castigar a mi esposa, por supuesto.

Pese a la suavidad con que lo había dicho, seis voces se elevaron en inmediata protesta. James estuvo a punto de reír ante una situación tan absurda. Esa gente debería conocerlo mejor, pero hasta Anthony estaba pidiéndole que lo pensara con más detenimiento. No dijo una palabra más ni hizo un solo ademán de cumplir lo que había dicho. Pero los otros aún estaban discutiendo cuando Dobson abrió de nuevo la puerta principal y Warren Anderson lo empujó para abrirse paso.

Anthony fue el primero en ver aquella montaña de furia masculina que se encaminaba en línea recta hacia su hermano. Con un codazo a las costillas de James, preguntó:

—¿Amigo tuyo?

James siguió la dirección de su mirada y lanzó una maldición.

—Más bien enemigo, por todos los diablos.

—¿Uno de tus cuñados, por casualidad? —adivinó Anthony, mientras se situaba a prudente distancia.

Su hermano no tuvo oportunidad de responder, pues Warren estaba ya frente a él e iniciaba el ataque. El inglés bloqueó con facilidad su primer golpe, pero Warren esquivó el contraataque y le propinó un fuerte puñetazo.

Momentáneamente sin aliento, James oyó decir a su adversario:

—¡Yo aprendo de mis errores, Malory!

Un golpe rápido para aturdirlo y un fuerte derechazo acabaron con Warren en el suelo, a los pies de James, que replicó:

—Por lo visto, no lo suficiente.

Mientras Warren sacudía la cabeza para despejarse, Anthony preguntó a su hermano:

—¿Es el que pretendía ahorcarte?

—El mismo que viste y calza

El dueño de la casa ofreció una mano a Warren, pero cuando el caído se puso de pie y trató de soltar sus dedos, él se los retuvo. Era pura amenaza lo que había en su voz cuando le preguntó:

—¿Cómo te sienta, yanqui, encontrarte en la situación inversa?

El otro le clavó una mirada incendiaria.

—¿Qué quieres decir?

—Echa un vistazo. Esta vez no es tu familia la que te rodea, sino la de él. En tu lugar, yo no sacaría los puños de los bolsillos.

—¡Vete al infierno! —le espetó Warren, liberando bruscamente las manos.

Anthony habría podido ofenderse, pero se echó a reír, lanzando hacia James una mirada que decía con claridad: «Bueno, yo lo he intentado; ahora te toca otra vez a ti.» Pero James no quería otro asalto. Sólo quería ver a Warren Anderson fuera de allí, fuera de Inglaterra, fuera de su vida. Si aquel hombre no hubiera sido tan belicoso, desagradable y francamente hostil, tal vez habría intentado explicarle las cosas de forma racional. Pero Warren Anderson no era un hombre racional. Además, le inspiraba antipatía, cosa comprensible, puesto que ese tipo había querido verlo colgando de una soga.

Frío, amenazador, le advirtió:

—Si quieres que resolvamos esto por las malas, puedo reducirte a un amasijo de carne y sangre, y puedes estar bien seguro, amigo, de que no necesitaré ayuda para eso. Si no, puedes irte.

—¡No me iré sin mi hermana! —afirmó Warren, testarudo.

—En eso te equivocas, yanqui. Tú me la diste, y yo me la quedo. Y voy a mantenerla bien lejos de ti y de tu condenada propensión a la violencia.

—¡Tú no la querías!

—¡Cómo que no, diablos! —gruñó James—. La quería al punto de arriesgarme a que me ahorcaran.

—Lo que dices no tiene sentido —musitó Warren, con la frente arrugada.

—Claro que sí —intervino Anthony en ese momento, riendo—. Es perfectamente lógico.

James ignoró a su hermano para asegurar a su cuñado:

—Aunque yo no la quisiera, Anderson, ahora no podrías llevártela.

—¿Por qué, demonios?

—Porque va a darme un hijo. Y no he olvidado que crees solucionarlo todo dándole una paliza.

—Pero ¿no dijo Malory que iba a...?

—¡Cállate, Percy! —exclamaron desde tres puntos diferentes.

Warren estaba demasiado confundido como para haberse dado cuenta

—¡Por Dios, Malory, yo sería incapaz de hacerle daño aunque... ! ¡Es mi hermana, qué diablos!

—Es mi esposa. Eso me confiere todos los derechos. Y uno de esos derechos es negarte el contacto con ella. Si quieres verla, antes tendrás que hacer las paces conmigo.

La respuesta de Warren no fue sorprendente, considerando que James no parecía en absoluto dispuesto a hacer las paces.

—¡Ni pensarlo! ¡Y al diablo con tus derechos! Si crees que vamos a dejarla en manos de un pirata, estás muy equivocado.

Eran palabras de impotencia; Warren sabía que no podría sacar a Georgina de aquella casa, puesto que había acudido solo, mientras que Malory estaba rodeado de familiares y amigos. Lo enfurecía infinitamente marcharse sin ella, pero por el momento no tenía alternativa. Se fue furioso. Si no golpeó la puerta al salir fue sólo porque Dobson se había apresurado a abrirla antes de que la alcanzara.

Anthony se meció sobre los talones, dejando escapar un aullido de risa.

—No sé si felicitarte por lo del bebé, hermanito, o por haberte librado de su tío.

—Necesito una copa —fue la única respuesta de James, que se encaminó hacia el salón en busca de una bebida.

Contra todos sus deseos, el grupo entero lo siguió. Cuando se acabaron las felicitaciones, James estaba ya muy cerca de la borrachera.

—La pequeña George no exageró al describir a sus hermanos, ¿verdad? —comentó Anthony, que disfrutaba de todo lo sucedido—. ¿Son todos tan grandes como ése?

—Más o menos —murmuró James.

—Volverá, lo sabes bien —reflexionó su hermano—. Y con refuerzos, probablemente.

James no estuvo de acuerdo.

Los otros son un poco más cuerdos. No mucho, pero sí un poco. Ahora volverán a su casa. Después de todo, ¿qué van a hacer? Ella es mi esposa. Gracias a ellos.

Anthony rió entre dientes, sin creerle lo más mínimo.

—Esa palabra espantosa... va resultándote más fácil de pronunciar, ¿no?

—¿Qué palabra?

—Esposa.

—¡Vete al infierno!

46

Georgina no podía creerlo. La había encerrado. Y aunque había pasado la noche golpeando la puerta, hasta ceder por puro agotamiento, nadie había acudido a abrir. Hacía ya horas que había salido el sol y seguían sin hacerle caso. ¿Cómo podía Warren hacerle algo así, cuando ella había desafiado las órdenes de su esposo tan sólo para hacerle saber que estaba bien?

Ahora lamentaba haber oído su voz, la noche anterior, discutiendo a gritos con su esposo en el vestíbulo de la planta baja. Eso la había hecho salir de su cuarto, con todas las intenciones de correr hacia su hermano.

Pero antes de llegar a la escalera oyó que James se negaba a permitir que Warren la viera. Entonces comprendió que, si bajaba para unirse al grupo, sólo conseguiría enfurecer a su esposo un poco más. Creyéndose muy astuta, decidió escabullirse una vez más por la puerta trasera y aguardar a que Warren saliera. Porque saldría, sin lugar a dudas. La negativa de James había sido más que explícita

Cuando Warren salió de la casa como un ventarrón, ella estaba esperándolo frente a la puerta. Quería asegurarle que estaba bien, que no debía preocuparse más por ella. No había previsto que él la arrojara al interior de su carruaje para llevársela. ¡Demonios, por qué no se le habría ocurrido a James encerrarla bajo llave! Eso le habría ahorrado el pánico de encontrarse ahora en el barco de Warren; y éste tenía intención de llevársela de vuelta a Connecticut, sin importarle lo más mínimo que ella no quisiera regresar allí. No escuchaba nada de cuanto ella decía. Georgina había llegado a temer que ocultara a sus otros hermanos su presencia en el barco.

Descubrió que se equivocaba cuando Thomas entró en el camarote.

—¡Gracias a Dios! —fueron las primeras palabras de Georgina, pues era el único de la familia que no se dejaba obnubilar por el mal genio.

—Eso mismo digo yo, tesoro. —Thomas le ofreció un abrazo que ella se apresuró a aceptar—. Ya habíamos perdido las esperanzas de encontrarte.

—No, no me refería a eso. —Georgina se echó hacia atrás para preguntar—: ¿Sabíais que Warren me tenía encerrada?

—Nos lo mencionó anoche, cuando volvió al hotel y nos contó lo ocurrido.

Ella se deshizo del abrazo bruscamente.

—¡Y me habéis dejado toda la noche aquí!

—Cálmate, bonita. No tenía sentido abrirte antes. Al fin y al cabo, no ibas a ir a ninguna parte.

—¡Cómo que no! —exclamó ella, furiosa, precipitándose hacia la puerta—. ¡Me voy a casa ahora mismo!

—Creo que no, Georgie. —Era Drew quien había aparecido en el vano de la puerta, cortándole efectivamente la salida—. Bueno —comentó a Thomas—, tiene buen aspecto, ¿no? Sin moretones, enrabiada…

Georgina se sentía lo bastante furiosa como para gritar, pero aspiró hondo, una y otra vez, y luego preguntó con voz completamente tranquila.

—Supongo que Warren no os dijo que no necesitaba que me rescataran. ¿Me equivoco? Olvidó mencionar que estoy enamorada de mi esposo. ¿Es por eso por lo que ninguno de vosotros se ha molestado en abrirme esa maldita puerta hasta ahora?

—No habló de amor, no —reconoció Thomas—. Francamente, dudo que te haya creído. Pero dijo que exigías ser devuelta a tu esposo, eso sí. Lo atribuye a una lealtad mal entendida, debido a que vas a tener un hijo de ese hombre. A propósito, ¿cómo te sientes?

—Estoy... ¿Cómo lo habéis sabido?

—Malory se lo dijo a Warren, desde luego; era uno de sus motivos para retenerte.

¿Sus motivos? Probablemente era el único, y ella habría debido adivinarlo. Pero estaba medio convencida de que James no le había oído decir lo del bebé, puesto que nunca mencionaba el tema.

Georgina fue a sentarse en la cama, tratando de escapar a la tristeza que amenazaba con adueñarse de ella. No podía dar importancia a los motivos. El amor que sentía por Malory bastaba para los dos. Y mientras él quisiera conservarla, ella querría permanecer junto a él. Eso solucionaba el problema. Y siendo así, ¿por qué no se sentía mejor?

Thomas la sobresaltó al sentarse a su lado.

—¿Qué he dicho para afligirte tanto, Georgina?

—Nada... todo. —Era de agradecer que su hermano le permitiera distraer la mente, olvidar que James no la amaba. ¡Oh, los hombres! Sus hermanos estaban mostrándose demasiado despóticos—. ¿Te importaría decirme qué hago aquí?

—Todo es parte del plan, Georgie.

—¿Qué plan? ¿Para volverme loca?

—No. —Thomas rió entre dientes—. Para que tu esposo sea razonable.

—No comprendo.

—¿Dejaría que Warren te visitara? —preguntó Drew.

—Bueno, no.

—¿Crees que cambiaría de idea al respecto? —agregó Thomas.

—Bueno, no, pero...

—Es preciso hacerle ver que no puede aislarte de nosotros, Georgie.

Los ojos de la joven echaron chispas.

—¿Y pretendéis llevarme hasta casa sólo para darle una lección? —exclamó.

Thomas sonrió ante tanta indignación.

—Dudo que sea necesario llegar tan lejos...

—Pero si cree que...

Drew no consideró necesario agregar detalles. No hacía falta. Georgina suspiró.

—No conocéis a mi esposo. Con todo esto sólo conseguiréis enfurecerlo.

—Tal vez. Pero te aseguro que dará resultado.

Ella lo dudaba, pero no quiso discutir.

—¿Y por qué Warren no me explicó nada anoche?

Drew resopló antes de responder.

—Porque nuestro querido Warren nunca estuvo de acuerdo con el plan. Tiene toda la intención de llevarte a casa con nosotros.

—¿Qué?

—Pero no te preocupes por Warren, querida —la tranquilizó Thomas—. Tardaremos al menos una semana en zarpar. Tu esposo aparecerá mucho antes de eso para arreglar de una vez este asunto.

—¿Una semana? ¿Habéis venido tan lejos para quedaros tan poco tiempo?

—Volveremos —rió Thomas—. Y con bastante regularidad, según parece. Clinton ha decidido que, si estamos aquí, bien podemos sacar provecho al rescate. En este momento ha ido a negociar futuras operaciones comerciales.

Georgina se hubiera echado a reír, pero estaba demasiado inquieta.

—Me alegro mucho de saberlo, pero yo no necesitaba que me rescataran.

—Es que no lo sabíamos, querida. Nos moríamos de preocupación, sobre todo porque Boyd y Drew no te vieron muy satisfecha de partir con Malory.

—Pero ahora sabéis que todo va bien. Warren debería renunciar.

—Warren es difícil de entender en el mejor de los

casos, pero en éste... ¿Acaso no sabes, Georgie, que eres la única mujer por quien siente algo?

—¿Vas a decirme que ha renunciado a las mujeres, Thomas? —replicó cínica ella.

—No me refería a ese tipo de sentimientos, sino a los tiernos. Creo que, en realidad, le molesta tenerlos de cualquier tipo. Él quería ser completamente duro de corazón, pero ahí estás tú para conmoverlo.

—Thomas tiene razón, Georgie —agregó Drew—. Dice Boyd que nunca vio tan alterado a Warren como cuando llegó a casa y se enteró de que te habías embarcado rumbo a Inglaterra

—Luego llegó Malory, y él se sintió incapaz de protegerte.

—¡Pero eso es absurdo! —protestó la joven.

—La verdad es que no. Warren se toma muy a pecho tu bienestar, tal vez más a pecho que ninguno de nosotros, porque tú eres la única mujer que le interesa. Si tienes eso en cuenta, no te sorprenderá la hostilidad que manifiesta hacia tu marido, sobre todo después de lo que ese hombre hizo y dijo al presentarse en Bridgeport.

—¿Por qué se empeñó aquella noche en destrozar tu reputación, Georgie? —preguntó Drew, curioso.

Ella hizo una mueca de disgusto.

—Se sentía desdeñado porque me embarqué contigo sin despedirme de él.

—¿Estás bromeando? —dijo Thomas—. No me pareció un hombre capaz de llegar a tales extremos por una venganza caprichosa.

—No hago sino repetirte lo que él me dijo.

—¿Por qué no se lo preguntas otra vez? Es probable que te dé una excusa muy diferente.

—Prefiero no hacerlo. No sabéis cómo se enfurece cuando se le menciona aquella noche. Después de todo, lo estrangulasteis, lo obligasteis a casarse, le confiscasteis el barco y lo encerrasteis en un sótano con intención de ahorcarlo. No me atrevo siquiera a mencionar vuestros nombres delante de él. —Al decir todo eso, Georgina comprendió que el plan de sus hermanos no tenía la menor posibilidad de dar resultado—. No va a cambiar de idea, lo sabéis bien. Lo más probable es que venga con toda su familia y destroce este barco.

—Bueno, esperemos que no llegue a tanto. Después de todo, somos hombres razonables.

—Warren no —apuntó Drew, sonriendo.

—James tampoco —añadió Georgina, con el ceño fruncido.

—Pero me gustaría pensar que el resto de nosotros sí —replicó Thomas—. Ya arreglaremos esto, Georgie, te lo prometo. Aunque sea preciso recordar a tu James que él fue el primero en abrir fuego en esta absurda guerra.

—Eso lo volverá muy cordial, sin duda.

—¿Se ha puesto sarcástica? —preguntó Drew a Thomas.

—Se ha puesto difícil —corrigió Thomas.

—¡Y tengo mi derecho! —contraatacó Georgina, colérica—. ¡Que me secuestren mis propios hermanos no es algo que ocurra todos los días!

47

Thomas y Drew habían logrado convencer a Georgina para que permaneciera en el camarote, a fin de no verse obligados a encerrarla de nuevo bajo llave. Una hora después, la joven empezaba a preguntarse por qué aceptaba aquel loco plan, si sabía perfectamente que no surtiría buen efecto en un temperamento tan imprevisible como el de James. No era posible obligarlo a hacer algo contra su voluntad y pretender que él lo aceptara cordialmente. Lo más probable era que se empeñara en prohibirle visitar nunca más a su familia... suponiendo que recuperara a su esposa, posibilidad que, por el momento, se le antojaba muy remota. Después de todo, los hermanos Anderson también podían ser tozudos.

—¿Qué hacía allí, esperando que las circunstancias determinaran su futuro, cuando le bastaba desembarcar subrepticiamente del *Nereus* y volver junto a James? Después de todo, sería fácil hallar un coche de alquiler en el puerto. Y aún tenía los bolsillos repletos del dinero que Regina y Roslynn le habían obligado a aceptar al enterarse de que James la mantenía deliberadamente sin fondos. Por otra parte, su marido podía haber cambiado de idea, al demostrarle ella lo decidida que estaba a continuar contactando con su familia. Al fin y al cabo, la noche anterior no había tenido oportunidad de discutirlo con él. La autoritaria actitud de Warren podía haber arruinado todos los progresos que ella hubiera logrado con los riesgos que había corrido.

Fastidiada por haber permitido que sus hermanos decidieran de nuevo por ella, iba hacia la puerta cuando ésta se abrió. Drew anunció, con una sombría expresión.

—Será mejor que subas. Ya está aquí.

—¿James?

—En persona. Y Warren está furioso, porque Malory logró subir a bordo pese a que tenía a toda la tripulación vigilando para impedírselo. —Drew sonrió de oreja a oreja, pese a lo grave de la situación—. Probablemente, nuestro hermano suponía que James vendría con todo un ejército, todos esperaban algo parecido. Pero tu inglés parece carecer de miedo o de inteligencia, porque ha venido solo.

—¿Dónde está Thomas?

—Lo siento, querida; nuestro mediador fue a reunirse con Clinton.

Al oír eso, Georgina no perdió más tiempo. Probablemente aquellos dos ya se habían matado entre sí, puesto que no estaba Thomas allí para dominar el carácter de Warren. Pero cuando salió a cubierta sólo llegó a sus oídos la voz de Warren, que ordenaba a James que saliera de su barco. Desde luego, eso no significaba que no fuera a haber violencia. Warren estaba en el alcázar, aferrado a la barandilla, con el cuerpo tenso y una torva expresión en sus facciones. James dio unos pocos pasos por cubierta, pero una cerrada fila de marineros apareció para bloquearle el paso.

Georgina echó a andar directamente hacia James, pero Drew la retuvo para empujarla hacia el alcázar.

—Probemos primero el plan, Georgie. ¿Qué daño puede hacer? Además, no te dejarán reunirte con él. Tienen órdenes que sólo Warren puede revocar. Si quieres hablar con tu esposo, ya sabes a quién debes pedir permiso... a menos que estés dispuesta a dialogar a gritos con él.

Y Drew lo decía sonriendo. Se divertía con todo eso, el muy sinvergüenza. Georgina no, y tampoco los demás; James, menos que nadie. Por fin pudo verlo claramente desde el alcázar; parecía un demonio enfurecido.

Y así se sentía él, aunque la joven no lo supiera. Al despertar, con un horrible dolor de cabeza, descubrió que se había dormido en el salón, justo con sus seis compañeros de borrachera. Se disponía a enfrentarse a su esposa cuando descubrió que había desaparecido de nuevo. Y eso no lo puso de muy buen humor. Lo único grato de la mañana era que ya sabía dónde estaban atracados los tres barcos de la Skylark. Y el primero que abordó era, justamente, aquel en que su esposa estaba escondida. Y que ella estuviera escondida allí no era lo peor, sino que, sin duda alguna, estaba dispuesta a irse con sus hermanos. De lo contrario, ¿qué hacía allí?

Georgina no podía saber a qué conclusiones había llegado James, pero tampoco importaba. De cualquier modo, debía poner fin a aquella situación antes de que se desbocara, cualquiera que fuese el destinatario de la furia de su esposo.

—Por favor, Warren... —comenzó, deteniéndose a su lado.

Él ni siquiera la miró.

—No te metas en esto, Georgie —fue todo lo que dijo.

—Imposible. Es mi esposo.

—Eso puede rectificarse.

La joven apretó los dientes ante tamaña obstinación.

—¿Escuchaste algo de todo lo que te dije anoche?

Pero James ya había reparado en ella, y se le oyó bramar:

—¡George! ¡No te irás a ninguna parte!

Oh, por Dios. ¿Tenía que mostrarse tan arbitrario? ¿Cómo razonar con Warren, si James se plantaba allí abajo, con exigencias tan belicosas? Y Drew tenía razón.

Si quería hablar con él tendría que hacerlo a gritos. Y de ese modo, ¿cómo decir nada personal? Aun cuando lograra que James cediera, a juzgar por lo que Thomas decía y por lo que ella misma estaba viendo, Warren no le permitiría reunirse con su esposo. Si sus otros hermanos no estaban allí para respaldarla, no había modo de solucionar el asunto. Drew no era capaz de convencer a Warren, de modo que no le serviría de nada.

Había dejado pasar mucho tiempo sin contestar a James. Él comenzó a pensar que la solución de todo aquello estaba únicamente en sus manos... o en sus puños. Ya había derribado a dos marineros cuando Warren gritó:

—¡Arrojadlo por la bor...!

Georgina lo enmudeció momentáneamente clavándole un codo en las costillas. La furia centelleante que le brillaba en los ojos confundió a su hermano por un momento más. Y ella estaba furiosa de verdad, no sólo con él, sino también con James. ¡Condenados idiotas! ¿Cómo se atrevían a ignorar por completo su voluntad, como si no fuera el futuro de ella el que allí se jugaba?

—¡Basta ya, James Malory! —gritó hacia abajo, en el momento en que otro marinero salía despedido por los aires.

—¡Baja de ahí, George!

—¡No puedo! —repuso Georgina. Quería agregar «Todavía no», pero él no le dio tiempo.

—¡Lo que no puedes hacer es abandonarme!

James cayó hacia atrás. Aún quedaban seis marineros para hacerle frente, pero eso no parecía amedrentarlo en absoluto, para mayor furia de Georgina. El muy necio iba a lograr que lo arrojaran al río.

Tal vez lo hiciera ella misma. Empezaba a estar harta de que le ordenaran qué hacer y qué no hacer.

—¿Y por qué no puedo abandonarte?

—¡Porque te amo!

Lo gritó sin detenerse siquiera antes de dar otro golpe. Georgina, en cambio, se quedó muy quieta, sin aliento. Estuvo a punto de sentarse en la cubierta, porque se le habían aflojado las rodillas con la increíble emoción que la embargaba

—¿Has oído? —susurró a Warren.

—Lo ha oído el puerto entero —gruñó él—. Pero eso no cambia las cosas en absoluto.

Los ojos de la muchacha se dilataron de asombro.

—¡Estás bromeando! Para mí las cambia por completo, porque yo también le amo.

—Lo mismo decías de Cameron. Tú no sabes lo que quieres.

—Yo no soy *ella*, Warren.

El hermano apartó la vista al oír mencionar a la mujer que lo había tratado con tanta falsedad, a la responsable de la frialdad con que trataba ahora a las mujeres. Pero Georgina le sujetó la cara entre las manos, obligándolo a mirarla a los ojos.

—Te quiero. Sé que estás tratando de protegerme. Pero tendrás que confiar en mí, Warren. Lo de Malcolm era una fantasía de niña. Pero James es mi vida. Es todo lo que deseo, lo que siempre desearé. No trates de mantenerme separada de él, por favor.

—¿Pretendes que nos crucemos de brazos y permitamos que te mantenga separada de nosotros? Porque eso es lo que quiere, bien lo sabes. Si él se sale con la suya, no volveremos a verte.

Georgina sonrió, comprendiendo que lo había conmovido. Ahora Warren sólo objetaba aquello que todos temían.

—Él me ama, Warren. Se lo has oído decir. Yo lo arreglaré todo, pero déjalo en mis manos. Tú sólo consigues sacar a relucir lo peor de él.

—¡Oh, por amor de Dios! ¡Hazlo, entonces! —aceptó contrariado Warren.

La joven dio un grito de alegría y lo abrazó, pero no perdió un segundo más para girar en redondo... y estrellarse contra un muro de ladrillos.

—Así que me amas, ¿verdad?

Georgina no se preguntó cómo había llegado James hasta allí. En la cubierta inferior sonaban gemidos que lo explicaban bien. Tampoco le importó que hubiera escuchado el diálogo con su hermano. Se limitó a aprovechar que estaba apretada contra él para rodearlo con los brazos y mantener esa posición.

—¿Piensas gritarme delante de mis hermanos?

—No se me ocurriría hacerlo, pequeña.

Pero no sonreía. Tampoco pensaba quedarse allí. La alzó en brazos y giró para desembarcar.

—Todo marcharía mucho mejor si no dieras la sensación de que me llevas por la fuerza —señaló ella.

—Es que te llevo por la fuerza, querida.

Oh, bueno. Al fin y al cabo nadie esperaba que el resto fuera fácil.

—Por lo menos, invítalos a cenar.

—¡Ni pensarlo!

—¡James!

Resonó un gruñido en el pecho de Malory, en tanto se detenía y giraba sobre sus talones. Pero fue a Drew a quien miró, no a Warren.

—Bueno, condenados... estáis invitados a cenar.

—Por Dios —protestó ella, mientras James continuaba su camino—, qué invitación tan falta de...

—Calla, George. Todavía no lo has arreglado todo.

Ella hizo una mueca, lamentando que su marido hubiera advertido aquella muestra de excesiva seguridad. Pero confiaba en lograrlo. Él ya había hecho la primera concesión; de muy mal grado, cierto, pero era un comienzo.

—¿James?

—¿Hum?

—Disfrutarás con mis esfuerzos para hacerte ceder.

La ceja dorada se enarcó.

—¿De veras? —Ella le deslizó un dedo por el labio inferior.

—De veras. —James se detuvo en medio del muelle, muy lejos de su carruaje, y empezó a besarla. Georgina no fue capaz de recordar después cómo llegaron a casa.

382

48

—¿No deberíamos bajar, James? Hace una hora que están llegando carruajes.

—Es mi familia, que viene a presenciar este importante acontecimiento. Con un poco de suerte, tus hermanos no encontrarán la casa.

Ella retorció un mechón de pelo dorado con el dedo y tiró con suavidad.

—¿Vas a seguir fastidiando?

—Yo nunca fastidio, amor mío. Pero aún no me has convencido de que perdone a tus hermanos.

Los ojos de Georgina se dilataron, y lo hicieron aún más cuando él giró en la cama, poniéndose sobre ella otra vez. Quería enojarse, pero cuando James descansaba entre sus muslos el enojo quedaba muy lejos de su mente. De cualquier modo, le recordó.

—Tú los invitaste.

—Yo los invité, pero la casa es de Tony. Si él los echa a puntapiés, estará en todo su derecho.

—¡James!

—Bueno, convénceme.

Aquel odioso hombre la miraba con una enorme sonrisa, y a ella le fue imposible no sonreír a su vez.

—¡Eres imposible! Hice mal en prometerte que disfrutarías con esto.

—Pero me lo prometiste… y estoy disfrutando.

Ella rió de forma infantil al sentir que sus labios le recorrían el cuello hasta capturar la punta de un pezón ya endurecido. Pero luego ahogó una exclamación, pues el deseo ardía con toda su fuerza, avivado por la succión de aquella boca. Deslizó las manos por la espalda de James, amando su contacto, todo su cuerpo, todo.

—James… James, dímelo otra vez.

—Te amo, mi niña querida.

—¿Cuándo?

—¿Cuándo qué?

—¿Cuándo lo supiste?

Él le cubrió la boca con un beso largo y profundo, antes de responder.

—Siempre lo he sabido, querida. ¿Por qué crees que me casé contigo?

Con cautela y lamentando tener que mencionarlo en un momento así, ella le recordó:

—Te casaste conmigo porque te obligaron.

Un beso, una sonrisa y luego…

—Yo obligué a tu familia a obligarme, George. No es lo mismo.

—¿Qué estás diciendo?

—Anda, amor…

—James Malory…

—Bueno, ¿qué demonios podía hacer? —preguntó él, indignado—. Había jurado que no me dejaría atrapar. Todo el mundo lo sabía. ¿Cómo echarme atrás para pedir tu mano, dime? Entonces recordé cómo se había casado ese inútil que mi adorada sobrina llama esposo. Y supuse que, si había servido en su caso, también serviría en el mío.

—No puedo creer lo que oigo. ¿Todo fue deliberado? ¡Pero si te molieron a golpes! ¿También habías contado con esto?

—Siempre hay que pagar un precio por conseguir lo que se desea.

Al oír eso se apagó el fuego de Georgina. El fuego

de la cólera, desde luego, porque el otro estaba regresando. Pero miró a su esposo moviendo la cabeza.

—Me desconciertas. Siempre sospeché que eras un loco.

—Sólo un hombre decidido, querida. Pero yo mismo estaba muy desconcertado. No sé cómo lo hiciste. Lo cierto es que te metiste en mi corazón y me resultó imposible sacarte de él. Claro que... empiezo a acostumbrarme a tu presencia en él.

—¿Ah, sí? Y ese sitio ¿no está demasiado lleno?

—Hay lugar para unos cuantos descendientes que te hagan compañía —replicó él, muy sonriente.

Con esa respuesta se ganó un beso, hasta que Georgina recordó:

—¿Y por qué confesaste que eras el pirata Hawke? Ellos habían decidido ya que te casaras conmigo.

—¿Olvidas que me habían reconocido?

—Si te hubieras callado, yo los habría convencido de que todo era una equivocación —rezongó ella.

James se encogió de hombros.

—Me pareció razonable aclararlo todo, George, para que no surgieran cosas desagradables más adelante, cuando estuviéramos instalados en la felicidad conyugal.

—¿Así llamas a esto? —preguntó ella, con suavidad—. ¿Felicidad conyugal?

—Bueno, yo me siento muy feliz en este momento. —Georgina ahogó una exclamación al sentir que la penetraba bruscamente. Después de una risa sofocada, James agregó—: ¿Y tú?

—Puedes... estar... seguro.

Un rato después, cuando entraron en el salón, encontraron a los Malory y a los Anderson separados en dos bandos, cada uno de los cuales ocupaba un extremo de la habitación. Los hermanos de Georgina estaban en decidida inferioridad numérica, pues todo el clan de los Malory estaba presente. Y resultaba fácil adivinar que la familia de James estaba unida por la lealtad que le guardaban. Nadie haría el menor gesto cordial mientras él no informara de que el desacuerdo estaba solucionado. Y él se había limitado a decirle a Anthony, mientras subía con ella en brazos al dormitorio, que vendría gente desagradable a cenar. Desde luego, el bribón entendió perfectamente que se refería a los hermanos de Georgina.

Pero el semblante ceñudo con que su esposo miraba a los cinco Anderson no presagiaba una unión de los grupos. Y Georgina no estaba dispuesta a tolerarlo.

Utilizó la misma treta con que había atraído la atención de Warren por la mañana: le clavó el codo en las costillas a su marido.

—Si me amas, ama a mi familia —le advirtió, aunque con dulzura, desde luego.

Él le sonrió, apretándole el brazo bajo el suyo para que no hubiera más codazos.

—Permíteme que te corrija, George. Si te amo, *soportaré* a tu familia. —Pero luego suspiró, diciendo—: ¡Oh, qué demonios!

Y empezó a hacer las presentaciones.

—¿Dices que todos son solteros? —preguntó Regina poco después—. Tendremos que ocuparnos de eso.

Georgina sonrió, decidida a no poner sobre aviso a sus hermanos de que había una casamentera en el salón. Pero sí señaló.

—No pasarán tanto tiempo aquí, Regan.

—Maldición, ¿has oído eso? —comentó Anthony a Jason, al pasar—. Esta mujer ya ha adquirido las malas costumbres de su marido.

—¿Qué malas costumbres? —interpeló Georgina a los hermanos de James, dispuesta a defenderlo.

Pero ellos no se detuvieron. Fue Regina quien se lo explicó, riendo.

—Se refieren a mi nombre. Nunca se han puesto de acuerdo en ese tema. Pero ya no es tan grave. Antes solían pelearse como energúmenos por eso.

Georgina puso los ojos en blanco. Luego buscó con

la mirada a James, que estaba en el otro extremo de salón, escuchando a Tomas y a Boyd con aire resignado. Sonrió. No había dicho una sola palabra insultante a cuatro de sus cinco hermanos. Pero continuaba sin acercarse a Warren. Éste, por su parte, tampoco se mostraba sociable. Los otros la habían sorprendido, en especial Clinton, por lo bien que estaban entendiéndose con los odiados ingleses. Y Mac pasaría por allí más tarde. Georgina había decidido presentarle a Nettie MacDonald. Regina no tenía por qué ser la única casamentera.

Algo más tarde, Anthony y James conversaban observando a sus respectivas esposas.

—¿Y si los prometemos en matrimonio?

James se atragantó con el coñac que acababa de tomar, pues el tema en cuestión era la futura paternidad de ambos.

—¡Todavía no han nacido, pedazo de animal!

—¿Y qué?

—Que bien podrían ser del mismo sexo.

Una visible desilusión acompañó el suspiro de Anthony.

—Supongo que sí.

—Además, serían primos hermanos.

—¿Y qué? —volvió a inquirir Anthony.

—En la actualidad eso no está bien visto.

—Bueno, ¿qué diablos sé yo?

—Estoy de acuerdo —dijo Nicholas, acercándose por atrás—. No sabes nada. —Y a James—: Bonita familia te has echado.

—Y que lo digas.

Nicholas sonrió.

—Ese tal Warren no te mira con buenos ojos. Se ha pasado la velada fulminándote con la mirada.

James dijo a su hermano:

—¿Quieres encargarte de hacer los honores o me cedes el placer?

La sonrisa de Nicholas desapareció, pues sabía perfectamente que estaban hablando de darle una paliza.

—No os atreveréis. Vuestros dos hermanos mayores se os echarían encima, por no hablar de mi esposa.

—Pues creo que valdría la pena, muchacho —aseguró James.

Y sonrió, porque Nicholas decidió alejarse con toda prudencia. Anthony reía por lo bajo.

—A este mozo le gusta abusar de su suerte.

—Estoy aprendiendo a soportarlo —reconoció James—. ¡Diablos, estoy aprendiendo a tolerar muchas cosas!

Ante eso, Anthony se echó a reír, siguiendo la mirada de James, la cual se había posado en Warren Anderson.

—El viejo Nick tenía razón. Ese tipo no te tiene ninguna simpatía.

—El sentimiento es mutuo, te lo aseguro.

—¿Crees que tendrás problemas con él?

—En absoluto. Dentro de poco tendremos todo el océano entre los dos, por suerte.

—El pobre no hizo más que proteger a su hermana, muchacho —señaló Anthony—. Lo mismo habríamos hecho tú o yo por Melissa.

—¿Quieres privarme del placer de odiarlo, siendo como es un tipo odioso?

—Ni pensarlo. —Anthony esperó a que su hermano tomara otro sorbo de coñac para agregar—: A propósito, James, ¿te he dicho alguna vez que te quiero?

El licor voló por toda la alfombra.

—¡Por Dios, unos cuantos tragos y te vuelves loco!

—¿Te lo he dicho o no?

—Creo que no.

—Pues dalo por dicho.

Tras una larga pausa, James gruñó.

—Pues considéralo un sentimiento mutuo.

Anthony sonrió.

—También quiero a los mayores, pero no me atrevo a decírselo… Por la conmoción, ya comprendes.

James enarcó una ceja.

—¿Y no te importa que a mí me dé un ataque?

—Desde luego que no, hermanito.

—¿Qué pasa? —preguntó Georgina, acercándose.

—Nada, amor mío. Mi querido hermano es un incordio... como de costumbre.

—No más que el mío, supongo.

—¿Te ha dicho algo? —reaccionó James.

—No, por supuesto. No dice nada a nadie. —Georgina suspiró—. Si tú dieras el primer paso, James...

—Muérdete la lengua, George —exclamó él, fingiendo un horror que no era del todo fingido—. Estoy en la misma habitación que él. Es más que suficiente.

—James... —insistió Georgina, en tono persuasivo.

—George... —replicó él, amenazador.

—Por favor.

Anthony se echó a reír. Sabía reconocer al hombre condenado. Por ese regocijo se ganó una de las miradas más coléricas de su hermano, que ya se dejaba arrastrar por su mujer hacia el más odioso de sus hermanos.

Hizo falta otro codazo en las costillas para que abriera la boca.

—Hola, Anderson —se limitó a decir.

—Hola, Malory —fue la respuesta, igualmente cortante.

Y entonces James se echó a reír, confundiendo tanto a Georgina como a su hermano.

—Supongo que debo darme por vencido —dijo, aún riendo entre dientes—, puesto que tú, por lo visto, no has aprendido todavía a detestarme de un modo civilizado.

—¿Qué significa eso? —preguntó Warren.

—Se supone que debes *disfrutar* con la discordia, muchacho.

—Preferiría...

—¡Warren! —le espetó Georgina—. ¡Oh, por el amor de Dios!

Él le clavó una mirada fulminante. Después, con un gesto de disgusto, alargó la mano a James, que aceptó aquel indolente acuerdo de paz sin dejar de sonreír.

—Ya sé cómo te ha dolido, amigo, pero quédate

tranquilo. Dejas a tu hermana en manos de un hombre que la ama hasta robarle el aliento.

—¿El aliento? —Georgina frunció el entrecejo.

James volvió a enarcar una ceja de oro, gesto amanerado que ahora encantaba a la joven más de lo que estaba dispuesta a admitir.

—¿No estabas jadeando en la cama, hace un ratito? —preguntó con toda inocencia.

—¡James! —las mejillas de la joven ardían. ¿Cómo había podido decir eso delante de Warren precisamente?

Pero los labios de su hermano se estaban arqueando levemente hacia arriba, por fin.

—De acuerdo, Malory. Te has hecho entender. Procura mantenerla así de feliz y yo no tendré que volver a hacer este viaje para matarte.

—Así está mucho, pero que mucho mejor, amigo —replicó James, riendo, y dijo a su esposa—: ¡Maldita sea, George, está aprendiendo!

LA SAGA DE LOS MALORY

OTROS TÍTULOS DE LA COLECCIÓN

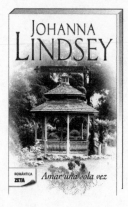

Amar una sola vez

JOHANNA LINDSEY

Los Malory son una familia de granujas apuestos, aventureros libertinos y damas con carácter creada por el talento incomparable de Johanna Lindsey, una de las autoras más populares del género romántico.

Amar una sola vez cuenta la historia de Regina Ashton, la exquisita sobrina de Edward y Charlotte Malory, cuya vida cambia para siempre la noche en que es secuestrada en una oscura calle de Londres por Nicholas Eden, un arrogante seductor cuyo pasado alberga un doloroso secreto.

Unidos por la vergüenza, el escándalo y una pasión inesperada y abrasadora, Reggie y Nicholas tardarán en comprender y aceptar lo que el destino les ha reservado: amar una sola vez en la vida.

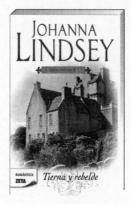

Tierna y rebelde

JOHANNA LINDSEY

Los Malory son una familia de granujas apuestos, aventureros libertinos y damas con carácter creada por el talento incomparable de Johanna Lindsey, una de las autoras más populares del género romántico.

Roslynn Chadwick es una exquisita heredera escocesa, para quien un matrimonio conveniente sería la única forma de protegerse de las malévolas intrigas de su primo y de la ambición de cuanto cazador de fortunas codicia a esa beldad pelirroja y su apetecible patrimonio. Anthony Malory representa todo aquello contra lo cual la habían prevenido: es un aventurero inglés, avasallante y apuesto, cuyos sensuales ojos azules prometen toda clase de placeres... *Tierna y rebelde* es una de las más entrañables novelas de la célebre saga de los Malory.